D1392200

Honoré de Balzac

La Maison
du Chat-qui-pelote

SUIVI DE

Le Bal de Sceaux
La Vendetta
La Bourse

Préface d'Hubert Juin
Notice et notes
de Samuel S. de Sacy

Gallimard

PRÉFACE

*Ce qu'il y a d'évident, c'est que Balzac est l'objet d'une re-
lecture constante. A un point tel qu'il faut enfin convenir que la découverte que l'on fait, le lisant pour la première fois, de l'univers de Balzac, ressemble étrange-
ment à des retrouvailles : comme si, hommes du XXe siècle,
nous l'avions dans le sang. En vérité, ce que nous
avons dans le sang, c'est nous-mêmes; notre histoire; les
manigances que nous savons, qui sont le fait de la
société, et qui ne datent pas d'hier; une sorte d'idée
générale — aussi — qui tend à faire le monde basculer
dans le poème... Cette familiarité de toujours fait Balzac unique : voilà qui importe. Et non tant les disputes
de sources et les querelles d'influences qui sont, trop
souvent, dans les colloques de ces gens étranges, que la
culture fait somnambules, les balzaciens, qui finiraient,
si nous leur permettions d'abandonner toute rêverie,
par nous cacher la forêt. Il n'y a pas de morceaux dans
l'œuvre de notre auteur : c'est tout, ou rien; un mouvement considérable qui fait pâlir les majestés de la
bibliothèque; une démarche de vive allure qui est à
la fois engagée et dégagée; un brassement de personnages, de lieux, de sentiments, si justement restitués
que Balzac résiste aux examens des théories critiques
les plus diverses avec grandeur et insolence. Un miroir ?*

Oui Un créateur ? Assurément. Un devin ? Sans conteste.
Il a une façon d'être de tous les temps, avec naturel,
qui n'est qu'à lui. Ce qu'il y a peut-être de plus étrange,
c'est qu'il n'enseigne rien : le roman ne date pas de lui,
ni le réalisme, — mais il serait impossible de l'omettre,
de camoufler cette énorme carcasse, d'ôter de la géogra-
phie cette cité. Premièrement, il exige une lecture
totale (les notes et compléments ne viennent qu'ensuite,
et par une complicité proche de l'ivresse, par manie
aussi bien). Le petit bout de la lorgnette n'est pas la
bonne façon : c'est — au contraire — un fleuve dans le
travers duquel il faut se jeter, avec des remous, des
bancs de sable, des effondrements sous-marins, un peu
la Loire, mais avec des jeux d'ombre, du cresson d'eau
dans des nids de berge, le fusain ailé d'un oiseau
rapide... Pudeur, impudeur, rouerie, candeur, intel-
ligence, poésie, bêtise, tout y est, — et plutôt mille fois
qu'une. Il touche au roman dit « populaire » et lui
donne ses lettres de noblesse, et ses titres. Par une vision
de biais qui lui est propre, il silhouette des personnages
qui nous hantent, des « grands transparents » — dirait
André Breton, peut-être — et qui sont de toutes les
époques, comme Nicolas Flammel au pied de la tour
Saint-Jacques, pas si loin de cette rue Saint-Denis où
maître Guillaume, marchand drapier, tient échoppe
et banque à l'enseigne du Chat-qui-pelote. Simplement
faudrait-il s'entendre sur ceci, que les « transparents »
de Balzac, avant d'être des mythes pour nous autres,
les Vautrin, les Rastignac, les Rubempré, il y en a
vingt, sont, pour lui, dans cette épaisseur d'écriture qui
est la sienne et dans laquelle, à peine d'un peu d'hon-
nêteté, nous sommes pris jusqu'au col, englués, des
héros communs, quotidiens, des types « nature » qui
ne démontrent ni ne prouvent rien. Balzac n'est pas
l'homme de la miniature : on le verra dans les quatre

*récits qui suivent, et qui trouvent leur valeur, pour par-
tie, dans cet étonnant exercice de la mémoire à quoi
la lecture totale de La Comédie humaine vous force,
parce que les routes du roman, mieux que celles de la
vie, s'ordonnent en carrefours successifs.*

*Sur ce point, sa destinée posthume vaut démons-
tration : Proust autant que Zola, les surréalistes et les
hommes qui furent hantés par le réalisme socialiste
(comme on a dit), chacun le revendique, aucun détrac-
teur; c'est un lieu, une plaque tournante, et, parce qu'il
n'enseigne pas grand-chose, un maître. C'est un beau
diable dans les affres de la création : il échange avec
Nodier des pensées sur la palingénésie et des idées sur
les lunatiques. Mourant, Nodier, songeant pour lui à
l'Académie française, murmurera : « Je ne vais pas vous
donner ma voix, je vais vous donner mon fauteuil. »
C'est Mérimée qui succède au conteur de La Fée aux
miettes, mais il a écrit, dans les années 30, Mateo Falcone, ce récit qui est — en un sens — la réussite de
La Vendetta. Il est vrai que dans le même temps,
Stendhal venait de donner à La Revue de Paris, une
« chronique italienne », des mêmes eaux : Vanina
Vanini. Je sais bien que cela fait autour des récits qui
suivent un « environnement » indéniable, mais moins
convaincant, pour l'avancée romanesque, que l'ouvrage publié par Balzac quelques mois plus tôt : La
Physiologie du mariage. Tout se passe comme si nous
en étions au chapitre des exemples et démonstrations
pratiques. Je connais plusieurs balzaciens irréductibles,
qui se sont groupés dans une façon de franc-maçonne-
rie, qui tient à la fois du phalanstère des publications
confidentielles et d'un Fort-Chabrol nommé Lovenjoul, et qui ne me passeront rien, mais au moins, ne
l'ayant pas lu dans leurs publications, me permettra-
t-on de faire cas d'un article publié par notre auteur en*

janvier 1831 dans Le Voleur, *et qui est, certes ! d'un familier de l'Arsenal, mais va plus loin qu'un salut à Charles Nodier, parce que justement y sont rapprochés, dans cet article,* Le Rouge et le Noir, *qui est la « conception d'une sinistre et froide philosophie »; la fantaisie de Nodier qui a pour titre* Histoire du roi de Bohême et de ses sept châteaux; *et, de Balzac même, il y insiste :* La Physiologie du mariage. *Ces ouvrages, dit-il, appartiennent à l'« école du désenchantement ». Et, plus loin : « ce sont de poignantes moqueries ». Pourquoi ? Eh bien, c'est qu'il y a, lisible, dans ces conceptions littéraires (c'est Balzac, encore, qui parle) « la senteur cadavéreuse d'une société qui s'éteint ». Un trait doit être retenu, qui trouvera son utilité dans la lecture du* Bal de Sceaux, *celui-ci : ces ouvrages, dit Balzac, « sont les traductions de la pensée intime d'un vieux peuple qui attend une jeune organisation »... Cette dernière phrase me semble importante dès lors qu'il s'agit d'éclairer la position politique de Balzac, ce qui débouche, on le sait, dans la controverse et la querelle. Il suffit, plus loin, de prêter attention à l'attitude, dans* Le Bal de Sceaux, *du comte de Fontaine, pour comprendre que Balzac n'est point passé de la « gauche » à la « droite », pas plus qu'il n'a été le légitimiste acharné que certains dépeignent. Les choses furent à la fois plus simples et plus complexes. L'admiration pour Bonaparte est indéniable. Les faits acquis par la Révolution sont, par Balzac, reconnus. Louis XVIII, à ses yeux, est un souverain habile. Je le veux bien, mais encore faut-il situer les débats intimes de Balzac, sur ce plan de la politique, dans un climat général, et — même — dans une outrance certaine Au moment de la première Restauration, en 1815, il est d'évidence que chacun mentait, tronquait les faits, s'inventait un passé contraire : c'était suffisant pour*

*faire naître ce malaise intime qui fut nommé « le mal
du siècle ». Voyez Nodier, Sand ! Voyez Musset ! Pour-
suivez la liste, pas un n'y manquera...*

*Désenchantement ? Cela est vrai. Mais il faut pousser
plus loin : Balzac construit un réalisme politique, mieux
encore : une tactique. C'est un homme d'ordre, on le
verra mieux, plus tard. Mais c'est aussi un romantique.
Les récits qui suivent sont écartelés entre l'envie de
parvenir mondainement et le désir de s'accomplir roman-
tiquement. Manifestement, ils se situent dans la fin
d'un grand règne, — et il ne faut pas oublier que* Le
Bal de Sceaux, *par exemple, a été écrit sous le gouvernement de Charles X, ce qui donne un « ton » singulier à l'éloge qui y est fait des princes, c'est-à-dire :
le comte d'Artois, le duc d'Angoulême, le duc de Berry.
Balzac est légitimiste, mais dans le cadre d'une monarchie constitutionnelle : il donne tout à l'avenir, mais il
entend maintenir dans des cadres efficaces les énergies
nationales. A l'exemple du comte de Fontaine, qui avait
des modèles, Balzac fait du pragmatisme sa méthode,
— et son garant. Il n'est plus dans l'épopée. Il ne peut,
comme Hugo, revendiquer l'épopée. Il entre, dévorant,
insatiable, dans la prose du monde. Je crois qu'il faut
songer, aujourd'hui, lisant les récits qui suivent, à
ces régimes qui ne modifient pas l'histoire, ni ne la
marquent, mais demeurent dans les mémoires parce
qu'ils succèdent à des moments historiques importants : ce sont des temps morts, des entre-deux-règnes.
Les événements, alors, se précipitent : les « Chambres » (par exemple) sont introuvables, les modifications apportées au corps des Lois se succèdent, l'agitation se multiplie, les émeutes surgissent sans pouvoir
s'étendre. Rien ne se dessine dans le demi-jour politique qui succède aux éclairs de l'Histoire. Voilà, je
pense, l'éclairage qu'il faut donner à* La Maison du

Chat-qui-pelote, *où le divorce entre prose et poésie se lit à nu; au* Bal de Sceaux, *qui fait surgir la raison politique; à* La Vendetta, *récit dans lequel, à mon sens, et c'est ce qui explique son échec, l'épopée s'enlise; à* La Bourse, *qui est un tableau.*

Ceci dit, je ne veux pas en démordre : il faut prendre tout Balzac. Rien, je crois, ne sert dès l'instant où l'on veut isoler les fragments d'une totalité. Et dans ce cas, surtout : il faut voir dans Balzac un poète *(au sens que nous accordons à ce mot, et que Paul Claudel, si peu balzacien il est vrai, définissait merveilleusement), mieux encore : un auteur en lutte « ouverte » contre la prose du monde, — le sien, que l'épopée désertait; et le nôtre, qu'envahit la banalité. Cet écrivain baroque de la Vienne impériale, Hugo von Hofmannsthal, qui plaisait tant à Charles du Bos et à Albert Béguin, écrivait ceci, que je voudrais voir en épigraphe à chacune des éditions de* La Comédie humaine, *par son recours à la « totalité » : « On n'a pas le droit d'isoler tel fragment d'une œuvre de poésie. Tout ce qui, à l'intérieur d'un univers donné, est vérité — et plus que vérité : infinie divination — devient une fantasmagorie difforme dès qu'on l'arrache à l'ensemble auquel il appartient. » Proust aussi, dans le* Contre Sainte-Beuve, *avait dit cela, remarquablement : que Balzac est médiocre dans le détail, mais « fabuleux » (littéralement) dans l'ensemble. Beaucoup ont écrit de Balzac qu'il avait le regard de l'aigle : c'est une métaphore facile, et un rien fausse, qui veut marquer l'attention qu'il portait à tout. On a moins souvent dit qu'il était d'un désordre admirable, et qu'il avait une pensée si peu organisée qu'elle se donna l'ampleur naïve de tout saisir : voilà l'aigle...*

Les lecteurs, de son temps, s'y trompaient. Un exemple suffira. Une jeune personne nommée Eugénie Chambet adresse à Balzac, de Lyon, le 15 août 1831, cette mis-

sive qui se situe très exactement entre la « *presse du cœur* » *et le commentaire abusif :* « Je vais vous faire un aveu que vous trouverez passablement franc : Je me suis reconnue sous les traits de votre héroïne du *Bal de Sceaux*; moins sans doute le brillant coloris dont vous vous êtes plu à relever la petitesse de sa nature. Vous voyez que ces sentiments existent dans toutes les classes car je ne suis pas noble, pas même riche, fille d'un libraire à Lyon. La noblesse pour moi c'est le génie. C'est d'élever mes prétentions encore plus haut que celles d'une noble à un pair de France, et je ne puis atteindre à cette aristocratie littéraire dans ma position. C'est un mal que cette soif de célébrité que je ne peux trouver en moi, ni hors de moi... » *Quelle lettre exemplaire ! Elle n'est pas inventée, mais figure parmi celles que le vicomte de Lovenjoul sauva : Balzac en reçut des milliers. Celle-ci vaut pour sa fausse candeur, et non pas seulement parce que Mlle Chambet, qui est fille de* « *libraire* » *(elle ne va pas se tromper sur la valeur* « *marchande* »), *s'offre à Balzac, ou, mieux encore, à cette aristocratie nouvelle, qui est faite d'efficacité et non plus de rituel, idée balzacienne par excellence, mais parce qu'elle voit et dit bien le sentiment du lecteur sur la* « *noblesse* ». *Mlle Chambet fait à l'écrivain reproche de la* « *petitesse* » *de la fille du comte de Fontaine, ce qui peut paraître, d'aventure, un peu gros : la sympathie de Balzac pour Augustine, dans* La Maison du Chat-qui-pelote; *pour Ginevra, l'héroïne de* La Vendetta, — *nous donnerait à penser que l'auteur étend les effets de cette sympathie,* — *et, par contre-coup, de la nôtre,* — *à l'intransigeante Émilie. C'est vrai qu'il ne la condamne pas entièrement, que son sentiment sur ce point est peu tranché, mais c'est alors que la vertu d'une lecture* « *totale* » *se montre : dans la suite de* La Comédie humaine *Émilie, lors-*

qu'elle sera veuve de M. de Kergarouët (le même qui, dans La Bourse, *traverse avec bonté l'appartement de Mme Lesaigneur de Rouville), et qu'elle deviendra, par son second mariage, la belle-sœur de Félix de Vandenesse, ce faible héros du* Lys dans la vallée, *ne cessera d'être une femme méchante dans son fond, médisante avec aigreur, et frivole par mauvais naturel.* C'est aussi que Balzac a son plan — nous revenons à la politique — qui est une certaine idée du libéralisme économique : ce qu'il nomme, ou pourrait nommer, les « producteurs » doivent, pour le salut de l'équilibre social, et de l'ordre, prendre le pas sur les familles épuisées qui n'ont plus, au soleil, que les dorures d'un nom jadis célèbre. C'est un mélange qui doit se faire, par nécessité. André Wurmser, sur ce terrain, voit bien lorsqu'il dit que Le Bal de Sceaux *est le pendant du* Père Goriot, *et il ajoute :* « Ici le bourgeois achète de nobles maris à ses filles; là, le noble vend ses enfants à de riches bourgeois. » La noblesse unie à la haute bourgeoisie, voilà l'idéal : nous ne quittons pas une certaine conception de l'énergie récompensée, dont Napoléon Ier avait, par la noblesse d'Empire, donné l'exemple. En 1830, Balzac est semblable à M. de Fontaine : il mécontente les partis, n'étant ni libéral ni ultra. Son légitimisme est, disons, teinté. Réformiste, si l'on veut, mais par vocation profonde. Conservateur? Oui. Mais réaliste. En 1832, il dira des vérités, à ses yeux, premières, ainsi : « En 1814, c'eût été folie au parti royaliste de contester. Là où une révolution a successivement passé dans les intérêts et dans les idées, elle est inattaquable; il faut l'accepter comme un fait. » C'est ce que préconise, et à quoi sa majesté Louis XVIII opine, le comte de Fontaine : il joue des partis pour le bien de l'État. Il corrompt au nom de la durée du pouvoir, de la stabilité d'institutions qui n'ont plus, pour se soutenir, que *cette seule corruption et le bons sens épais, par exemple, de Joseph Lebas, premier commis des Guillaume, époux, dans* La Maison du Chat-qui-pelote, *et époux par raison, de Virginie. Combien, il faut l'entendre ! Il parlera bassement, dans* César Birotteau, *du mariage de sa belle-sœur. Or, Balzac n'aime guère Joseph Lebas, mais il fait, en gros, le même calcul que lui, et précisément après les événements de 1830, en 1832. Il est vrai qu'alors les récits que l'on va lire ont été publiés, déjà ! Il n'importe : l'arrivisme de surface de M. de Fontaine est le reflet assez exact de la position de Balzac. Nul ne peut mettre en doute l'honnêteté, le dévouement, les sacrifices de M. de Fontaine (l'auteur l'introduira d'ailleurs, par conviction, dans* Les Chouans*), mais si Wurmser, dans la phrase que j'ai plus haut citée, a raison, il n'explique pas tout : l'arrivisme du comte se confond, mais en surface seulement, avec l'arrivisme mondain. Il a, dans la tête, autre chose, qui est le maintien de l'État. Sa fille est une sotte. Son aventure navrante n'a d'autre utilité que de prouver les nécessités du réformisme. Louis XVIII, qui, ici, est curieusement mis sur un pied presque d'égalité avec l'Empereur déchu, donne dans les idées de son conseiller : c'est pour cela, dit Balzac, qu'il est un souverain d'importance. Il ne crée pas, mais il compose. Il ne fait pas de doute qu'ici l'auteur d'un gigantesque poème se donne tout entier, dans ce désenchantement dont il parle, à la prose du monde...*

Mais il y a l'art, et Mlle Chambet, fille d'un libraire lyonnais, a mille fois raison de nous remettre en mémoire ce moteur essentiel : « La noblesse, dit-elle, pour moi c'est le génie. » Pour Balzac aussi. Il est vrai qu'il dirait, en ce moment où nous sommes, que c'est la passion, mais ceci, dans le discours romantique, vaut cela. Ce qui vient au jour, et les salons de l'Arsenal, avec cette cheminée où s'accoude, entre Caylus et Taylor, le plus rêveur de tous les hommes, si bien qu'il s'invente lui-même : Charles Nodier, ne sont peut-être pas étrangers à cette opinion, — c'est une aristocratie du sentiment. Ces êtres sont voués. La poussée de leur désir est plus forte qu'eux. Qu'ils succombent n'interdit pas leur étrange bonheur : c'est l'histoire d'Augustine Guillaume. Et l'on remarquera, c'est là l'essentiel, que Balzac, loin de condamner Augustine, l'approuve. C'est elle qui a la bonne part, qui rameute l'invisible et secrète gloire. Elle, et non Victorine son aînée, et moins encore Joseph Lebas, bourgeois exemplaire parce que sans destinée. Voilà Balzac : une idée enivrante du destin.

Du moins, ce Balzac-ci.

Dans ces contes qui finissent mal, La Bourse est au contraire : c'est là, sans doute aucun, la plus idyllique de toutes les nouvelles de Balzac. C'est un récit d'une simplicité, d'une netteté, d'une modestie remarquables. Et cependant, les personnages qu'on y découvre traversent l'ensemble de La Comédie humaine avec brio : suivez la carrière du baron Hippolyte Schinner, prix de Rome, décoré de la Légion d'honneur, professeur à l'école des beaux-arts, personnalité du Tout-Paris ! retrouvez Adélaïde, sa femme, effacée, oui ! mais présente, et qui sera nommée, dans Petites Misères de la Vie conjugale, plus tard, « La Sévigné du billet » ! Et jusqu'aux comparses — je veux dire : ceux qui, dans La Bourse, entrouvrent une demi-ligne : voilà Joseph Bridau et Bixiou, des célébrités, mais aussi Mistigris, autrement nommé Léon Didas y Lora et qui est inoubliable dans Un Début dans la vie... Il n'y a pas de caprices dans Balzac, et l'on pourrait, je pense, lui appliquer ce qu'Engels disait de l'œuvre de Charles Fourier, qu'elle compose un poème mathématique. L'inexorable, chez Balzac, est peut-être la clef de tout.

*Ces quatre récits — à mes yeux — en sont une preuve :
le malheur d'Augustine, la médiocrité d'Émilie, voire :
le sacrifice de Ginevra, mais aussi le bonheur d'Hippolyte Schinner, rien qui ne soit comme inscrit. Ils
tiennent tous et chacun entre leurs doigts le fil de leur
existence, mais comme si, exactement, leurs mains repo-
saient entre les paumes d'une hasardeuse, d'une énigmatique destinée qui ne cesse de les dépasser et de les
obscurcir : elle les nourrit et les dévore. Il n'y a là ni
Dieu ni les dieux, mais, plus simplement, plus terrible-
ment, les hommes, la société, ce vivre ensemble qui
empêche et détruit le vivre seul. Les entrelacs multiples
qui font et défont la course de récits, de nouvelles et de
romans qui, lorsqu'on les met ensemble, fondent et
composent le périple labyrinthique qu'est* La Comédie
humaine, *sont à l'image de l'aventure et de l'entreprise
humaines : leur lecture totale est l'homologue d'un projet total, — duquel nous ne sommes pas sortis, et dont
nous ne pouvons espérer sortir, comme disent les gens de
la campagne, que les « pieds devant ».*

*Bien sûr, et c'est compréhensible, le lecteur bronche
à parcourir* La Vendetta. *Il y voit des excès domma-
geables de simplification. Cela tient au souci qui anime
Balzac de percer à jour et de rendre sensible la psy-
chologie nationale. Dès lors, et* La Vendetta *n'en est
pas le seul exemple, il donne dans la convention et
consent — involontairement — à la caricature. Voilà
pour les Corses qu'il met en scène, et qui ne mérite-
raient qu'un intérêt médiocre si ne se devinait, dans l'attitude du vieux Bartholoméo, cette idée de la passion
paternelle, qui est* jalouse et terrible *(comme il dit) et
dont le caractère s'affirmera, inoubliable, dans* Le
Père Goriot. La bonne façon de lire* La Vendetta
*me semble être là : dans la saisie de cette passion.
Mais aussi dans l'attitude de Balzac qui, d'évidence,*

excuse — ici — Ginevra, comme il excusait Augustine, dans La Maison du Chat-qui-pelote. *Le déhanchement est net : il s'accorde politiquement avec M. de Fontaine, mais il louange Augustine et Ginevra pour l'instant de bonheur qu'avant de les vouer au drame la passion leur permet. Pierre-Georges Castex a raison de soutenir que* La Vendetta *est moins un drame de la désobéissance qu'un drame de la passion.*

Si l'auteur de La Comédie humaine *se montre singulièrement malhabile à rendre et expliquer les traits nationaux, allant tantôt jusqu'à écrire :* « Il était Italien, c'est tout dire... » *Il a le sens le plus vif de cette géographie intérieure qui partage les étages et les provinces de la société : les classes sociales sont, chez lui, rendues avec une vérité constante, et sans la moindre fausse note. Voyez, par exemple, les Guillaume, leurs mœurs et coutumes, leur morale, mais aussi la façon qu'ils ont de vivre le quotidien. A un point tel que le tableau prêté à Théodore de Sommervieux n'est finalement que le tableau de Balzac même : celui qui, dans un contrepoint d'une rare justesse, soutient* La Maison du Chat-qui-pelote. *Tout est nuance, une fois de plus : Balzac ne condamne nullement Augustine, sauvée par l'éclat de la passion, mais il se refuse à blâmer le labeur des Guillaume, dans l'obscurité de la boutique. Il voit des vertus de maintenance dans la frugalité des vieux époux. Et l'échec d'Augustine, échec tout visible, bien sûr, il ne faut en chercher les causes que dans la distance, l'écart qui est entre elle et Sommervieux. L'éducation, pourquoi pas ? aurait pu réduire et combler le gouffre, — mais l'idée me paraît plus romantique, et tenir à la définition de l'artiste édifiée — en ce moment-là, des années 30 — par la génération du désenchantement. Sommervieux n'est aucunement un* homme de suite : *à défaut d'être là le signe du génie, du moins est-ce celui de la grâce...*

Dire de ces quatre récits qu'ils sont le meilleur ou l'essentiel de Balzac serait mentir. Mais les négliger ou les refouler par trop dans les marges de l'œuvre serait gauchir et fausser celle-ci. Au contraire : ce volume-ci est indispensable. Il n'est pas, c'est exact, la naissance de l'ensemble balzacien, mais il montre, on ne peut mieux, l'amorce d'un « mouvement » général sans lequel les grands romans eux-mêmes n'auraient pu s'édifier. Encore une fois : rien, dans Balzac n'est médiocre ou indifférent. Ces mêmes redoutables érudits balzaciens, dont j'ai plus haut parlé, ont, je le reconnais volontiers, le mérite de nous avoir montré cela clairement, — et définitivement.

HUBERT JUIN.

LA MAISON
DU
CHAT-QUI-PELOTE

Dédié à Mademoiselle Marie de Montheau[1]

Au milieu de la rue Saint-Denis, presque au coin de la rue du Petit-Lion, existait naguère une de ces maisons précieuses qui donnent aux historiens la facilité de reconstruire par analogie l'ancien Paris. Les murs menaçants de cette bicoque semblaient avoir été bariolés d'hiéroglyphes. Quel autre nom le flâneur pouvait-il donner aux X et aux V que traçaient sur la façade les pièces de bois transversales ou diagonales dessinées dans le badigeon par de petites lézardes parallèles ? Evidemment, au passage de la plus légère voiture, chacune de ces solives s'agitait dans sa mortaise. Ce vénérable édifice était surmonté d'un toit triangulaire dont aucun modèle ne se verra bientôt plus à Paris. Cette couverture, tordue par les intempéries du climat parisien, s'avançait de trois pieds sur la rue, autant pour garantir des eaux pluviales le seuil de la porte que pour abriter le mur d'un grenier et sa lucarne sans appui. Ce dernier étage fut construit en planches clouées l'une sur l'autre comme des ardoises, afin sans doute de ne pas charger cette frêle maison.

Par une matinée pluvieuse, au mois de mars, un jeune homme, soigneusement enveloppé dans son manteau, se tenait sous l'auvent d'une boutique en face de ce vieux logis, qu'il examinait avec un enthousiasme d'archéologue. A la vérité, ce débris de la bourgeoisie du seizième siècle offrait à l'observateur plus d'un problème à résoudre. A chaque étage une singularité : au premier, quatre fenêtres longues, étroites, rapprochées l'une de l'autre, avaient des carreaux de bois dans leur partie inférieure, afin de produire ce jour douteux à la faveur duquel un habile marchand prête aux étoffes la couleur souhaitée par ses chalands. Le jeune homme semblait plein de dédain pour cette partie essentielle de la maison, ses yeux ne s'y étaient pas encore arrêtés. Les fenêtres du second étage, dont les jalousies relevées laissaient voir, au travers de grands carreaux en verre de Bohême, de petits rideaux de mousseline rousse, ne l'intéressaient pas davantage. Son attention se portait particulièrement au troisième, sur d'humbles croisées dont le bois travaillé grossièrement aurait mérité d'être placé au Conservatoire des arts et métiers pour y indiquer les premiers efforts de la menuiserie française. Ces croisées avaient de petites vitres d'une couleur si verte que, sans son excellente vue, le jeune homme n'aurait pu apercevoir les rideaux de toile à carreaux bleus qui cachaient les mystères de cet appartement aux yeux des profanes. Parfois, cet observateur, ennuyé de sa contemplation sans résultat, ou du silence dans lequel la maison était ensevelie, ainsi que tout le quartier, abaissait ses regards vers les régions inférieures. Un sourire involontaire se dessinait alors sur ses lèvres, quand il revoyait la boutique où se rencontraient en effet des choses assez risibles. Une formidable pièce de bois, horizontalement appuyée sur quatre piliers qui paraissaient courbés par le poids de cette maison décrépite, avait été rechampie d'autant de couches de diverses peintures que la joue d'une vieille duchesse en a reçu de rouge. Au milieu de cette large poutre mignardement sculptée se trouvait un antique tableau représentant un chat qui pelotait[2]. Cette

toile causait la gaieté du jeune homme. Mais il faut
dire que le plus spirituel des peintres modernes n'inven-
terait pas de charge si comique. L'animal tenait dans
une de ses pattes de devant une raquette aussi grande
que lui, et se dressait sur ses pattes de derrière pour mirer une énorme balle que lui renvoyait un gentilhomme
en habit brodé. Dessin, couleurs, accessoires, tout était
traité de manière à faire croire que l'artiste avait voulu se moquer du marchand et des passants. En altérant
cette peinture naïve, le temps l'avait rendue encore
plus grotesque[3] par quelques incertitudes qui devaient
inquiéter de consciencieux flâneurs. Ainsi la queue
mouchetée du chat était découpée de telle sorte qu'on
pouvait la prendre pour un spectateur, tant la queue
des chats de nos ancêtres était grosse, haute et fournie.
A droite du tableau, sur un champ d'azur qui déguisait imparfaitement la pourriture du bois, les passants
lisaient GUILLAUME; et à gauche, SUCCESSEUR DU SIEUR
CHEVREL. Le soleil et la pluie avaient rongé la plus
grande partie de l'or moulu[4] parcimonieusement appliqué sur les lettres de cette inscription, dans laquelle les
U remplaçaient les V et réciproquement, selon les lois
de notre ancienne orthographe. Afin de rabattre l'orgueil de ceux qui croient que le monde devient de jour
en jour plus spirituel, et que le moderne charlatanisme
surpasse tout, il convient de faire observer ici que ces
enseignes, dont l'étymologie semble bizarre à plus d'un
négociant parisien, sont les tableaux morts de vivants
tableaux à l'aide desquels nos espiègles ancêtres avaient
réussi à amener les chalands dans leurs maisons. Ainsi
la Truie-qui-file, le Singe-vert, etc., furent des ani-
maux en cage dont l'adresse émerveillait les passants,
et dont l'éducation prouvait la patience de l'industriel
au quinzième siècle. De semblables curiosités enrichis-
saient plus vite leurs heureux possesseurs que les Provi-

dence, les Bonne-foi, les Grâce-de-Dieu et les Décolla-
tion de saint Jean Baptiste qui se voient encore rue
Saint-Denis. Cependant l'inconnu ne restait certes pas
là pour admirer ce chat, qu'un moment d'attention
suffisait à graver dans la mémoire. Ce jeune homme
avait aussi ses singularités. Son manteau, plissé dans le
goût des draperies antiques, laissait voir une élégante
chaussure, d'autant plus remarquable au milieu de la
boue parisienne qu'il portait des bas de soie blancs
dont les mouchetures attestaient son impatience. Il sortait sans doute d'une noce ou d'un bal, car à cette heure
matinale il tenait à la main des gants blancs, et les
boucles de ses cheveux noirs défrisés, éparpillées sur
ses épaules, indiquaient une coiffure à la Caracalla[5],
mise à la mode autant par l'Ecole de David que par cet
engouement pour les formes grecques et romaines qui
marqua les premières années de ce siècle. Malgré le
bruit que faisaient quelques maraîchers attardés passant au galop pour se rendre à la grande halle, cette rue
si agitée avait alors un calme dont la magie n'est connue
que de ceux qui ont erré dans Paris désert, à ces heures
où son tapage, un moment apaisé, renaît et s'entend
dans le lointain comme la grande voix de la mer. Cet
étrange jeune homme devait être aussi curieux pour les
commerçants du Chat-qui-pelote que le Chat-qui-
pelote l'était pour lui. Une cravate éblouissante de blancheur rendait sa figure tourmentée encore plus pâle
qu'elle ne l'était réellement. Le feu tour à tour sombre
et pétillant que jetaient ses yeux noirs s'harmoniait[6]
avec les contours bizarres de son visage, avec sa bouche
large et sinueuse qui se contractait en souriant. Son
front, ridé par une contrariété violente, avait quelque
chose de fatal. Le front n'est-il pas ce qui se trouve de
plus prophétique en l'homme ? Quand celui de l'inconnu exprimait la passion, les plis qui s'y formaient cau-

saient une sorte d'effroi par la vigueur avec laquelle ils
se prononçaient; mais lorsqu'il reprenait son calme, si
facile à troubler, il y respirait une grâce lumineuse
qui rendait attrayante cette physionomie où la joie, la
douleur, l'amour, la colère, le dédain éclataient d'une
manière si communicative que l'homme le plus froid
en devait être impressionné. Cet inconnu se dépitait
si bien au moment où l'on ouvrit précipitamment la
lucarne du grenier qu'il n'y vit pas apparaître trois
joyeuses figures rondelettes, blanches, roses, mais aussi
communes que le sont les figures du Commerce sculp-
tées sur certains monuments. Ces trois faces, encadrées
par la lucarne, rappelaient les têtes d'anges bouffis se-
més dans les nuages qui accompagnent le Père éternel[7].
Les apprentis respirèrent les émanations de la rue avec
une avidité qui démontrait combien l'atmosphère de
leur grenier était chaude et méphitique. Après avoir
indiqué ce singulier factionnaire, le commis qui paraissait être le plus jovial disparut et revint en tenant à la
main un instrument dont le métal inflexible a été récemment remplacé par un cuir souple[8]; puis tous
prirent une expression malicieuse en regardant le ba-
daud qu'ils aspergèrent d'une pluie fine et blanchâtre
dont le parfum prouvait que les trois mentons venaient
d'être rasés. Elevés sur la pointe de leurs pieds et réfugiés au fond de leur grenier pour jouir de la colère
de leur victime, les commis cessèrent de rire en voyant
l'insouciant dédain avec lequel le jeune homme secoua
son manteau, et le profond mépris que peignit sa figure
quand il leva les yeux sur la lucarne vide. En ce moment, une main blanche et délicate fit remonter vers
l'imposte la partie inférieure d'une des grossières croisées du troisième étage, au moyen de ces coulisses dont
le tourniquet laisse souvent tomber à l'improviste le
lourd vitrage qu'il doit retenir. Le passant fut alors

récompensé de sa longue attente. La figure d'une jeune fille, fraîche comme un de ces blancs calices qui fleurissent au sein des eaux, se montra couronnée d'une ruche en mousseline froissée qui donnait à sa tête un air d'innocence admirable. Quoique couverts d'une étoffe brune. son cou, ses épaules s'apercevaient, grâce à de légers interstices ménagés par les mouvements du sommeil. Aucune expression de contrainte n'altérait ni l'ingénuité de ce visage, ni le calme de ces yeux immortalisés par avance dans les sublimes compositions de Raphaël : c'était la même grâce, la même tranquillité de ces vierges devenues proverbiales. Il existait un charmant contraste produit par la jeunesse des joues de cette figure, sur laquelle le sommeil avait comme mis en relief une surabondance de vie, et par la vieillesse de cette fenêtre massive aux contours grossiers, dont l'appui était noir. Semblable à ces fleurs de jour qui n'ont pas encore au matin déplié leur tunique roulée par le froid des nuits, la jeune fille, à peine éveillée, laissa errer ses yeux bleus sur les toits voisins et regarda le ciel; puis, par une sorte d'habitude, elle les baissa sur les sombres régions de la rue, où ils rencontrèrent aussitôt ceux de son adorateur : la coquetterie la fit sans doute souffrir d'être vue en déshabillé, elle se retira vivement en arrière, le tourniquet tout usé tourna, la croisée redescendit avec cette rapidité qui, de nos jours, a valu un nom odieux à cette naïve invention de nos ancêtres, et la vision disparut. Pour ce jeune homme, la plus brillante des étoiles du matin semblait avoir été soudain cachée par un nuage.

Pendant ces petits événements, les lourds volets intérieurs qui défendaient le léger vitrage de la boutique du Chat-qui-pelote avaient été enlevés comme par magie. La vieille porte à heurtoir fut repliée sur le mur intérieur de la maison par un serviteur vraisemblable-

ment contemporain de l'enseigne, qui d'une main tremblante y attacha le morceau de drap carré sur lequel
était brodé en soie jaune le nom de *Guillaume, succes-*
seur de Chevrel. Il eût été difficile à plus d'un passant
de deviner le genre de commerce de monsieur Guillaume. A travers les gros barreaux de fer qui proté-
geaient extérieurement sa boutique, à peine y aperce-
vait-on des paquets enveloppés de toile brune aussi
nombreux que des harengs quand ils traversent l'O-
céan. Malgré l'apparente simplicité de cette gothique
façade, monsieur Guillaume était de tous les marchands
drapiers de Paris celui dont les magasins se trouvaient
toujours le mieux fournis, dont les relations avaient le
plus d'étendue, et dont la probité commerciale ne souffrait pas le moindre soupçon. Si quelques-uns de ses
confrères concluaient des marchés avec le gouvernement sans avoir la quantité de drap voulue, il était toujours prêt à la leur livrer, quelque considérable que fût
le nombre de pièces soumissionnées. Le rusé négociant
connaissait mille manières de s'attribuer le plus fort
bénéfice sans se trouver obligé, comme eux, de courir
chez des protecteurs, y faire des bassesses ou de riches
présents. Si les confrères ne pouvaient le payer qu'en
excellentes traites un peu longues, il indiquait son notaire comme un homme accommodant, et savait encore
tirer une seconde mouture du sac, grâce à cet expédient
qui faisait dire proverbialement aux négociants de la
rue Saint-Denis : — Dieu vous garde du notaire de
monsieur Guillaume ! pour désigner un escompte oné-
reux. Le vieux négociant se trouva debout comme par
miracle, sur le seuil de sa boutique, au moment où le
domestique se retira. Monsieur Guillaume regarda la
rue Saint-Denis, les boutiques voisines et le temps,
comme un homme qui débarque au Havre et revoit la
France après un long voyage. Bien convaincu que rien

n'avait changé pendant son sommeil, il aperçut alors le passant en faction qui de son côté contemplait le patriarche de la draperie, comme Humboldt dut examiner le premier gymnote électrique qu'il vit en Amérique[9]. Monsieur Guillaume portait de larges culottes de velours noir, des bas chinés et des souliers carrés à boucles d'argent. Son habit à pans carrés, à basques carrées, à collet carré, enveloppait son corps légèrement voûté d'un drap verdâtre garni de grands boutons en métal blanc mais rougis par l'usage. Ses cheveux gris étaient si exactement aplatis et peignés sur son crâne jaune, qu'ils le faisaient ressembler à un champ sillonné[10]. Ses petits yeux verts, percés comme avec une vrille, flamboyaient sous deux arcs marqués d'une faible rougeur à défaut de sourcils. Les inquiétudes avaient tracé sur son front des rides horizontales aussi nombreuses que les plis de son habit. Cette figure blême annonçait la patience, la sagesse commerciale, et l'espèce de cupidité rusée que réclament les affaires. A cette époque on voyait moins rarement qu'aujourd'hui de ces vieilles familles où se conservaient, comme de précieuses traditions, les mœurs, les costumes caractéristiques de leurs professions, et restées au milieu de la civilisation nouvelle comme ces débris antédiluviens retrouvés par Cuvier dans les carrières. Le chef de la famille Guillaume était un de ces notables gardiens des anciens usages : on le surprenait à regretter le Prévôt des Marchands, et jamais il ne parlait d'un jugement du tribunal de commerce sans le nommer la *sentence des consuls*[11]. Levé sans doute en vertu de ces coutumes le premier de sa maison, il attendait de pied ferme l'arrivée de ses trois commis, pour les gourmander en cas de retard. Ces jeunes disciples de Mercure ne connaissaient rien de plus redoutable que l'activité silencieuse avec laquelle le patron scrutait leurs visages et leurs mouvements, le lundi matin, en y recherchant les preuves ou les traces de leurs escapades. Mais, en ce moment, le vieux drapier ne fit aucune attention à ses apprentis, il était occupé à chercher le motif de la sollicitude avec laquelle le jeune homme en bas de soie et en manteau portait alternativement les yeux sur son enseigne et sur les profondeurs de son magasin. Le jour, devenu plus éclatant, permettait d'y apercevoir le bureau grillagé, entouré de rideaux en vieille soie verte, où se tenaient les livres immenses, oracles muets de la maison. Le trop curieux étranger semblait convoiter ce petit local, y prendre le plan d'une salle à manger latérale, éclairée par un vitrage pratiqué dans le plafond, et d'où la famille réunie devait facilement voir, pendant ses repas, les plus légers accidents qui pouvaient arriver sur le seuil de la boutique. Un si grand amour pour son logis paraissait suspect à un négociant qui avait subi le régime du Maximum[12]. Monsieur Guillaume pensait donc assez naturellement que cette figure sinistre en voulait à la caisse du Chat-qui-pelote. Après avoir discrètement joui du duel muet qui avait lieu entre son patron et l'inconnu, le plus âgé des commis hasarda de se placer sur la dalle où était monsieur Guillaume, en voyant le jeune homme contempler à la dérobée les croisées du troisième. Il fit deux pas dans la rue, leva la tête, et crut avoir aperçu mademoiselle Augustine Guillaume qui se retirait avec précipitation. Mécontent de la perspicacité de son premier commis, le drapier lui lança un regard de travers; mais tout à coup les craintes mutuelles que la présence de ce passant excitait dans l'âme du marchand et de l'amoureux commis se calmèrent. L'inconnu héla un fiacre qui se rendait à une place voisine, et y monta rapidement en affectant une trompeuse indifférence. Ce départ mit un certain baume dans le cœur des autres

commis, assez inquiets de retrouver la victime de leur
plaisanterie.

— Hé bien, messieurs, qu'avez-vous donc à rester
là, les bras croisés ? dit monsieur Guillaume à ses
trois néophytes. Mais autrefois, sarpejeu, quand j'étais
chez le sieur Chevrel, j'avais déjà visité plus de deux
pièces de drap.

— Il faisait donc jour de meilleure heure, dit le
second commis que cette tâche concernait.

Le vieux négociant ne put s'empêcher de sourire.
Quoique deux de ces trois jeunes gens, confiés à ses
soins par leurs pères, riches manufacturiers de Lou-
viers et de Sedan, n'eussent qu'à demander cent mille
francs pour les avoir, le jour où ils seraient en âge
de s'établir, Guillaume croyait de son devoir de les
tenir sous la férule d'un antique despotisme inconnu
de nos jours dans les brillants magasins modernes dont
les commis veulent être riches à trente ans : il les faisait travailler comme des nègres. A eux trois, ces commis suffisaient à une besogne qui aurait mis sur les
dents dix de ces employés dont le sybaritisme enfle
aujourd'hui les colonnes du budget. Aucun bruit ne
troublait la paix de cette maison solennelle, où les
gonds semblaient toujours huilés, et dont le moindre
meuble avait cette propreté respectable qui annonce
un ordre et une économie sévères. Souvent, le plus
espiègle des commis s'était amusé à écrire sur le fro-
mage de Gruyère qu'on leur abandonnait au déjeuner,
et qu'ils se plaisaient à respecter, la date de sa réception primitive. Cette malice et quelques autres semblables faisaient parfois sourire la plus jeune des deux
filles de Guillaume, la jolie vierge qui venait d'apparaître au passant enchanté. Quoique chacun des apprentis, et même le plus ancien, payât une forte pension, aucun d'eux n'eût été assez hardi pour rester à la

table du patron au moment où le dessert y était servi. Lorsque madame Guillaume parlait d'accommoder la salade, ces pauvres jeunes gens tremblaient en songeant avec quelle parcimonie sa prudente main savait y épancher l'huile. Il ne fallait pas qu'ils s'avisassent de passer une nuit dehors, sans avoir donné longtemps à l'avance un motif plausible à cette irrégularité. Chaque dimanche, et à tour de rôle, deux commis accompagnaient la famille Guillaume à la messe de Saint-Leu et aux vêpres. Mesdemoiselles Virginie et Augustine, modestement vêtues d'indienne, prenaient chacune le bras d'un commis et marchaient en avant, sous les yeux perçants de leur mère, qui fermait ce petit cortège domestique avec son mari accoutumé par elle à porter deux gros paroissiens reliés en maroquin noir. Le second commis n'avait pas d'appointements. Quant à celui que douze ans de persévérance et de discrétion initiaient aux secrets de la maison, il recevait huit cents francs[13] en récompense de ses labeurs. A certaines fêtes de famille, il était gratifié de quelques cadeaux auxquels la main sèche et ridée de madame Guillaume donnait seule du prix : des bourses en filet qu'elle avait soin d'emplir de coton pour faire valoir leurs dessins à jour, des bretelles fortement conditionnées, ou des paires de bas de soie bien lourdes. Quelquefois, mais rarement, ce premier ministre était admis à partager les plaisirs de la famille soit quand elle allait à la campagne, soit quand après des mois d'attente elle se décidait à user de son droit à demander, en louant une loge, une pièce à laquelle Paris ne pensait plus. Quant aux deux autres commis[14], la barrière de respect qui séparait jadis un maître drapier de ses apprentis était placée si fortement entre eux et le vieux négociant qu'il leur eût été plus facile de voler une pièce de drap que de déranger cette auguste étiquette. Cette

réserve peut paraître ridicule aujourd'hui; mais ces
vieilles maisons étaient des écoles de mœurs et de probité. Les maîtres adoptaient leurs apprentis. Le linge
d'un jeune homme était soigné, réparé, quelquefois
renouvelé par la maîtresse de la maison. Un commis
tombait-il malade, il devenait l'objet de soins vraiment maternels. En cas de danger, le patron prodi-
guait son argent pour appeler les plus célèbres doc-
teurs; car il ne répondait pas seulement des mœurs
et du savoir de ces jeunes gens à leurs parents. Si l'un
d'eux, honorable par le caractère, éprouvait quelque
désastre, ces vieux négociants savaient apprécier l'intelligence qu'ils avaient développée, et n'hésitaient pas
à confier le bonheur de leurs filles à celui auquel ils
avaient pendant longtemps confié leurs fortunes. Guillaume était un de ces hommes antiques, et s'il en avait
les ridicules, il en avait toutes les qualités; aussi Joseph Lebas, son premier commis, orphelin et sans fortune, était-il, dans son idée, le futur époux de Virginie sa fille aînée. Mais Joseph ne partageait point les
pensées symétriques de son patron qui, pour un empire,
n'aurait pas marié sa seconde fille avant la première.
L'infortuné commis se sentait le cœur entièrement pris
pour mademoiselle Augustine la cadette. Afin de justifier cette passion qui avait grandi secrètement, il est
nécessaire de pénétrer plus avant dans les ressorts du
gouvernement absolu qui régissait la maison du vieux
marchand drapier.

Guillaume avait deux filles. L'aînée, mademoiselle
Virginie, était tout le portrait de sa mère. Madame
Guillaume, fille du sieur Chevrel, se tenait si droite sur
la banquette de son comptoir que plus d'une fois elle
avait entendu des plaisants parier qu'elle y était empa-
lée. Sa figure maigre et longue trahissait une dévotion
outrée. Sans grâces et sans manières aimables, madame

Guillaume ornait habituellement sa tête presque sexa-
génaire d'un bonnet dont la forme était invariable et
garni de barbes[15] comme celui d'une veuve. Tout le
voisinage l'appelait la sœur tourière. Sa parole était
brève, et ses gestes avaient quelque chose des mouvements saccadés d'un télégraphe[16]. Son œil, clair comme
celui d'un chat, semblait en vouloir à tout le monde de
ce qu'elle était laide. Mademoiselle Virginie, élevée
comme sa jeune sœur sous les lois despotiques de leur
mère, avait atteint l'âge de vingt-huit ans. La jeunesse
atténuait l'air disgracieux que sa ressemblance avec sa
mère donnait parfois à sa figure : mais la rigueur maternelle l'avait dotée de deux grandes qualités qui pouvaient tout contre-balancer : elle était douce et patiente. Mademoiselle Augustine, à peine âgée de dix-
huit ans, ne ressemblait ni à son père ni à sa mère. Elle
était de ces filles qui, par l'absence de tout lien phy-
sique avec leurs parents, font croire à ce dicton de
prude : Dieu donne les enfants. Augustine était petite,
ou, pour la mieux peindre, mignonne. Gracieuse et
pleine de candeur, un homme du monde n'aurait pu
reprocher à cette charmante créature que des gestes
mesquins ou certaines attitudes communes, et parfois
de la gêne. Sa figure silencieuse et immobile respirait
cette mélancolie passagère qui s'empare de toutes les
jeunes filles trop faibles pour oser résister aux volontés
d'une mère. Toujours modestement vêtues, les deux
sœurs ne pouvaient satisfaire la coquetterie innée chez
la femme que par un luxe de propreté qui leur allait
à merveille et les mettait en harmonie avec ces comptoirs luisants, avec ces rayons sur lesquels le vieux
domestique ne souffrait pas un grain de poussière,
avec la simplicité antique de tout ce qui se voyait autour
d'elles. Obligées par leur genre de vie à chercher des
éléments de bonheur dans des travaux obstinés, Augus-

tine et Virginie n'avaient donné jusqu'alors que du
contentement à leur mère, qui s'applaudissait secrètement de la perfection du caractère de ses deux filles.
Il est facile d'imaginer les résultats de l'éducation
qu'elles avaient reçue. Elevées pour le commerce, ha-
bituées à n'entendre que des raisonnements et des
calculs tristement mercantiles, n'ayant étudié que la
grammaire, la tenue des livres, un peu d'histoire juive,
l'histoire de France dans Le Ragois[17], et ne lisant que
les auteurs dont la lecture leur était permise par leur
mère, leurs idées n'avaient pas pris beaucoup d'étendue :
elles savaient parfaitement tenir un ménage, elles connaissaient le prix des choses, elles appréciaient les difficultés que l'on éprouve à amasser l'argent, elles étaient
économes et portaient un grand respect aux qualités
du négociant. Malgré la fortune de leur père, elles
étaient aussi habiles à faire des reprises qu'à feston-
ner; souvent leur mère parlait de leur apprendre la
cuisine afin qu'elles sussent bien ordonner un dîner,
et pussent gronder une cuisinière en connaissance de
cause. Ignorant les plaisirs du monde et voyant comment s'écoulait la vie exemplaire de leurs parents, elles
ne jetaient que bien rarement leurs regards au-delà
de l'enceinte de cette vieille maison patrimoniale qui,
pour leur mère, était l'univers. Les réunions occasion-
nées par les solennités de famille formaient tout l'avenir de leurs joies terrestres. Quand le grand salon situé
au second étage devait recevoir madame Roguin, une
demoiselle Chevrel, de quinze ans moins âgée que sa
cousine et qui portait des diamants; le jeune Rabourdin, sous-chef aux finances; monsieur César Birotteau,
riche parfumeur, et sa femme appelée madame César;
monsieur Camusot, le plus riche négociant en soieries
de la rue des Bourdonnais, et son beau-père monsieur
Cardot; deux ou trois vieux banquiers, et des femmes

irréprochables; les apprêts nécessités par la manière dont l'argenterie, les porcelaines de Saxe, les bougies, les cristaux étaient empaquetés faisaient une diversion à la vie monotone de ces trois femmes qui allaient et venaient, en se donnant autant de mouvement que des religieuses pour la réception de leur évêque. Puis quand, le soir, fatiguées toutes trois d'avoir essuyé, frotté, déballé, mis en place les ornements de la fête, les deux jeunes filles aidaient leur mère à se coucher, madame Guillaume leur disait : — Nous n'avons rien fait aujourd'hui, mes enfants ! Lorsque, dans ces assemblées solennelles, la sœur tourière permettait de danser en confinant les parties de boston, de whist et de tric-trac dans sa chambre à coucher, cette concession était comptée parmi les félicités les plus inespérées, et causait un bonheur égal à celui d'aller à deux ou trois grands bals où Guillaume menait ses filles à l'époque du carnaval. Enfin, une fois par an, l'honnête drapier donnait une fête pour laquelle il n'épargnait rien. Quelque riches et élégantes que fussent les personnes invitées, elles se gardaient bien d'y manquer; car les maisons les plus considérables de la place avaient recours à l'immense crédit, à la fortune ou à la vieille expérience de monsieur Guillaume. Mais les deux filles de ce digne négociant ne profitaient pas autant qu'on pourrait le supposer des enseignements que le monde offre à de jeunes âmes. Elles apportaient dans ces réunions, inscrites d'ailleurs sur le carnet d'échéances de la maison, des parures dont la mesquinerie les faisait rougir. Leur manière de danser n'avait rien de remarquable, et la surveillance maternelle ne leur permettait pas de soutenir la conversation autrement que par Oui et Non avec leurs cavaliers. Puis la loi de la vieille enseigne du Chat-qui-pelote leur ordonnait d'être rentrées à onze heures, moment où les

bals et les fêtes commencent à s'animer. Ainsi leurs
plaisirs, en apparence assez conformes à la fortune de
leur père, devenaient souvent insipides par des circonstances qui tenaient aux habitudes et aux principes de
cette famille. Quant à leur vie habituelle, une seule
observation achèvera de la peindre. Madame Guillaume
exigeait que ses deux filles fussent habillées de grand
matin, qu'elles descendissent tous les jours à la même
heure, et soumettait leurs occupations à une régularité
monastique. Cependant Augustine avait reçu du hasard
une âme assez élevée pour sentir le vide de cette existence. Parfois ses yeux bleus se relevaient comme pour
interroger les profondeurs de cet escalier sombre et de
ces magasins humides. Après avoir sondé ce silence de
cloître, elle semblait écouter de loin de confuses révélations de cette vie passionnée qui met les sentiments à
un plus haut prix que les choses. En ces moments son
visage se colorait, ses mains inactives laissaient tomber
la blanche mousseline sur le chêne poli du comptoir,
et bientôt sa mère lui disait d'une voix qui restait toujours aigre même dans les tons les plus doux : — Augustine ! à quoi pensez-vous donc, mon bijou ? Peut-
être *Hippolyte comte de Douglas* et le *Comte de Com-
minges*[18], deux romans trouvés par Augustine dans l'armoire d'une cuisinière récemment renvoyée par madame Guillaume, contribuèrent-ils à développer les
idées de cette jeune fille qui les avait furtivement dévo-
rés pendant les longues nuits de l'hiver précédent. Les
expressions de désir vague, la voix douce, la peau de
jasmin et les yeux bleus d'Augustine avaient donc allu-
mé dans l'âme du pauvre Lebas un amour aussi violent
que respectueux. Par un caprice facile à comprendre,
Augustine ne se sentait aucun goût pour l'orphelin :
peut-être était-ce parce qu'elle ne se savait pas aimée
par lui. En revanche, les longues jambes, les cheveux

châtains, les grosses mains et l'encolure vigoureuse du premier commis avaient trouvé une secrète admiration dans mademoiselle Virginie, qui, malgré ses cinquante mille écus de dot, n'était demandée en mariage par personne. Rien de plus naturel que ces deux passions inverses nées dans le silence de ces comptoirs obscurs comme fleurissent des violettes dans la profondeur d'un bois. La muette et constante contemplation qui réunissait les yeux de ces jeunes gens par un besoin violent de distraction au milieu de travaux obstinés et d'une paix religieuse, devait tôt ou tard exciter des sentiments d'amour. L'habitude de voir une figure y fait découvrir insensiblement les qualités de l'âme, et finit par en effacer les défauts.

— Au train dont y va cet homme, nos filles ne tarderont pas à se mettre à genoux devant un prétendu ! se dit monsieur Guillaume en lisant le premier décret par lequel Napoléon anticipa sur les classes de conscrits.

Dès ce jour, désespéré de voir sa fille aînée se faner, le vieux marchand se souvint d'avoir épousé mademoiselle Chevrel à peu près dans la situation où se trouvaient Joseph Lebas et Virginie. Quelle belle affaire que de marier sa fille et d'acquitter une dette sacrée, en rendant à un orphelin le bienfait qu'il avait reçu jadis de son prédécesseur dans les mêmes circonstances ! Âgé de trente-trois ans, Joseph Lebas pensait aux obstacles que quinze ans de différence mettaient entre Augustine et lui. Trop perspicace d'ailleurs pour ne pas deviner les desseins de monsieur Guillaume, il en connaissait assez les principes inexorables pour savoir que jamais la cadette ne se marierait avant l'aînée. Le pauvre commis, dont le cœur était aussi excellent que ses jambes étaient longues et son buste épais, souffrait donc en silence.

Tel était l'état des choses dans cette petite république, qui, au milieu de la rue Saint-Denis, ressemblait assez à une succursale de la Trappe. Mais pour rendre un compte exact des événements extérieurs comme des sentiments, il est nécessaire de remonter à quelques mois avant la scène par laquelle commence cette histoire. A la nuit tombante, un jeune homme passant devant l'obscure boutique du Chat-qui-pelote y était resté un moment en contemplation à l'aspect d'un tableau qui aurait arrêté tous les peintres du monde[19]. Le magasin, n'étant pas encore éclairé, formait un plan noir au fond duquel se voyait la salle à manger du marchand. Une lampe astrale[20] y répandait ce jour jaune qui donne tant de grâce aux tableaux de l'école hollandaise. Le linge blanc, l'argenterie, les cristaux formaient de brillants accessoires qu'embellissaient encore de vives oppositions entre l'ombre et la lumière. La figure du père de famille et celle de sa femme, les visages des commis et les formes pures d'Augustine, à deux pas de laquelle se tenait une grosse fille joufflue, composaient un groupe si curieux; ces têtes étaient si originales, et chaque caractère avait une expression si franche, on devinait si bien la paix, le silence et la modeste vie de cette famille, que, pour un artiste accoutumé à exprimer la nature, il y avait quelque chose de désespérant à vouloir rendre cette scène fortuite. Ce passant était un jeune peintre, qui, sept ans auparavant, avait remporté le grand prix de peinture. Il revenait de Rome. Son âme nourrie de poésie, ses yeux rassasiés de Raphaël et de Michel-Ange avaient soif de la nature vraie, après une longue habitation du pays pompeux où l'art a jeté partout son grandiose. Faux ou juste, tel était son sentiment personnel. Abandonné longtemps à la fougue des passions italiennes, son cœur demandait une de ces vierges modestes et recueillies que, malheureusement, il n'avait su trouver qu'en peinture à Rome. De l'enthousiasme imprimé à son âme exaltée par le tableau naturel qu'il contemplait, il passa naturellement à une profonde admiration pour la figure principale : Augustine paraissait pensive et ne mangeait point; par une disposition de la lampe dont la lumière tombait entièrement sur son visage, son buste semblait se mouvoir dans un cercle de feu qui détachait plus vivement les contours de sa tête et l'illuminait d'une manière quasi surnaturelle. L'artiste la compara involontairement à un ange exilé qui se souvient du ciel[21]. Une sensation presque inconnue, un amour limpide et bouillonnant inonda son cœur. Après être demeuré pendant un moment comme écrasé sous le poids de ses idées, il s'arracha à son bonheur, rentra chez lui, ne mangea pas, ne dormit point. Le lendemain, il entra dans son atelier pour n'en sortir qu'après avoir déposé sur une toile la magie de cette scène dont le souvenir l'avait en quelque sorte fanatisé. Sa félicité fut incomplète tant qu'il ne posséda pas un fidèle portrait de son idole. Il passa plusieurs fois devant la maison du Chat-qui-pelote; il osa même y entrer une ou deux fois sous le masque d'un déguisement, afin de voir de plus près la ravissante créature que madame Guillaume couvrait de son aile. Pendant huit mois entiers, adonné à son amour, à ses pinceaux, il resta invisible pour ses amis les plus intimes, oubliant le monde, la poésie, le théâtre, la musique, et ses plus chères habitudes. Un matin, Girodet[22] força toutes ces consignes que les artistes connaissent et savent éluder, parvint à lui, et le réveilla par cette demande : — Que mettras-tu au Salon ? L'artiste saisit la main de son ami, l'entraîne à son atelier, découvre un petit tableau de chevalet et un portrait. Après une lente et avide contemplation des deux chefs-d'œuvre, Girodet saute au

cou de son camarade et l'embrasse, sans trouver de paroles. Ses émotions ne pouvaient se rendre que comme
il les sentait, d'âme à âme.

— Tu es amoureux ? dit Girodet.

Tous deux savaient que les plus beaux portraits de
Titien, de Raphaël et de Léonard de Vinci sont dus à
des sentiments exaltés, qui, sous diverses conditions,
engendrent d'ailleurs tous les chefs-d'œuvre. Pour toute
réponse, le jeune artiste inclina la tête.

— Es-tu heureux de pouvoir être amoureux ici, en
revenant d'Italie ! Je ne te conseille pas de mettre de
telles œuvres au Salon, ajouta le grand peintre. Vois-
tu, ces deux tableaux n'y seraient pas sentis. Ces couleurs vraies, ce travail prodigieux ne peuvent pas encore
être appréciés, le public n'est plus accoutumé à tant de
profondeur. Les tableaux que nous peignons, mon
bon ami, sont des écrans, des paravents. Tiens, faisons
plutôt des vers, et traduisons les Anciens[23] ! il y a plus
de gloire à en attendre que de nos malheureuses toiles.

Malgré cet avis charitable, les deux toiles furent
exposées. La scène d'intérieur fit une révolution dans
la peinture. Elle donna naissance à ces tableaux de genre
dont la prodigieuse quantité importée à toutes nos
expositions pourrait faire croire qu'ils s'obtiennent par
des procédés purement mécaniques. Quant au portrait,
il est peu d'artistes qui ne gardent le souvenir de cette
toile vivante à laquelle le public, quelquefois juste en
masse, laissa la couronne que Girodet y plaça lui-
même. Les deux tableaux furent entourés d'une foule
immense. On s'y tua, comme disent les femmes. Des
spéculateurs, des grands seigneurs couvrirent ces deux
toiles de doubles napoléons, l'artiste refusa obstinément de les vendre, et refusa d'en faire des copies.
On lui offrit une somme énorme pour les laisser graver, les marchands ne furent pas plus heureux que ne

l'avaient été les amateurs. Quoique cette aventure occupât le monde, elle n'était pas de nature à parvenir au fond de la petite Thébaïde de la rue Saint-Denis; néanmoins, en venant faire une visite à madame Guillaume, la femme du notaire parla de l'exposition devant Augustine, qu'elle aimait beaucoup, et lui en expliqua le but. Le babil de madame Roguin inspira naturellement à Augustine le désir de voir les tableaux, et la hardiesse de demander secrètement à sa cousine de l'accompagner au Louvre. La cousine réussit dans la négociation qu'elle entama auprès de madame Guillaume, pour obtenir la permission d'arracher sa petite cousine à ses tristes travaux pendant environ deux heures. La jeune fille pénétra donc, à travers la foule, jusqu'au tableau couronné. Un frisson la fit trembler comme une feuille de bouleau, quand elle se reconnut. Elle eut peur et regarda autour d'elle pour rejoindre madame Roguin, de qui elle avait été séparée par un flot de monde. En ce moment ses yeux effrayés rencontrèrent la figure enflammée du jeune peintre. Elle se rappela tout à coup la physionomie d'un promeneur que, curieuse, elle avait souvent remarqué, en croyant que c'était un nouveau voisin.

— Vous voyez ce que l'amour m'a inspiré, dit l'artiste à l'oreille de la timide créature qui resta tout épouvantée de ces paroles.

Elle trouva un courage surnaturel pour fendre la presse, et pour rejoindre sa cousine encore occupée à percer la masse du monde qui l'empêchait d'arriver jusqu'au tableau.

— Vous seriez étouffée, s'écria Augustine, partons !

Mais il se rencontre, au Salon, certains moments pendant lesquels deux femmes ne sont pas toujours libres de diriger leurs pas dans les galeries. Mademoiselle Guillaume et sa cousine furent poussées à quelques pas

du second tableau, par suite des mouvements irrégu-
liers que la foule leur imprima. Le hasard voulut
qu'elles eussent la facilité d'approcher ensemble de la
toile illustrée par la mode, d'accord cette fois avec le
talent. L'exclamation de surprise que jeta la femme du
notaire se perdit dans le brouhaha et les bourdonne-
ments de la foule; quant à Augustine, elle pleura involontairement à l'aspect de cette merveilleuse scène, et
par un sentiment presque inexplicable, elle mit un
doigt sur ses lèvres en apercevant à deux pas d'elle la
figure extatique du jeune artiste. L'inconnu répondit
par un signe de tête et désigna madame Roguin, comme
un trouble-fête, afin de montrer à Augustine qu'elle
était comprise. Cette pantomime jeta comme un brasier
dans le corps de la pauvre fille qui se trouva criminelle,
en se figurant qu'il venait de se conclure un pacte entre
elle et l'artiste. Une chaleur étouffante, le continuel
aspect des plus brillantes toilettes, et l'étourdissement
que produisait sur Augustine la variété des couleurs, la
multitude des figures vivantes ou peintes, la profusion
des cadres d'or, lui firent éprouver une espèce d'enivre-
ment qui redoubla ses craintes. Elle se serait peut-
être évanouie, si, malgré ce chaos de sensations, il ne
s'était élevé au fond de son cœur une jouissance inconnue qui vivifia tout son être. Néanmoins, elle se crut
sous l'empire de ce démon dont les terribles pièges lui
étaient prédits par la tonnante parole des prédicateurs.
Ce moment fut pour elle comme un moment de folie.
Elle se vit accompagnée jusqu'à la voiture de sa cousine par ce jeune homme resplendissant de bonheur et
d'amour. En proie à une irritation toute nouvelle, à une
ivresse qui la livrait en quelque sorte à la nature, Augustine écouta la voix éloquente de son cœur, et regarda
plusieurs fois le jeune peintre en laissant paraître le
trouble qui la saisissait. Jamais l'incarnat de ses joues

n'avait formé de plus vigoureux contrastes avec la blancheur de sa peau. L'artiste aperçut alors cette beauté dans toute sa fleur, cette pudeur dans toute sa gloire. Augustine éprouva une sorte de joie mêlée de terreur, en pensant que sa présence causait la félicité de celui dont le nom était sur toutes les lèvres, dont le talent donnait l'immortalité à de passagères images. Elle était aimée ! Il lui était impossible d'en douter. Quand elle ne vit plus l'artiste, ces paroles simples retentissaient encore dans son cœur : « Vous voyez ce que l'amour m'a inspiré. » Et les palpitations devenues plus profondes lui semblèrent une douleur, tant son sang plus ardent réveilla dans son être de puissances inconnues. Elle feignit d'avoir un grand mal de tête pour éviter de répondre aux questions de sa cousine relativement aux tableaux; mais, au retour, madame Roguin ne put s'empêcher de parler à madame Guillaume de la célébrité obtenue par le Chat-qui-pelote, et Augustine trembla de tous ses membres en entendant dire à sa mère qu'elle irait au Salon pour y voir sa maison. La jeune fille insista de nouveau sur sa souffrance, et obtint la permission d'aller se coucher.

— Voilà ce qu'on gagne à tous ces spectacles, s'écria monsieur Guillaume, des maux de tête. Est-ce donc bien amusant de voir en peinture ce qu'on rencontre tous les jours dans notre rue ? Ne me parlez pas de ces artistes qui sont, comme vos auteurs, des meure-defaim[24]. Que diable ont-ils besoin de prendre ma maison pour la vilipender dans leurs tableaux ?

— Cela pourra nous faire vendre quelques aunes de drap de plus, dit Joseph Lebas.

Cette observation n'empêcha pas que les arts et la pensée ne fussent condamnés encore une fois au tribunal du Négoce. Comme on doit bien le penser, ces discours ne donnèrent pas grand espoir à Augustine qui se livra pendant la nuit à la première méditation de l'amour. Les événements de cette journée furent comme un songe qu'elle se plut à reproduire dans sa pensée. Elle s'initia aux craintes, aux espérances, aux remords, à toutes ces ondulations de sentiment qui devaient bercer un cœur simple et timide comme le sien. Quel vide elle reconnut dans cette noire maison, et quel trésor elle trouva dans son âme ! Etre la femme d'un homme de talent, partager sa gloire ! Quels ravages cette idée ne devait-elle pas faire au cœur d'une enfant élevée au sein de cette famille ? Quelle espérance ne devait-elle pas éveiller chez une jeune personne qui, nourrie jusqu'alors de principes vulgaires, avait désiré une vie élégante ? Un rayon de soleil était tombé dans cette prison. Augustine aima tout à coup. En elle tant de sentiments étaient flattés à la fois qu'elle succomba sans rien calculer. A dix-huit ans, l'amour ne jette-t-il pas son prisme entre le monde et les yeux d'une jeune fille ! Incapable de deviner les rudes chocs qui résultent de l'alliance d'une femme aimante avec un homme d'imagination, elle crut être appelée à faire le bonheur de celui-ci, sans apercevoir aucune disparate entre elle et lui. Pour elle le présent fut tout l'avenir. Quand le lendemain son père et sa mère revinrent du Salon, leurs figures attristées annoncèrent quelque désappointement. D'abord, les deux tableaux avaient été retirés par le peintre; puis madame Guillaume avait perdu son châle de cachemire. Apprendre que les tableaux venaient de disparaître après sa visite au Salon fut pour Augustine la révélation d'une délicatesse de sentiment que les femmes savent toujours apprécier, même instinctivement.

Le matin où, rentrant d'un bal, Théodore de Sommervieux, tel était le nom que la renommée avait apporté dans le cœur d'Augustine, fut aspergé par les commis du Chat-qui-pelote pendant qu'il attendait l'apparition de sa naïve amie, qui ne le savait certes pas là, les deux amants se voyaient pour la quatrième fois seulement depuis la scène du Salon. Les obstacles que le régime de la maison Guillaume opposait au caractère fougueux de l'artiste donnaient à sa passion pour Augustine une violence facile à concevoir. Comment aborder une jeune fille assise dans un comptoir entre deux femmes telles que mademoiselle Virginie et madame Guillaume, comment correspondre avec elle, quand sa mère ne la quittait jamais ? Habile, comme tous les amants, à se forger des malheurs, Théodore se créait un rival dans l'un des commis, et mettait les autres dans les intérêts de son rival. S'il échappait à tant d'Argus, il se voyait échouant sous les yeux sévères du vieux négociant ou de madame Guillaume. Partout des barrières, partout le désespoir ! La violence même de sa passion empêchait le jeune peintre de trouver ces expédients ingénieux qui, chez les prisonniers comme chez les amants, semblent être le dernier effort de la raison échauffée par un sauvage besoin de liberté ou par le feu de l'amour. Théodore tournait alors dans le quartier avec l'activité d'un fou, comme si le mouvement pouvait lui suggérer des ruses. Après s'être bien tourmenté l'imagination, il inventa de gagner à prix d'or la servante joufflue. Quelques lettres furent donc échangées de loin en loin pendant la quinzaine qui suivit la malencontreuse matinée où monsieur Guillaume et Théodore s'étaient si bien examinés. En ce moment, les deux jeunes gens étaient convenus de se voir à une certaine heure du jour et le dimanche, à Saint-Leu, pendant la messe et les vêpres. Augustine avait envoyé à son cher Théodore la liste des parents et des amis de la famille, chez lesquels le jeune peintre tâcha d'avoir accès afin d'intéresser à ses amoureuses pensées, s'il était possible, une de ces âmes occupées d'argent, de commerce, et auxquelles une passion véritable devait sembler la spéculation la plus monstrueuse, une spéculation inouïe. D'ailleurs, rien ne changea dans les habitudes du Chat-qui-pelote. Si Augustine fut distraite, si, contre toute espèce d'obéissance aux lois de la charte domestique, elle monta à sa chambre pour y aller, grâce à un pot de fleurs, établir des signaux; si elle soupira, si elle pensa enfin, personne, pas même sa mère, ne s'en aperçut. Cette circonstance causera quelque surprise à ceux qui auront compris l'esprit de cette maison, où une pensée entachée de poésie devait produire un contraste avec les êtres et les choses, où personne ne pouvait se permettre ni un geste, ni un regard qui ne fussent vus et analysés. Cependant rien de plus naturel : le vaisseau si tranquille qui naviguait sur la mer orageuse de la place de Paris, sous le pavillon du Chat-qui-pelote, était la proie d'une de ces tempêtes qu'on pourrait nommer équinoxiales à cause de leur retour périodique. Depuis quinze jours, les quatre[25] hommes de l'équipage, madame Guillaume et mademoiselle Virginie s'adonnaient à ce travail excessif désigné sous le nom d'*inventaire*. On remuait tous les ballots et l'on vérifiait l'aunage des pièces pour s'assurer de la valeur exacte du coupon restant. On examinait soigneusement la carte appendue au paquet pour reconnaître en quel temps les draps avaient été achetés. On fixait le prix actuel. Toujours debout, son aune à la main, la plume derrière l'oreille, monsieur Guillaume ressemblait à un capitaine commandant la manœuvre. Sa voix aiguë, passant par un judas pour interroger la profondeur des écoutilles du magasin d'en bas, faisait entendre ces barbares locutions du commerce qui ne s'exprime que par énigmes : — Com-

bien d'H-N-Z ? — Enlevé. — Que reste-t-il de Q-X ?
— Deux aunes. — Quel prix ? — Cinq-cinq-trois. —
Portez à trois A tout J-J, tout M-P, et le reste de V-D-O.
Mille autres phrases tout aussi intelligibles ronflaient
à travers les comptoirs comme des vers de la poésie
moderne que des romantiques se seraient cités afin d'entretenir leur enthousiasme pour un de leurs poètes. Le
soir, Guillaume, enfermé avec son commis et sa femme,
soldait les comptes, portait à nouveau, écrivait aux re-
tardataires, et dressait des factures. Tous trois préparaient ce travail immense dont le résultat tenait sur un
carré de papier tellière[26], et prouvait à la maison Guillaume qu'il existait tant en argent, tant en marchan-
dises, tant en traites et billets; qu'elle ne devait pas un
sou, qu'il lui était dû cent ou deux cent mille francs;
que le capital avait augmenté; que les fermes, les maisons, les rentes allaient être ou arrondies, ou réparées,
ou doublées. De là résultait la nécessité de recommen-
cer avec plus d'ardeur que jamais à ramasser de nouveaux écus, sans qu'il vînt en tête à ces courageuses
fourmis de se demander : A quoi bon ? A la faveur
de ce tumulte annuel, l'heureuse Augustine échappait
à l'investigation de ses Argus. Enfin, un samedi soir,
la clôture de l'inventaire eut lieu. Les chiffres du total
actif offrirent assez de zéros pour qu'en cette circonstance Guillaume levât la consigne sévère qui régnait
toute l'année au dessert. Le sournois drapier se frotta
les mains, et permit à ses commis de rester à sa table.
A peine chacun des hommes de l'équipage achevait-
il son petit verre d'une liqueur de ménage, on entendit
le roulement d'une voiture. La famille alla voir *Cendrillon* aux Variétés[27], tandis que les deux derniers commis reçurent chacun un écu de six francs et la permission d'aller où bon leur semblerait, pourvu qu'ils fussent rentrés à minuit.

Malgré cette débauche, le dimanche matin, le vieux marchand drapier fit sa barbe dès six heures, endossa son habit marron dont les superbes reflets lui causaient toujours le même contentement, il attacha des boucles d'or aux oreilles de son ample culotte de soie; puis, vers sept heures, au moment où tout dormait encore dans la maison, il se dirigea vers le petit cabinet attenant à son magasin du premier étage. Le jour y venait d'une croisée armée de gros barreaux de fer, et qui donnait sur une petite cour carrée formée de murs si noirs qu'elle ressemblait assez à un puits. Le vieux négociant ouvrit lui-même ces volets garnis de tôle qu'il connaissait si bien, et releva une moitié du vitrage en le faisant glisser dans sa coulisse. L'air glacé de la cour vint rafraîchir la chaude atmosphère de ce cabinet, qui exhalait l'odeur particulière aux bureaux. Le marchand resta debout, la main posée sur le bras crasseux d'un fauteuil de canne doublé de maroquin dont la couleur primitive était effacée, il semblait hésiter à s'y asseoir. Il regarda d'un air attendri le bureau à double pupitre, où la place de sa femme se trouvait ménagée, dans le côté opposé à la sienne, par une petite arcade pratiquée dans le mur. Il contempla les cartons numérotés, les ficelles, les ustensiles, les fers à marquer le drap, la caisse, objets d'une origine immémoriale, et crut se revoir devant l'ombre évoquée du sieur Chevrel. Il avança le même tabouret sur lequel il s'était jadis assis en présence de son défunt patron. Ce tabouret garni de cuir noir, et dont le crin s'échappait depuis longtemps par les coins, mais sans se perdre, il le plaça d'une main tremblante au même endroit où son prédécesseur l'avait mis; puis, dans une agitation difficile à décrire, il tira la sonnette qui correspondait au chevet du lit de Joseph Lebas. Quand ce coup décisif eut été frappé, le vieillard, pour qui ces souvenirs furent sans doute trop lourds, prit trois ou quatre lettres de change qui lui avaient été présentées, et les regardait sans les voir quand Joseph Lebas se montra soudain.

— Asseyez-vous là, lui dit Guillaume en lui désignant le tabouret.

Comme jamais le vieux maître drapier n'avait fait asseoir son commis devant lui, Joseph Lebas tressaillit.

— Que pensez-vous de ces traites ? demanda Guillaume.

— Elles ne seront pas payées.

— Comment ?

— Mais j'ai su qu'avant-hier Etienne et compagnie ont fait leurs paiements en or.

— Oh ! oh ! s'écria le drapier, il faut être bien malade pour laisser voir sa bile. Parlons d'autre chose, Joseph, l'inventaire est fini.

— Oui, monsieur, et le dividende est un des plus beaux que vous ayez eus.

— Ne vous servez donc pas de ces nouveaux mots. Dites le produit, Joseph. Savez-vous, mon garçon, que c'est un peu à vous que nous devons ces résultats ? Aussi, ne veux-je plus que vous ayez d'appointements. Madame Guillaume m'a donné l'idée de vous offrir un intérêt. Hein, Joseph ! Guillaume et Lebas, ces mots ne feraient-ils pas une belle raison sociale ? On pourrait mettre *et compagnie* pour arrondir la signature.

Les larmes vinrent aux yeux de Joseph Lebas qui s'efforça de les cacher. — Ah ! monsieur Guillaume ! comment ai-je pu mériter tant de bontés ? Je n'ai fait que mon devoir. C'était déjà tant que de vous intéresser à un pauvre orph...

Il brossait le parement de sa manche gauche avec la manche droite, et n'osait regarder le vieillard qui souriait en pensant que ce modeste jeune homme avait sans doute besoin, comme lui autrefois, d'être encouragé pour rendre l'explication complète.

— Cependant, reprit le père de Virginie, vous ne méritez pas beaucoup cette faveur, Joseph ! Vous ne mettez pas en moi autant de confiance que j'en mets en vous. (Le commis releva brusquement la tête.) — Vous avez le secret de la caisse. Depuis deux ans je vous ai dit presque toutes mes affaires. Je vous ai fait voyager en fabrique. Enfin, pour vous, je n'ai rien sur le cœur. Mais vous ?... Vous avez une inclination, et ne m'en avez pas touché un seul mot. (Joseph Lebas rougit.) — Ah ! ah ! s'écria Guillaume, vous pensiez donc tromper un vieux renard comme moi ? Moi ! à qui vous avez vu deviner la faillite Lecoq !

— Comment, monsieur ? répondit Joseph Lebas en examinant son patron avec autant d'attention que son patron l'examinait, comment, vous sauriez qui j'aime ?

— Je sais tout, vaurien, lui dit le respectable et rusé marchand en lui tordant le bout de l'oreille. Et je te pardonne, j'ai fait de même.

— Et vous me l'accorderiez ?

— Oui, avec cinquante mille écus, et je t'en laisserai autant, et nous marcherons sur nouveaux frais avec une nouvelle raison sociale. Nous brasserons encore des affaires, garçon, s'écria le vieux marchand en se levant et agitant ses bras. Vois-tu, mon gendre, il n'y a que le commerce ! Ceux qui se demandent quels plaisirs on y trouve sont des imbéciles. Etre à la piste des affaires, savoir gouverner sur la place, attendre avec anxiété, comme au jeu, si les Etienne et compagnie font faillite, voir passer un régiment de la garde impériale habillé de notre drap, donner un croc-en-jambe au voisin, loyalement s'entend ! fabriquer à meilleur marché que les autres; suivre une affaire qu'on ébauche, qui commence, grandit, chancelle et réussit, connaître comme un ministre de la police tous les ressorts des maisons de commerce pour ne pas faire fausse route; se tenir debout devant les naufrages; avoir des amis, par correspondance, dans toutes les villes manufacturières, n'est-ce pas un jeu perpétuel, Joseph ? Mais c'est vivre, ça ! Je mourrai dans ce tracas-là, comme le vieux Chevrel, n'en prenant cependant plus qu'à mon aise. Dans la chaleur de sa plus forte improvisation, le père Guillaume n'avait presque pas regardé son commis qui pleurait à chaudes larmes. — Eh ! bien, Joseph, mon pauvre garçon, qu'as-tu donc ?

— Ah ! je l'aime tant, tant, monsieur Guillaume, que le cœur me manque, je crois...

— Eh ! bien, garçon, dit le marchand attendri, tu es plus heureux que tu ne crois, sarpejeu, car elle t'aime. Je le sais, moi !

Et il cligna ses deux petits yeux verts en regardant son commis.

— Mademoiselle Augustine, mademoiselle Augustine ! s'écria Joseph Lebas dans son enthousiasme.

Il allait s'élancer hors du cabinet, quand il se sentit arrêté par un bras de fer, et son patron stupéfait le ramena vigoureusement devant lui.

— Qu'est-ce que fait donc Augustine dans cette affaire-là ? demanda Guillaume dont la voix glaça sur-le-champ le malheureux Joseph Lebas.

— N'est-ce pas elle... que... j'aime ? dit le commis en balbutiant.

Déconcerté de son défaut de perspicacité, Guillaume se rassit et mit sa tête pointue dans ses deux mains pour réfléchir à la bizarre position dans laquelle il se trouvait. Joseph Lebas honteux et au désespoir resta debout.

— Joseph, reprit le négociant avec une dignité froide, je vous parlais de Virginie. L'amour ne se

commande pas, je le sais. Je connais votre discrétion,
nous oublierons cela. Je ne marierai jamais Augustine
avant Virginie. Votre intérêt sera de dix pour cent.

Le commis, auquel l'amour donna je ne sais quel
degré de courage et d'éloquence, joignit les mains, prit
la parole, parla pendant un quart d'heure à Guillaume
avec tant de chaleur et de sensibilité que la situation
changea. S'il s'était agi d'une affaire commerciale, le
vieux négociant aurait eu des règles fixes pour prendre
une résolution; mais, jeté à mille lieues du commerce,
sur la mer des sentiments, et sans boussole, il flotta irré-
solu devant un événement si original, se disait-il.
Entraîné par sa bonté naturelle, il battit un peu la
campagne.

— Et, diantre, Joseph, tu n'es pas sans savoir que
j'ai eu mes deux enfants à dix ans de distance ! Mademoiselle Chevrel n'était pas belle, elle n'a cependant
pas à se plaindre de moi. Fais donc comme moi. Enfin,
ne pleure pas, es-tu bête ? Que veux-tu ? Cela s'arran-
gera peut-être, nous verrons. Il y a toujours moyen de
se tirer d'affaire. Nous autres hommes nous ne sommes
pas toujours comme des Céladons[28] pour nos femmes.
Tu m'entends ? Madame Guillaume est dévote, et...
Allons, sarpejeu, mon enfant, donne ce matin le bras
à Augustine pour aller à la messe.

Telles furent les phrases jetées à l'aventure par Guillaume. La conclusion qui les terminait ravit l'amoureux commis : il songeait déjà pour mademoiselle
Virginie à l'un de ses amis, quand il sortit du cabinet
enfumé en serrant la main de son futur beau-père,
après lui avoir dit, d'un petit air entendu, que tout
s'arrangerait au mieux.

— Que va penser madame Guillaume ? Cette idée
tourmenta prodigieusement le brave négociant quand
il fut seul.

Au déjeuner, madame Guillaume et Virginie, auxquelles le marchand drapier avait laissé provisoirement ignorer son désappointement, regardèrent assez malicieusement Joseph Lebas qui resta grandement embarrassé. La pudeur du commis lui concilia l'amitié de sa belle-mère. La matrone redevint si gaie qu'elle regarda monsieur Guillaume en souriant, et se permit quelques petites plaisanteries d'un usage immémorial dans ces innocentes familles. Elle mit en question la conformité de la taille de Virginie et de celle de Joseph, pour leur demander de se mesurer. Ces niaiseries préparatoires attirèrent quelques nuages sur le front du chef de famille, et il afficha même un tel amour pour le décorum, qu'il ordonna à Augustine de prendre le bras du premier commis en allant à Saint-Leu. Madame Guillaume, étonnée de cette délicatesse masculine, honora son mari d'un signe de tête d'approbation. Le cortège partit donc de la maison dans un ordre qui ne pouvait suggérer aucune interprétation malicieuse aux voisins.

— Ne trouvez-vous pas, mademoiselle Augustine, disait le commis en tremblant, que la femme d'un négociant qui a un bon crédit, comme monsieur Guillaume, par exemple, pourrait s'amuser un peu plus que ne s'amuse madame votre mère, pourrait porter des diamants, aller en voiture ? Oh ! moi, d'abord, si je me mariais, je voudrais avoir toute la peine, et voir ma femme heureuse. Je ne la mettrais pas dans mon comptoir. Voyez-vous, dans la draperie, les femmes n'y sont pas aussi nécessaires qu'elles l'étaient autrefois. Monsieur Guillaume a eu raison d'agir comme il a fait, et d'ailleurs c'était le goût de son épouse. Mais qu'une femme sache donner un coup de main à la comptabilité, à la correspondance, au détail, aux commandes, à son ménage, afin de ne pas rester oisive, c'est tout.

A sept heures, quand la boutique serait fermée, moi je m'amuserais, j'irais au spectacle et dans le monde. Mais vous ne m'écoutez pas.

— Si fait, monsieur Joseph. Que dites-vous de la peinture ? C'est là un bel état.

— Oui, je connais un maître peintre en bâtiment, monsieur Lourdois, qui a des écus.

En devisant ainsi, la famille atteignit l'église de Saint-Leu. Là, madame Guillaume retrouva ses droits, et fit mettre, pour la première fois, Augustine à côté d'elle. Virginie prit place sur la quatrième chaise à côté de Lebas. Pendant le prône, tout alla bien entre Augustine et Théodore qui, debout, derrière un pilier, priait sa madone avec ferveur; mais au lever-Dieu[29], madame Guillaume s'aperçut, un peu tard, que sa fille Augustine tenait son livre de messe au rebours. Elle se disposait à la gourmander vigoureusement, quand, rabaissant son voile, elle interrompit sa lecture et se mit à regarder dans la direction qu'affectionnaient les yeux de sa fille. A l'aide de ses besicles, elle vit le jeune artiste dont l'élégance mondaine annonçait plutôt quelque capitaine de cavalerie en congé qu'un négociant du quartier. Il est difficile d'imaginer l'état violent dans lequel se trouva madame Guillaume, qui se flattait d'avoir parfaitement élevé ses filles, en reconnaissant dans le cœur d'Augustine un amour clandestin dont le danger lui fut exagéré par sa pruderie et par son ignorance. Elle crut sa fille gangrenée jusqu'au cœur.

— Tenez d'abord votre livre à l'endroit, mademoiselle, dit-elle à voix basse mais en tremblant de colère. Elle arracha vivement le paroissien accusateur, et le remit de manière à ce que les lettres fussent dans leur sens naturel. — N'ayez pas le malheur de lever les yeux autre part que sur vos prières, ajouta-t-elle, autrement,

vous auriez affaire à moi. Après la messe, votre père et
moi nous aurons à vous parler.

Ces paroles furent comme un coup de foudre pour la
pauvre Augustine. Elle se sentit défaillir; mais combat-
tue entre la douleur qu'elle éprouvait et la crainte de
faire un esclandre dans l'église, elle eut le courage de
cacher ses angoisses. Cependant, il était facile de deviner l'état violent de son âme en voyant son paroissien
trembler et des larmes tomber sur chacune des pages
qu'elle tournait. Au regard enflammé que lui lança
madame Guillaume, l'artiste vit le péril où tombaient
ses amours, et sortit, la rage dans le cœur, décidé à tout
oser.

— Allez dans votre chambre, mademoiselle ! dit madame Guillaume à sa fille en rentrant au logis; nous
vous ferons appeler; et surtout, ne vous avisez pas d'en
sortir.

La conférence que les deux époux eurent ensemble
fut si secrète que rien n'en transpira d'abord. Cependant, Virginie, qui avait encouragé sa sœur par mille
douces représentations, poussa la complaisance jusqu'à
se glisser auprès de la porte de la chambre à coucher
de sa mère, chez laquelle la discussion avait lieu, pour
y recueillir quelques phrases. Au premier voyage qu'elle
fit du troisième au second étage, elle entendit son père
qui s'écriait : — Madame, vous voulez donc tuer votre
fille ?

— Ma pauvre enfant, dit Virginie à sa sœur éplorée,
papa prend ta défense !

— Et que veulent-ils faire à Théodore ? demanda
l'innocente créature.

La curieuse Virginie redescendit alors; mais cette
fois elle resta plus longtemps : elle apprit que Lebas
aimait Augustine. Il était écrit que, dans cette mémorable journée, une maison ordinairement si calme serait

un enfer. Monsieur Guillaume désespéra Joseph Lebas en lui confiant l'amour d'Augustine pour un étranger. Lebas, qui avait averti son ami de demander mademoiselle Virginie en mariage, vit ses espérances renversées. Mademoiselle Virginie, accablée de savoir que Joseph l'avait en quelque sorte refusée, fut prise d'une migraine. La zizanie semée entre les deux époux par l'explication que monsieur et madame Guillaume avaient eue ensemble, et où, pour la troisième fois de leur vie, ils se trouvèrent d'opinions différentes, se manifesta d'une manière terrible. Enfin, à quatre heures après midi, Augustine, pâle, tremblante et les yeux rouges, comparut devant son père et sa mère. La pauvre enfant raconta naïvement la trop courte histoire de ses amours. Rassurée par l'allocution de son père, qui lui avait promis de l'écouter en silence, elle prit un certain courage en prononçant devant ses parents le nom de son cher Théodore de Sommervieux, et en fit malicieusement sonner la particule aristocratique. En se livrant au charme inconnu de parler de ses sentiments, elle trouva assez de hardiesse pour déclarer avec une innocente fermeté qu'elle aimait monsieur de Sommervieux, qu'elle le lui avait écrit, et ajouta, les larmes aux yeux : — Ce serait faire mon malheur que de me sacrifier à un autre.

— Mais, Augustine, vous ne savez donc pas ce que c'est qu'un peintre ? s'écria sa mère avec horreur.

— Madame Guillaume ! dit le vieux père en imposant silence à sa femme. — Augustine, dit-il, les artistes sont en général des meure-de-faim[30] Ils sont trop dépensiers pour ne pas être toujours de mauvais sujets. J'ai fourni feu monsieur Joseph Vernet, feu monsieur Lekain et feu monsieur Noverre. Ah ! si tu savais combien ce monsieur Noverre, monsieur le chevalier de Saint-Georges, et surtout monsieur Philidor[31], ont joué de tours à ce pauvre père Chevrel ! C'est de drôles de corps, je le sais bien. Ça vous a tous un babil, des manières... Ah ! jamais ton monsieur Sumer... Somm...

— De Sommervieux, mon père !

— Eh ! bien, de Sommervieux, soit ! jamais il n'aura été aussi agréable avec toi que monsieur le chevalier de Saint-Georges le fut avec moi, le jour où j'obtins une sentence des consuls[32] contre lui. Aussi était-ce des gens de qualité d'autrefois.

— Mais, mon père, monsieur Théodore est noble, et m'a écrit qu'il était riche. Son père s'appelait le chevalier de Sommervieux avant la Révolution.

A ces paroles, monsieur Guillaume regarda sa terrible moitié, qui, en femme contrariée, frappait le plancher du bout du pied et gardait un morne silence; elle évitait même de jeter ses yeux courroucés sur Augustine, et semblait laisser à monsieur Guillaume toute la responsabilité d'une affaire si grave, puisque ses avis n'étaient pas écoutés; néanmoins, malgré son flegme apparent, quand elle vit son mari prenant si doucement son parti sur une catastrophe qui n'avait rien de commercial, elle s'écria : — En vérité, monsieur, vous êtes d'une faiblesse avec vos filles... mais..

Le bruit d'une voiture qui s'arrêtait à la porte interrompit tout à coup la mercuriale que le vieux négociant redoutait déjà. En un moment, madame Roguin se trouva au milieu de la chambre, et, regardant les trois acteurs de cette scène domestique : — Je sais tout, ma cousine, dit-elle d'un air de protection.

Madame Roguin avait un défaut, celui de croire que la femme d'un notaire de Paris pouvait jouer le rôle d'une petite-maîtresse.

— Je sais tout, répéta-t-elle, et je viens dans l'arche de Noé, comme la colombe, avec la branche d'olivier. J'ai lu cette allégorie dans le *Génie du Christianisme*, dit-elle en se retournant vers madame Guillaume, la comparaison doit vous plaire, ma cousine. Savez-vous, ajouta-t-elle en souriant à Augustine, que ce monsieur de Sommervieux est un homme charmant ? Il m'a donné ce matin mon portrait fait de main de maître. Cela vaut au moins six mille francs.

A ces mots, elle frappa doucement sur les bras de monsieur Guillaume. Le vieux négociant ne put s'empêcher de faire avec ses lèvres une grosse moue qui lui était particulière.

— Je connais beaucoup monsieur de Sommervieux, reprit la colombe. Depuis une quinzaine de jours, il vient à mes soirées, il en fait le charme. Il m'a conté toutes ses peines et m'a prise pour avocat. Je sais de ce matin qu'il adore Augustine, et il l'aura. Ah ! cousine, n'agitez pas ainsi la tête en signe de refus. Apprenez qu'il sera créé baron, et qu'il vient d'être nommé chevalier de la Légion d'honneur par l'Empereur lui-même, au Salon. Roguin est devenu son notaire et connaît ses affaires. Eh ! bien, monsieur de Sommervieux possède en bons biens au soleil douze mille livres de rente. Savez-vous que le beau-père d'un homme comme lui peut devenir quelque chose, maire de son arrondissement, par exemple ! N'avez-vous pas vu monsieur · Dupont être fait comte de l'Empire et sénateur pour être venu, en sa qualité de maire, complimenter l'Empereur sur son entrée à Vienne ? Oh ! ce mariage-là se fera. Je l'adore, moi, ce bon jeune homme. Sa conduite envers Augustine ne se voit que dans les romans. Va, ma petite, tu seras heureuse, et tout le monde voudrait être à ta place. J'ai chez moi, à mes soirées, madame la duchesse de Carigliano qui raffole de monsieur de Sommervieux. Quelques méchantes langues disent qu'elle ne vient chez moi que pour lui, comme si une duchesse d'hier était déplacée chez une

Chevrel dont la famille a cent ans de bonne bourgeoisie.

— Augustine, reprit madame Roguin après une petite pause, j'ai vu le portrait. Dieu ! qu'il est beau ! Sais-tu que l'Empereur a voulu le voir ? Il a dit en riant au Vice-Connétable[33] que s'il y avait beaucoup de femmes comme celle-là à sa cour pendant qu'il y venait tant de rois, il se faisait fort de maintenir toujours la paix en Europe. Est-ce flatteur ?

Les orages par lesquels cette journée avait commencé devaient ressembler à ceux de la nature, en ramenant un temps calme et serein. Madame Roguin déploya tant de séductions dans ses discours, elle sut attaquer tant de cordes à la fois dans les cœurs secs de monsieur et de madame Guillaume, qu'elle finit par en trouver une dont elle tira parti. A cette singulière époque, le commerce et la finance avaient plus que jamais la folle manie de s'allier aux grands seigneurs, et les généraux de l'Empire profitèrent assez bien de ces dispositions. Monsieur Guillaume s'élevait singulièrement contre cette déplorable passion. Ses axiomes favoris étaient que, pour trouver le bonheur une femme devait épouser un homme de sa classe; on était toujours tôt ou tard puni d'avoir voulu monter trop haut; l'amour résistait si peu aux tracas du ménage qu'il fallait trouver l'un chez l'autre des qualités bien solides pour être heureux; il ne fallait pas que l'un des deux époux en sût plus que l'autre, parce qu'on devait avant tout se comprendre; un mari qui parlait grec et la femme latin risquaient de mourir de faim. Il avait inventé cette espèce de proverbe. Il comparait les mariages ainsi faits à ces anciennes étoffes de soie et de laine dont la soie finissait toujours par couper la laine. Cependant il se trouve tant de vanité au fond du cœur de l'homme que la prudence du pilote qui gouvernait si bien le Chat-qui-pelote succomba sous l'agressive volubilité de madame Roguin. La sévère madame Guillaume, la première, trouva dans l'inclination de sa fille des motifs pour déroger à ces principes, et pour consentir à recevoir au logis monsieur de Sommervieux, qu'elle se promit de soumettre à un rigoureux examen.

Le vieux négociant alla trouver Joseph Lebas, et l'instruisit de l'état des choses. A six heures et demie, la salle à manger, illustrée par le peintre, réunit sous son toit de verre madame et monsieur Roguin, le jeune peintre et sa charmante Augustine, Joseph Lebas qui prenait son bonheur en patience, et mademoiselle Virginie dont la migraine avait cessé. Monsieur et madame Guillaume virent en perspective leurs enfants établis et les destinées du Chat-qui-pelote remises en des mains habiles. Leur contentement fut au comble, quand, au dessert, Théodore leur fit présent de l'étonnant tableau qu'ils n'avaient pu voir, et qui représentait l'intérieur de cette vieille boutique, à laquelle était dû tant de bonheur.

— C'est-y gentil ! s'écria Guillaume. Dire qu'on voulait donner trente mille francs de cela.

— Mais c'est qu'on y trouve mes barbes[34], reprit madame Guillaume.

— Et ces étoffes dépliées, ajouta Lebas, on les prendrait avec la main.

— Les draperies font toujours très bien, répondit le peintre. Nous serions trop heureux, nous autres artistes modernes, d'atteindre à la perfection de la draperie antique.

— Vous aimez donc la draperie, s'écria le père Guillaume. Eh ! bien, sarpejeu ! touchez là, mon jeune ami. Puisque vous estimez le commerce, nous nous entendrons. Eh ! pourquoi le mépriserait-on ? Le monde a commencé par là, puisque Adam a vendu le paradis pour une pomme. Ça n'a pas été une fameuse spéculation, par exemple !

Et le vieux négociant se mit à éclater d'un gros rire franc excité par le vin de Champagne qu'il faisait circuler généreusement. Le bandeau qui couvrait les yeux du jeune artiste fut si épais qu'il trouva ses futurs parents aimables. Il ne dédaigna pas de les égayer par quelques charges de bon goût. Aussi plut-il généralement. Le soir, quand le salon meublé de choses très cossues, pour se servir de l'expression de Guillaume, fut désert, pendant que madame Guillaume s'en allait de table en cheminée, de candélabre en flambeau, soufflant avec précipitation les bougies, le brave négociant, qui savait toujours voir clair aussitôt qu'il s'agissait d'affaires ou d'argent, attira sa fille Augustine auprès de lui; puis, après l'avoir prise sur ses genoux, il lui tint ce discours :

— Ma chère enfant, tu épouseras ton Sommervieux, puisque tu le veux; permis à toi de risquer ton capital de bonheur. Mais je ne me laisse pas prendre à ces trente mille francs que l'on gagne à gâter de bonnes toiles. L'argent qui vient si vite s'en va de même. N'ai-je pas entendu dire ce soir à ce jeune écervelé que si l'argent était rond, c'était pour rouler ! S'il est rond pour les gens prodigues, il est plat pour les gens économes qui l'empilent. Or, mon enfant, ce beau garçon-là parle de te donner des voitures, des diamants ? Il a de l'argent, qu'il le dépense pour toi, *bene sit !* je n'ai rien à y voir. Mais quant à ce que je te donne, je ne veux pas que des écus si péniblement ensachés s'en aillent en carrosses ou en colifichets. Qui dépense trop n'est jamais riche. Avec les cent mille écus de ta dot[35] on n'achète pas encore tout Paris. Tu as beau avoir à recueillir un jour quelques centaines de mille francs, je te les ferai attendre, sarpejeu ! le plus longtemps possible. J'ai donc attiré ton prétendu dans un coin, et un homme qui a mené la faillite Lecoq n'a pas eu grande peine à faire consentir un artiste à se marier séparé de biens avec sa femme. J'aurai l'œil au contrat pour bien faire stipuler les donations qu'il se propose de te constituer. Allons, mon enfant, j'espère être grand-père, sarpejeu ! je veux m'occuper déjà de mes petits-enfants : jure-moi donc ici de ne jamais rien signer en fait d'argent que par mon conseil; et si j'allais trouver trop tôt le père Chevrel, jure-moi de consulter le jeune Lebas, ton beau-frère. Promets-le-moi.

— Oui, mon père, je vous le jure.

A ces mots prononcés d'une voix douce, le vieillard baisa sa fille sur les deux joues. Ce soir-là, tous les amants dormirent presque aussi paisiblement que monsieur et madame Guillaume.

Quelques mois après ce mémorable dimanche, le maître-autel de Saint-Leu fut témoin de deux mariages bien différents. Augustine et Théodore s'y présentèrent dans tout l'éclat du bonheur, les yeux pleins d'amour, parés de toilettes élégantes, attendus par un brillant équipage. Venue dans un bon remise avec sa famille, Virginie, appuyée sur le bras de son père, suivait sa jeune sœur humblement et dans de plus simples atours, comme une ombre nécessaire aux harmonies de ce tableau. Monsieur Guillaume s'était donné toutes les peines imaginables pour obtenir à l'église que Virginie fût mariée avant Augustine; mais il eut la douleur de voir le haut et le bas clergé s'adresser en toute circonstance à la plus élégante des mariées. Il entendit quelques-uns de ses voisins approuver singulièrement le bon sens de mademoiselle Virginie qui faisait, disaient-ils, le mariage le plus solide, et restait fidèle au quartier; tandis qu'ils lancèrent quelques brocards suggérés par l'envie sur Augustine qui épousait un artiste, un noble; ils ajoutèrent avec une sorte d'effroi que, si les Guillaume avaient de l'ambition, la draperie était perdue. Un vieux marchand d'éventails ayant dit que ce mange-tout-là l'aurait bientôt mise sur la paille, le père Guillaume s'applaudit *in petto* de sa prudence dans les conventions matrimoniales. Le soir, après un bal somptueux suivi d'un de ces soupers plantureux dont le souvenir commence à se perdre dans la génération présente, monsieur et madame Guillaume restèrent dans leur hôtel de la rue du Colombier où la noce avait eu lieu, monsieur et madame Lebas retournèrent dans leur remise à la vieille maison de la rue Saint-Denis pour y diriger la nauf[36] du Chat-qui-pelote; l'artiste, ivre de bonheur, prit entre ses bras sa chère Augustine, l'enleva vivement quand leur coupé arriva rue des Trois-Frères, et la porta dans un appartement que tous les arts avaient embelli.

La fougue de passion qui possédait Théodore fit dévorer au jeune ménage près d'une année entière sans que le moindre nuage vînt altérer l'azur du ciel sous lequel ils vivaient. Pour ces deux amants, l'existence n'eut rien de pesant. Théodore répandait sur chaque journée d'incroyables *fioriture*[37] de plaisirs, il se plaisait à varier les emportements de la passion par la molle langueur de ces repos où les âmes sont lancées si haut dans l'extase qu'elles semblent y oublier l'union corporelle. Incapable de réfléchir, l'heureuse Augustine se prêtait à l'allure onduleuse de son bonheur : elle ne croyait pas faire encore assez en se livrant toute à l'amour permis et saint du mariage; simple et naïve, elle ne connaissait d'ailleurs ni la coquetterie des refus, ni l'empire qu'une jeune demoiselle du grand monde se crée sur un mari par d'adroits caprices; elle aimait trop pour calculer l'avenir, et n'imaginait pas qu'une vie si délicieuse pût jamais cesser. Heureuse d'être alors

tous les plaisirs de son mari, elle crut que cet inextin-
guible amour serait toujours pour elle la plus belle de
toutes les parures, comme son dévouement et son obéissance seraient un éternel attrait. Enfin, la félicité de
l'amour l'avait rendue si brillante que sa beauté lui
inspira de l'orgueil et lui donna la conscience de pouvoir toujours régner sur un homme aussi facile à
enflammer que monsieur de Sommervieux. Ainsi son
état de femme ne lui apporta d'autres enseignements
que ceux de l'amour. Au sein de ce bonheur, elle resta
l'ignorante petite fille qui vivait obscurément rue
Saint-Denis, et ne pensa point à prendre les manières,
l'instruction, le ton du monde dans lequel elle devait
vivre. Ses paroles étant des paroles d'amour, elle y
déployait bien une sorte de souplesse d'esprit et une
certaine délicatesse d'expression; mais elle se servait
du langage commun à toutes les femmes quand elles se
trouvent plongées dans la passion qui semble être leur
élément. Si, par hasard, une idée discordante avec
celles de Théodore était exprimée par Augustine, le
jeune artiste en riait comme on rit des premières fautes
que fait un étranger, mais qui finissent par fatiguer s'il
ne se corrige pas. Malgré tant d'amour, à l'expiration
de cette année aussi charmante que rapide, Sommervieux sentit un matin la nécessité de reprendre ses travaux et ses habitudes. Sa femme était d'ailleurs enceinte.
Il revit ses amis. Pendant les longues souffrances de
l'année où, pour la première fois, une jeune femme
nourrit un enfant, il travailla sans doute avec ardeur;
mais parfois il retourna chercher quelques distractions
dans le grand monde. La maison où il allait le plus
volontiers fut celle de la duchesse de Carigliano qui
avait fini par attirer chez elle le célèbre artiste. Quand
Augustine fut rétablie, quand son fils ne réclama plus
ces soins assidus qui interdisent à une mère les plaisirs

du monde, Théodore en était arrivé à vouloir éprouver
cette jouissance d'amour-propre que nous donne la
société quand nous y apparaissons avec une belle
femme, objet d'envie et d'admiration. Parcourir les salons en s'y montrant avec l'éclat emprunté de la gloire
de son mari, se voir jalousée par les femmes, fut pour
Augustine une nouvelle moisson de plaisirs; mais ce
fut le dernier reflet que devait jeter son bonheur conjugal. Elle commença par offenser la vanité de son mari,
quand, malgré de vains efforts, elle laissa percer son
ignorance, l'impropriété de son langage et l'étroitesse
de ses idées. Dompté pendant près de deux ans et demi
par les premiers emportements de l'amour, le caractère de Sommervieux reprit, avec la tranquillité d'une
possession moins jeune, sa pente et ses habitudes un
moment détournées de leur cours. La poésie, la peinture et les exquises jouissances de l'imagination possèdent sur les esprits élevés des droits imprescriptibles.
Ces besoins d'une âme forte n'avaient pas été trompés
chez Théodore pendant ces deux années, ils avaient
trouvé seulement une pâture nouvelle. Quand les
champs de l'amour furent parcourus, quand l'artiste
eut, comme les enfants, cueilli des roses et des bluets
avec une telle avidité qu'il ne s'apercevait pas que ses
mains ne pouvaient plus les tenir, la scène changea. Si
le peintre montrait à sa femme les croquis de ses plus
belles compositions, il l'entendait s'écrier comme eût
fait le père Guillaume : — C'est bien joli ! Cette admiration sans chaleur ne provenait pas d'un sentiment
consciencieux[38], mais de la croyance sur parole de
l'amour. Augustine préférait un regard au plus beau
tableau. Le seul sublime qu'elle connût était celui du
cœur. Enfin, Théodore ne put se refuser à l'évidence
d'une vérité cruelle : sa femme n'était pas sensible à la
poésie, elle n'habitait pas sa sphère, elle ne le suivait

pas dans tous ses caprices, dans ses improvisations, dans ses joies, dans ses douleurs; elle marchait terre à terre dans le monde réel, tandis qu'il avait la tête dans les cieux. Les esprits ordinaires ne peuvent pas apprécier les souffrances renaissantes de l'être qui, uni à un autre par le plus intime de tous les sentiments, est obligé de refouler sans cesse les plus chères expansions de sa pensée, et de faire rentrer dans le néant les images qu'une puissance magique le force à créer. Pour lui, ce supplice est d'autant plus cruel que le sentiment qu'il porte à son compagnon ordonne, par sa première loi, de ne jamais rien se dérober l'un à l'autre, et de confondre les effusions de la pensée aussi bien que les épanchements de l'âme. On ne trompe pas impunément les volontés de la nature : elle est inexorable comme la Nécessité, qui, certes, est une sorte de nature sociale. Sommervieux se réfugia dans le calme et le silence de son atelier, en espérant que l'habitude de vivre avec des artistes pourrait former sa femme, et développerait en elle les germes de haute intelligence engourdis que quelques esprits supérieurs croient préexistants chez tous les êtres; mais Augustine était trop sincèrement religieuse pour ne pas être effrayée du ton des artistes. Au premier dîner que donna Théodore, elle entendit un jeune peintre disant avec cette enfantine légèreté qu'elle ne sut pas reconnaître et qui absout une plaisanterie de toute irréligion : — Mais, madame, votre paradis n'est pas plus beau que la *Transfiguration* de Raphaël? Eh ! bien, je me suis lassé de la regarder. Augustine apporta donc dans cette société spirituelle un esprit de défiance qui n'échappait à personne, elle gêna. Les artistes gênés sont impitoyables : ils fuient ou se moquent. Madame Guillaume avait, entre autres ridicules, celui d'outrer la dignité qui lui semblait l'apanage d'une femme mariée; et quoiqu'elle s'en fût

souvent moquée, Augustine ne sut pas se défendre d'une
légère imitation de la pruderie maternelle. Cette exagé-
ration de pudeur, que n'évitent pas toujours les femmes
vertueuses, suggéra quelques épigrammes à coups de
crayon dont l'innocent badinage était de trop bon goût
pour que Sommervieux pût s'en fâcher. Ces plaisanteries eussent été même plus cruelles, elles n'étaient après
tout que des représailles exercées sur lui par ses amis.
Mais rien ne pouvait être léger pour une âme qui recevait aussi facilement que celle de Théodore des impressions étrangères. Aussi éprouva-t-il insensiblement une
froideur qui ne pouvait aller qu'en croissant. Pour
arriver au bonheur conjugal, il faut gravir une monta-
gne dont l'étroit plateau est bien près d'un revers aussi
rapide que glissant, et l'amour du peintre le descendait.
Il jugea sa femme incapable d'apprécier les considérations morales qui justifiaient, à ses propres yeux, la
singularité de ses manières envers elle, et se crut fort innocent en lui cachant des pensées qu'elle ne comprenait
pas et des écarts peu justiciables au tribunal d'une
conscience bourgeoise. Augustine se renferma dans une
douleur morne et silencieuse. Ces sentiments secrets
mirent entre les deux époux un voile qui devait s'épais-
sir de jour en jour. Sans que son mari manquât d'égards
envers elle, Augustine ne pouvait s'empêcher de trembler en lui voyant réserver pour le monde les trésors
d'esprit et de grâce qu'il venait jadis mettre à ses pieds.
Bientôt, elle interpréta fatalement[39] les discours spiri-
tuels qui se tiennent dans le monde sur l'inconstance des
hommes. Elle ne se plaignit pas, mais son attitude équi-
valait à des reproches. Trois ans après son mariage, cette
femme jeune et jolie qui passait si brillante dans son
brillant équipage, qui vivait dans une sphère de gloire
et de richesse enviée de tant de gens insouciants et
incapables d'apprécier justement les situations de la

vie, fut en proie à de violents chagrins; ses couleurs
pâlirent, elle réfléchit, elle compara; puis, le malheur
lui déroula les premiers textes de l'expérience. Elle
résolut de rester courageusement dans le cercle de ses
devoirs, en espérant que cette conduite généreuse lui
ferait recouvrer tôt ou tard l'amour de son mari; mais il
n'en fut pas ainsi. Quand Sommervieux, fatigué de
travail, sortait de son atelier, Augustine ne cachait
pas si promptement son ouvrage que le peintre ne pût
apercevoir sa femme raccommodant avec toute la
minutie d'une bonne ménagère le linge de la maison
et le sien. Elle fournissait, avec générosité, sans murmure, l'argent nécessaire aux prodigalités de son mari;
mais, dans le désir de conserver la fortune de son cher
Théodore, elle se montrait économe soit pour elle, soit
dans certains détails de l'administration domestique.
Cette conduite est incompatible avec le laissez aller des
artistes qui, sur la fin de leur carrière, ont tant joui de
la vie qu'ils ne se demandent jamais la raison de leur
ruine. Il est inutile de marquer chacune des dégrada-
tions de couleur par lesquelles la teinte brillante de
leur lune de miel s'éteignit et les mit dans une profonde
obscurité. Un soir, la triste Augustine, qui depuis longtemps entendait son mari parlant avec enthousiasme de
madame la duchesse de Carigliano, reçut d'une amie
quelques avis méchamment charitables sur la nature de
l'attachement qu'avait conçu Sommervieux pour cette
célèbre coquette de la cour impériale. A vingt et un
ans, dans tout l'éclat de la jeunesse et de la beauté,
Augustine se vit trahie pour une femme de trente-six
ans. En se sentant malheureuse au milieu du monde
et de ses fêtes désertes pour elle, la pauvre petite ne
comprit plus rien à l'admiration qu'elle y excitait, ni
à l'envie qu'elle inspirait. Sa figure prit une nouvelle
expression. La mélancolie versa dans ses traits la dou-

ceur de la résignation et la pâleur d'un amour dédaigné. Elle ne tarda pas à être courtisée par les hommes les plus séduisants; mais elle resta solitaire et vertueuse. Quelques paroles de dédain, échappées à son mari, lui donnèrent un incroyable désespoir. Une lueur fatale lui fit entrevoir les défauts de contact qui, par suite des mesquineries de son éducation, empêchaient l'union complète de son âme avec celle de Théodore : elle eut assez d'amour pour l'absoudre et pour se condamner. Elle pleura des larmes de sang, et reconnut trop tard qu'il est des mésalliances d'esprits aussi bien que des mésalliances de mœurs et de rang. En songeant aux délices printanières de son union, elle comprit l'étendue du bonheur passé, et convint en elle-même qu'une si riche moisson d'amour était une vie entière qui ne pouvait se payer que par du malheur. Cependant elle aimait trop sincèrement pour perdre toute espérance. Aussi osa-t-elle entreprendre à vingt et un ans de s'instruire et de rendre son imagination au moins digne de celle qu'elle admirait. — Si je ne suis pas poète, se disait-elle, au moins je comprendrai la poésie. Et déployant alors cette force de volonté, cette énergie que les femmes possèdent toutes quand elles aiment, madame de Sommervieux tenta de changer son caractère, ses mœurs et ses habitudes; mais en dévorant des volumes, en apprenant avec courage, elle ne réussit qu'à devenir moins ignorante. La légèreté de l'esprit et les grâces de la conversation sont un don de la nature ou le fruit d'une éducation commencée au berceau.

Elle pouvait apprécier la musique, en jouir, mais non chanter avec goût. Elle comprit la littérature et les beautés de la poésie, mais il était trop tard pour en orner sa rebelle mémoire. Elle entendait avec plaisir les entretiens du monde, mais elle n'y fournissait rien de brillant. Ses idées religieuses et ses préjugés d'enfance s'opposèrent à la complète émancipation de son intelligence. Enfin, il s'était glissé contre elle, dans l'âme de Théodore, une prévention qu'elle ne put vaincre. L'artiste se moquait de ceux qui lui vantaient sa femme, et ses plaisanteries étaient assez fondées : il imposait tellement à cette jeune et touchante créature qu'en sa présence, ou en tête-à-tête, elle tremblait. Embarrassée par son trop grand désir de plaire, elle sentait son esprit et ses connaissances s'évanouir dans un seul sentiment. La fidélité d'Augustine déplut même à cet infidèle mari, qui semblait l'engager à commettre des fautes en taxant sa vertu d'insensibilité. Augustine s'efforça en vain d'abdiquer sa raison, de se plier aux caprices, aux fantaisies de son mari, et de se vouer à l'égoïsme de sa vanité; elle ne recueillit point le fruit de ses sacrifices. Peut-être avaient-ils tous deux laissé passer le moment où les âmes peuvent se comprendre. Un jour le cœur trop sensible de la jeune épouse reçut un de ces coups qui font si fortement plier les liens du sentiment qu'on peut les croire rompus. Elle s'isola. Mais bientôt une fatale pensée lui suggéra d'aller chercher des consolations et des conseils au sein de sa famille.

Un matin donc, elle se dirigea vers la grotesque façade[40] de l'humble et silencieuse maison où s'était écoulée son enfance. Elle soupira en revoyant cette croisée d'où, un jour, elle avait envoyé un premier baiser à celui qui répandait aujourd'hui sur sa vie autant de gloire que de malheur[41]. Rien n'était changé dans l'antre où se rajeunissait cependant le commerce de la draperie. La sœur d'Augustine occupait au comptoir antique la place de sa mère. La jeune affligée rencontra son beau-frère la plume derrière l'oreille, elle fut à peine écoutée, tant il avait l'air affairé; les redoutables signaux d'un inventaire général se faisaient

autour de lui; aussi la quitta-t-il en la priant d'excuser.
Elle fut reçue assez froidement par sa sœur, qui lui
manifesta quelque rancune. En effet, Augustine, brillante et descendant d'un joli équipage, n'était jamais
venue voir sa sœur qu'en passant. La femme du prudent Lebas s'imagina que l'argent était la cause première de cette visite matinale, elle essaya de se maintenir sur un ton de réserve qui fit sourire plus d'une
fois Augustine. La femme du peintre vit que, sauf les
barbes[42] au bonnet, sa mère avait trouvé dans Virginie
un successeur qui conservait l'antique honneur du
Chat-qui-pelote. Au déjeuner, elle aperçut, dans le
régime de la maison, certains changements qui faisaient
honneur au bon sens de Joseph Lebas : les commis
ne se levèrent pas au dessert, on leur laissait la faculté
de parler, et l'abondance de la table annonçait une
aisance sans luxe. La jeune élégante trouva les coupons
d'une loge aux Français où elle se souvint d'avoir vu
sa sœur de loin en loin. Madame Lebas avait sur les
épaules un cachemire dont la magnificence attestait la
générosité avec laquelle son mari s'occupait d'elle.
Enfin, les deux époux marchaient avec leur siècle.
Augustine fut bientôt pénétrée d'attendrissement, en
reconnaissant, pendant les deux tiers de cette journée,
le bonheur égal, sans exaltation, il est vrai, mais aussi
sans orages, que goûtait ce couple convenablement
assorti. Ils avaient accepté la vie comme une entreprise
commerciale où il s'agissait de faire, avant tout, honneur
à ses affaires. En ne rencontrant pas dans son mari un
amour excessif, la femme s'était appliquée à le faire
naître. Insensiblement amené à estimer, à chérir Virginie, le temps que le bonheur mit à éclore fut, pour
Joseph Lebas et pour sa femme, un gage de durée.
Aussi, lorsque la plaintive Augustine exposa sa situation douloureuse, eut-elle à essuyer le déluge de lieux

communs que la morale de la rue Saint-Denis fournissait à sa sœur.

— Le mal est fait, ma femme, dit Joseph Lebas, il
faut chercher à donner de bons conseils à notre sœur.
Puis, l'habile négociant analysa lourdement les ressources que les lois et les mœurs pouvaient offrir à Augustine pour sortir de cette crise; il en numérota pour ainsi
dire les considérations, les rangea par leur force dans
des espèces de catégories, comme s'il se fût agi de mar-
chandises de diverses qualités; puis il les mit en balance,
les pesa, et conclut en développant la nécessité où était
sa belle-sœur de prendre un parti violent qui ne satisfit point l'amour qu'elle ressentait encore pour son
mari; aussi ce sentiment se réveilla-t-il dans toute sa
force quand elle entendit Joseph Lebas parlant de
voies judiciaires. Augustine remercia ses deux amis, et
revint chez elle encore plus indécise qu'elle ne l'était
avant de les avoir consultés. Elle hasarda de se rendre
alors à l'antique hôtel de la rue du Colombier, dans le
dessein de confier ses malheurs à son père et à sa mère,
car elle ressemblait à ces malades arrivés à un état
désespéré qui essayent de toutes les recettes et se confient même aux remèdes de bonne femme. Les deux
vieillards reçurent leur fille avec une effusion de sentiment qui l'attendrit. Cette visite leur apportait une
distraction qui, pour eux, valait un trésor. Depuis
quatre ans, ils marchaient dans la vie comme des navi-
gateurs sans but et sans boussole. Assis au coin de leur
feu, ils se racontaient l'un à l'autre tous les désastres
du Maximum[43], leurs anciennes acquisitions de drap,
la manière dont ils avaient évité les banqueroutes, et
surtout cette célèbre faillite Lecoq, la bataille de
Marengo du père Guillaume. Puis, quand ils avaient
épuisé les vieux procès, ils récapitulaient les additions
de leurs inventaires les plus productifs, et se narraient

encore les vieilles histoires du quartier Saint-Denis. A
deux heures, le père Guillaume allait donner un coup
d'œil à l'établissement du Chat-qui-pelote; en revenant,
il s'arrêtait à toutes les boutiques, autrefois ses rivales,
et dont les jeunes propriétaires espéraient entraîner le
vieux négociant dans quelque escompte aventureux
que, selon sa coutume, il ne refusait jamais positi-
vement. Deux bons chevaux normands mouraient de
gras-fondu[44] dans l'écurie de l'hôtel, madame Guillaume ne s'en servait que pour se faire traîner tous les
dimanches à la grand-messe de sa paroisse. Trois fois
par semaine ce respectable couple tenait table ouverte.
Grâce à l'influence de son gendre Sommervieux, le
père Guillaume avait été nommé membre du comité
consultatif pour l'habillement des troupes. Depuis que
son mari s'était ainsi trouvé placé haut dans l'administration, madame Guillaume avait pris la détermina-
tion de représenter : ses appartements étaient encom-
brés de tant d'ornements d'or et d'argent, et de meubles sans goût mais de valeur certaine, que la pièce
la plus simple y ressemblait à une chapelle. L'économie
et la prodigalité semblaient se disputer dans chacun des
accessoires de cet hôtel. L'on eût dit que monsieur Guillaume avait eu en vue de faire un placement d'argent
jusque dans l'acquisition d'un flambeau. Au milieu de
ce bazar, dont la richesse accusait le désœuvrement des
deux époux, le célèbre tableau de Sommervieux avait
obtenu la place d'honneur, et faisait la consolation
de monsieur et de madame Guillaume qui tournaient
vingt fois par jour les yeux harnachés de besicles vers
cette image de leur ancienne existence, pour eux si
active et si amusante. L'aspect de cet hôtel et de ces
appartements où tout avait une senteur de vieillesse
et de médiocrité, le spectacle donné par ces deux êtres
qui semblaient échoués sur un rocher d'or loin du monde

et des idées qui font vivre, surprirent Augustine; elle contemplait en ce moment la seconde partie du tableau dont le commencement l'avait frappée chez Joseph Lebas, celui d'une vie agitée quoique sans mouvement, espèce d'existence mécanique et instinctive semblable à celle des castors; elle eut alors je ne sais quel orgueil de ses chagrins, en pensant qu'ils prenaient leur source dans un bonheur de dix-huit mois qui valait à ses yeux mille existences comme celle dont le vide lui semblait horrible. Cependant elle cacha ce sentiment peu charitable, et déploya pour ses vieux parents les grâces nouvelles de son esprit, les coquetteries de tendresse que l'amour lui avait révélées, et les disposa favorablement à écouter ses doléances matrimoniales. Les vieilles gens ont un faible pour ces sortes de confidences. Madame Guillaume voulut être instruite des plus légers détails de cette vie étrange qui, pour elle, avait quelque chose de fabuleux. Les voyages du baron de La Hontan[45], qu'elle commençait toujours sans jamais les achever, ne lui apprirent rien de plus inouï sur les sauvages du Canada.

— Comment, mon enfant, ton mari s'enferme avec des femmes nues, et tu as la simplicité de croire qu'il les dessine ?

A cette exclamation, la grand-mère posa ses lunettes sur une petite travailleuse, secoua ses jupons et plaça ses mains jointes sur ses genoux élevés par une chaufferette, son piédestal favori.

— Mais, ma mère, tous les peintres sont obligés d'avoir des modèles.

— Il s'est bien gardé de nous dire tout cela quand il t'a demandée en mariage. Si je l'avais su, je n'aurais pas donné ma fille à un homme qui fait un pareil métier. La religion défend ces horreurs-là, ça n'est pas moral. A quelle heure nous disais-tu donc qu'il rentre chez lui ?

— Mais à une heure, deux heures...

Les deux époux se regardèrent dans un profond étonnement.

— Il joue donc? dit monsieur Guillaume. Il n'y avait que les joueurs qui, de mon temps, rentrassent si tard.

Augustine fit une petite moue qui repoussait cette accusation.

— Il doit te faire passer de cruelles nuits à l'attendre, reprit madame Guillaume. Mais, non, tu te couches, n'est-ce pas? Et quand il a perdu, le monstre te réveille.

— Non, ma mère, il est au contraire quelquefois très gai. Assez souvent même, quand il fait beau, il me propose de me lever pour aller dans les bois.

— Dans les bois, à ces heures-là? Tu as donc un bien petit appartement qu'il n'a pas assez de sa chambre, de ses salons, et qu'il lui faille ainsi courir pour... Mais c'est pour t'enrhumer, que le scélérat te propose ces parties-là. Il veut se débarrasser de toi. A-t-on jamais vu un homme établi, qui a un commerce tranquille, galopant ainsi comme un loup-garou?

— Mais, ma mère, vous ne comprenez donc pas que, pour développer son talent, il a besoin d'exaltation. Il aime beaucoup les scènes qui...

— Ah! je lui en ferais de belles, des scènes, moi, s'écria madame Guillaume en interrompant sa fille. Comment peux-tu garder des ménagements avec un homme pareil? D'abord, je n'aime pas qu'il ne boive que de l'eau. Ça n'est pas sain. Pourquoi montre-t-il de la répugnance à voir les femmes quand elles mangent? Quel singulier genre! Mais c'est un fou. Tout ce que tu nous en as dit n'est pas possible. Un homme ne peut pas partir de sa maison sans souffler mot et ne revenir que dix jours après. Il te dit qu'il a été à Dieppe

pour peindre la mer, est-ce qu'on peint la mer ? Il te
fait des contes à dormir debout.

Augustine ouvrit la bouche pour défendre son mari;
mais madame Guillaume lui imposa silence par un
geste de main auquel un reste d'habitude la fit obéir,
et sa mère s'écria d'un ton sec : — Tiens, ne me parle
pas de cet homme-là ! il n'a jamais mis le pied dans une
église que pour te voir et t'épouser. Les gens sans religion sont capables de tout. Est-ce que Guillaume s'est
jamais avisé de me cacher quelque chose, de rester des
trois jours sans me dire ouf, et de babiller ensuite
comme une pie borgne ?

— Ma chère mère, vous jugez trop sévèrement les
gens supérieurs. S'ils avaient des idées semblables à
celles des autres, ce ne seraient plus des gens à talent.

— Eh ! bien, que les gens à talent restent chez eux
et ne se marient pas. Comment ! un homme à talent
rendra sa femme malheureuse ! et parce qu'il a du
talent ce sera bien ? Talent, talent ! Il n'y a pas tant
de talent à dire comme lui blanc et noir à toute minute,
à couper la parole aux gens, à battre du tambour chez
soi, à ne jamais vous laisser savoir sur quel pied danser,
à forcer une femme de ne pas s'amuser avant que les
idées de monsieur ne soient gaies; d'être triste, dès qu'il
est triste.

— Mais, ma mère, le propre de ces imaginations-là...

— Qu'est-ce que c'est que ces imaginations-là ? reprit
madame Guillaume en interrompant encore sa fille. Il
en a de belles, ma foi ! Qu'est-ce qu'un homme auquel
il prend tout à coup, sans consulter de médecin, la
fantaisie de ne manger que des légumes ? Encore, si
c'était par religion, sa diète lui servirait à quelque
chose; mais il n'en a pas plus qu'un huguenot. A-t-on
jamais vu un homme aimer, comme lui, les chevaux
plus qu'il n'aime son prochain, se faire friser les che-

veux comme un païen, coucher des statues sous de la mousseline, faire fermer ses fenêtres le jour pour travailler à la lampe ? Tiens, laisse-moi, s'il n'était pas si grossièrement immoral, il serait bon à mettre aux Petites-Maisons. Consulte monsieur Loraux, le vicaire de Saint-Sulpice, demande-lui son avis sur tout cela, il te dira que ton mari ne se conduit pas comme un chrétien...

— Oh ! ma mère ! pouvez-vous croire...

— Oui, je le crois ! Tu l'as aimé, tu n'aperçois rien de ces choses-là. Mais, moi, vers les premiers temps de son mariage, je me souviens de l'avoir rencontré dans les Champs-Elysées. Il était à cheval. Eh ! bien, il galopait par moment ventre à terre, et puis il s'arrêtait pour aller pas à pas. Je me suis dit alors : — Voilà un homme qui n'a pas de jugement.

— Ah ! s'écria monsieur Guillaume en se frottant les mains, comme j'ai bien fait de t'avoir mariée séparée de biens avec cet original-là !

Quand Augustine eut l'imprudence de raconter les griefs véritables qu'elle avait à exposer contre son mari, les deux vieillards restèrent muets d'indignation. Le mot de divorce[46] fut bientôt prononcé par madame Guillaume. Au mot de divorce, l'inactif négociant fut comme réveillé. Stimulé par l'amour qu'il avait pour sa fille, et aussi par l'agitation qu'un procès allait donner à sa vie sans événements, le père Guillaume prit la parole. Il se mit à la tête de la demande en divorce, la dirigea, plaida presque, il offrit à sa fille de se charger de tous les frais, de voir les juges, les avoués, les avocats, de remuer ciel et terre. Madame de Sommervieux, effrayée, refusa les services de son père, dit qu'elle ne voulait pas se séparer de son mari, dût-elle être dix fois plus malheureuse encore, et ne parla plus de ses chagrins. Après avoir été accablée par ses parents de

tous ces petits soins muets et consolateurs par lesquels
les deux vieillards essayèrent de la dédommager, mais
en vain, de ses peines de cœur, Augustine se retira en
sentant l'impossibilité de parvenir à faire bien juger les
hommes supérieurs par des esprits faibles. Elle apprit
qu'une femme devait cacher à tout le monde, même à
ses parents, des malheurs pour lesquels on rencontre
si difficilement des sympathies. Les orages et les souffrances des sphères élevées ne sont appréciés que par
les nobles esprits qui les habitent. En toute chose, nous
ne pouvons être jugés que par nos pairs.

La pauvre Augustine se retrouva donc dans la
froide atmosphère de son ménage, livrée à l'horreur
de ses méditations. L'étude n'était plus rien pour elle,
puisque l'étude ne lui avait pas rendu le cœur de son
mari. Initiée aux secrets de ces âmes de feu mais privée de leurs ressources, elle participait avec force à leurs
peines sans partager leurs plaisirs. Elle s'était dégoûtée
du monde, qui lui semblait mesquin et petit devant les
événements des passions. Enfin, sa vie était manquée.
Un soir, elle fut frappée d'une pensée qui vint illu-
miner ses ténébreux chagrins comme un rayon céleste.
Cette idée ne pouvait sourire qu'à un cœur aussi pur,
aussi vertueux que l'était le sien. Elle résolut d'aller
chez la duchesse de Carigliano, non pas pour lui rede-
mander le cœur de son mari, mais pour s'y instruire des
artifices qui le lui avaient enlevé; mais pour intéresser
à la mère des enfants de son ami cette orgueilleuse
femme du monde; mais pour la fléchir et la rendre
complice de son bonheur à venir comme elle était
l'instrument de son malheur présent. Un jour donc, la
timide Augustine, armée d'un courage surnaturel,
monta en voiture a deux heures après midi, pour essayer
de pénétrer jusqu'au boudoir de la célèbre coquette,
qui n'était jamais visible avant cette heure-là. Madame

de Sommervieux ne connaissait pas encore les antiques
et somptueux hôtels du faubourg Saint-Germain. Quand
elle parcourut ces vestibules majestueux, ces escaliers
grandioses, ces salons immenses ornés de fleurs malgré
les rigueurs de l'hiver, et décorés avec ce goût particulier aux femmes qui sont nées dans l'opulence ou avec
les habitudes distinguées de l'aristocratie, Augustine
eut un affreux serrement de cœur : elle envia les secrets
de cette élégance de laquelle elle n'avait jamais eu
l'idée, elle respira un air de grandeur qui lui expliqua
l'attrait de cette maison pour son mari. Quand elle
parvint aux petits appartements de la duchesse, elle
éprouva de la jalousie et une sorte de désespoir, en y
admirant la voluptueuse disposition des meubles, des
draperies et des étoffes tendues. Là le désordre était
une grâce, là le luxe affectait une espèce de dédain
pour la richesse. Les parfums répandus dans cette douce
atmosphère flattaient l'odorat sans l'offenser. Les accessoires de l'appartement s'harmoniaient[47] avec une
vue ménagée par des glaces sans tain sur les pelouses
d'un jardin planté d'arbres verts. Tout était séduction, et le calcul ne s'y sentait point. Le génie de la
maîtresse de ces appartements respirait tout entier dans
le salon où attendait Augustine. Elle tâcha d'y deviner
le caractère de sa rivale par l'aspect des objets épars;
mais il y avait là quelque chose d'impénétrable dans
le désordre comme dans la symétrie, et pour la simple
Augustine ce fut lettres closes. Tout ce qu'elle put y voir,
c'est que la duchesse était une femme supérieure en tant
que femme. Elle eut alors une pensée douloureuse.

— Hélas ! serait-il vrai, se dit-elle, qu'un cœur
aimant et simple ne suffise pas à un artiste; et pour
balancer le poids de ces âmes fortes, faut-il les unir
à des âmes féminines dont la puissance soit pareille
à la leur ? Si j'avais été élevée comme cette sirène, au

moins nos âmes eussent été égales au moment de la lutte.

— Mais je n'y suis pas ! Ces mots secs et brefs, quoique prononcés à voix basse dans le boudoir voisin, furent entendus par Augustine, dont le cœur palpita.

— Cette dame est là, répliqua la femme de chambre.

— Vous êtes folle, faites donc entrer, répondit la duchesse dont la voix devenue douce avait pris l'accent affectueux de la politesse. Evidemment, elle désirait alors être entendue.

Augustine s'avança timidement. Au fond de ce frais boudoir elle vit la duchesse voluptueusement couchée sur une ottomane en velours vert placée au centre d'une espèce de demi-cercle dessiné par les plis moelleux d'une mousseline tendue sur un fond jaune. Des ornements de bronze doré, disposés avec un goût exquis, rehaussaient encore cette espèce de dais sous lequel la duchesse était posée comme une statue antique. La couleur foncée du velours ne lui laissait perdre aucun moyen de séduction. Un demi-jour, ami de sa beauté, semblait être plutôt un reflet qu'une lumière. Quelques fleurs rares élevaient leurs têtes embaumées au-dessus des vases de Sèvres les plus riches. Au moment où ce tableau s'offrit aux yeux d'Augustine étonnée, elle avait marché si doucement, qu'elle put surprendre un regard de l'enchanteresse. Ce regard semblait dire à une personne que la femme du peintre n'aperçut pas d'abord : — Restez, vous allez voir une jolie femme, et vous me rendrez sa visite moins ennuyeuse.

A l'aspect d'Augustine, la duchesse se leva et la fit asseoir auprès d'elle.

— A quoi dois-je le bonheur de cette visite, madame ? dit-elle avec un sourire plein de grâces.

— Pourquoi tant de fausseté ? pensa Augustine qui ne répondit que par une inclinaison de tête.

Ce silence était commandé. La jeune femme voyait devant elle un témoin de trop à cette scène. Ce personnage était, de tous les colonels de l'armée, le plus jeune, le plus élégant et le mieux fait. Son costume demi-bourgeois faisait ressortir les grâces de sa personne. Sa figure pleine de vie, de jeunesse, et déjà fort expressive, était encore animée par de petites moustaches relevées en pointe et noires comme du jais, par une impériale bien fournie, par des favoris soigneusement peignés et par une forêt de cheveux noirs assez en désordre. Il badinait avec une cravache, en manifestant une aisance et une liberté qui seyaient à l'air satisfait de sa physionomie ainsi qu'à la recherche de sa toilette; les rubans attachés à sa boutonnière étaient noués avec dédain, et il paraissait bien plus vain de sa jolie tournure que de son courage. Augustine regarda la duchesse de Carigliano en lui montrant le colonel par un coup d'œil dont toutes les prières furent comprises.

— Eh! bien, adieu, d'Aiglemont, nous nous retrouverons au bois de Boulogne.

Ces mots furent prononcés par la sirène comme s'ils étaient le résultat d'une stipulation antérieure à l'arrivée d'Augustine, elle les accompagna d'un regard menaçant que l'officier méritait peut-être pour l'admiration qu'il témoignait en contemplant la modeste fleur qui contrastait si bien avec l'orgueilleuse duchesse. Le jeune fat s'inclina en silence, tourna sur les talons de ses bottes, et s'élança gracieusement hors du boudoir. En ce moment, Augustine, épiant sa rivale qui semblait suivre des yeux le brillant officier surprit dans ce regard un sentiment dont les fugitives expressions sont connues de toutes les femmes. Elle songea avec la douleur la plus profonde que sa visite allait être inutile : cette artificieuse duchesse était trop avide d'hommages pour ne pas avoir le cœur sans pitié.

— Madame, dit Augustine d'une voix entrecoupée, la démarche que je fais en ce moment auprès de vous va vous sembler bien singulière; mais le désespoir a sa folie, et doit faire tout excuser. Je m'explique trop bien pourquoi Théodore préfère votre maison à toute autre, et pourquoi votre esprit exerce tant d'empire sur lui. Hélas ! je n'ai qu'à rentrer en moi-même pour en trouver des raisons plus que suffisantes. Mais j'adore mon mari, madame. Deux ans de larmes n'ont point effacé son image de mon cœur, quoique j'aie perdu le sien. Dans ma folie, j'ai osé concevoir l'idée de lutter avec vous; et je viens à vous, vous demander par quels moyens je puis triompher de vous-même. Oh, madame ! s'écria la jeune femme en saisissant avec ardeur la main de sa rivale qui la lui laissa prendre, je ne prierai jamais Dieu pour mon propre bonheur avec autant de ferveur que je l'implorerais pour le vôtre, si vous m'aidiez à reconquérir, je ne dirai pas l'amour, mais l'amitié de Sommervieux. Je n'ai plus d'espoir qu'en vous. Ah ! dites-moi comment vous avez pu lui plaire et lui faire oublier les premiers jours de...

A ces mots, Augustine, suffoquée par des sanglots mal contenus, fut obligée de s'arrêter. Honteuse de sa faiblesse, elle cacha son visage dans un mouchoir qu'elle inonda de ses larmes.

— ·Etes-vous donc enfant, ma chère petite belle ! dit la duchesse, qui, séduite par la nouveauté de cette scène et attendrie malgré elle en recevant l'hommage que lui rendait la plus parfaite vertu qui fût peut-être à Paris, prit le mouchoir de la jeune femme et se mit à lui essuyer elle-même les yeux en la flattant par quelques monosyllabes murmurés avec une gracieuse pitié. Après un moment de silence, la coquette, emprisonnant les jolies mains de la pauvre Augustine entre les siennes qui avaient un rare caractère de beauté noble et de puissance, lui dit d'une voix douce et affectueuse :

— Pour premier avis, je vous conseillerai de ne pas pleurer ainsi, les larmes enlaidissent. Il faut savoir prendre son parti sur les chagrins qui rendent malade, car l'amour ne reste pas longtemps sur un lit de douleur. La mélancolie donne bien d'abord une certaine grâce qui plaît, mais elle finit par allonger les traits et flétrir la plus ravissante de toutes les figures. Ensuite, nos tyrans ont l'amour-propre de vouloir que leurs esclaves soient toujours gaies.

— Ah ! madame, il ne dépend pas de moi de ne pas sentir. Comment peut-on, sans éprouver mille morts, voir terne, décolorée, indifférente, une figure qui jadis rayonnait d'amour et de joie ? Je ne sais pas commander à mon cœur.

— Tant pis, chère belle; mais je crois déjà savoir toute votre histoire. D'abord, imaginez-vous bien que si votre mari vous a été infidèle, je ne suis pas sa complice. Si j'ai tenu à l'avoir dans mon salon, c'est, je l'avouerai, par amour-propre : il était célèbre et n'allait nulle part. Je vous aime déjà trop pour vous dire toutes les folies qu'il a faites pour moi. Je ne vous en révélerai qu'une seule, parce qu'elle vous servira peut-être à vous le ramener et à le punir de l'audace qu'il met dans ses procédés avec moi. Il finirait par me compromettre. Je connais trop le monde, ma chère, pour vouloir me mettre à la discrétion d'un homme trop supérieur. Sachez qu'il faut se laisser faire la cour par eux, mais les épouser ! c'est une faute. Nous autres femmes, nous devons admirer les hommes de génie, en jouir comme d'un spectacle, mais vivre avec eux ! jamais. Fi donc ! C'est vouloir prendre plaisir à regarder les machines de l'Opéra, au lieu de rester dans une loge, à y savourer ses brillantes illusions. Mais chez vous, ma pauvre enfant, le mal est arrivé, n'est-ce pas ? Eh !

bien, il faut essayer de vous armer contre la tyrannie.

— Ah, madame ! avant d'entrer ici, en vous y voyant, j'ai déjà reconnu quelques artifices que je ne soupçonnais pas.

— Eh ! bien, venez me voir quelquefois, et vous ne serez pas longtemps sans posséder la science de ces bagatelles, d'ailleurs assez importantes. Les choses extérieures sont, pour les sots, la moitié de la vie; et pour cela, plus d'un homme de talent se trouve un sot malgré tout son esprit. Mais je gage que vous n'avez jamais rien su refuser à Théodore ?

— Le moyen, madame, de refuser quelque chose à celui qu'on aime !

— Pauvre innocente, je vous adorerais pour votre niaiserie. Sachez donc que plus nous aimons, moins nous devons laisser apercevoir à un homme, surtout à un mari, l'étendue de notre passion. C'est celui qui aime le plus qui est tyrannisé, et, qui pis est, délaissé tôt ou tard. Celui qui veut régner doit...

— Comment, madame ! faudra-t-il donc dissimuler, calculer, devenir fausse, se faire un caractère artificiel et pour toujours ? Oh ! comment peut-on vivre ainsi ! Est-ce que vous pouvez...

Elle hésita, la duchesse sourit.

— Ma chère, reprit la grande dame d'une voix grave, le bonheur conjugal a été de tout temps une spéculation, une affaire qui demande une attention particulière. Si vous continuez à parler passion quand je vous parle mariage, nous ne nous entendrons bientôt plus. Ecoutez-moi, continua-t-elle en prenant le ton d'une confidence. J'ai été à même de voir quelques-uns des hommes supérieurs de notre époque. Ceux qui se sont mariés ont, à quelques exceptions près, épousé des femmes nulles. Eh ! bien, ces femmes-là les gouvernaient, comme l'Empereur nous gouverne, et étaient, sinon aimées, du

moins respectées par eux. J'aime assez les secrets, surtout ceux qui nous concernent, pour m'être amusée
à chercher le mot de cette énigme. Eh! bien, mon
ange, ces bonnes femmes avaient le talent d'analyser le
caractère de leurs maris; sans s'épouvanter comme vous
de leurs supériorités, elles avaient adroitement remarqué les qualités qui leur manquaient; et, soit qu'elles
possédassent ces qualités, ou qu'elles feignissent de les
avoir, elles trouvaient moyen d'en faire un si grand
étalage aux yeux de leurs maris qu'elles finissaient par
leur imposer. Enfin, apprenez encore que ces âmes qui
paraissent si grandes ont toutes un petit grain de folie
que nous devons savoir exploiter. En prenant la ferme
volonté de les dominer, en ne s'écartant jamais de ce
but, en y rapportant toutes nos actions, nos idées, nos
coquetteries, nous maîtrisons ces esprits éminemment
capricieux qui, par la mobilité même de leurs pensées,
nous donnent les moyens de les influencer.

— Oh ciel! s'écria la jeune femme épouvantée, voilà
donc la vie. C'est un combat...

— Où il faut toujours menacer, reprit la duchesse en
riant. Notre pouvoir est tout factice. Aussi ne faut-il
jamais se laisser mépriser par un homme : on ne se
relève d'une pareille chute que par des manœuvres
odieuses. Venez, ajouta-t-elle, je vais vous donner un
moyen de mettre votre mari à la chaîne.

Elle se leva pour guider en souriant la jeune et
innocente apprentie des ruses conjugales à travers le
dédale de son petit palais. Elles arrivèrent toutes deux
à un escalier dérobé qui communiquait aux appartements de réception. Quand la duchesse tourna le secret
de la porte, elle s'arrêta, regarda Augustine avec un
air inimitable de finesse et de grâce : — Tenez, le duc
de Carigliano m'adore, eh! bien, il n'ose pas entrer par
cette porte sans ma permission. Et c'est un homme

qui a l'habitude de commander à des milliers de soldats. Il sait affronter les batteries, mais devant moi... il a peur.

Augustine soupira. Elles parvinrent à une somptueuse galerie où la femme du peintre fut amenée par la duchesse devant le portrait que Théodore avait fait de mademoiselle Guillaume. A cet aspect, Augustine jeta un cri.

— Je savais bien qu'il n'était plus chez moi, dit-elle, mais... ici !

— Ma chère petite, je ne l'ai exigé que pour voir jusqu'à quel degré de bêtise un homme de génie peut atteindre. Tôt ou tard, il vous aurait été rendu par moi, car je ne m'attendais pas au plaisir de voir ici l'original devant la copie. Pendant que nous allons achever notre conversation, je le ferai porter dans votre voiture. Si, armée de ce talisman, vous n'êtes pas maîtresse de votre mari pendant cent ans, vous n'êtes pas une femme, et vous mériterez votre sort !

Augustine baisa la main de la duchesse, qui la pressa sur son cœur et l'embrassa avec une tendresse d'autant plus vive qu'elle devait être oubliée le lendemain. Cette scène aurait peut-être à jamais ruiné la candeur et la pureté d'une femme moins vertueuse qu'Augustine à qui les secrets révélés par la duchesse pouvaient être également salutaires et funestes, car la politique astucieuse des hautes sphères sociales ne convenait pas plus à Augustine que l'étroite raison de Joseph Lebas, ni que la niaise morale de madame Guillaume. Etrange effet des fausses positions où nous jettent les moindres contresens commis dans la vie ! Augustine ressemblait alors à un pâtre des Alpes surpris par une avalanche : s'il hésite, ou s'il veut écouter les cris de ses compagnons, le plus souvent il périt. Dans ces grandes crises, le cœur se brise ou se bronze[48].

Madame de Sommervieux revint chez elle en proie à une agitation qu'il serait difficile de décrire. Sa conversation avec la duchesse de Carigliano éveillait une foule d'idées contradictoires dans son esprit. Comme les moutons de la fable, pleine de courage en l'absence du loup, elle se haranguait elle-même et se traçait d'admirables plans de conduite; elle concevait mille stratagèmes de coquetterie; elle parlait même à son mari, retrouvant, loin de lui, toutes les ressources de cette éloquence vraie qui n'abandonne jamais les femmes; puis, en songeant au regard fixe et clair de Théodore, elle tremblait déjà. Quand elle demanda si monsieur était chez lui, la voix lui manqua. En apprenant qu'il ne reviendrait pas dîner, elle éprouva un mouvement de joie inexplicable. Semblable au criminel qui se pourvoit en cassation contre son arrêt de mort, un délai, quelque court qu'il pût être, lui semblait une vie entière. Elle plaça le portrait dans sa chambre, et attendit son mari en se livrant à toutes les angoisses de l'espérance. Elle pressentait trop bien que cette tentative allait décider de tout son avenir, pour ne pas frissonner à toute espèce de bruit, même au murmure de sa pendule qui semblait appesantir ses terreurs en les lui mesurant. Elle tâcha de tromper le temps par mille artifices. Elle eut l'idée de faire une toilette qui la rendit semblable en tout point au portrait. Puis, connaissant le caractère inquiet de son mari, elle fit éclairer son appartement d'une manière inusitée, certaine qu'en rentrant la curiosité l'amènerait chez elle. Minuit sonna, quand, au cri du jockei[49], la porte de l'hôtel s'ouvrit. La voiture du peintre roula sur le pavé de la cour silencieuse.

— Que signifie cette illumination ? demanda Théodore d'une voix joyeuse en entrant dans la chambre de sa femme.

Augustine saisit avec adresse un moment si favorable, elle s'élança au cou de son mari et lui montra le portrait. L'artiste resta immobile comme un rocher, et ses yeux se dirigèrent alternativement sur Augustine et sur la toile accusatrice. La timide épouse demimorte qui épiait le front changeant, le front terrible de son mari, en vit par degrés les rides expressives s'amoncelant comme des nuages; puis, elle crut sentir son sang se figer dans ses veines, quand, par un regard flamboyant et d'une voix profondément sourde, elle fut interrogée.

— Où avez-vous trouvé ce tableau ?

— La duchesse de Carigliano me l'a rendu.

— Vous le lui avez demandé ?

— Je ne savais pas qu'il fût chez elle.

La douceur ou plutôt la mélodie enchanteresse de la voix de cet ange eût attendri des Cannibales, mais non un artiste en proie aux tortures de la vanité blessée.

— Cela est digne d'elle, s'écria l'artiste d'une voix tonnante. Je me vengerai, dit-il en se promenant à grands pas, elle en mourra de honte : je la peindrai ! oui, je la représenterai sous les traits de Messaline sortant à la nuit du palais de Claude[50].

— Théodore ?... dit une voix mourante.

— Je la tuerai.

— Mon ami !

— Elle aime ce petit colonel de cavalerie, parce qu'il monte bien à cheval...

— Théodore !

— Eh ! laissez-moi, dit le peintre à sa femme avec un son de voix qui ressemblait presque à un rugissement.

Il serait odieux de peindre toute cette scène à la fin de laquelle l'ivresse de la colère suggéra à l'artiste des paroles et des actes qu'une femme moins jeune qu'Augustine aurait attribués à la démence.

Sur les huit heures du matin, le lendemain, madame Guillaume surprit sa fille pâle, les yeux rouges, la coiffure en désordre, tenant à la main un mouchoir trempé de pleurs, contemplant sur le parquet les fragments épars d'une toile déchirée et les morceaux d'un grand cadre doré mis en pièce. Augustine, que la douleur rendait presque insensible, montra ces débris par un geste empreint de désespoir.

— Et voilà peut-être une grande perte, s'écria la vieille régente du Chat-qui-Pelote. Il était ressemblant, c'est vrai; mais j'ai appris qu'il y a sur le boulevard un homme qui fait des portraits charmants pour cinquante écus.

— Ah, ma mère !

— Pauvre petite, tu as bien raison ! répondit madame Guillaume qui méconnut l'expression du regard que lui jeta sa fille. Va, mon enfant, l'on n'est jamais si tendrement aimé que par sa mère. Ma mignonne, je devine tout; mais viens me confier tes chagrins, je te consolerai. Ne t'ai-je pas déjà dit que cet homme-là était un fou ? Ta femme de chambre m'a conté de belles choses... Mais c'est donc un véritable monstre !

Augustine mit un doigt sur ses lèvres pâlies, comme pour implorer de sa mère un moment de silence. Pendant cette terrible nuit, le malheur lui avait fait trouver cette patiente résignation qui, chez les mères et chez les femmes aimantes, surpasse, dans ses effets, l'énergie humaine et révèle peut-être dans le cœur des femmes l'existence de certaines cordes que Dieu a refusées à l'homme.

Une inscription gravée sur un cippe du cimetière Montmartre indique que madame de Sommervieux est morte à vingt-sept ans. Dans les simples lignes de cette épitaphe, un ami de cette timide créature voit la dernière scène d'un drame. Chaque année, au jour solennel du 2 novembre, il ne passe jamais devant ce jeune marbre sans se demander s'il ne faut pas des femmes plus fortes que ne l'était Augustine pour les puissantes étreintes du génie.

— Les humbles et modestes fleurs, écloses dans les vallées, meurent peut-être, se dit-il, quand elles sont transplantées trop près des cieux, aux régions où se forment les orages, où le soleil est brûlant.

Maffliers, octobre 1829[51]

LE BAL DE SCEAUX

A Henri de Balzac[1]

Son frère

HONORÉ.

Le comte de Fontaine, chef de l'une des plus anciennes familles du Poitou, avait servi la cause des Bourbons avec intelligence et courage pendant la guerre que les Vendéens firent à la république. Après avoir échappé à tous les dangers qui menacèrent les chefs royalistes durant cette orageuse époque de l'histoire contemporaine, il disait gaiement : — Je suis un de ceux qui se sont fait tuer sur les marches du trône ! Cette plaisanterie n'était pas sans quelque vérité pour un homme laissé parmi les morts à la sanglante journée des Quatre-Chemins². Quoique ruiné par des confiscations, ce fidèle Vendéen refusa constamment les places lucratives que lui fit offrir l'empereur Napoléon. Invariable dans sa religion aristocratique, il en avait aveuglément suivi les maximes quand il jugea convenable de se choisir une compagne. Malgré les séductions d'un riche parvenu révolutionnaire qui mettait cette alliance à haut prix, il épousa une demoiselle de Kergarouët sans fortune, mais dont la famille est une des plus vieilles de la Bretagne.

La Restauration surprit monsieur de Fontaine chargé d'une nombreuse famille. Quoiqu'il n'entrât pas dans les idées du généreux gentilhomme de solliciter des grâces, il céda néanmoins aux désirs de sa femme, quitta

son domaine dont le revenu modique suffisait à peine
aux besoins de ses enfants et vint à Paris. Contristé de
l'avidité avec laquelle ses anciens camarades faisaient
curée des places et des dignités constitutionnelles, il
allait retourner à sa terre, lorsqu'il reçut une lettre
ministérielle, par laquelle une Excellence assez connue
lui annonçait sa nomination au grade de maréchal-
de-camp, en vertu de l'ordonnance qui permettait aux
officiers des armées catholiques de compter les vingt
premières années inédites du règne de Louis XVIII
comme années de service[3]. Quelques jours après, le
Vendéen reçut encore, sans aucune sollicitation et
d'office, la croix de l'ordre de la Légion d'honneur et
celle de Saint-Louis. Ebranlé dans sa résolution par
ces grâces successives qu'il crut devoir au souvenir du
monarque, il ne se contenta plus de mener sa famille,
comme il l'avait pieusement fait chaque dimanche,
crier vive le Roi dans la salle des Maréchaux aux Tuileries quand les princes se rendaient à la chapelle, il
sollicita la faveur d'une entrevue particulière. Cette
audience, très promptement accordée, n'eut rien de
particulier. Le salon royal était plein de vieux serviteurs dont les têtes poudrées, vues d'une certaine hauteur, ressemblaient à un tapis de neige. Là, le gentilhomme retrouva d'anciens compagnons qui le reçurent
d'un air un peu froid; mais les princes lui parurent
adorables, expression d'enthousiasme qui lui échappa
quand le plus gracieux de ses maîtres[4], de qui le comte
ne se croyait connu que de nom, vint lui serrer la main
et le proclama le plus pur des Vendéens. Malgré cette
ovation, aucune de ces augustes personnes n'eut l'idée
de lui demander le compte de ses pertes, ni celui de
l'argent si généreusement versé dans les caisses de
l'armée catholique. Il s'aperçut un peu tard qu'il
avait fait la guerre à ses dépens. Vers la fin de la soirée,

il crut pouvoir hasarder une spirituelle allusion à l'état de ses affaires, semblable à celui de bien des gentilshommes. Sa Majesté se prit à rire d'assez bon cœur, toute parole marquée au coin de l'esprit avait le don de lui plaire; mais elle répliqua néanmoins par une de ces royales plaisanteries dont la douceur est plus à craindre que la colère d'une réprimande. Un des plus intimes confidents du roi ne tarda pas à s'approcher du Vendéen calculateur, auquel il fit entendre, par une phrase fine et polie, que le moment n'était pas encore venu de compter avec les maîtres : il se trouvait sur le tapis des mémoires beaucoup plus arriérés que le sien, et qui devaient sans doute servir à l'histoire de la Révolution. Le comte sortit prudemment du groupe vénérable qui décrivait un respectueux demi-cercle devant l'auguste famille; puis, après avoir, non sans peine, dégagé son épée parmi les jambes grêles où elle s'était engagée, il regagna pédestrement à travers la cour des Tuileries le fiacre qu'il avait laissé sur le quai. Avec cet esprit rétif qui distingue la noblesse de vieille roche chez laquelle le souvenir de la Ligue et des Barricades n'est pas encore éteint, il se plaignit dans son fiacre, à haute voix et de manière à se compromettre, sur le changement survenu à la cour. — Autrefois, se disait-il, chacun parlait librement au roi de ses petites affaires, les seigneurs pouvaient à leur aise lui demander des grâces et de l'argent, et aujourd'hui l'on n'obtiendra pas, sans scandale, le remboursement des sommes avancées pour son service ? Morbleu ! la croix de Saint-Louis et le grade de maréchal-de-camp ne valent pas trois cent mille livres que j'ai, bel et bien, dépensées pour la cause royale. Je veux reparler au roi, en face, et dans son cabinet.

Cette scène refroidit d'autant plus le zèle de monsieur de Fontaine, que ses demandes d'audience res-

tèrent constamment sans réponse. Il vit d'ailleurs les
intrus de l'empire arrivant à quelques-unes des charges réservées sous l'ancienne monarchie aux meilleures
maisons.

— Tout est perdu, dit-il un matin. Décidément, le roi
n'a jamais été qu'un révolutionnaire. Sans Monsieur, qui
ne déroge pas et console ses fidèles serviteurs, je ne sais
en quelles mains irait un jour la couronne de France,
si ce régime continuait. Leur maudit système constitutionnel est le plus mauvais de tous les gouvernements et
ne pourra jamais convenir à la France. Louis XVIII et
M. Beugnot nous ont tout gâté à Saint-Ouen[5].

Le comte désespéré se préparait à retourner à sa
terre, en abandonnant avec noblesse ses prétentions à
toute indemnité. En ce moment, les événements du
Vingt-Mars[6] annoncèrent une nouvelle tempête qui
menaçait d'engloutir le roi légitime et ses défenseurs.
Semblable à ces gens généreux qui ne renvoient pas un
serviteur par un temps de pluie, monsieur de Fontaine
emprunta sur sa terre pour suivre la monarchie en
déroute, sans savoir si cette complicité d'émigration lui
serait plus propice que ne l'avait été son dévouement
passé; mais après avoir observé que les compagnons de
l'exil étaient plus en faveur que les braves qui, jadis,
avaient protesté les armes à la main contre l'établissement de la république, peut-être espéra-t-il trouver
dans ce voyage à l'étranger plus de profit que dans un
service actif et périlleux à l'intérieur. Ses calculs de
courtisan ne furent pas une de ces vaines spéculations
qui promettent sur le papier des résultats superbes, et
ruinent par leur exécution. Il fut donc, selon le mot
du plus spirituel et du plus habile de nos diplomates[7],
un des cinq cents fidèles serviteurs qui partagèrent
l'exil de la cour à Gand, et l'un des cinquante mille
qui en revinrent. Pendant cette courte absence de la

royauté, monsieur de Fontaine eut le bonheur d'être employé par Louis XVIII, et rencontra plus d'une occasion de donner au roi les preuves d'une grande probité politique et d'un attachement sincère. Un soir que le monarque n'avait rien de mieux à faire, il se souvint du bon mot dit par monsieur de Fontaine aux Tuileries. Le vieux Vendéen ne laissa pas échapper un tel à-propos, et raconta son histoire assez spirituellement pour que ce roi, qui n'oubliait rien, pût se la rappeler en temps utile. L'auguste littérateur remarqua la tournure fine donnée à quelques notes dont la rédaction avait été confiée au discret gentilhomme. Ce petit mérite inscrivit monsieur de Fontaine, dans la mémoire du roi, parmi les plus loyaux serviteurs de sa couronne. Au second retour, le comte fut un de ces envoyés extraordinaires qui parcoururent les départements, avec la mission de juger souverainement les fauteurs de la rébellion; mais il usa modérément de son terrible pouvoir[8]. Aussitôt que cette juridiction temporaire eut cessé, le grand-prévôt s'assit dans un des fauteuils du Conseil d'Etat, devint député, parla peu, écouta beaucoup, et changea considérablement d'opinion. Quelques circonstances, inconnues aux biographes, le firent entrer assez avant dans l'intimité du prince pour qu'un jour le malicieux monarque l'interpellât ainsi en le voyant entrer : — Mon ami Fontaine; je ne m'aviserais pas de vous nommer directeur général ni ministre ! Ni vous ni moi, si nous étions *employés,* ne resterions en place, à cause de nos opinions. Le gouvernement représentatif a cela de bon qu'il nous ôte la peine que nous avions jadis de renvoyer nous-mêmes nos secrétaires d'Etat. Notre conseil est une véritable hôtellerie, où l'opinion publique nous envoie souvent de singuliers voyageurs; mais enfin nous saurons toujours où placer nos fidèles serviteurs.

Cette ouverture moqueuse fut suivie d'une ordonnance qui donnait à monsieur de Fontaine une administration dans le domaine extraordinaire de la couronne. Par suite de l'intelligente attention avec laquelle il écoutait les sarcasmes de son royal ami, son nom se trouva sur les lèvres de Sa Majesté toutes les fois qu'il fallut créer une commission dont les membres devaient être lucrativement appointés. Il eut le bon esprit de taire la faveur dont l'honorait le monarque et sut l'entretenir par une manière piquante de narrer, dans une de ces causeries familières auxquelles Louis XVIII se plaisait autant qu'aux billets agréablement écrits, les anecdotes politiques et, s'il est permis de se servir de cette expression, les cancans diplomatiques ou parlementaires qui abondaient alors. On sait que les détails de sa *gouvernementabilité*, mot adopté par l'auguste railleur, l'amusaient infiniment. Grâce au bon sens, à l'esprit et à l'adresse de monsieur le comte de Fontaine, chaque membre de sa nombreuse famille, quelque jeune qu'il fût, finit, ainsi qu'il le disait plaisamment à son maître, par se poser comme un ver à soie sur les feuilles du budget. Ainsi, par les bontés du roi, l'aîné de ses fils parvint à une place éminente dans la magistrature inamovible. Le second, simple capitaine avant la Restauration, obtint une légion immédiatement après son retour de Gand; puis, à la faveur des mouvements de 1815 pendant lesquels on méconnut les règlements, il passa dans la garde royale, repassa dans les gardes-du-corps, revint dans la ligne, et se trouva lieutenant-général avec un commandement dans la garde, après l'affaire du Trocadéro[9]. Le dernier, nommé sous-préfet, devint bientôt maître des requêtes et directeur d'une administration municipale de la Ville de Paris, où il se trouvait à l'abri des tempêtes législatives. Ces grâces sans éclat, secrètes comme la faveur du comte, pleuvaient inaperçues. Quoique le père et les trois fils eussent chacun assez de sinécures pour jouir d'un revenu budgétaire presque aussi considérable que celui d'un directeur général, leur fortune politique n'excita l'envie de personne. Dans ces temps de premier établissement du système constitutionnel, peu de personnes avaient des idées justes sur les régions paisibles du budget, où d'adroits favoris surent trouver l'équivalent des abbayes détruites. Monsieur le comte de Fontaine, qui naguère encore se vantait de n'avoir pas lu la Charte et se montrait si courroucé contre l'avidité des courtisans, ne tarda pas à prouver à son auguste maître qu'il comprenait aussi bien que lui l'esprit et les ressources du *représentatif*. Cependant, malgré la sécurité des carrières ouvertes à ses trois fils, malgré les avantages pécuniaires qui résultaient du cumul de quatre places, monsieur de Fontaine se trouvait à la tête d'une famille trop nombreuse pour pouvoir promptement et facilement rétablir sa fortune. Ses trois fils étaient riches d'avenir, de faveur et de talent; mais il avait trois filles, et craignait de lasser la bonté du monarque. Il imagina de ne jamais lui parler que d'une seule de ces vierges pressées d'allumer leur flambeau. Le roi avait trop bon goût pour laisser son œuvre imparfaite. Le mariage de la première avec un receveur général, Planat de Baudry[10], fut conclu par une de ces phrases royales qui ne coûtent rien et valent des millions. Un soir où le monarque était maussade, il sourit en apprenant l'existence d'une autre demoiselle de Fontaine qu'il fit épouser à un jeune magistrat d'extraction bourgeoise, il est vrai, mais riche, plein de talent, et qu'il créa baron. Lorsque, l'année suivante, le Vendéen parla de mademoiselle Emilie de Fontaine, le roi lui répondit, de sa petite voix aigrelette : — *Amicus Plato, sed magis amica Natio*[11]. Puis, quelques jours après, il régala son *ami Fontaine* d'un quatrain assez innocent qu'il appelait une épigramme et dans lequel il le plaisantait sur ses trois filles si habilement produites sous la forme d'une trinité. S'il faut en croire la chronique, le monarque avait été chercher son bon mot dans l'unité des trois personnes divines.

— Si le Roi daignait changer son épigramme en épithalame ? dit le comte en essayant de faire tourner cette boutade à son profit.

— Si j'en vois la rime, je n'en vois pas la raison, répondit durement le roi qui ne goûta point cette plaisanterie faite sur sa poésie, quelque douce qu'elle fût.

Dès ce jour, son commerce avec monsieur de Fontaine eut moins d'aménité. Les rois aiment plus qu'on ne le croit la contradiction. Comme presque tous les enfants venus les derniers, Emilie de Fontaine était un Benjamin gâté par tout le monde. Le refroidissement du monarque causa donc d'autant plus de peine au comte que jamais mariage ne fut plus difficile à conclure que celui de cette fille chérie. Pour concevoir tous ces obstacles, il faut pénétrer dans l'enceinte du bel hôtel où l'administrateur était logé aux dépens de la Liste Civile. Emilie avait passé son enfance à la terre de Fontaine en y jouissant de cette abondance qui suffit aux premiers plaisirs de la jeunesse; ses moindres souhaits y étaient des lois pour ses sœurs, pour ses frères, pour sa mère, et même pour son père. Tous ses parents raffolaient d'elle. Arrivée à l'âge de raison, précisément au moment où sa famille fut comblée des faveurs de la fortune, l'enchantement de sa vie continua. Le luxe de Paris lui sembla tout aussi naturel que la richesse en fleurs ou en fruits, et que cette opulence champêtre qui firent le bonheur de ses premières années. De même qu'elle n'avait éprouvé aucune contrariété dans son enfance quand elle voulait satisfaire de joyeux désirs, de même elle se vit encore obéie lorsqu'à l'âge de quatorze ans elle se lança dans le tourbillon du monde. Accoutumée ainsi par degrés aux jouissances de la fortune, les recherches de la toilette, l'élégance des salons dorés et des équipages lui devinrent aussi nécessaires que les compliments vrais ou faux de la flatterie, que les fêtes et les vanités de la cour. Comme la plupart des enfants gâtés, elle tyrannisa ceux qui l'aimaient, et réserva ses coquetteries aux indifférents. Ses défauts ne firent que grandir avec elle, et ses parents allaient bientôt recueillir les fruits amers de cette éducation funeste. A dix-neuf ans, Emilie de Fontaine n'avait pas encore voulu faire de choix parmi les nombreux jeunes gens que la politique de monsieur de Fontaine assemblait dans ses fêtes. Quoique jeune encore, elle jouissait dans le monde de toute la liberté d'esprit que peut y avoir une femme. Semblable aux rois, elle n'avait pas d'amis, et se voyait partout l'objet d'une complaisance à laquelle un naturel meilleur que le sien n'eût peut-être pas résisté. Aucun homme, fût-ce même un vieillard, n'avait la force de contredire les opinions d'une jeune fille dont un seul regard ranimait l'amour dans un cœur froid. Elevée avec des soins qui manquèrent à ses sœurs, elle peignait assez bien, parlait l'italien et l'anglais, jouait du piano d'une façon désespérante; enfin sa voix, perfectionnée par les meilleurs maîtres, avait un timbre qui donnait à son chant d'irrésistibles séductions. Spirituelle et nourrie de toutes les littératures, elle aurait pu faire croire que, comme dit Mascarille[12], les gens de qualité viennent au monde en sachant tout. Elle raisonnait facilement sur la peinture italienne ou flamande, sur le Moyen Age ou la Renaissance jugeait à tort et à travers les livres anciens ou nouveaux, et faisait ressortir avec une cruelle grâce d'esprit les défauts d'un ouvrage. La plus simple de ses phrases était reçue par la foule idolâtre, comme par les Turcs un *fefta* du sultan. Elle éblouissait ainsi les gens superficiels; quant aux gens profonds, son tact naturel l'aidait à les reconnaître; et pour eux, elle déployait tant de coquetterie qu'à la faveur de ses séductions elle pouvait échapper à leur examen. Ce vernis séduisant couvrait un cœur insouciant, l'opinion commune à beaucoup de jeunes filles que personne n'habitait une sphère assez élevée pour pouvoir comprendre l'excellence de son âme, et un orgueil qui s'appuyait autant sur sa naissance que sur sa beauté. En l'absence du sentiment violent qui ravage tôt ou tard le cœur d'une femme, elle portait sa jeune ardeur dans un amour immodéré des distinctions, et témoignait le plus profond mépris pour les roturiers. Fort impertinente avec la nouvelle noblesse, elle faisait tous ses efforts pour que ses parents marchassent de pair au milieu des familles les plus illustres du faubourg Saint-Germain.

Ces sentiments n'avaient pas échappé à l'œil observateur de monsieur de Fontaine, qui plus d'une fois, lors du mariage de ses deux premières filles, eut à gémir des sarcasmes et des bons mots d'Emilie. Les gens logiques s'étonneront d'avoir vu le vieux Vendéen donnant sa première fille à un receveur général qui possédait bien, à la vérité, quelques anciennes terres seigneuriales, mais dont le nom n'était pas précédé de cette particule à laquelle le trône dut tant de défenseurs[13], et la seconde à un magistrat trop récemment baronifié pour faire oublier que le père avait vendu des fagots. Ce notable changement dans les idées du noble, au moment où il atteignait sa soixantième année, époque à laquelle les hommes quittent rarement leurs croyances, n'était pas dû seulement à la déplorable habitation de la moderne Babylone où tous les gens de province finissent par perdre leurs rudesses; la nouvelle conscience politique du comte de Fontaine était encore le résultat des conseils et de l'amitié du roi. Ce prince philosophe avait pris plaisir à convertir le Vendéen aux idées qu'exigeaient la marche du dix-neuvième siècle et la rénovation de la monarchie. Louis XVIII voulait fondre les partis, comme Napoléon avait fondu les choses et les hommes. Le roi légitime, peut-être aussi spirituel que son rival, agissait en sens contraire. Le dernier chef de la maison de Bourbon était aussi empressé à satisfaire le tiers-état et les gens de l'empire, en contenant le clergé, que le premier des Napoléon fut jaloux d'attirer auprès de lui les grands seigneurs ou de doter l'église. Confident des royales pensées, le conseiller d'Etat était insensiblement devenu l'un des chefs les plus influents et les plus sages de ce parti modéré qui désirait vivement, au nom de l'intérêt national, la fusion des opinions. Il prêchait les coûteux principes du gouvernement constitutionnel et secondait de toute sa puissance les jeux de la bascule politique qui permettait à son maître de gouverner la France au milieu des agitations. Peut-être monsieur de Fontaine se flattait-il d'arriver à la pairie par un de ces coups de vent législatifs dont les effets si bizarres surprenaient alors les plus vieux politiques. Un de ses principes les plus fixes consistait à ne plus reconnaître en France d'autre noblesse que la pairie, dont les familles étaient les seules qui eussent des privilèges.

— Une noblesse sans privilèges, disait-il, est un manche sans outil.

Aussi éloigné du parti de Lafayette que du parti de La Bourdonnaye[14], il entreprenait avec ardeur la réconciliation générale d'où devaient sortir une ère nouvelle et de brillantes destinées pour la France. Il cherchait à convaincre les familles qui hantaient ses salons et celles où il allait, du peu de chances favorables qu'offraient désormais la carrière militaire et l'administration. Il engageait les mères à lancer leurs enfants dans les professions indépendantes et industrielles, en leur donnant à entendre que les emplois militaires et les hautes fonctions du gouvernement finiraient par appartenir très constitutionnellement aux cadets des familles nobles de la pairie. Selon lui, la nation avait conquis une part assez large dans l'administration par son assemblée élective, par les places de la magistrature et par celles de la finance qui, disait-il, seraient toujours comme autrefois l'apanage des notabilités du tiers-état. Les nouvelles idées du chef de la famille de Fontaine, et les sages alliances qui en résultèrent pour ses deux premières filles, avaient rencontré de fortes résistances au sein de son ménage. La comtesse de Fontaine resta fidèle aux vieilles croyances que ne devait pas renier une femme qui appartenait aux Rohan par sa mère. Quoiqu'elle se fût opposée pendant un moment au bonheur et à la fortune qui attendaient ses deux filles aînées, elle se rendit à ces considérations secrètes que les époux se confient le soir quand leurs têtes reposent sur le même oreiller. Monsieur de Fontaine démontra froidement à sa femme, par d'exacts calculs, que le séjour de Paris, l'obligation d'y représenter, la splendeur de sa maison qui les dédommageait des privations si courageusement partagées au fond de la Vendée, les dépenses faites pour leurs fils absorbaient la plus grande partie de leur revenu budgétaire. Il fallait donc saisir comme une faveur céleste l'occasion qui se présentait pour eux d'établir si richement leurs filles. Ne devaient-elles pas jouir un jour de soixante, de quatre-vingt, de cent mille livres de rente ? Des mariages si avantageux ne se rencontraient pas tous les jours pour des filles sans dot. Enfin, il était temps de penser à économiser pour augmenter la terre de Fontaine et reconstruire l'antique fortune territoriale de la famille. La comtesse céda, comme toutes les mères l'eussent fait à sa place, quoique de meilleure grâce peut-être, à des arguments si persuasifs; mais elle déclara qu'au moins sa fille Emilie serait mariée de manière à satisfaire l'orgueil qu'elle avait contribué malheureusement à développer dans cette jeune âme.

Ainsi les événements qui auraient dû répandre la joie dans cette famille y introduisirent un léger levain de discorde. Le receveur général et le jeune magistrat furent en butte aux froideurs d'un cérémonial que surent créer la comtesse et sa fille Emilie. Leur étiquette trouva bien plus amplement lieu d'exercer ses tyrannies domestiques : le lieutenant général épousa mademoiselle Mongenod, fille d'un riche banquier; le président se maria sensément avec une demoiselle dont le père, deux ou trois fois millionnaire, avait fait le commerce du sel; enfin le troisième frère se montra fidèle à ces doctrines roturières en prenant pour femme mademoiselle Grossetête, fille unique du receveur général de Bourges. Les trois belles-sœurs, les deux beaux-frères trouvaient tant de charmes et d'avantages personnels à rester dans la haute sphère des puissances politiques et dans les salons du faubourg Saint-Germain qu'ils s'accordèrent tous pour former une petite cour à la hautaine Emilie. Ce pacte d'intérêt et d'orgueil ne fut cependant pas tellement bien cimenté que la jeune souveraine n'excitât souvent des révolutions dans son petit Etat. Des scènes, que le bon ton n'eût pas désavouées, entretenaient entre tous les membres de cette puissante famille une humeur moqueuse qui, sans altérer sensiblement l'amitié affichée en public, dégénérait quelquefois dans l'intérieur en sentiments peu charitables. Ainsi la femme du lieutenant général, devenue baronne, se croyait tout aussi noble qu'une Kergarouët, et prétendait que cent bonnes mille livres de rente lui donnaient le droit d'être aussi impertinente que sa belle-sœur Emilie à laquelle elle souhaitait parfois avec ironie un mariage heureux, en annonçant que la fille de tel pair venait d'épouser monsieur un tel, tout court. La femme du vicomte de Fontaine s'amusait à éclipser Emilie par le bon goût et par la richesse qui se faisaient remarquer dans ses toilettes, dans ses ameublements et ses équipages. L'air moqueur avec lequel les belles-sœurs et les deux beaux-frères accueillirent quelquefois les prétentions avouées par mademoiselle de Fontaine excitait chez elle un courroux à peine calmé par une grêle d'épigrammes. Lorsque le chef de la famille éprouva quelque refroidissement dans la tacite et précaire amitié du monarque, il trembla d'autant plus que, par suite des défis railleurs de ses sœurs, jamais sa fille chérie n'avait jeté ses vues si haut.

Au milieu de ces circonstances et au moment où cette petite lutte domestique était devenue fort grave, le monarque, auprès duquel monsieur de Fontaine croyait rentrer en grâce, fut attaqué de la maladie dont il devait périr. Le grand politique qui sut si bien conduire sa nauf[15] au sein des orages ne tarda pas à succomber. Incertain de la faveur à venir, le comte de Fontaine fit donc les plus grands efforts pour rassembler autour de sa dernière fille l'élite des jeunes gens à marier. Ceux qui ont tâché de résoudre le problème difficile que présente l'établissement d'une fille orgueilleuse et fantasque comprendront peut-être les peines que se donna le pauvre Vendéen. Achevée au gré de son enfant chéri, cette dernière entreprise eût couronné dignement la carrière que le comte parcourait depuis dix ans à Paris. Par la manière dont sa famille envahissait les traitements de tous les ministères, elle pouvait se comparer à la maison d'Autriche, qui, par ses alliances, menace d'envahir l'Europe. Aussi le vieux Vendéen ne se rebutait-il pas dans ses présentations de prétendus, tant il avait à cœur le bonheur de sa fille; mais rien n'était plus plaisant que la façon dont l'impertinente créature prononçait ses arrêts et jugeait le mérite de ses adorateurs. On eût dit que, semblable à l'une de ces princesses des *Mille et un Jours*[16], Emilie fût assez riche, assez belle pour avoir le droit de choisir parmi tous les princes du monde; ses objections étaient plus bouffonnes les unes que les autres : l'un avait les jambes trop grosses ou les genoux cagneux, l'autre était myope, celui-ci s'appelait Durand; celui-là boitait, presque tous lui semblaient trop gras. Plus vive, plus charmante, plus gaie que jamais après avoir rejeté deux ou trois prétendus, elle s'élançait dans les fêtes de l'hiver et courait au bal où ses yeux perçants examinaient les célébrités du jour, où elle se plaisait à exciter des demandes qu'elle rejetait toujours. La nature lui avait donné en profusion les avantages nécessaires à ce rôle de Célimène. Grande et svelte, Emilie de Fontaine possédait une démarche imposante ou folâtre, à son gré. Son col un peu long lui permettait de prendre de charmantes attitudes de dédain et d'impertinence. Elle s'était fait un fécond répertoire de ces airs de tête et de ces gestes féminins qui expliquent si cruellement ou si heureusement les demi-mots et les sourires. De beaux cheveux noirs, des sourcils très fournis et fortement arqués prêtaient à sa physionomie une expression de fierté que la coquetterie autant que son miroir lui apprirent à rendre terrible ou à tempérer par la fixité ou par la douceur de son regard, par l'immobilité ou par les légères inflexions de ses lèvres, par la froideur ou la grâce de son sourire. Quand

Emilie voulait s'emparer d'un cœur, sa voix pure ne manquait pas de mélodie; mais elle pouvait aussi lui imprimer une sorte de clarté brève quand elle entreprenait de paralyser la langue indiscrète d'un cavalier. Sa figure blanche et son front d'albâtre étaient semblables à la surface limpide d'un lac qui tour à tour se ride sous l'effort d'une brise ou reprend sa sérénité joyeuse quand l'air se calme. Plus d'un jeune homme en proie à ses dédains l'accusa de jouer la comédie; mais elle se justifiait en inspirant aux médisants le désir de lui plaire et les soumettant aux dédains de sa coquetterie. Parmi les jeunes filles à la mode, nulle mieux qu'elle ne savait prendre un air de hauteur en recevant le salut d'un homme de talent, ou déployer cette politesse insultante qui fait de nos égaux des inférieurs, et déverser son impertinence sur tous ceux qui essayaient de marcher au pair avec elle. Elle semblait, partout où elle se trouvait, recevoir plutôt des hommages que des compliments, et même chez une princesse, sa tournure et ses airs eussent converti le fauteuil sur lequel elle se serait assise en un trône impérial.

Monsieur de Fontaine découvrit trop tard combien l'éducation de la fille qu'il aimait le plus avait été faussée par la tendresse de toute la famille. L'admiration que le monde témoigne d'abord à une jeune personne, mais de laquelle il ne tarde pas à se venger, avait encore exalté l'orgueil d'Emilie et accru sa confiance en elle. Une complaisance générale avait développé chez elle l'égoïsme naturel aux enfants gâtés qui, semblables à des rois, s'amusent de tout ce qui les approche. En ce moment, la grâce de la jeunesse et le charme des talents cachaient à tous les yeux ces défauts, d'autant plus odieux chez une femme qu'elle ne peut plaire que par le dévouement et par l'abnégation;

mais rien n'échappe à l'œil d'un bon père : monsieur de Fontaine essaya souvent d'expliquer à sa fille les principales pages du livre énigmatique de la vie. Vaine entreprise ! Il eut trop souvent à gémir sur l'indocilité capricieuse et sur la sagesse ironique de sa fille pour persévérer dans une tâche aussi difficile que celle de corriger un si pernicieux naturel. Il se contenta de donner de temps en temps des conseils pleins de douceur et de bonté; mais il avait la douleur de voir ses plus tendres paroles glissant sur le cœur de sa fille comme s'il eût été de marbre. Les yeux d'un père se dessillent si tard qu'il fallut au vieux Vendéen plus d'une épreuve pour s'apercevoir de l'air de condescendance avec laquelle sa fille lui accordait de rares caresses. Elle ressemblait à ces jeunes enfants qui paraissent dire à leur mère : « Dépêche-toi de m'embrasser pour que j'aille jouer. » Enfin, Emilie daignait avoir de la tendresse pour ses parents. Mais souvent, par des caprices soudains qui semblent inexplicables chez les jeunes filles, elle s'isolait et ne se montrait plus que rarement; elle se plaignait d'avoir à partager avec trop de monde le cœur de son père et de sa mère, elle devenait jalouse de tout, même de ses frères et de ses sœurs. Puis, après avoir pris bien de la peine à créer un désert autour d'elle, cette fille bizarre accusait la nature entière de sa solitude factice et de ses peines volontaires. Armée de son expérience de vingt ans, elle condamnait le sort parce que, ne sachant pas que le premier principe du bonheur est en nous, elle demandait aux choses de la vie de le lui donner. Elle aurait fui au bout du globe pour éviter des mariages semblables à ceux de ses deux sœurs; et néanmoins, elle avait dans le cœur une affreuse jalousie de les voir mariées, riches et heureuses. Enfin, quelquefois elle donnait à penser à sa mère, victime de ses procédés tout autant que monsieur de Fontaine, qu'elle avait un grain de folie. Cette aberration était assez explicable : rien n'est plus commun que cette secrète fierté née au cœur des jeunes personnes qui appartiennent à des familles haut placées sur l'échelle sociale, et que la nature a douées d'une grande beauté. Presque toutes sont persuadées que leurs mères, arrivées à l'âge de quarante ou cinquante ans, ne peuvent plus ni sympathiser avec leurs jeunes âmes, ni en concevoir les fantaisies. Elles s'imaginent que la plupart des mères, jalouses de leurs filles, veulent les habiller à leur mode dans le dessein prémédité de les éclipser ou de leur ravir des hommages. De là, souvent des larmes secrètes ou de sourdes révoltes contre la prétendue tyrannie maternelle. Au milieu de ces chagrins qui deviennent réels, quoique assis sur une base imaginaire, elles ont encore la manie de composer un thème pour leur existence, et se tirent à elles-mêmes un brillant horoscope; leur magie consiste à prendre leurs rêves pour des réalités, elles résolvent secrètement, dans leurs longues méditations, de n'accorder leur cœur et leur main qu'à l'homme qui possédera tel ou tel avantage; elles dessinent dans leur imagination un type auquel il faut, bon gré mal gré, que leur futur ressemble. Après avoir expérimenté la vie et fait les réflexions sérieuses qu'amènent les années, à force de voir le monde et son train prosaïque, à force d'exemples malheureux, les belles couleurs de leur figure idéale s'abolissent; puis, elles se trouvent un beau jour, dans le courant de la vie, tout étonnées d'être heureuses sans la nuptiale poésie de leurs rêves. Suivant cette poétique, mademoiselle Emilie de Fontaine avait arrêté, dans sa fragile sagesse, un programme auquel devait se conformer son prétendu pour être accepté. De là ses dédains et ses sarcasmes.

— Quoique jeune et de noblesse ancienne, s'était-

elle dit, il sera pair de France ou fils aîné d'un pair !
Il me serait insupportable de ne pas voir mes armes
peintes sur les panneaux de ma voiture au milieu des
plis flottants d'un manteau d'azur, et de ne pas courir
comme les princes dans la grande allée des Champs-
Elysées, les jours de Longchamp. D'ailleurs, mon père
prétend que ce sera un jour la plus belle dignité de
France. Je le veux militaire en me réservant de lui
faire donner sa démission, et je le veux décoré pour
qu'on nous porte les armes.

Ces rares qualités ne servaient à rien, si cet être de
raison ne possédait pas encore une grande amabilité,
une jolie tournure, de l'esprit, et s'il n'était pas svelte.
La maigreur, cette grâce du corps, quelque fugitive
qu'elle pût être, surtout dans un gouvernement représentatif, était une clause de rigueur. Mademoiselle de
Fontaine avait une certaine mesure idéale qui lui servait de modèle. Le jeune homme qui, au premier coup
d'œil, ne remplissait pas les conditions voulues n'obtenait même pas un second regard[17].

— Oh ! mon Dieu, voyez combien ce monsieur est
gras, était chez elle la plus haute expression du mépris.

A l'entendre, les gens d'une honnête corpulence
étaient incapables de sentiments, mauvais maris et
indignes d'entrer dans une société civilisée. Quoique
ce fût une beauté recherchée en Orient, l'embonpoint
lui semblait un malheur chez les femmes; mais chez un
homme, c'était un crime. Ces opinions paradoxales
amusaient, grâce à une certaine gaieté d'élocution.
Néanmoins le comte sentit que plus tard les prétentions
de sa fille, dont le ridicule allait être visible pour certaines femmes aussi clairvoyantes que peu charitables,
deviendraient un fatal sujet de raillerie. Il craignit
que les idées bizarres de sa fille ne se changeassent en

mauvais ton. Il tremblait que le monde impitoyable
ne se moquât déjà d'une personne qui restait si longtemps en scène sans donner un dénouement à la comédie qu'elle y jouait. Plus d'un acteur, mécontent d'un
refus, paraissait attendre le moindre incident malheureux pour se venger. Les indifférents, les oisifs com-
mençaient à se lasser : l'admiration est toujours une
fatigue pour l'espèce humaine. Le vieux Vendéen savait
mieux que personne que s'il faut choisir avec art le
moment d'entrer sur les tréteaux du monde, sur ceux de
la cour, dans un salon ou sur la scène, il est encore plus
difficile d'en sortir à propos. Aussi, pendant le premier
hiver qui suivit l'avènement de Charles X au trône,
redoubla-t-il d'efforts, conjointement avec ses trois fils
et ses gendres, pour réunir dans les salons de son hôtel
les meilleurs partis que Paris et les différentes députa-
tions des départements pouvaient présenter. L'éclat de
ses fêtes, le luxe de sa salle à manger et ses dîners par-
fumés de truffes rivalisaient avec les célèbres repas par
lesquels les ministres du temps s'assuraient le vote de
leurs soldats parlementaires.

L'honorable député fut alors signalé comme un des
plus puissants corrupteurs de la probité législative de
cette illustre chambre qui sembla mourir d'indigestion.
Chose bizarre ! Ses tentatives pour marier sa fille le
maintinrent dans une éclatante faveur. Peut-être trou-
va-t-il quelque avantage secret à vendre deux fois ses
truffes. Cette accusation due à certains libéraux railleurs qui compensaient, par l'abondance de leurs paroles, la rareté de leurs adhérents dans la chambre,
n'eut aucun succès. La conduite du gentilhomme
poitevin était en général si noble et si honorable qu'il
ne reçut pas une seule de ces épigrammes par lesquelles
les malins journaux de cette époque assaillirent les trois
cents votants du centre, les ministres, les cuisiniers, les

directeurs généraux, les princes de la fourchette et les
défenseurs d'office qui soutenaient l'administration
Villèle. A la fin de cette campagne, pendant laquelle
monsieur de Fontaine avait, à plusieurs reprises, fait
donner toutes ses troupes, il crut que son assemblée
de prétendus ne serait pas, cette fois, une fantasmagorie pour sa fille. Il avait une certaine satisfaction intérieure d'avoir bien rempli son devoir de père. Puis
après avoir fait flèche de tout bois, il espérait que,
parmi tant de cœurs offerts à la capricieuse Emilie,
il pouvait s'en rencontrer au moins un qu'elle eût
distingué. Incapable de renouveler cet effort, et d'ailleurs lassé de la conduite de sa fille, vers la fin du carême, un matin que la séance de la Chambre ne ré-
clamait pas trop impérieusement son vote, il résolut
de la consulter. Pendant qu'un valet de chambre dessinait artistement sur son crâne jaune le delta de poudre
qui complétait, avec des ailes de pigeon pendantes, sa
coiffure vénérable, le père d'Emilie ordonna, non sans
une secrète émotion, à son vieux valet de chambre d'aller avertir l'orgueilleuse demoiselle de comparaître
immédiatement devant le chef de la famille.

— Joseph, lui dit-il au moment où il eut achevé sa
coiffure, ôtez cette serviette, tirez ces rideaux, mettez
ces fauteuils en place, secouez le tapis de la cheminée
et remettez-le bien droit, essuyez partout. Allons !
Donnez un peu d'air à mon cabinet en ouvrant la fenêtre.

Le comte multipliait ses ordres, essoufflait Joseph,
qui, devinant les intentions de son maître, restitua quelque fraîcheur à cette pièce naturellement la plus négli-
gée de toute la maison, et réussit à imprimer une sorte
d'harmonie à des monceaux de comptes, aux cartons,
aux livres, aux meubles de ce sanctuaire où se débat-
taient les intérêts du domaine royal. Quand Joseph eut

achevé de mettre un peu d'ordre dans ce chaos et de
placer en évidence, comme dans un magasin de nou-
veautés, les choses qui pouvaient être les plus agréables
à voir, ou produire par leurs couleurs une sorte de
poésie bureaucratique, il s'arrêta au milieu du dédale
des paperasses étalées en quelques endroits jusque sur
le tapis, il s'admira lui-même un moment, hocha la
tête et sortit.

Le pauvre sinécuriste ne partagea pas la bonne opinion de son serviteur. Avant de s'asseoir dans son
immense fauteuil à oreilles, il jeta un regard de mé-
fiance autour de lui, examina d'un air hostile sa robe
de chambre, en chassa quelques grains de tabac,
s'essuya soigneusement le nez, rangea les pelles et les
pincettes, attisa le feu, releva les quartiers de ses pan-
toufles, rejeta en arrière sa petite queue horizontalement logée entre le col de son gilet et celui de sa
robe de chambre, et lui fit reprendre sa position per-
pendiculaire; puis, il donna un coup de balai aux
cendres d'un foyer qui attestait l'obstination de son
catarrhe. Enfin le vieillard ne s'assit qu'après avoir
repassé une dernière fois en revue son cabinet, en espérant que rien n'y pourrait donner lieu aux remarques
aussi plaisantes qu'impertinentes par lesquelles sa fille
avait coutume de répondre à ses sages avis. En cette
occurrence, il ne voulait pas compromettre sa dignité
paternelle. Il prit délicatement une prise de tabac, et
toussa deux ou trois fois comme s'il se disposait à demander l'appel nominal : il entendait le pas léger
de sa fille, qui entra en fredonnant un air d'*il Barbiere*[18].

— Bonjour, mon père. Que me voulez-vous donc
si matin ?

Après ces paroles jetées comme la ritournelle de
l'air qu'elle chantait, elle embrassa le comte, non pas
avec cette tendresse familière qui rend le sentiment fi-

lial chose si douce, mais avec l'insouciante légèreté d'une maîtresse sûre de toujours plaire quoi qu'elle fasse.

— Ma chère enfant, dit gravement monsieur de Fontaine, je t'ai fait venir pour causer très sérieusement avec toi, sur ton avenir. La nécessité où tu es en ce moment de choisir un mari de manière à rendre ton bonheur durable...

— Mon bon père, répondit Emilie en employant les sons les plus caressants de sa voix pour l'interrompre, il me semble que l'armistice que nous avons conclu relativement à mes prétendus n'est pas encore expiré.

— Emilie, cessons aujourd'hui de badiner sur un sujet si important. Depuis quelque temps les efforts de ceux qui t'aiment véritablement, ma chère enfant, se réunissent pour te procurer un établissement convenable, et ce serait être coupable d'ingratitude que d'accueillir légèrement les marques d'intérêt que je ne suis pas seul à te prodiguer.

En entendant ces paroles et après avoir lancé un regard malicieusement investigateur sur les meubles du cabinet paternel, la jeune fille alla prendre celui des fauteuils qui paraissait avoir le moins servi aux solliciteurs, l'apporta elle-même de l'autre côté de la cheminée, de manière à se placer en face de son père, prit une attitude si grave qu'il était impossible de n'y pas voir les traces d'une moquerie, et se croisa les bras sur la riche garniture d'une pèlerine *à la neige* dont les nombreuses ruches de tulle furent impitoyablement froissées. Après avoir regardé de côté, et en riant, la figure soucieuse de son vieux père, elle rompit le silence.

— Je ne vous ai jamais entendu dire, mon cher père, que le gouvernement fît ses communications en robe de chambre. Mais, ajouta-t-elle en souriant, n'importe, le peuple ne doit pas être difficile. Voyons donc vos projets de loi et vos présentations officielles.

— Je n'aurai pas toujours la facilité de vous en faire, jeune folle ! Ecoute, Emilie. Mon intention n'est pas de compromettre plus longtemps mon caractère, qui est une partie de la fortune de mes enfants, à recruter ce régiment de danseurs que tu mets en déroute à chaque printemps. Déjà tu as été la cause innocente de bien des brouilleries dangereuses avec certaines familles. J'espère que tu comprendras mieux aujourd'hui les difficultés de ta position et de la nôtre. Tu as vingt-deux ans, ma fille, et voici près de trois ans que tu devrais être mariée. Tes frères, tes deux sœurs sont tous établis richement et heureusement. Mais, mon enfant, les dépenses que nous ont suscitées ces mariages, et le train de maison que tu fais tenir à ta mère, ont absorbé tellement nos revenus qu'à peine pourrai-je te donner cent mille francs de dot. Dès aujourd'hui je veux m'occuper du sort à venir de ta mère, qui ne doit pas être sacrifiée à ses enfants. Emilie, si je venais à manquer à ma famille, madame de Fontaine ne saurait être à la merci de personne, et doit continuer à jouir de l'aisance par laquelle j'ai récompensé trop tard son dévouement à mes malheurs. Tu vois, mon enfant, que la faiblesse de ta dot ne saurait être en harmonie avec tes idées de grandeur. Encore sera-ce un sacrifice que je n'ai fait pour aucun autre de mes enfants; mais ils se sont généreusement accordés à ne pas se prévaloir un jour de l'avantage que nous ferons à un enfant trop chéri.

— Dans leur position ! dit Emilie en agitant la tête avec ironie.

— Ma fille, ne dépréciez jamais ainsi ceux qui vous aiment. Sachez qu'il n'y a que les pauvres de généreux ! Les riches ont toujours d'excellentes raisons pour

ne pas abandonner vingt mille francs à un parent. Eh !
bien, ne boude pas, mon enfant, et parlons raisonna-
blement. Parmi les jeunes gens à marier, n'as-tu pas
remarqué monsieur de Manerville ?

— Oh ! il dit *zeu* au lieu de jeu, il regarde toujours
son pied parce qu'il le croit petit, et il se mire ! D'ailleurs, il est blond, je n'aime pas les blonds.

— Eh ! bien, monsieur de Beaudenord ?

— Il n'est pas noble. Il est mal fait et gros. A la
vérité, il est brun. Il faudrait que ces deux messieurs
s'entendissent pour réunir leurs fortunes, et que le
premier donnât son corps et son nom au second qui
garderait ses cheveux, et alors... peut-être...

— Qu'as-tu à dire contre monsieur de Rastignac ?

— Madame de Nucingen en a fait un banquier, dit-
elle malicieusement.

— Et le vicomte de Portenduère, notre parent ?

— Un enfant qui danse mal, et d'ailleurs sans fortune. Enfin, mon père, ces gens-là n'ont pas de titre.
Je veux être au moins comtesse comme l'est ma mère.

— Tu n'as donc vu personne cet hiver qui...

— Non, mon père.

— Que veux-tu donc ?

— Le fils d'un pair de France.

— Ma fille, vous êtes folle ! dit monsieur de Fontaine en se levant.

Mais tout à coup il leva les yeux au ciel, sembla puiser une nouvelle dose de résignation dans une pensée
religieuse; puis, jetant un regard de pitié paternelle sur
son enfant, qui devint émue, il lui prit la main, la serra,
et lui dit avec attendrissement : — Dieu m'en est témoin, pauvre créature égarée ! J'ai consciencieusement
rempli mes devoirs de père envers toi, que dis-je, consciencieusement ? avec amour, mon Emilie. Oui, Dieu le
sait, cet hiver j'ai amené près de toi plus d'un honnête

homme dont les qualités, les mœurs, le caractère m'étaient connues, et tous ont paru dignes de toi. Mon enfant, ma tâche est remplie. D'aujourd'hui je te rends l'arbitre de ton sort, me trouvant heureux et malheureux tout ensemble de me voir déchargé de la plus lourde des obligations paternelles. Je ne sais pas si longtemps encore tu entendras une voix qui, par malheur, n'a jamais été sévère; mais souviens-toi que le bonheur conjugal ne se fonde pas tant sur des qualités brillantes et sur la fortune que sur une estime réciproque. Cette félicité est, de sa nature, modeste et sans éclat. Va, ma fille, mon aveu est acquis à celui que tu me présenteras pour gendre; mais si tu devenais malheureuse, songe que tu n'auras pas le droit d'accuser ton père. Je ne me refuserai pas à faire des démarches et à t'aider; seulement, que ton choix soit sérieux, définitif : je ne compromettrai pas deux fois le respect dû à mes cheveux blancs.

L'affection que lui témoignait son père et l'accent solennel qu'il mit à son onctueuse[19] allocution touchèrent vivement mademoiselle de Fontaine; mais elle dissimula son attendrissement, sauta sur les genoux du comte qui s'était assis tout tremblant encore, lui fit les caresses les plus douces, et le câlina avec tant de grâce que le front du vieillard se dérida. Quand Emilie jugea que son père était remis de sa pénible émotion, elle lui dit à voix basse : — Je vous remercie bien de votre gracieuse attention, mon cher père. Vous avez arrangé votre appartement pour recevoir votre fille chérie. Vous ne saviez peut-être pas la trouver si folle et si rebelle. Mais, mon père, est-il donc bien difficile d'épouser un pair de France ? Vous prétendiez qu'on en faisait par douzaines. Ah ! du moins vous ne me refuserez pas des conseils.

— Non, pauvre enfant, non, et je te crierai plus

d'une fois : Prends garde ! Songe donc que la pairie est un ressort trop nouveau dans notre gouvernementabilité, comme disait le feu roi, pour que les pairs puissent posséder de grandes fortunes. Ceux qui sont riches veulent le devenir encore plus. Le plus opulent de tous les membres de notre pairie n'a pas la moitié du revenu que possède le moins riche lord de la chambre haute en Angleterre. Or les pairs de France chercheront tous de riches héritières pour leurs fils, n'importe où elles se trouveront. La nécessité où ils sont tous de faire des mariages d'argent durera plus de deux siècles. Il est possible qu'en attendant l'heureux hasard que tu désires, recherche qui peut te coûter tes plus belles années, tes charmes (car on s'épouse considérablement par amour dans notre siècle), tes charmes, dis-je, opèrent un prodige. Lorsque l'expérience se cache sous un visage aussi frais que le tien, l'on peut en espérer des merveilles. N'as-tu pas d'abord la facilité de reconnaître les vertus dans le plus ou le moins de volume que prennent les corps ? Ce n'est pas un petit mérite. Aussi n'ai-je pas besoin de prévenir une personne aussi sage que toi de toutes les difficultés de l'entreprise. Je suis certain que tu ne supposeras jamais à un inconnu du bon sens en lui voyant une figure flatteuse, ou des vertus en lui trouvant une jolie tournure. Enfin je suis parfaitement de ton avis sur l'obligation dans laquelle sont tous les fils de pair d'avoir un air à eux et des manières tout à fait distinctives. Quoique aujourd'hui rien ne marque le haut rang, ces jeunes gens-là auront pour toi peut-être un *je ne sais quoi* qui te les révélera. D'ailleurs, tu tiens ton cœur en bride comme un bon cavalier certain de ne pas laisser broncher son coursier. Ma fille, bonne chance.

— Tu te moques de moi, mon père. Eh ! bien, je te déclare que j'irai plutôt mourir au couvent de made-

moiselle de Condé[20], que de ne pas être la femme d'un
pair de France.

Elle s'échappa des bras de son père, et, fière d'être sa
maîtresse, elle s'en alla en chantant l'air de *Cara non
dubitare* du *Matrimonio secreto*[21]. Par hasard la famille fêtait ce jour-là l'anniversaire d'une fête domestique. Au dessert, madame Planat, la femme du receveur général et l'aînée d'Emilie, parla assez haute-
ment d'un jeune Américain, possesseur d'une immense
fortune, qui, devenu passionnément épris de sa sœur,
lui avait fait des propositions extrêmement brillantes.

— C'est un banquier, je crois, dit négligemment
Emilie. Je n'aime pas les gens de finance.

— Mais, Emilie, répondit le baron de Vilaine, le
mari de la seconde sœur de mademoiselle de Fontaine,
vous n'aimez pas non plus la magistrature, de manière
que je ne vois pas trop, si vous repoussez les propriétaires non titrés, dans quelle classe vous choisirez un
mari.

— Surtout, Emilie, avec ton système de maigreur,
ajouta le lieutenant général.

— Je sais, répondit la jeune fille, ce qu'il me faut.

— Ma sœur veut un beau nom, un beau jeune
homme, un bel avenir, dit la baronne de Fontaine, et
cent mille livres de rente, enfin monsieur de Marsay
par exemple !

— Je sais, ma chère sœur, reprit Emilie, que je ne
ferai pas un sot mariage comme j'en ai tant vu faire.
D'ailleurs, pour éviter ces discussions nuptiales, je déclare que je regarderai comme les ennemis de mon
repos ceux qui me parleront de mariage.

Un oncle d'Emilie, un vice-amiral, dont la fortune
venait de s'augmenter d'une vingtaine de mille livres
de rente par suite de la loi d'indemnité[22], vieillard
septuagénaire en possession de dire de dures vérités

à sa petite-nièce de laquelle il raffolait, s'écria pour dissiper l'aigreur de cette conversation : — Ne tourmentez donc pas ma pauvre Emilie ! ne voyez-vous pas qu'elle attend la majorité du duc de Bordeaux ![23]

Un rire universel accueillit la plaisanterie du vieillard.

— Prenez garde que je ne vous épouse, vieux fou ! repartit la jeune fille dont les dernières paroles furent heureusement étouffées par le bruit.

— Mes enfants, dit madame de Fontaine pour adoucir cette impertinence, Emilie, de même que vous tous, ne prendra conseil que de sa mère.

— Oh ! mon Dieu, je n'écouterai que moi dans une affaire qui ne regarde que moi, dit fort distinctement mademoiselle de Fontaine.

Tous les regards se portèrent alors sur le chef de la famille. Chacun semblait être curieux de voir comment il allait s'y prendre pour maintenir sa dignité. Non seulement le vénérable Vendéen jouissait d'une grande considération dans le monde; mais encore, plus heureux que bien des pères, il était apprécié par sa famille dont tous les membres avaient su reconnaître les qualités solides qui lui servaient à faire la fortune des siens; aussi était-il entouré de ce profond respect que témoignent les familles anglaises et quelques maisons aristocratiques du continent au représentant de l'arbre généalogique. Il s'établit un profond silence, et les yeux des convives se portèrent alternativement sur la figure boudeuse et altière de l'enfant gâté et sur les visages sévères de monsieur et de madame de Fontaine.

— J'ai laissé ma fille Emilie maîtresse de son sort, fut la réponse que laissa tomber le comte d'un son de voix profond.

Les parents et les convives regardèrent alors made-

moiselle de Fontaine avec une curiosité mêlée de pitié.
Cette parole semblait annoncer que la bonté paternelle s'était lassée de lutter contre un caractère que la
famille savait être incorrigible. Les gendres murmu-
rèrent, et les frères lancèrent à leurs femmes des sourires moqueurs. Dès ce moment, chacun cessa de s'intéresser au mariage de l'orgueilleuse fille. Son vieil
oncle fut le seul qui, en sa qualité d'ancien marin,
osât courir des bordées avec elle et essuyer ses boutades,
sans être jamais embarrassé de lui rendre feu pour feu.

Quand la belle saison fut venue après le vote du
budget, cette famille, véritable modèle des familles
parlementaires de l'autre bord de la Manche, qui ont
un pied dans toutes les administrations et dix voix aux
Communes, s'envola, comme une nichée d'oiseaux, vers
les beaux sites d'Aulnay, d'Antony et de Châtenay.
L'opulent receveur général avait récemment acheté
dans ces parages une maison de campagne pour sa
femme qui ne restait à Paris que pendant les sessions.
Quoique la belle Emilie méprisât la roture, ce sentiment n'allait pas jusqu'à dédaigner les avantages de la
fortune amassée par les bourgeois; elle accompagna
donc sa sœur à sa *villa* somptueuse, moins par amitié
pour les personnes de sa famille qui s'y réfugièrent,
que parce que le bon ton ordonne impérieusement à
toute femme qui se respecte d'abandonner Paris pendant l'été. Les vertes campagnes de Sceaux remplis-
saient admirablement bien les conditions exigées par le
bon ton et le devoir des charges publiques.

Comme il est un peu douteux que la réputation du
bal champêtre de Sceaux ait jamais dépassé l'enceinte
du département de la Seine, il est nécessaire de donner
quelques détails sur cette fête hebdomadaire qui, par
son importance, menaçait alors de devenir une institution. Les environs de la petite ville de Sceaux jouissent

d'une renommée due à des sites qui passent pour être ravissants. Peut-être sont-ils fort ordinaires et ne doivent-ils leur célébrité qu'à la stupidité des bourgeois de Paris, qui, au sortir des abîmes de moellon où ils sont ensevelis, seraient disposés à admirer les plaines de la Beauce. Cependant les poétiques ombrages d'Aulnay, les collines d'Antony et la vallée de Bièvre étant habités par quelques artistes qui ont voyagé, par des étrangers, gens fort difficiles, et par nombre de jolies femmes qui ne manquent pas de goût, il est à croire que les Parisiens ont raison. Mais Sceaux possède un autre attrait non moins puissant sur le Parisien. Au milieu d'un jardin d'où se découvrent de délicieux aspects, se trouve une immense rotonde ouverte de toutes parts dont le dôme aussi léger que vaste est soutenu par d'élégants piliers. Ce dais champêtre protège une salle de danse. Il est rare que les propriétaires les plus collet monté du voisinage n'émigrent pas une fois ou deux pendant la saison, vers ce palais de la Terpsichore Villageoise, soit en cavalcades brillantes, soit dans ces élégantes et légères voitures qui saupoudrent de poussière les piétons philosophes. L'espoir de rencontrer là quelques femmes du beau monde et d'être vus par elles, l'espoir moins souvent trompé d'y voir de jeunes paysannes aussi rusées que des juges, fait accourir le dimanche, au bal de Sceaux, de nombreux essaims de clercs d'avoué, de disciples d'Esculape et de jeunes gens dont le teint blanc et la fraîcheur sont entretenus par l'air humide des arrière-boutiques parisiennes. Aussi bon nombre de mariages bourgeois se sont-ils ébauchés aux sons de l'orchestre qui occupe le centre de cette salle circulaire. Si le toit pouvait parler, que d'amours ne raconterait-il pas ? Cette intéressante mêlée rendait alors le bal de Sceaux plus piquant que ne le sont deux ou trois autres bals des

environs de Paris, sur lesquels sa rotonde, la beauté
du site et les agréments de son jardin lui donnaient
d'incontestables avantages. Emilie, la première, manifesta le désir d'aller *faire peuple* à ce joyeux bal de
l'arrondissement, en se promettant un énorme plaisir
à se trouver au milieu de cette assemblée. On s'étonna
de son désir d'errer au sein d'une telle cohue; mais
l'incognito n'est-il pas pour les grands une très vive
jouissance ? Mademoiselle de Fontaine se plaisait à se
figurer toutes ces tournures citadines, elle se voyait laissant dans plus d'un cœur bourgeois le souvenir d'un
regard et d'un sourire enchanteurs, riait déjà des danseuses à prétentions, et taillait ses crayons pour les
scènes avec lesquelles elle comptait enrichir les pages
de son album satirique. Le dimanche n'arriva jamais
assez tôt au gré de son impatience. La société du pavillon Planat se mit en route à pied, afin de ne pas commettre d'indiscrétion sur le rang des personnages qui
voulaient honorer le bal de leur présence. On avait
dîné de bonne heure. Enfin, le mois de mai favorisa
cette escapade aristocratique par la plus belle de ses
soirées. Mademoiselle de Fontaine fut toute surprise
de trouver, sous la rotonde, quelques quadrilles com-
posés de personnes qui paraissaient appartenir à la
bonne compagnie. Elle vit bien, çà et là, quelques jeunes
gens qui semblaient avoir employé les économies d'un
mois pour briller pendant une journée, et reconnut plusieurs couples dont la joie trop franche n'accusait rien
de conjugal; mais elle n'eut qu'à glaner au lieu de
récolter. Elle s'étonna de voir le plaisir habillé de percale ressembler si fort au plaisir vêtu de satin, et la
bourgeoisie dansant avec autant de grâce, quelquefois
mieux que ne dansait la noblesse. La plupart des toilettes étaient simples et bien portées. Ceux qui, dans
cette assemblée, représentaient les suzerains du terri-

toire, c'est-à-dire les paysans, se tenaient dans leur coin avec une incroyable politesse. Il fallut même à mademoiselle Emilie une certaine étude des divers éléments qui composaient cette réunion avant de pouvoir y trouver un sujet de plaisanterie. Mais elle n'eut ni le temps de se livrer à ses malicieuses critiques, ni le loisir d'entendre beaucoup de ces propos saillants que les caricaturistes recueillent avec joie. L'orgueilleuse créature rencontra subitement dans ce vaste champ une fleur, la métaphore est de saison, dont l'éclat et les couleurs agirent sur son imagination avec les prestiges d'une nouveauté. Il nous arrive souvent de regarder une robe, une tenture, un papier blanc avec assez de distraction pour n'y pas apercevoir sur-le-champ une tache ou quelque point brillant qui plus tard frappent tout à coup notre œil comme s'ils y survenaient à l'instant seulement où nous les voyons; par une espèce de phénomène moral assez semblable à celui-là, mademoiselle de Fontaine reconnut dans un jeune homme le type des perfections extérieures qu'elle rêvait depuis si longtemps.

Assise sur une de ces chaises grossières qui décrivaient l'enceinte obligée de la salle, elle s'était placée à l'extrémité du groupe formé par sa famille afin de pouvoir se lever ou s'avancer suivant ses fantaisies, en se comportant avec les vivants tableaux et les groupes offerts par cette salle comme à l'exposition du Musée; elle braquait impertinemment son lorgnon sur une personne qui se trouvait à deux pas d'elle, et faisait ses réflexions comme si elle eût critiqué ou loué une tête d'étude, une scène de genre. Ses regards, après avoir erré sur cette vaste toile animée, furent tout à coup saisis par cette figure qui semblait avoir été mise exprès dans un coin du tableau, sous le plus beau jour, comme un personnage hors de toute proportion avec le reste.

L'inconnu, rêveur et solitaire, légèrement appuyé sur une des colonnes qui supportent le toit, avait les bras croisés et se tenait penché comme s'il se fût placé là pour permettre à un peintre de faire son portrait. Quoique pleine d'élégance et de fierté, cette attitude était exempte d'affectation. Aucun geste ne démontrait qu'il eût mis sa face de trois quarts et faiblement incliné sa tête à droite, comme Alexandre, comme lord Byron, et quelques autres grands hommes, dans le seul but d'attirer sur lui l'attention. Son regard fixe suivait les mouvements d'une danseuse, en trahissant quelque sentiment profond. Sa taille svelte et dégagée rappelait les belles proportions de l'Apollon. De beaux cheveux noirs se bouclaient naturellement sur son front élevé. D'un seul coup d'œil mademoiselle de Fontaine remarqua la finesse de son linge, la fraîcheur de ses gants de chevreau évidemment pris chez le bon faiseur, et la petitesse d'un pied bien chaussé dans une botte de peau d'Irlande. Il ne portait aucun de ces ignobles brimborions dont se chargent les anciens petits-maîtres de la garde nationale, ou les Lovelace de comptoir. Seulement un ruban noir auquel était suspendu son lorgnon flottait sur un gilet d'une coupe distinguée. Jamais la difficile Emilie n'avait vu les yeux d'un homme ombragés par des cils si longs et si recourbés. La mélancolie et la passion respiraient dans cette figure caractérisée par un teint olivâtre et mâle. Sa bouche semblait toujours prête à sourire et à relever les coins de deux lèvres éloquentes; mais cette disposition, loin de tenir à la gaieté, révélait plutôt une sorte de grâce triste. Il y avait trop d'avenir dans cette tête, trop de distinction dans la personne, pour qu'on pût dire : — Voilà un bel homme ou un joli homme ! On désirait le connaître. En voyant l'inconnu, l'observateur le plus perspicace n'aurait pu s'empêcher de le prendre pour un homme de talent attiré par quelque intérêt puissant à cette fête de village.

Cette masse d'observations ne coûta guère à Emilie qu'un moment d'attention, pendant lequel cet homme privilégié, soumis à une analyse sévère, devint l'objet d'une secrète admiration. Elle ne se dit pas : — Il faut qu'il soit pair de France ! mais — Oh ! s'il est noble, et il doit l'être... Sans achever sa pensée, elle se leva tout à coup, alla, suivie de son frère le lieutenant général, vers cette colonne en paraissant regarder les joyeux quadrilles; mais, par un artifice d'optique familier aux femmes, elle ne perdait pas un seul des mouvements du jeune homme, de qui elle s'approcha. L'inconnu s'éloigna poliment pour céder la place aux deux survenants, et s'appuya sur une autre colonne. Emilie, aussi piquée de la politesse de l'étranger qu'elle l'eût été d'une impertinence, se mit à causer avec son frère en élevant la voix beaucoup plus que le bon ton ne le voulait; elle prit des airs de tête, multiplia ses gestes et rit sans trop en avoir sujet, moins pour amuser son frère que pour attirer l'attention de l'imperturbable inconnu. Aucun de ces petits artifices ne réussit. Mademoiselle de Fontaine suivit alors la direction que prenaient les regards du jeune homme, et aperçut la cause de cette insouciance.

Au milieu du quadrille qui se trouvait devant elle, dansait une jeune personne pâle, et semblable à ces déités écossaises que Girodet a placées dans son immense composition des guerriers français reçus par Ossian[24]. Emilie crut reconnaître en elle une illustre lady qui était venue habiter depuis peu de temps une campagne voisine. Elle avait pour cavalier un jeune homme de quinze ans, aux mains rouges, en pantalon de nankin, en habit bleu, en souliers blancs, qui prouvait que son amour pour la danse ne la rendait pas difficile sur le choix de ses partners[25]. Ses mouvements ne se ressentaient pas de son apparente faiblesse; mais une rougeur légère colorait déjà ses joues blanches, et son teint commençait à s'animer. Mademoiselle de Fontaine s'approcha du quadrille pour pouvoir examiner l'étrangère au moment où elle reviendrait à sa place, pendant que les vis-à-vis répétaient la figure qu'elle exécutait. Mais l'inconnu s'avança, se pencha vers la jolie danseuse, et la curieuse Emilie put entendre distinctement ces paroles, quoique prononcées d'une voix à la fois impérieuse et douce :

— Clara, mon enfant, ne dansez plus.

Clara fit une petite moue boudeuse, inclina la tête en signe d'obéissance et finit par sourire. Après la contre-danse, le jeune homme eut les précautions d'un amant en mettant sur les épaules de la jeune fille un châle de cachemire, et la fit asseoir de manière à ce qu'elle fût à l'abri du vent. Puis bientôt mademoiselle de Fontaine, qui les vit se lever et se promener autour de l'enceinte comme des gens disposés à partir, trouva le moyen de les suivre sous prétexte d'admirer les points de vue du jardin. Son frère se prêta avec une malicieuse bonhomie aux caprices de cette marche assez vagabonde. Emilie aperçut alors ce beau couple montant dans un élégant tilbury que gardait un domestique à cheval et en livrée; au moment où du haut de son siège le jeune homme mettait ses guides égales, elle obtint d'abord de lui un de ces regards que l'on jette sans but sur les grandes foules; puis elle eut la faible satisfaction de lui voir retourner la tête à deux reprises différentes, et la jeune inconnue l'imita. Etait-ce jalousie ?

— Je présume que tu as maintenant assez observé le jardin, lui dit son frère, nous pouvons retourner à la danse.

— Je le veux bien, répondit-elle. Croyez-vous que ce soit une parente de lady Dudley ?

— Lady Dudley peut avoir chez elle un parent, reprit le baron de Fontaine; mais une jeune parente, non.

Le lendemain, mademoiselle de Fontaine manifesta le désir de faire une promenade à cheval. Insensiblement elle accoutuma son vieil oncle et ses frères à l'accompagner dans certaines courses matinales, très salutaires, disait-elle, pour sa santé. Elle affectionnait singulièrement les alentours du village habité par lady Dudley. Malgré ses manœuvres de cavalerie, elle ne revit pas l'étranger aussi promptement que la joyeuse recherche à laquelle elle se livrait pouvait le lui faire espérer. Elle retourna plusieurs fois au bal de Sceaux, sans pouvoir y retrouver le jeune Anglais tombé du ciel pour dominer ses rêves et les embellir. Quoique rien n'aiguillonne plus le naissant amour d'une jeune fille qu'un obstacle, il y eut cependant un moment où mademoiselle Emélie de Fontaine fut sur le point d'abandonner son étrange et secrète poursuite, en désespérant presque du succès d'une entreprise dont la singularité peut donner une idée de la hardiesse de son caractère. Elle aurait pu en effet tourner longtemps autour du village de Châtenay sans revoir son inconnu. La jeune Clara, puisque tel est le nom que mademoiselle de Fontaine avait entendu, n'était pas Anglaise, et le prétendu étranger n'habitait pas les bosquets fleuris et embaumés de Châtenay.

Un soir, Emilie sortie à cheval avec son oncle, qui depuis les beaux jours avait obtenu de sa goutte une assez longue cessation d'hostilités, rencontra lady Dudley. L'illustre étrangère avait auprès d'elle dans sa calèche monsieur de Vandenesse. Emilie reconnut ce joli couple, et ses suppositions furent en un moment dissipées comme se dissipent les rêves. Dépitée comme toute femme frustrée dans son attente, elle tourna bride si rapidement que son oncle eut toutes les peines du monde à la suivre, tant elle avait lancé son poney.

— Je suis apparemment devenu trop vieux pour comprendre ces esprits de vingt ans, se dit le marin en mettant son cheval au galop, ou peut-être la jeunesse d'aujourd'hui ne ressemble-t-elle plus à celle d'autrefois. Mais qu'a donc ma nièce ? La voilà maintenant qui marche à petits pas comme un gendarme en patrouille dans les rues de Paris. Ne dirait-on pas qu'elle veut cerner ce brave bourgeois qui m'a l'air d'être un auteur rêvassant à ses poésies, car il a, je crois, un *album* à la main. Par ma foi, je suis un grand sot ! Ne serait-ce pas le jeune homme en quête de qui nous sommes ?

A cette pensée le vieux marin modéra le pas de son cheval, de manière à pouvoir arriver sans bruit auprès de sa nièce. Le vice-amiral avait fait trop de noirceurs dans les années 1771 et suivantes, époques de nos annales où la galanterie était en honneur, pour ne pas deviner sur-le-champ qu'Emilie avait par le plus grand hasard rencontré l'inconnu du bal de Sceaux. Malgré le voile que l'âge répandait sur ses yeux gris, le comte de Kergarouët sut reconnaître les indices d'une agitation extraordinaire chez sa nièce, en dépit de l'immobilité qu'elle essayait d'imprimer à son visage. Les yeux perçants de la jeune fille étaient fixés avec une sorte de stupeur sur l'étranger qui marchait paisiblement devant elle.

— C'est bien ça ! se dit le marin, elle va le suivre comme un vaisseau marchand suit un corsaire. Puis, quand elle l'aura vu s'éloigner, elle sera au désespoir de ne pas savoir qui elle aime, et d'ignorer si c'est un marquis ou un bourgeois. Vraiment les jeunes têtes

devraient toujours avoir auprès d'elles une vieille per
ruque comme moi...

Il poussa tout à coup son cheval à l'improviste de manière à faire partir celui de sa nièce, et passa si vite
entre elle et le jeune promeneur, qu'il le força de se
jeter sur le talus de verdure qui encaissait le chemin.
Arrêtant aussitôt son cheval, le comte s'écria :

— Ne pouviez-vous pas vous ranger ?

— Ah ! pardon, monsieur, répondit l'inconnu. J'igno-
rais que ce fût à moi de vous faire des excuses de ce
que vous avez failli me renverser.

— Eh ! l'ami, finissons, reprit aigrement le marin en
prenant un son de voix dont le ricanement avait quelque chose d'insultant.

En même temps le comte leva sa cravache comme
pour fouetter son cheval, et toucha l'épaule de son
interlocuteur en disant : — Le bourgeois libéral est
raisonneur, tout raisonneur doit être sage.

Le jeune homme gravit le talus de la route en entendant ce sarcasme; il se croisa les bras et répondit d'un
ton fort ému : — Monsieur, je ne puis croire, en voyant
vos cheveux blancs, que vous vous amusiez encore à
chercher des duels.

— Cheveux blancs ? s'écria le marin en l'interrompant, tu en as menti par ta gorge, ils ne sont que gris.

Une dispute ainsi commencée devint en quelques
secondes si chaude que le jeune adversaire oublia le
ton de modération qu'il s'était efforcé de conserver.
Au moment où le comte de Kergarouët vit sa nièce arrivant à eux avec toutes les marques d'une vive inquiétude, il donnait son nom à son antagoniste en lui disant
de garder le silence devant la jeune personne confiée
à ses soins. L'inconnu ne put s'empêcher de sourire et
remit une carte au vieux marin en lui faisant observer
qu'il habitait une maison de campagne à Chevreuse,

et s'éloigna rapidement après la lui avoir indiquée.

— Vous avez manqué blesser ce pauvre péquin[26], ma nièce, dit le comte en s'empressant d'aller au-devant d'Emilie. Vous ne savez donc plus tenir votre cheval en bride. Vous me laissez là compromettre ma dignité pour couvrir vos folies; tandis que si vous étiez restée, un seul de vos regards ou une de vos paroles polies, une de celles que vous dites si joliment quand vous n'êtes pas impertinente, aurait tout raccommodé, lui eussiez-vous cassé le bras.

— Eh ! mon cher oncle, c'est votre cheval, et non le mien, qui est la cause de cet accident. Je crois, en vérité, que vous ne pouvez plus monter à cheval, vous n'êtes déjà plus si bon cavalier que vous l'étiez l'année dernière. Mais au lieu de dire des riens...

— Diantre ! des riens ! Ce n'est donc rien que de faire une impertinence à votre oncle ?

— Ne devrions-nous pas aller savoir si ce jeune homme est blessé ? Il boite, mon oncle, voyez donc.

— Non, il court. Ah ! je l'ai rudement morigéné.

— Ah ! mon oncle, je vous reconnais là.

— Halte-là, ma nièce, dit le comte en arrêtant le cheval d'Emilie par la bride. Je ne vois pas la nécessité de faire des avances à quelque boutiquier trop heureux d'avoir été jeté à terre par une charmante jeune fille ou par le commandant de la *Belle-Poule*.

— Pourquoi croyez-vous que ce soit un roturier, mon cher oncle ? Il me semble qu'il a des manières fort distinguées.

— Tout le monde a des manières aujourd'hui, ma nièce.

— Non, mon oncle, tout le monde n'a pas l'air et la tournure que donne l'habitude des salons, et je parierais avec vous volontiers que ce jeune homme est noble.

— Vous n'avez pas trop eu le temps de l'examiner.

— Mais ce n'est pas la première fois que je le vois.

— Et ce n'est pas non plus la première fois que vous le cherchez, lui répliqua l'amiral en riant.

Emilie rougit, son oncle se plut à la laisser quelque temps dans l'embarras; puis il lui dit : — Emilie, vous savez que je vous aime comme mon enfant, précisément parce que vous êtes la seule de la famille qui ayez cet orgueil légitime que donne une haute naissance. Diantre ! ma petite-nièce, qui aurait cru que les bons principes deviendraient si rares ? Eh ! bien, je veux être votre confident. Ma chère petite, je vois que ce jeune gentilhomme ne vous est pas indifférent. Chut ! Ils se moqueraient de nous dans la famille si nous nous embarquions sous un méchant pavillon. Vous savez ce que cela veut dire. Ainsi laissez-moi vous aider, ma nièce. Gardons-nous tous deux le secret, et je vous promets de l'amener au milieu du salon.

— Et quand, mon oncle ?

— Demain.

— Mais, mon cher oncle, je ne serai obligée à rien ?

— A rien du tout, et vous pourrez le bombarder, l'incendier, et le laisser là comme une vieille caraque[27] si cela vous plaît. Ce ne sera pas le premier, n'est-ce pas ?

— Etes-vous bon, mon oncle !

Aussitôt que le comte fut rentré, il mit ses besicles, tira secrètement la carte de sa poche et lut : Maximi- lien Longueville, rue du Sentier.

— Soyez tranquille, ma chère nièce, dit-il à Emilie, vous pouvez le harponner en toute sécurité de conscience, il appartient à l'une de nos familles historiques; et s'il n'est pas pair de France, il le sera infailliblement.

— D'où savez-vous tant de choses ?

— C'est mon secret.

— Vous connaissez donc son nom ?

Le comte inclina en silence sa tête grise qui ressemblait assez à un vieux tronc de chêne autour duquel auraient voltigé quelques feuilles roulées par le froid d'automne; à ce signe, sa nièce vint essayer sur lui le pouvoir toujours neuf de ses coquetteries. Instruite dans l'art de cajoler le vieux marin, elle lui prodigua les caresses les plus enfantines, les paroles les plus tendres; elle alla même jusqu'à l'embrasser, afin d'obtenir de lui la révélation d'un secret si important. Le vieillard, qui passait sa vie à faire jouer à sa nièce ces sortes de scènes, et qui les payait souvent par le prix d'une parure ou par l'abandon de sa loge aux Italiens, se complut cette fois à se laisser prier et surtout caresser. Mais, comme il faisait durer ses plaisirs trop longtemps, Emilie se fâcha, passa des caresses aux sarcasmes et bouda, puis elle revint, dominée par la curiosité. Le marin diplomate obtint solennellement de sa nièce une promesse d'être à l'avenir plus réservée, plus douce, moins volontaire, de dépenser moins d'argent, et surtout de lui tout dire. Le traité conclu et signé par un baiser qu'il déposa sur le front blanc d'Emilie, il l'amena dans un coin du salon, l'assit sur ses genoux, plaça la carte sous ses deux pouces de manière à la cacher, découvrit lettre à lettre le nom de Longueville, et refusa fort obstinément d'en laisser voir davantage. Cet événement rendit plus intense le sentiment secret de mademoiselle de Fontaine qui déroula pendant une grande partie de la nuit les tableaux les plus brillants des rêves par lesquels elle avait nourri ses espérances. Enfin, grâce à ce hasard imploré si souvent, Emilie voyait maintenant tout autre chose qu'une chimère à la source des richesses imaginaires avec lesquelles elle dorait sa vie conjugale. Comme toutes les jeunes personnes, ignorant les dangers de l'amour et du mariage, elle se passionna pour les dehors trompeurs du mariage et de l'amour. N'est-ce pas dire que son sentiment naquit comme naissent presque tous ces caprices du premier âge, douces et cruelles erreurs qui exercent une si fatale influence sur l'existence des jeunes filles assez inexpérimentées pour ne s'en remettre qu'à elles-mêmes du soin de leur bonheur à venir ? Le lendemain matin, avant qu'Emilie fût réveillée, son oncle avait couru à Chevreuse. En reconnaissant dans la cour d'un élégant pavillon le jeune homme qu'il avait si résolument insulté la veille, il alla vers lui avec cette affectueuse politesse des vieillards de l'ancienne cour.

— Eh ! mon cher monsieur, qui aurait dit que je me ferais une affaire, à l'âge de soixante-treize ans, avec le fils ou le petit-fils d'un de mes meilleurs amis ? Je suis vice-amiral, monsieur. N'est-ce pas vous dire que je m'embarrasse aussi peu d'un duel que de fumer un cigare ? Dans mon temps, deux jeunes gens ne pouvaient devenir intimes qu'après avoir vu la couleur de leur sang. Mais, ventre-de-biche ! hier, j'avais, en ma qualité de marin, embarqué un peu trop de rhum à bord, et j'ai sombré sur vous. Touchez là ! j'aimerais mieux recevoir cent rebuffades d'un Longueville que de causer la moindre peine à sa famille.

Quelque froideur que le jeune homme s'efforçât de marquer au comte de Kergarouët, il ne put longtemps tenir à la franche bonté de ses manières, et se laissa serrer la main.

— Vous alliez monter à cheval, dit le comte, ne vous gênez pas. Mais à moins que vous n'ayez des projets, venez avec moi, je vous invite à dîner aujourd'hui au pavillon Planat. Mon neveu, le comte de Fontaine, est un homme essentiel à connaître. Ah ! je prétends, morbleu, vous dédommager de ma brusquerie en vous présentant à cinq des plus jolies femmes de Paris. Hé ! hé ! jeune homme, votre front se déride. J'aime les jeunes gens, et j'aime à les voir heureux. Leur bonheur me rappelle les bienfaisantes années de ma jeunesse où les aventures ne manquaient pas plus que les duels. On était gai, alors ! Aujourd'hui, vous raisonnez, et l'on s'inquiète de tout, comme s'il n'y avait eu ni quinzième ni seizième siècles.

— Mais, monsieur, n'avons-nous pas raison ? Le seizième siècle n'a donné que la liberté religieuse à l'Europe, et le dix-neuvième lui donnera la liberté pol...

— Ah ! ne parlons pas politique. Je suis une *ganache* d'ultra, voyez-vous. Mais je n'empêche pas les jeunes gens d'être révolutionnaires, pourvu qu'ils laissent au Roi la liberté de dissiper leurs attroupements.

A quelques pas de là, lorsque le comte et son jeune compagnon furent au milieu des bois, le marin avisa un jeune bouleau assez mince, arrêta son cheval, prit un de ses pistolets, et la balle alla se loger au milieu de l'arbre à quinze pas de distance.

— Vous voyez, mon cher, que je ne crains pas un duel, dit-il avec une gravité comique en regardant monsieur Longueville.

— Ni moi non plus, reprit ce dernier qui arma promptement son pistolet, visa le trou fait par la balle du comte, et plaça la sienne près de ce but.

— Voilà ce qui s'appelle un jeune homme bien élevé, s'écria le marin avec une sorte d'enthousiasme.

Pendant la promenade qu'il fit avec celui qu'il regardait déjà comme son neveu, il trouva mille occasions de l'interroger sur toutes les bagatelles dont la parfaite connaissance constituait, selon son code particulier, un gentilhomme accompli.

— Avez-vous des dettes ? demanda-t-il enfin à son compagnon après bien des questions.

— Non, monsieur.

— Comment ! Vous payez tout ce qui vous est fourni ?

— Exactement, monsieur; autrement, nous perdrions tout crédit et toute espèce de considération.

— Mais au moins vous avez plus d'une maîtresse ? Ah ! vous rougissez, mon camarade ?... Les mœurs ont bien changé. Avec ces idées d'ordre légal, de Kantisme et de liberté, la jeunesse s'est gâtée. Vous n'avez ni Guimard, ni Duthé[28], ni créanciers, et vous ne savez pas le blason; mais, mon jeune ami, vous n'êtes pas *élevé* ! Sachez que celui qui ne fait pas ses folies au printemps les fait en hiver. Si j'ai quatre-vingt mille livres de rente à soixante-dix ans, c'est que j'en ai mangé le capital à trente ans... Oh ! avec ma femme, en tout bien tout honneur. Néanmoins, vos imperfections ne m'empêcheront pas de vous annoncer au pavillon Planat. Songez que vous m'avez promis d'y venir, et je vous y attends.

— Quel singulier petit vieillard, se dit le jeune Longueville, il est vert et gaillard; mais quoiqu'il veuille paraître bon homme, je ne m'y fierai pas.

Le lendemain, vers quatre heures, au moment où la compagnie était éparse dans les salons ou au billard, un domestique annonça aux habitants du pavillon Planat : Monsieur *de* Longueville. Au nom du favori du vieux comte de Kergarouët, tout le monde, jusqu'au joueur qui allait manquer une bille, accourut, autant pour observer la contenance de mademoiselle de Fontaine que pour juger le phénix humain qui avait mérité une mention honorable au détriment de tant de rivaux. Une mise aussi élégante que simple, des manières pleines d'aisance, des formes polies, une voix douce et d'un timbre qui faisait vibrer les cordes du cœur, concilièrent à monsieur Longueville la bienveillance de toute la famille. Il ne sembla pas étranger au luxe de la demeure du fastueux receveur général. Quoique sa conversation fût celle d'un homme du monde, chacun put facilement deviner qu'il avait reçu la plus brillante éducation et que ses connaissances étaient aussi solides qu'étendues. Il trouva si bien le mot propre dans une discussion assez légère suscitée par le vieux marin sur les constructions navales qu'une des femmes fit observer qu'il semblait être sorti de l'Ecole Polytechnique.

— Je crois, madame, répondit-il, qu'on peut regarder comme un titre de gloire d'y être entré.

Malgré de vives instances, il se refusa avec politesse, mais avec fermeté, au désir qu'on lui témoigna de le garder à dîner, et arrêta les observations des dames en disant qu'il était l'Hippocrate d'une jeune sœur dont la santé délicate exigeait beaucoup de soins.

— Monsieur est sans doute médecin ? demanda avec ironie une des belles-sœurs d'Emilie.

— Monsieur est sorti de l'Ecole Polytechnique, répondit avec bonté mademoiselle de Fontaine dont la figure s'anima des teintes les plus riches au moment où elle apprit que la jeune fille du bal était la sœur de monsieur Longueville.

— Mais, ma chère, on peut être médecin et avoir été à l'Ecole Polytechnique, n'est-ce pas, monsieur ?

— Madame, rien ne s'y oppose, répondit le jeune homme.

Tous les yeux se portèrent sur Emilie qui regardait alors avec une sorte de curiosité inquiète le séduisant inconnu. Elle respira plus librement quand il ajouta, non sans un sourire : — Je n'ai pas l'honneur d'être médecin, madame, et j'ai même renoncé à entrer dans le service des Ponts et Chaussées afin de conserver mon indépendance.

— Et vous avez bien fait, dit le comte. Mais comment pouvez-vous regarder comme un honneur d'être médecin ? ajouta le noble Breton. Ah ! mon jeune ami, pour un homme comme vous...

— Monsieur le comte, je respecte infiniment toutes les professions qui ont un but d'utilité.

— Eh ! nous sommes d'accord : vous respectez ces professions-là, j'imagine, comme un jeune homme respecte une douairière.

La visite de monsieur Longueville ne fut ni trop longue, ni trop courte. Il se retira au moment où il s'aperçut qu'il avait plu à tout le monde, et que la curiosité de chacun s'était éveillée sur son compte.

— C'est un rusé compère, dit le comte en rentrant au salon après l'avoir reconduit.

Mademoiselle de Fontaine, qui seule était dans le secret de cette visite, avait fait une toilette assez recherchée pour attirer les regards du jeune homme; mais elle eut le petit chagrin de voir qu'il ne lui accorda pas autant d'attention qu'elle croyait en mériter. La famille fut assez surprise du silence dans lequel elle s'était renfermée. Emilie déployait ordinairement pour les nouveaux venus sa coquetterie, son babil spirituel, et l'inépuisable éloquence de ses regards et de ses attitudes. Soit que la voix mélodieuse du jeune homme et l'attrait de ses manières l'eussent charmée, qu'elle aimât sérieusement, et que ce sentiment eût opéré en elle un changement, son maintien perdit toute affectation. Devenue simple et naturelle, elle dut sans doute paraître plus belle. Quelques-unes de ses sœurs et une vieille dame, amie de la famille, virent un raffinement de coquetterie dans cette conduite. Elles supposèrent que, jugeant le jeune homme digne d'elle, Emilie se proposait peut-être de ne montrer que lentement ses avantages, afin de l'éblouir tout à coup, au moment où elle lui aurait plu. Toutes les personnes de la famille étaient curieuses de savoir ce que cette capricieuse fille pensait de cet étranger; mais lorsque, pendant le dîner, chacun prit plaisir à doter monsieur Longueville d'une qualité nouvelle, en prétendant l'avoir seul découverte, mademoiselle de Fontaine resta muette pendant quelque temps; un léger sarcasme de son oncle la réveilla tout à coup de son apathie, elle dit d'une manière assez épigrammatique que cette perfection céleste devait couvrir quelque grand défaut, et qu'elle se garderait bien de juger à la première vue un homme si habile; — ceux qui plaisent ainsi à tout le monde ne plaisent à personne, ajouta-t-elle, et que le pire de tous les défauts est de n'en avoir aucun. Comme toutes les jeunes filles qui aiment, Emilie caressait l'espérance de pouvoir cacher son sentiment au fond de son cœur en donnant le change aux Argus qui l'entouraient; mais, au bout d'une quinzaine de jours, il n'y eut pas un des membres de cette nombreuse famille qui ne fût initié dans ce petit secret domestique. A la troisième visite que fit monsieur Longueville, Emilie crut y être pour beaucoup. Cette découverte lui causa un plaisir si enivrant, qu'elle en fut étonnée en y réfléchissant. Il y avait là quelque chose de pénible pour son orgueil. Habituée à se faire le centre du monde, elle fut obligée de reconnaître une force qui l'attirait hors d'elle-même; elle essaya de se révolter, mais elle ne put chasser de son cœur la séduisante image du jeune homme. Puis vinrent bientôt des inquiétudes. Deux qualités de monsieur Longueville très contraires à la curiosité générale, et surtout à celle de mademoiselle de Fontaine, étaient une discrétion et une modestie inattendues. Les finesses qu'Emilie semait dans sa conversation et les pièges qu'elle y tendait pour arracher à ce jeune homme des détails sur lui-même, il savait les déconcerter avec l'adresse d'un diplomate qui veut cacher des secrets. Parlait-elle peinture, monsieur Longueville répondait en connaisseur. Faisait-elle de la musique, le jeune homme prouvait sans fatuité qu'il était assez fort sur le piano. Un soir, il enchanta toute la compagnie, en mariant sa voix délicieuse à celle d'Emilie dans un des plus beaux duos de Cimarosa; mais quand on essaya de s'informer s'il était artiste, il plaisanta avec tant de grâce qu'il ne laissa pas à ces femmes si exercées dans l'art de deviner les sentiments la possibilité de découvrir à quelle sphère sociale il appartenait. Avec quelque courage que le vieil oncle jetât le grappin sur ce bâtiment, Longueville s'esquivait avec souplesse afin de se conserver le charme du mystère; et il lui fut d'autant plus facile de rester le *bel inconnu* au pavillon Planat que la curiosité n'y excédait pas les bornes de la politesse. Emilie, tourmentée de cette réserve, espéra tirer meilleur parti de la sœur que du frère, pour ces sortes de confidences. Secondée par son oncle, qui s'entendait aussi bien à cette manœuvre qu'à celle d'un bâtiment, elle essaya de mettre en scène le personnage jusqu'alors muet de mademoiselle Clara Longueville. La société du pavillon manifesta bientôt le plus grand désir de connaître une si aimable personne, et de lui procurer quelque distraction. Un bal sans cérémonie fut proposé et accepté. Les femmes ne désespérèrent pas complètement de faire parler une jeune fille de seize ans.

Malgré ces petits nuages amoncelés par le soupçon et créés par la curiosité, une vive lumière pénétrait l'âme de mademoiselle de Fontaine, qui jouissait délicieusement de l'existence en la rapportant à un autre qu'à elle. Elle commençait à concevoir les rapports sociaux. Soit que le bonheur nous rende meilleurs, soit qu'elle fût trop occupée pour tourmenter les autres, elle devint moins caustique, plus indulgente, plus douce. Le changement de son caractère enchanta sa famille étonnée. Peut-être, après tout, son égoïsme se métamorphosait-il en amour. Attendre l'arrivée de son timide et secret adorateur était une joie profonde. Sans qu'un seul mot de passion eût été prononcé entre eux, elle se savait aimée, et avec quel art ne se plaisait-elle pas à faire déployer au jeune inconnu les trésors d'une instruction qui se montra variée ! Elle s'aperçut qu'elle aussi était observée avec soin, et alors elle essaya de vaincre tous les défauts que son éducation avait laissés croître en elle. N'était-ce pas déjà un premier hommage rendu à l'amour, et un reproche cruel qu'elle s'adressait à elle-même ? Elle voulait plaire, elle enchanta; elle aimait, elle fut idolâtrée. Sa famille, la sachant bien gardée par son orgueil, lui donnait assez de liberté pour qu'elle pût savourer ces petites félicités enfantines qui donnent tant de charme et de violence aux premières amours. Plus d'une fois, le jeune homme et mademoiselle de Fontaine se promenèrent seuls dans les allées de ce parc où la nature était parée comme une femme qui va au bal. Plus d'une fois, ils eurent de ces entretiens sans but ni physionomie dont les phrases les plus vides de sens sont celles qui cachent le plus de sentiments. Ils admirèrent souvent ensemble le soleil couchant et ses riches couleurs. Ils cueillirent des marguerites pour les effeuiller, et chantèrent des duos les plus passionnés en se servant des notes trouvées par Pergolèse ou par Rossini comme de truchements fidèles pour exprimer leurs secrets.

Le jour du bal arriva. Clara Longueville et son frère, que les valets s'obstinaient à décorer de la noble particule, en furent les héros. Pour la première fois de sa vie, mademoiselle de Fontaine vit le triomphe d'une jeune fille avec plaisir. Elle prodigua sincèrement à Clara ces caresses gracieuses et ces petits soins que les femmes ne se rendent ordinairement entre elles que pour exciter la jalousie des hommes. Mais Emilie avait un but, elle voulait surprendre des secrets. Mais, en sa qualité de fille, mademoiselle Longueville montra plus de finesse et d'esprit que son frère, elle n'eut pas même l'air d'être discrète et sut tenir la conversation sur des sujets étrangers aux intérêts matériels, tout en y jetant un si grand charme que mademoiselle de Fontaine en conçut une sorte d'envie, et la surnomma *la sirène*. Quoique Emilie eût formé le dessein de faire causer Clara, ce fut Clara qui interrogea Emilie; elle voulait la juger, et fut jugée par elle; elle se dépita souvent d'avoir laissé percer son caractère dans quelques réponses que lui arracha malicieusement Clara dont l'air modeste et candide éloignait tout soupçon de perfidie. Il y eut un moment où mademoiselle de Fontaine parut fâchée d'avoir fait contre les roturiers une imprudente sortie provoquée par Clara.

— Mademoiselle, lui dit cette charmante créature, j'ai tant entendu parler de vous par Maximilien que j'avais le plus vif désir de vous connaître par attachement pour lui; mais vouloir vous connaître, n'est-ce pas vouloir vous aimer ?

— Ma chère Clara, j'avais peur de vous déplaire en parlant ainsi de ceux qui ne sont pas nobles.

— Oh ! rassurez-vous. Aujourd'hui, ces sortes de discussions sont sans objet. Quant à moi, elles ne m'atteignent pas : je suis en dehors de la question.

Quelque ambiguë[29] que fût cette réponse, mademoiselle de Fontaine en ressentit une joie profonde; car, semblable à tous les gens passionnés, elle l'expliqua comme s'expliquent les oracles, dans le sens qui s'accordait avec ses désirs, et revint à la danse plus joyeuse que jamais en regardant Longueville dont les formes, dont l'élégance surpassaient peut-être celles de son type imaginaire. Elle ressentit une satisfaction de plus en songeant qu'il était noble, ses yeux noirs scintillèrent, elle dansa avec tout le plaisir qu'on y trouve en présence de celui qu'on aime. Jamais les deux amants ne s'entendirent mieux qu'en ce moment; et plus d'une fois ils sentirent le bout de leurs doigts frémir et trembler lorsque les lois de la contredanse les mariaient.

Ce joli couple atteignit le commencement de l'automne au milieu des fêtes et des plaisirs de la campagne, en se laissant doucement abandonner au courant du sentiment le plus doux de la vie, en le fortifiant par mille petits accidents que chacun peut imaginer : les amours se ressemblent toujours en quelques points. L'un et l'autre, ils s'étudiaient, autant que l'on peut s'étudier quand on aime.

— Enfin, jamais amourette n'a si promptement tourné en mariage d'inclination, disait le vieil oncle qui suivait les deux jeunes gens de l'œil comme un naturaliste examine un insecte au microscope.

Ce mot effraya monsieur et madame de Fontaine. Le vieux Vendéen cessa d'être aussi indifférent au mariage de sa fille qu'il avait naguère promis de l'être. Il alla chercher à Paris des renseignements et n'en trouva pas. Inquiet de ce mystère, et ne sachant pas encore quel serait le résultat de l'enquête qu'il avait prié un administrateur parisien de lui faire sur la famille Longueville, il crut devoir avertir sa fille de se conduire prudemment. L'observation paternelle fut reçue avec une feinte obéissance pleine d'ironie.

— Au moins, ma chère Emilie, si vous l'aimez, ne le lui avouez pas !

— Mon père, il est vrai que je l'aime, mais j'attendrai pour le lui dire que vous me le permettiez.

— Cependant, Emilie, songez que vous ignorez encore quelle est sa famille, son état.

— Si je l'ignore, je le veux bien. Mais, mon père, vous avez souhaité me voir mariée, vous m'avez donné la liberté de faire un choix, le mien est fait irrévocablement, que faut-il de plus ?

— Il faut savoir, ma chère enfant, si celui que tu as choisi est fils d'un pair de France, répondit ironiquement le vénérable gentilhomme.

Emilie resta un moment silencieuse. Elle releva bientôt la tête, regarda son père, et lui dit avec une sorte d'inquiétude : — Est-ce que les Longueville ?...

— Sont 'éteints en la personne du vieux duc de Rostein-Limbourg, qui a péri sur l'échafaud en 1793. Il était le dernier rejeton de la dernière branche cadette.

— Mais, mon père, il y a de fort bonnes maisons issues de bâtards. L'histoire de France fourmille de princes qui mettaient des barres à leur écu.

— Tes idées ont bien changé, dit le vieux gentilhomme en souriant.

Le lendemain était le dernier jour que la famille Fontaine dût passer au pavillon Planat. Emilie, que l'avis de son père avait fortement inquiétée, attendit avec une vive impatience l'heure à laquelle le jeune Longueville avait l'habitude de venir, afin d'obtenir de lui une explication. Elle sortit après le dîner et alla se promener seule dans le parc en se dirigeant vers le bosquet aux confidences où elle savait que l'empressé jeune homme la chercherait; et tout en courant, elle songeait à la meilleure manière de surprendre, sans se compromettre, un secret si important : chose assez difficile ! Jusqu'à présent, aucun aveu direct n'avait sanctionné le sentiment qui l'unissait à cet inconnu. Elle avait secrètement joui, comme Maximilien, de la douceur d'un premier amour; mais aussi fiers l'un que l'autre, il semblait que chacun d'eux craignît d'avouer qu'il aimât.

Maximilien Longueville, à qui Clara avait inspiré sur le caractère d'Emile des soupçons assez fondés, se trouvait tour à tour emporté par la violence d'une passion de jeune homme, et retenu par le désir de connaître et d'éprouver la femme à laquelle il devait confier son bonheur. Son amour ne l'avait pas empêché de reconnaître en Emilie les préjugés qui gâtaient ce jeune caractère; mais il désirait savoir s'il était aimé d'elle avant de les combattre, car il ne voulait pas plus hasarder le sort de son amour que celui de sa vie. Il s'était donc constamment tenu dans un silence que ses regards, son attitude et ses moindres actions démentaient. De l'autre côté, la fierté naturelle à une jeune fille, encore augmentée chez mademoiselle de Fontaine par la sotte vanité que lui donnaient sa naissance et sa beauté, l'empêchait d'aller au-devant d'une déclaration qu'une passion croissante lui persuadait quelquefois de solliciter. Aussi les deux amants avaient-ils instinctivement compris leur situation sans s'expliquer leurs secrets motifs. Il est des moments de la vie où le vague plaît à de jeunes âmes. Par cela même que l'un et l'autre avaient trop tardé de parler, ils semblaient tous deux se faire un jeu cruel de leur attente. L'un cherchait à découvrir s'il était aimé par l'effort que coûterait un aveu à son orgueilleuse maîtresse, l'autre espérait voir rompre à tout moment un trop respectueux silence.

Assise sur un banc rustique, Emilie songeait aux événements qui venaient de se passer pendant ces trois mois pleins d'enchantements. Les soupçons de son père étaient les dernières craintes qui pouvaient l'atteindre, elle en fit même justice par deux ou trois de ces réflexions

de jeune fille inexpérimentée qui lui semblèrent vic-
torieuses. Avant tout elle convint avec elle-même qu'il
était impossible qu'elle se trompât. Durant toute la
saison, elle n'avait pu apercevoir en Maximilien ni un
seul geste, ni une seule parole qui indiquassent une
origine ou des occupations communes; bien mieux, sa
manière de discuter décelait un homme occupé des
hauts intérêts du pays. —D'ailleurs, se dit-elle, un
homme de bureau, un financier ou un commerçant
n'aurait pas eu le loisir de rester une saison entière à
me faire la cour au milieu des champs et des bois, en
dispensant son temps aussi libéralement qu'un noble
qui a devant lui toute une vie libre de soins. Elle s'abandonnait au cours d'une méditation beaucoup plus intéressante pour elle que ces pensées préliminaires, quand
un léger bruissement du feuillage lui annonça que
depuis un moment Maximilien la contemplait sans
doute avec admiration.

— Savez-vous que cela est fort mal de surprendre
ainsi les jeunes filles ? lui dit-elle en souriant.

— Surtout lorsqu'elles sont occupées de leurs secrets,
répondit finement Maximilien.

— Pourquoi n'aurais-je pas les miens ? Vous avez
bien les vôtres !

— Vous pensiez donc réellement à vos secrets ?
reprit-il en riant.

— Non, je songeais aux vôtres. Les miens, je les
connais.

— Mais, s'écria doucement le jeune homme en saisissant le bras de mademoiselle de Fontaine et le mettant
sous le sien, peut-être mes secrets sont-ils les vôtres, et
vos secrets les miens.

Après avoir fait quelques pas, ils se trouvèrent sous
un massif d'arbres que les couleurs du couchant enve-
loppaient comme d'un nuage rouge et brun. Cette

magie naturelle imprima une sorte de solennité à ce
moment. L'action vive et libre du jeune homme, et
surtout l'agitation de son cœur bouillant dont les pulsations précipitées parlaient au bras d'Emilie, la jetèrent dans une exaltation d'autant plus pénétrante
qu'elle ne fut excitée que par les accidents les plus
simples et les plus innocents. La réserve dans laquelle
vivent les jeunes filles du grand monde donne une force
incroyable aux explosions de leurs sentiments, et c'est
un des plus grands dangers qui puissent les atteindre
quand elles rencontrent un amant passionné. Jamais les
yeux d'Emilie et de Maximilien n'avaient dit tant de
ces choses qu'on n'ose pas dire. En proie à cette ivresse,
ils oublièrent aisément les petites stipulations de l'orgueil et les froides considérations de la défiance. Ils ne
purent même s'exprimer d'abord que par un serrement
de mains qui servit d'interprète à leurs joyeuses pensées.

— Monsieur, j'ai une question à vous faire, dit en
tremblant et d'une voix émue mademoiselle de Fontaine après un long silence et après avoir fait quelques
pas avec une certaine lenteur. Mais songez, de grâce,
qu'elle m'est en quelque sorte commandée par la situation assez étrange où je me trouve vis-à-vis de ma
famille.

Une pause effrayante pour Emilie succéda à ces
phrases qu'elle avait presque bégayées. Pendant le
moment que dura le silence, cette jeune fille si fière
n'osa soutenir le regard éclatant de celui qu'elle aimait,
car elle avait un secret sentiment de la bassesse des
mots suivants qu'elle ajouta : — Etes-vous noble ?

Quand ces dernières paroles furent prononcées, elle
aurait voulu être au fond d'un lac.

— Mademoiselle, reprit gravement Longueville dont
la figure altérée contracta une sorte de dignité sévère,
je vous promets de répondre sans détour à cette

demande quand vous aurez répondu avec sincérité à
celle que je vais vous faire. Il quitta le bras de la jeune
fille, qui tout à coup se crut seule dans la vie et lui
dit : — Dans quelle intention me questionnez-vous sur
ma naissance ? Elle demeura immobile, froide et
muette. — Mademoiselle, reprit Maximilien, n'allons
pas plus loin si nous ne nous comprenons pas. — Je
vous aime, ajouta-t-il d'un son de voix profond et
attendri. Eh ! bien, reprit-il d'un air joyeux après
avoir entendu l'exclamation de bonheur que ne put
retenir la jeune fille, pourquoi me demander si je suis
noble ?

— Parlerait-il ainsi s'il ne l'était pas ? s'écria une
voix intérieure qu'Emilie crut sortie du fond de son
cœur. Elle releva gracieusement la tête, sembla puiser
une nouvelle vie dans le regard du jeune homme et lui
tendit le bras comme pour faire une nouvelle alliance.

— Vous avez cru que je tenais beaucoup à des dignités, demanda-t-elle avec une finesse malicieuse.

— Je n'ai pas de titres à offrir à ma femme, répondit-il d'un air moitié gai, moitié sérieux. Mais si je la
prends dans un haut rang et parmi celles que la fortune paternelle habitue au luxe et aux plaisirs de
l'opulence, je sais à quoi ce choix m'oblige. L'amour
donne tout, ajouta-t-il avec gaieté, mais aux amants
seulement. Quant aux époux, il leur faut un peu plus
que le dôme du ciel et le tapis des prairies.

— Il est riche, pensa-t-elle. Quant aux titres, peut-
être veut-il m'éprouver ! On lui aura dit que j'étais
entichée de noblesse, et que je ne voulais épouser qu'un
pair de France. Mes bégueules de sœurs m'auront joué
ce tour-là. — Je vous assure, monsieur, dit-elle à
haute voix, que j'ai eu des idées bien exagérées sur la
vie et le monde; mais aujourd'hui, reprit-elle avec
intention en le regardant d'une manière à le rendre fou,

je sais où sont pour une femme les véritables richesses.

— J'ai besoin de croire que vous parlez à cœur ouvert, répondit-il avec une gravité douce. Mais cet hiver, ma chère Emilie, dans moins de deux mois peut-être, je serai fier de ce que je pourrai vous offrir, si vous tenez aux jouissances de la fortune. Ce sera le seul secret que je garderai là, dit-il en montrant son cœur; car de sa réussite dépend mon bonheur, je n'ose dire le nôtre...

— Oh dites, dites !

Ce fut au milieu des plus doux propos qu'ils revinrent à pas lents rejoindre la compagnie au salon. Jamais mademoiselle de Fontaine ne trouva son prétendu plus aimable, ni plus spirituel : ses formes sveltes, ses manières engageantes lui semblèrent plus charmantes encore depuis une conversation qui venait en quelque sorte de lui confirmer la possession d'un cœur digne d'être envié par toutes les femmes. Ils chantèrent un duo italien avec tant d'expression que l'assemblée les applaudit avec enthousiasme. Leur adieu prit un accent de convention sous lequel ils cachèrent leur bonheur. Enfin, cette journée devint pour la jeune fille comme une chaîne qui la lia plus étroitement encore à la destinée de l'inconnu. La force et la dignité qu'il venait de déployer dans la scène où ils s'étaient révélé leurs sentiments avaient peut-être imposé à mademoiselle de Fontaine ce respect sans lequel il n'existe pas de véritable amour. Lorsqu'elle resta seule avec son père dans le salon, le vénérable Vendéen s'avança vers elle, lui prit affectueusement les mains et lui demanda si elle avait acquis quelque lumière sur la fortune et sur la famille de monsieur Longueville.

— Oui, mon cher père, répondit-elle, je suis plus heureuse que je ne pouvais le désirer. Enfin, monsieur de Longueville est le seul homme que je veuille épouser.

— C'est bien, Emilie, reprit le comte, je sais ce qu'il me reste à faire.

— Connaîtriez-vous quelque obstacle ? demandat-elle avec une véritable anxiété.

— Ma chère enfant, ce jeune homme est absolument inconnu; mais, à moins que ce ne soit un malhonnête homme, du moment où tu l'aimes, il m'est aussi cher qu'un fils.

— Un malhonnête homme ? reprit Emilie, je suis bien tranquille. Mon oncle, qui nous l'a présenté, peut vous répondre de lui. Dites, cher oncle, a-t-il été flibustier, forban, corsaire ?

— Je savais bien que j'allais me trouver là, s'écria le vieux marin en se réveillant.

Il regarda dans le salon, mais sa nièce avait disparu comme un feu Saint-Elme[30], pour se servir de son expression habituelle.

— Eh ! bien, mon oncle ! reprit monsieur de Fontaine, comment avez-vous pu nous cacher tout ce que vous saviez sur ce jeune homme ? Vous avez cependant dû vous apercevoir de nos inquiétudes. Monsieur Longueville est-il de bonne famille ?

Je ne le connais ni d'Eve ni d'Adam, s'écria le comte de Kergarouët. Me fiant au tact de cette petite folle, je lui ai amené son Saint-Preux[31] par un moyen à moi connu. Je sais que ce garçon tire le pistolet admirablement, chasse très bien, joue merveilleusement au billard, aux échecs et au trictrac; il fait des armes et monte à cheval comme feu le chevalier de Saint-Georges. Il a une érudition corsée relativement à nos vignobles. Il calcule comme Barême, dessine, danse et chante bien. Eh ! diantre, qu'avez-vous donc, vous autres ? Si ce n'est pas là un gentilhomme parfait, montrez-moi un bourgeois qui sache tout cela, trouvez-moi un homme qui vive aussi noblement que

lui ! Fait-il quelque chose ? Compromet-il sa dignité
à aller dans des bureaux, à se courber devant des par-
venus que vous appelez des directeurs généraux ? Il
marche droit. C'est un homme. Mais, au surplus, je
viens de retrouver dans la poche de mon gilet la carte
qu'il m'a donnée quand il croyait que je voulais lui
couper la gorge, pauvre innocent ! La jeunesse d'aujourd'hui n'est guère rusée. Tenez, voici.

— Rue du Sentier, nº 5, dit monsieur de Fontaine en
cherchant à se rappeler parmi tous les renseignements
qu'il avait obtenus celui qui pouvait concerner le jeune
inconnu. Que diable cela signifie-t-il ? Messieurs
Palma, Werbrust et compagnie, dont le principal commerce est celui des mousselines, calicots et toiles peintes en gros, demeurent là. Bon, j'y suis ! Longueville,
le député, a un intérêt dans leur maison. Oui; mais je
ne connais à Longueville qu'un fils de trente-deux ans,
qui ne ressemble pas du tout au nôtre et auquel il
donne cinquante mille livres de rente en mariage afin
de lui faire épouser la fille d'un ministre; il a envie
d'être fait pair tout comme un autre. Jamais je ne lui
ai entendu parler de ce Maximilien. A-t-il une fille ?
Qu'est-ce que cette Clara ? Au surplus, permis à plus
d'un intrigant de s'appeler Longueville. Mais la maison
Palma, Werbrust et compagnie n'est-elle pas à moitié
ruinée par une spéculation au Mexique ou aux Indes ?
J'éclaircirai tout cela.

— Tu parles tout seul comme si tu étais sur un
théâtre, et tu parais me compter pour zéro, dit tout à
coup le vieux marin. Tu ne sais donc pas que s'il est
gentilhomme, j'ai plus d'un sac dans mes écoutilles
pour parer à son défaut de fortune ?

— Quant à cela, s'il est fils de Longueville, il n'a
besoin de rien; mais, dit monsieur de Fontaine en agitant la tête de droite à gauche, son père n'a même pas

acheté de savonnette à vilain[32]. Avant la Révolution, il était procureur; et le *de* qu'il a pris depuis la Restauration lui appartient tout autant que la moitié de sa fortune.

— Bah ! bah ! heureux ceux dont les pères ont été pendus, s'écria gaiement le marin.

Trois ou quatre jours après cette mémorable journée, et dans une de ces belles matinées du mois de novembre qui font voir aux Parisiens leurs boulevards nettoyés par le froid piquant d'une première gelée, mademoiselle de Fontaine, parée d'une fourrure nouvelle qu'elle voulait mettre à la mode, était sortie avec deux de ses belles-sœurs sur lesquelles elle avait jadis décoché le plus d'épigrammes. Ces trois femmes étaient bien moins invitées à cette promenade parisienne par l'envie d'essayer une voiture très élégante et des robes qui devaient donner le ton aux modes de l'hiver que par le désir de voir une pèlerine qu'une de leurs amies avait remarquée dans un riche magasin de lingerie situé au coin de la rue de la Paix. Quand les trois dames durent entrées dans la boutique, madame la baronne de Fontaine tira Emilie par la manche et lui montra Maximilien Longueville assis dans le comptoir et occupé à rendre avec une grâce mercantile la monnaie d'une pièce d'or à la lingère avec laquelle il semblait en conférence. Le *bel inconnu* tenait à la main quelques échantillons qui ne laissaient aucun doute sur son honorable profession. Sans qu'on pût s'en apercevoir, Emilie fut saisie d'un frisson glacial. Cependant, grâce au savoir-vivre de la bonne compagnie, elle dissimula parfaitement la rage qu'elle avait dans le cœur, et répondit à sa sœur un : « Je le savais ! » dont la richesse d'intonation et l'accent inimitable eussent fait envie à la plus célèbre actrice de ce temps[33]. Elle s'avança vers le comptoir. Longueville leva la tête, mit les échantillons dans sa poche avec un sang-froid désespérant, salua mademoiselle de Fontaine et s'approcha d'elle en lui jetant un regard pénétrant.

— Mademoiselle, dit-il à la lingère qui le suivit d'un air très inquiet, j'enverrai régler ce compte; ma maison le veut ainsi. Mais, tenez, ajouta-t-il à l'oreille de la jeune femme en lui remettant un billet de mille francs, prenez : ce sera une affaire entre nous. — Vous me pardonnerez, j'espère, mademoiselle, dit-il en se retournant vers Emilie. Vous aurez la bonté d'excuser la tyrannie qu'exercent les affaires.

— Mais il me semble, monsieur, que cela m'est fort indifférent, répondit mademoiselle de Fontaine en le regardant avec une assurance et un air d'insouciance moqueuse qui pouvaient faire croire qu'elle le voyait pour la première fois.

— Parlez-vous sérieusement, demanda Maximilien d'une voix entrecoupée.

Emilie lui tourna le dos avec une incroyable impertinence. Ce peu de mots, prononcés à voix basse, avaient échappé à la curiosité des deux belles-sœurs. Quand, après avoir pris la pèlerine, les trois dames furent remontées en voiture, Emilie, qui se trouvait assise sur le devant, ne put s'empêcher d'embrasser par son dernier regard la profondeur de cette odieuse boutique où elle vit Maximilien debout et les bras croisés, dans l'attitude d'un homme supérieur au malheur qui l'atteignait si subitement. Leurs yeux se rencontrèrent et se lancèrent deux regards implacables. Chacun d'eux espéra qu'il blessait cruellement le cœur qu'il aimait. En un moment tous deux se trouvèrent aussi loin l'un de l'autre que s'ils eussent été, l'un à la Chine et l'autre au Groënland. La vanité n'a-t-elle pas un souffle qui dessèche tout ? En proie au plus violent combat qui puisse agiter le cœur d'une jeune fille, mademoiselle de Fontaine recueillit la plus ample moisson de douleurs que jamais les préjugés et les petitesses aient semée dans une âme humaine. Son visage, frais et velouté naguère, était sillonné·de tons jaunes, de taches rouges, et parfois les teintes blanches de ses joues verdissaient soudain. Dans l'espoir de dérober son trouble à ses sœurs, elle leur montrait en riant ou un passant ou une toilette ridicule; mais ce rire était convulsif. Elle se sentait plus vivement blessée de la compassion silencieuse de ses sœurs que des épigrammes par lesquelles elles auraient pu se venger. Elle employa tout son esprit à les entraîner dans une conversation où elle essaya d'exhaler sa colère par des paradoxes insensés, en accablant les négociants des injures les plus piquantes et d'épigrammes de mauvais ton. En rentrant, elle fut saisie d'une fièvre dont le caractère eut d'abord quelque chose de dangereux. Au bout d'un mois, les soins de ses parents, ceux du médecin, la rendirent aux vœux de sa famille. Chacun espéra que cette leçon serait assez forte pour dompter le caractère d'Emilie, qui reprit insensiblement ses anciennes habitudes et s'élança de nouveau dans le monde. Elle prétendit qu'il n'y avait pas de honte à se tromper. Si, comme son père, elle avait quelque influence à la Chambre, disait-elle, elle provoquerait une loi pour obtenir que les commerçants, surtout les marchands de calicot, fussent marqués au front comme les moutons du Berri, jusqu'à la troisième génération. Elle voulait que les nobles eussent seuls le droit de porter ces anciens habits français qui allaient si bien aux courtisans de Louis XV. A l'entendre, peut-être était-ce un malheur pour la monarchie qu'il n'y eût aucune différence visible entre un marchand et un pair de France. Mille autres plaisanteries, faciles à deviner, se succédaient rapidement quand un accident imprévu la mettait sur ce sujet. Mais ceux qui aimaient Emilie remarquèrent à travers ses railleries une teinte de mélancolie. Evidemment Maximilien Longueville régnait toujours au fond de ce cœur inexplicable. Parfois elle devenait douce comme pendant la saison fugitive qui vit naître son amour, et parfois aussi elle se montrait plus que jamais insupportable. Chacun excusa les inégalités d'une humeur qui prenait sa source dans une souffrance à la fois secrète et connue. Le comte de Kergarouët obtint un peu d'empire sur elle, grâce à un surcroît de prodigalités, genre de consolation qui manque rarement son effet sur les jeunes Parisiennes. La première fois que mademoiselle de Fontaine alla au bal, ce fut chez l'ambassadeur de Naples. Au moment où elle se plaça dans le plus brillant des quadrilles, elle aperçut à quelques pas d'elle Longueville qui fit un léger signe de tête à son danseur.

— Ce jeune homme est un de vos amis ? demandat-elle à son cavalier d'un air de dédain.

— Rien que mon frère, répondit-il.

Emilie ne put s'empêcher de tressaillir.

— Ah ! reprit-il d'un ton d'enthousiasme, c'est bien la plus belle âme qui soit au monde...

— Savez-vous mon nom ? lui demanda Emilie en l'interrompant avec vivacité.

— Non, mademoiselle. C'est un crime, je l'avoue, de ne pas avoir retenu un nom qui est sur toutes les lèvres, je devrais dire dans tous les cœurs; mais j'ai une excuse valable : j'arrive d'Allemagne. Mon ambassadeur, qui est à Paris en congé, m'a envoyé ce soir ici pour servir de chaperon à son aimable femme, que vous pouvez voir là-bas dans un coin.

— Un vrai masque tragique, dit Emilie après avoir examiné l'ambassadrice.

Voilà cependant sa figure de bal, repartit en riant

le jeune homme. Il faudra bien que je la fasse danser !
Aussi ai-je voulu avoir une compensation. Mademoiselle de Fontaine s'inclina. — J'ai été bien surpris, dit
le babillard secrétaire d'ambassade en continuant, de
trouver mon frère ici. En arrivant de Vienne, j'ai appris
que le pauvre garçon était malade et au lit. Je comptais
bien le voir avant d'aller au bal; mais la politique ne
nous laisse pas toujours le loisir d'avoir des affections
de famille. La *padrona delle casa* ne m'a pas permis
de monter chez mon pauvre Maximilien.

— Monsieur votre frère n'est pas comme vous dans
la diplomatie ? dit Emilie.

— Non, dit le secrétaire en soupirant, le pauvre
garçon s'est sacrifié pour moi ! Lui et ma sœur Clara
ont renoncé à la fortune de mon père, afin qu'il pût
réunir sur ma tête un majorat[34]. Mon père rêve la
pairie comme tous ceux qui votent pour le ministère.
Il a la promesse d'être nommé, ajouta-t-il à voix basse.
Après avoir réuni quelques capitaux, mon frère s'est
alors associé à une maison de banque; et je sais qu'il
vient de faire avec le Brésil une spéculation qui peut
le rendre millionnaire. Vous me voyez tout joyeux
d'avoir contribué par mes relations diplomatiques au
succès. J'attends même avec impatience une dépêche de
la légation brésilienne qui sera de nature à lui dérider
le front. Comment le trouvez-vous ?

— Mais la figure de monsieur votre frère ne me
semble pas être celle d'un homme occupé d'argent.

Le jeune diplomate scruta par un seul regard la
figure en apparence calme de sa danseuse.

— Comment ! dit-il en souriant, les demoiselles
devinent donc aussi les pensées d'amour à travers les
fronts muets ?

— Monsieur votre frère est amoureux ? demanda-
t-elle en laissant échapper un geste de curiosité.

— Oui. Ma sœur Clara, pour laquelle il a des soins maternels, m'a écrit qu'il s'était amouraché, cet été, d'une fort jolie personne; mais depuis je n'ai pas eu de nouvelles de ses amours. Croiriez-vous que le pauvre garçon se levait à cinq heures du matin et allait expédier ses affaires afin de pouvoir se trouver à quatre heures à la campagne de la belle? Aussi a-t-il abîmé un charmant cheval de race que je lui avais envoyé. Pardonnez-moi mon babil, mademoiselle : j'arrive d'Allemagne. Depuis un an je n'ai pas entendu parler correctement le français, je suis sevré de visages français et rassasié d'allemands, si bien que dans ma rage patriotique je parlerais, je crois, aux chimères d'un candélabre parisien. Puis, si je cause avec un abandon peu convenable chez un diplomate, la faute en est à vous, mademoiselle. N'est-ce pas vous qui m'avez montré mon frère? Quand il est question de lui, je suis intarissable. Je voudrais pouvoir dire à la terre entière combien il est bon et généreux. Il ne s'agissait de rien moins[35] que de cent mille livres de rente que rapporte la terre de Longueville.

Si mademoiselle de Fontaine obtint ces révélations importantes, elle les dut en partie à l'adresse avec laquelle elle sut interroger son confiant cavalier, du moment où elle apprit qu'il était le frère de son amant dédaigné.

— Est-ce que vous avez pu, sans quelque peine, voir monsieur votre frère vendant des mousselines et des calicots? demanda Emilie après avoir accompli la troisième figure de la contredanse.

— D'où savez-vous cela? lui demanda le diplomate. Dieu merci! Tout en débitant un flux de paroles, j'ai déjà l'art de ne dire que ce que je veux, ainsi que tous les apprentis diplomates de ma connaissance.

— Vous me l'avez dit, je vous assure.

Monsieur de Longueville regarda mademoiselle de Fontaine avec un étonnement plein de perspicacité. Un soupçon entra dans son âme. Il interrogea successivement les yeux de son frère et de sa danseuse, il devina tout, pressa ses mains l'une contre l'autre, leva les yeux au plafond, se mit à rire et dit : — Je ne suis qu'un sot ! Vous êtes la plus belle personne du bal, mon frère vous regarde à la dérobée, il danse malgré la fièvre, et vous feignez de ne pas le voir. Faites son bonheur, dit-il en la reconduisant auprès de son vieil oncle, je n'en serai pas jaloux; mais je tressaillerai toujours un peu en vous nommant ma sœur...

Cependant les deux amants devaient être aussi inexorables l'un que l'autre pour eux-mêmes. Vers les deux heures du matin, l'on servit un ambigu dans une immense galerie où, pour laisser les personnes d'une même coterie libres de se réunir, les tables avaient été disposées comme elles le sont chez les restaurateurs. Par un de ces hasards qui arrivent toujours aux amants, mademoiselle de Fontaine se trouva placée à une table voisine de celle autour de laquelle se mirent les personnes les plus distinguées. Maximilien faisait partie de ce groupe. Emilie, qui prêta une oreille attentive aux discours tenus par ses voisins, put entendre une de ces conversations qui s'établissent si facilement entre les jeunes femmes et les jeunes gens qui ont les grâces et la tournure de Maximilien Longueville. L'interlocutrice du jeune banquier était une duchesse napolitaine dont les yeux lançaient des éclairs, dont la peau blanche avait l'éclat du satin. L'intimité que le jeune Longueville affectait d'avoir avec elle blessa d'autant plus mademoiselle de Fontaine qu'elle venait de rendre à son amant vingt fois plus de tendresse qu'elle ne lui en portait jadis.

— Oui, monsieur, dans mon pays, le véritable amour

sait faire toute espèce de sacrifices, disait la duchesse en minaudant.

— Vous êtes plus passionnées que ne le sont les Françaises, dit Maximilien dont le regard enflammé tomba sur Emilie. Elles sont tout vanité[36].

— Monsieur, reprit vivement la jeune fille, n'est-ce pas une mauvaise action que de calomnier sa patrie ? Le dévouement est de tous les pays.

— Croyez-vous, mademoiselle, reprit l'Italienne avec un sourire sardonique, qu'une Parisienne soit capable de suivre son amant partout ?

— Ah ! entendons-nous, madame. On va dans un désert y habiter une tente, on ne va pas s'asseoir dans une boutique.

Elle acheva sa pensée en laissant échapper un geste de dédain. Ainsi l'influence exercée sur Emilie par sa funeste éducation tua deux fois son bonheur naissant, et lui fit manquer son existence. La froideur apparente de Maximilien et le sourire d'une femme lui arrachèrent un de ces sarcasmes dont les perfides jouissances la séduisaient toujours.

— Mademoiselle, lui dit à voix basse Longueville à la faveur du bruit que firent les femmes en se levant de table, personne ne formera pour votre bonheur des vœux plus ardents que ne le seront les miens : permettez-moi de vous donner cette assurance en prenant congé de vous. Dans quelques jours, je partirai pour l'Italie.

— Avec une duchesse, sans doute ?

— Non, mademoiselle, mais avec une maladie mortelle peut-être.

— N'est-ce pas une chimère ? demanda Emilie en lui lançant un regard inquiet.

— Non, dit-il, il est des blessures qui ne se cicatrisent jamais.

— Vous ne partirez pas, dit l'impérieuse jeune fille en souriant.

— Je partirai, reprit gravement Maximilien.

— Vous me trouverez mariée au retour, je vous en préviens, dit-elle avec coquetterie.

— Je le souhaite.

— L'impertinent ! s'écria-t-elle, se venge-t-il assez cruellement !

Quinze jours après, Maximilien Longueville partit avec sa sœur Clara pour les chaudes et poétiques contrées de la belle Italie, laissant mademoiselle de Fontaine en proie aux plus violents regrets. Le jeune secrétaire d'ambassade épousa la querelle de son frère, et sut tirer une vengeance éclatante des dédains d'Emilie en publiant les motifs de la rupture des deux amants. Il rendit avec usure à sa danseuse les sarcasmes qu'elle avait jadis lancés sur Maximilien, et fit souvent sourire plus d'une Excellence en peignant la belle ennemie des comptoirs, l'amazone qui prêchait une croisade contre les banquiers, la jeune fille dont l'amour s'était évaporé devant un demi-tiers[37] de mousseline. Le comte de Fontaine fut obligé d'user de son crédit pour faire obtenir à Auguste Longueville une mission en Russie, afin de soustraire sa fille au ridicule que ce jeune et dangereux persécuteur versait sur elle à pleines mains. Bientôt le ministère, obligé de lever une conscription de pairs pour soutenir les opinions aristocratiques qui chancelaient dans la noble chambre à la voix d'un illustre écrivain[38], nomma monsieur *Guiraudin* de Longueville pair de France et vicomte. Monsieur de Fontaine obtint aussi la pairie, récompense due autant à sa fidélité pendant les mauvais jours qu'à son nom qui manquait à la chambre héréditaire.

Vers cette époque, Emilie devenue majeure[39] fit sans doute de sérieuses réflexions sur la vie, car elle

changea sensiblement de ton et de manières : au lieu
de s'exercer à dire des méchancetés à son oncle, elle
lui apporta sa béquille avec une persévérance de tendresse qui faisait rire les plaisants; elle lui offrit le bras,
alla dans sa voiture, et l'accompagna dans toutes ses
promenades; elle lui persuada même qu'elle aimait
l'odeur de la pipe, et lui lut sa chère *Quotidienne*[40]
au milieu des bouffées de tabac que le malicieux marin
lui envoyait à dessein; elle étudia le piquet pour tenir
tête au vieux comte; enfin cette jeune personne si fantasque écouta sans s'impatienter les récits périodiques
du combat de la *Belle-Poule*, des manœuvres de la
Ville de Paris, de la première expédition de monsieur
de Suffren, ou de la bataille d'Aboukir. Quoique le
vieux marin eût souvent dit qu'il connaissait trop sa
longitude et sa latitude pour se laisser capturer par une
jeune corvette, un beau matin les salons de Paris apprirent le mariage de mademoiselle de Fontaine et du
comte de Kergarouët. La jeune comtesse donna des fêtes
splendides pour s'étourdir; mais elle trouva sans doute
le néant au fond de ce tourbillon : le luxe cachait
imparfaitement le vide et le malheur de son âme souf-
frante; la plupart du temps, malgré les éclats d'une
gaieté feinte, sa belle figure exprimait une sourde
mélancolie. Emilie prodigua d'ailleurs ses attentions à
son vieux mari, qui souvent, en s'en allant dans son
appartement le soir au bruit d'un joyeux orchestre,
disait : — Je ne me reconnais plus. Devais-je donc
attendre à soixante-douze ans[41] pour m'embarquer
comme pilote sur la BELLE-ÉMILIE, après vingt ans de
galères conjugales. La conduite de la comtesse fut
empreinte d'une telle sévérité que la critique la plus
clairvoyante n'eut rien à y reprendre. Les observateurs
pensèrent que le vice-amiral s'était réservé le droit de
disposer de sa fortune pour enchaîner plus fortement

sa femme : supposition injurieuse et pour l'oncle et pour la nièce L'attitude des deux époux fut d'ailleurs si savamment calculée que les jeunes gens les plus intéressés à deviner le secret de ce ménage ne purent deviner si le vieux comte traitait sa femme en époux ou en père. On lui entendait dire souvent qu'il avait recueilli sa nièce comme une naufragée, et que, jadis, il n'abusait jamais de l'hospitalité quand il lui arrivait de sauver un ennemi de la fureur des orages. Quoique la comtesse aspirât à régner sur Paris et qu'elle essayât de marcher de pair avec mesdames les duchesses de Maufrigneuse, de Chaulieu, les marquises d'Espard et d'Aiglemont, les comtesses Féraud, de Montcornet, de Restaud, madame de Camps et mademoiselle Des Touches, elle ne céda point à l'amour du jeune vicomte de Portenduère qui fit d'elle son idole.

Deux ans après son mariage, dans un des antiques salons du faubourg Saint-Germain où l'on admirait son caractère digne des anciens temps, Emilie entendit annoncer monsieur le vicomte de Longueville; et dans le coin du salon où elle faisait le piquet de l'évêque de Persépolis[42], son émotion ne put être remarquée de personne : en tournant la tête, elle avait vu entrer son ancien prétendu dans tout l'éclat de la jeunesse. La mort de son père et celle de son frère, tué par l'inclémence du climat de Pétersbourg, avaient posé sur la tête de Maximilien les plumes héréditaires du chapeau de la pairie; sa fortune égalait ses connaissances et son mérite; la veille même, sa jeune et bouillante éloquence avait éclairé l'assemblée. En ce moment, il apparut à la triste comtesse, libre et paré de tous les avantages qu'elle demandait jadis à son type idéal. Toutes les mères chargées de filles à marier faisaient de coquettes avances à un jeune homme doué des vertus qu'on lui supposait en admirant sa grâce; mais mieux que tout autre, Emilie savait que le vicomte de Longueville possédait cette fermeté de caractère dans laquelle les femmes prudentes voient un gage de bonheur. Elle jeta les yeux sur l'amiral, qui selon son expression familière paraissait devoir tenir encore longtemps sur son bord, et maudit les erreurs de son enfance.

En ce moment, monsieur de Persépolis lui dit avec sa grâce épiscopale : — Ma belle dame, vous avez écarté le roi de cœur, j'ai gagné. Mais ne regrettez pas votre argent, je le réserve pour mes petits séminaires.

Paris, décembre 1829[43].

LA VENDETTA

Dédié à Puttinati[1]

En 1800, vers la fin du mois d'octobre, un étranger, accompagné d'une femme et d'une petite fille, arriva devant les Tuileries à Paris, et se tint assez longtemps auprès des décombres d'une maison récemment démolie, à l'endroit où s'élève aujourd'hui l'aile commencée qui devait unir le château de Catherine de Médicis au Louvre des Valois[2]. Il resta là, debout, les bras croisés, la tête inclinée et la relevait parfois pour regarder alternativement le palais consulaire, et sa femme assise auprès de lui sur une pierre. Quoique l'inconnue parût ne s'occuper que de la petite fille âgée de neuf à dix ans dont les longs cheveux noirs étaient comme un amusement entre ses mains, elle ne perdait aucun des regards que lui adressait son compagnon. Un même sentiment, autre que l'amour, unissait ces deux êtres, et animait d'une même inquiétude leurs mouvements et leurs pensées. La misère est peut-être le plus puissant de tous les liens. L'étranger avait une de ces têtes abondantes en cheveux, larges et graves, qui se sont souvent offertes au pinceau des Carraches[3]. Ces cheveux si noirs étaient mélangés d'une grande quantité de cheveux blancs. Quoique nobles et fiers, ses traits avaient un ton de dureté qui les gâtait. Malgré sa force et sa taille droite, il semblait avoir plus de soixante

ans. Ses vêtements délabrés annonçaient qu'il venait
d'un pays étranger. Quoique la figure jadis belle et
alors flétrie de la femme trahît une tristesse profonde,
quand son mari la regardait elle s'efforçait de sourire
en affectant une contenance calme. La petite fille restait
debout, malgré la fatigue dont les marques frappaient
son jeune visage hâlé par le soleil. Elle avait une tournure italienne, de grands yeux noirs sous des sourcils
bien arqués; une noblesse native, une grâce vraie.
Plus d'un passant se sentait ému au seul aspect de ce
groupe dont les personnages ne faisaient aucun effort
pour cacher un désespoir aussi profond que l'expression en était simple; mais la source de cette fugitive
obligeance qui distingue les Parisiens se tarissait
promptement. Aussitôt que l'inconnu se croyait l'objet
de l'attention de quelque oisif, il le regardait d'un air
si farouche, que le flâneur le plus intrépide hâtait le
pas comme s'il eût marché sur un serpent. Après être
demeuré longtemps indécis, tout à coup le grand étranger passa la main sur son front, il en chassa, pour ainsi
dire, les pensées qui l'avaient sillonné de rides, et prit
sans doute un parti désespéré. Après avoir jeté un
regard perçant sur sa femme et sur sa fille, il tira de sa
veste un long poignard, le tendit à sa compagne, et lui
dit en italien : — Je vais voir si les Bonaparte se souvien-
nent de nous. Et il marcha d'un pas lent et assuré vers
l'entrée du palais, où il fut naturellement arrêté par un
soldat de la garde consulaire avec lequel il ne put
longtemps discuter. En s'apercevant de l'obstination
de l'inconnu, la sentinelle lui présenta sa baïonnette
en manière d'*ultimatum*. Le hasard voulut que l'on
vînt en ce moment relever le soldat de faction, et le
caporal indiqua fort obligeamment à l'étranger l'endroit
où se tenait le commandant du poste.

— Faites savoir à Bonaparte que Bartholoméo di

Piombo voudrait lui parler, dit l'Italien au capitaine de service.

Cet officier eut beau représenter à Bartholoméo qu'on ne voyait pas le premier consul sans lui avoir préalablement demandé par écrit une audience, l'étranger voulut absolument que le militaire allât prévenir Bonaparte. L'officier objecta les lois de la consigne, et refusa formellement d'obtempérer à l'ordre de ce singulier solliciteur. Bartholoméo fronça le sourcil, jeta sur le commandant un regard terrible, et sembla le rendre responsable des malheurs que ce refus pouvait occassionner; puis, il garda le silence, se croisa fortement les bras sur la poitrine, et alla se placer sous le portique qui sert de communication entre la cour et le jardin des Tuileries. Les gens qui veulent fortement une chose sont presque toujours bien servis par le hasard. Au moment où Bartholoméo di Piombo s'asseyait sur une des bornes qui sont auprès de l'entrée des Tuileries, il arriva une voiture d'où descendit Lucien Bonaparte, alors ministre de l'Intérieur.

— Ah ! Loucian ! Il est bien heureux pour moi de te rencontrer, s'écria l'étranger.

Ces mots, prononcés en patois corse, arrêtèrent Lucien au moment où il s'élançait sous la voûte, il regarda son compatriote et le reconnut. Au premier mot que Bartholoméo lui dit à l'oreille, il emmena le Corse avec lui. Murat, Lannes, Rapp se trouvaient dans le cabinet du premier consul. En voyant entrer Lucien, suivi d'un homme aussi singulier que l'était Piombo, la conversation cessa, Lucien prit Napoléon par la main et le conduisit dans l'embrasure de la croisée. Après avoir échangé quelques paroles avec son frère, le premier consul fit un geste de main auquel obéirent Murat et Lannes en s'en allant. Rapp feignit de n'avoir rien vu, afin de pouvoir rester. Bonaparte l'ayant interpellé vivement, l'aide de camp sortit en rechignant. Le premier consul, qui entendit le bruit des pas de Rapp dans le salon voisin, sortit brusquement et le vit près du mur qui séparait le cabinet du salon.

— Tu ne veux donc pas me comprendre ? dit le premier consul. J'ai besoin d'être seul avec mon compatriote.

— Un Corse, répondit l'aide-de-camp. Je me défie trop de ces gens-là pour ne pas...

Le premier consul ne put s'empêcher de sourire, et poussa légèrement son fidèle officier par les épaules.

— Eh ! bien, que viens-tu faire ici, mon pauvre Bartholoméo ? dit le premier consul à Piombo.

— Te demander asile et protection, si tu es un vrai Corse, répondit Bartholoméo d'un ton brusque.

— Quel malheur a pu te chasser du pays ? Tu en étais le plus riche, le plus...

— J'ai tué tous les Porta, répliqua le Corse d'un son de voix profond en fronçant les sourcils.

Le premier consul fit deux pas en arrière comme un homme surpris.

— Vas-tu me trahir ? s'écria Bartholoméo en jetant un regard sombre à Bonaparte. Sais-tu que nous sommes encore quatre Piombo en Corse ?

Lucien prit le bras de son compatriote, et le secoua.

— Viens-tu donc ici pour menacer le sauveur de la France ? lui dit-il vivement.

Bonaparte fit un signe à Lucien, qui se tut. Puis il regarda Piombo, et lui dit : — Pourquoi donc as-tu tué les Porta ?

— Nous avions fait amitié, répondit-il, les Barbanti nous avaient réconciliés. Le lendemain du jour où nous trinquâmes pour noyer nos querelles, je les quittai parce que j'avais affaire à Bastia. Ils restèrent chez

moi, et mirent le feu à ma vigne de Longone. Ils ont
tué mon fils Grégorio. Ma fille Ginevra et ma femme
leur ont échappé; elles avaient communié le matin,
la Vierge les a protégées. Quand je revins, je ne trouvai
plus ma maison, je la cherchais les pieds dans ses
cendres. Tout à coup je heurtai le corps de Grégorio,
que je reconnus à la lueur de la lune. — Oh ! les Porta
ont fait le coup ! me dis-je. J'allai sur-le-champ dans
les *mâquis*[4], j'y rassemblai quelques hommes auxquels j'avais rendu service, entends-tu, Bonaparte ?
et nous marchâmes sur la vigne des Porta. Nous sommes arrivés à cinq heures du matin, à sept, ils étaient
tous devant Dieu. Giacomo prétend qu'Elisa Vanni a
sauvé un enfant, le petit Luigi; mais je l'avais attaché
moi-même dans son lit avant de mettre le feu à la maison. J'ai quitté l'île avec ma femme et ma fille, sans avoir
pu vérifier s'il était vrai que Luigi Porta vécût encore.

Bonaparte regardait Bartholoméo avec curiosité,
mais sans étonnement.

— Combien étaient-ils ? demanda Lucien.

— Sept, répondit Piombo. Ils ont été vos persécu-
teurs dans les temps, leur dit-il. Ces mots ne réveillè-
rent aucune expression de haine chez les deux frères.

— Ah ! vous n'êtes plus Corses, s'écria Bartholoméo
avec une sorte de désespoir. Adieu. Autrefois je vous
ai protégés, ajouta-t-il d'un ton de reproche. Sans moi,
ta mère ne serait pas arrivée à Marseille[5], dit-il en
s'adressant à Bonaparte qui restait pensif le coude
appuyé sur le manteau de la cheminée.

— En conscience, Piombo, répondit Napoléon, je ne
puis pas te prendre sous mon aile. Je suis devenu le
chef d'une grande nation, je commande la république,
et dois faire exécuter les lois.

— Ah ! ah ! dit Bartholoméo.

— Mais je puis fermer les yeux, reprit Bonaparte.

Le préjugé de la *vendetta* empêchera longtemps le
règne des lois en Corse, ajouta-t-il en se parlant à
lui-même. Il faut cependant le détruire à tout prix.

Bonaparte resta un moment silencieux, et Lucien fit
signe à Piombo de ne rien dire. Le Corse agitait déjà
la tête de droite et de gauche d'un air improbateur.

— Demeure ici, reprit le consul en s'adressant à
Bartholoméo, nous n'en saurons rien. Je ferai acheter
tes propriétés afin de te donner d'abord les moyens de
vivre. Puis, dans quelque temps, plus tard, nous pense-
rons à toi. Mais plus de *vendetta* ! Il n'y a pas de mâquis
ici. Si tu y joues du poignard, il n'y aurait pas de grâce
à espérer. Ici la loi protège tous les citoyens, et l'on ne
se fait pas justice soi-même.

— Il s'est fait le chef d'un singulier pays, répondit Bartholoméo en prenant la main de Lucien et la serrant.
Mais vous me reconnaissez dans le malheur, ce sera
maintenant entre nous à la vie à la mort, et vous pouvez disposer de tous les Piombo.

A ces mots, le front du Corse se dérida, et il regarda
autour de lui avec satisfaction.

— Vous n'êtes pas mal ici, dit-il en souriant, comme
s'il voulait y loger. Et tu es habillé tout en rouge
comme un cardinal.

— Il ne tiendra qu'à toi de parvenir et d'avoir un
palais à Paris, dit Bonaparte qui toisait son compatriote. Il m'arrivera plus d'une fois de regarder autour
de moi pour chercher un ami dévoué auquel je puisse
me confier.

Un soupir de joie sortit de la vaste poitrine de
Piombo qui tendit la main au premier consul en lui
disant : — Il y a encore du Corse en toi !

Bonaparte sourit. Il regarda silencieusement cet
homme, qui lui apportait en quelque sorte l'air de sa
patrie, de cette île où naguère il avait été sauvé si mira-

culeusement de la haine du *parti anglais*, et qu'il ne devait plus revoir. Il fit un signe à son frère, qui emmena Bartholoméo di Piombo. Lucien s'enquit avec intérêt de la situation financière de l'ancien protecteur de leur famille. Piombo amena le ministre de l'Intérieur auprès d'une fenêtre, et lui montra sa femme et Ginevra, assises toutes deux sur un tas de pierres.

— Nous sommes venus de Fontainebleau ici à pied, et nous n'avons pas une obole, lui dit-il.

Lucien donna sa bourse à son compatriote et lui recommanda de venir le trouver le lendemain afin d'aviser aux moyens d'assurer le sort de sa famille. La valeur de tous les biens que Piombo possédait en Corse ne pouvait guère le faire vivre honorablement à Paris.

Quinze ans s'écoulèrent entre l'arrivée de la famille Piombo à Paris, et l'aventure suivante, qui, sans le récit de ces événements, eût été moins intelligible.

Servin, l'un de nos artistes les plus distingués, conçut le premier l'idée d'ouvrir un atelier pour les jeunes personnes qui veulent prendre des leçons de peinture. Agé d'une quarantaine d'années, de mœurs pures et entièrement livré à son art, il avait épousé par inclination la fille d'un général sans fortune. Les mères conduisirent d'abord elles-mêmes leurs filles chez le professeur; puis elles finirent par les y envoyer quand elles eurent bien connu ses principes et apprécié le soin qu'il mettait à mériter la confiance. Il était entré dans le plan du peintre de n'accepter pour écolières que des demoiselles appartenant à des familles riches ou considérées afin de n'avoir pas de reproches à subir sur la composition de son atelier; il se refusait même à prendre les jeunes filles qui voulaient devenir artistes et auxquelles il aurait fallu donner certains enseignements[6] sans lesquels il n'est pas de talent possible en peinture. Insensiblement sa prudence, la supériorité avec lesquelles

il initiait ses élèves aux secrets de l'art, la certitude
où les mères étaient de savoir leurs filles en compagnie
de jeunes personnes bien élevées et la sécurité qu'ins-
piraient le caractère, les mœurs, le mariage de l'artiste
lui valurent dans les salons une excellente renommée. Quand une jeune fille manifestait le désir d'apprendre à peindre ou à dessiner, et que sa mère demandait conseil : « Envoyez-la chez Servin ! » était la
réponse de chacun. Servin devint donc pour la peinture
féminine une spécialité, comme Herbault pour les cha-
peaux, Leroy pour les modes et Chevet pour les comes-
tibles. Il était reconnu qu'une jeune femme qui avait
pris des leçons chez Servin pouvait juger en dernier
ressort les tableaux du Musée, faire supérieurement un
portrait, copier une toile ou peindre son tableau de
genre. Cet artiste suffisait ainsi à tous les besoins de
l'aristocratie. Malgré les rapports qu'il avait avec les
meilleures maisons de Paris, il était indépendant,
patriote[7], et conservait avec tout le monde ce ton
léger, spirituel, parfois ironique, cette liberté de jugement qui distinguent les peintres. Il avait poussé le scrupule de ses précautions jusque dans l'ordonnance du
local où étudiaient ses écolières. L'entrée du grenier
qui régnait au-dessus de ses appartements avait été
murée. Pour parvenir à cette retraite, aussi sacrée qu'un
harem, il fallait monter par un escalier pratiqué dans
l'intérieur de son logement. L'atelier, qui occupait
tout le comble de la maison, offrait ces proportions
énormes qui surprennent toujours les curieux quand,
arrivés à soixante pieds du sol, ils s'attendent à voir
les artistes logés dans une gouttière. Cette espèce de
galerie était profusément éclairée par d'immenses châssis vitrés et garnis de ces grandes toiles vertes à l'aide
desquelles les peintres disposent de la lumière. Une
foule de caricatures, de têtes faites au trait, avec de la

couleur ou la pointe d'un couteau, sur les murailles peintes en gris foncé, prouvaient, sauf la différence de l'expression, que les filles les plus distinguées ont dans l'esprit autant de folie que les hommes peuvent en avoir. Un petit poêle et ses grands tuyaux, qui décrivaient un effroyable zigzag avant d'atteindre les hautes régions du toit, étaient l'infaillible ornement de cet atelier. Une planche régnait autour des murs et soutenait des modèles en plâtre qui gisaient confusément placés, la plupart couverts d'une blonde poussière. Au-dessous de ce rayon, çà et là, une tête de Niobé pendue à un clou montrait sa pose de douleur, une Vénus souriait, une main se présentait brusquement aux yeux comme celle d'un pauvre demandant l'aumône, puis quelques *écorchés* jaunis par la fumée avaient l'air de membres arrachés la veille à des cercueils; enfin des tableaux, des dessins, des mannequins, des cadres sans toiles et des toiles sans cadres achevaient de donner à cette pièce irrégulière la physionomie d'un atelier que distingue un singulier mélange d'ornement et de nudité, de misère et de richesse, de soin et d'incurie. Cet immense vaisseau, où tout paraît petit, même l'homme, sent la coulisse d'opéra; il s'y trouve de vieux linges, des armures dorées, des lambeaux d'étoffe, des machines; mais il y a je ne sais quoi de grand comme la pensée : le génie et la mort sont là; la Diane ou l'Apollon auprès d'un crâne ou d'un squelette, le beau et le désordre, la poésie et la réalité, de riches couleurs dans l'ombre, et souvent tout un drame immobile et silencieux. Quel symbole d'une tête d'artiste !

Au moment où commence cette histoire, le brillant soleil du mois de juillet illuminait l'atelier, et deux rayons le traversaient dans sa profondeur en y traçant de larges bandes d'or diaphanes où brillaient des grains de poussière. Une douzaine de chevalets élevaient leurs flèches aiguës, semblables à des mâts de vaisseau dans un port. Plusieurs jeunes filles animaient cette scène par la variété de leurs physionomies, de leurs attitudes, et par la différence de leurs toilettes. Les fortes ombres que jetaient les serges vertes, placées suivant les besoins de chaque chevalet, produisaient une multitude de contrastes, de piquants effets de clair-obscur. Ce groupe formait le plus beau de tous les tableaux de l'atelier. Une jeune fille blonde et mise simplement se tenait loin de ses compagnes, travaillait avec courage en paraissant prévoir le malheur; nulle ne la regardait, ne lui adressait la parole : elle était la plus jolie, la plus modeste et la moins riche. Deux groupes principaux, séparés l'un de l'autre par une faible distance, indiquaient deux sociétés, deux esprits jusque dans cet atelier où les rangs et la fortune auraient dû s'oublier. Assises ou debout, ces jeunes filles, entourées de leurs boîtes à couleurs, jouant avec leurs pinceaux ou les préparant, maniant leurs éclatantes palettes, peignant, parlant, riant, chantant, abandonnées à leur naturel, laissant voir leur caractère, composaient un spectacle inconnu aux hommes : celle-ci, fière, hautaine, capricieuse, aux cheveux noirs, aux belles mains, lançait au hasard la flamme de ses regards; celle-là, insouciante et gaie, le sourire sur les lèvres, les cheveux châtains, les mains blanches et délicates, vierge française, légère, sans arrière-pensée, vivant de sa vie actuelle; une autre, rêveuse, mélancolique, pâle, penchant la tête comme une fleur qui tombe; sa voisine, au contraire, grande, indolente, aux habitudes musulmanes, l'œil long, noir, humide; parlant peu, mais songeant et regardant à la dérobée la tête d'Antinoüs. Au milieu d'elles, comme le *jocosco* d'une pièce espagnole, pleine d'esprit et de saillies épigrammatiques, une fille les espionnait toutes d'un seul coup d'œil, les faisait rire et levait sans cesse sa figure trop vive pour n'être pas jolie; elle commandait au premier groupe des écolières qui comprenait les filles de banquier, de notaire et de négociant; toutes riches, mais essuyant toutes les dédains imperceptibles quoique poignants que leur prodiguaient les autres jeunes personnes appartenant à l'aristocratie. Celles-ci étaient gouvernées par la fille d'un huissier du cabinet du roi, petite créature aussi sotte que vaine, et fière d'avoir pour père un homme *ayant une charge* à la Cour; elle voulait toujours paraître avoir compris du premier coup les observations du maître et semblait travailler par grâce; elle se servait d'un lorgnon, ne venait que très parée, tard, et suppliait ses compagnes de parler bas. Dans ce second groupe, on eût remarqué des tailles délicieuses, des figures distinguées; mais les regards de ces jeunes filles offraient peu de naïveté. Si leurs attitudes étaient élégantes et leurs mouvements gracieux, les figures manquaient de franchise, et l'on devinait facilement qu'elles appartenaient à un monde où la politesse façonne de bonne heure les caractères, où l'abus des jouissances sociales tue les sentiments et développe l'égoïsme. Lorsque cette réunion était complète, il se trouvait dans le nombre de ces jeunes filles des têtes enfantines, des vierges d'une pureté ravissante, des visages dont la bouche légèrement entrouverte laissait voir des dents vierges, et sur laquelle errait un sourire de vierge. L'atelier ne ressemblait pas alors à un sérail, mais à un groupe d'anges assis sur un nuage dans le ciel[8].

A midi, Servin n'avait pas encore paru. Depuis quelques jours, la plupart du temps il restait à un atelier qu'il avait ailleurs et où il achevait un tableau pour l'exposition. Tout à coup, mademoiselle Amélie Thirion, chef du parti aristocratique de cette petite assemblée, parla longtemps à sa voisine, il se fit un grand silence dans le groupe des patriciennes; le parti de la banque étonné se tut également, et tâcha de deviner le sujet d'une semblable conférence; mais le secret des jeunes *ultrà* fut bientôt connu. Amélie se leva, prit à quelques pas. d'elle un chevalet pour le replacer à une assez grande distance du noble groupe, près d'une cloison grossière qui séparait l'atelier d'un cabinet obscur où l'on mettait les plâtres brisés, les toiles condamnées par le professeur, et la provision de bois en hiver. L'action d'Amélie excita un murmure de surprise qui ne l'empêcha pas d'achever ce déménagement en roulant vivement près du chevalet la boîte à couleur et le tabouret, tout jusqu'à un tableau de Prudhon que copiait sa compagne absente. Après ce coup d'état, si le Côté Droit se mit à travailler silencieusement, le Côté Gauche pérora longuement.

— Que va dire mademoiselle Piombo[9] ? demanda une jeune fille à mademoiselle Mathilde Roguin, l'oracle malicieux du premier groupe.

— Elle n'est pas fille à parler, répondit-elle; mais dans cinquante ans elle se souviendra de cette injure comme si elle l'avait reçue la veille, et saura s'en venger cruellement. C'est une personne avec laquelle je ne voudrais pas être en guerre.

— La proscription dont la frappent ces demoiselles est d'autant plus injuste, dit une autre jeune fille, qu'avant-hier mademoiselle Ginevra était fort triste; son père venait, dit-on, de donner sa démission. Ce serait donc ajouter à son malheur, tandis qu'elle a été fort bonne pour ces demoiselles pendant les Cent Jours. Leur a-t-elle jamais dit une parole qui pût les blesser ? Elle évitait au contraire de parler politique. Mais nos Ultras paraissent agir plutôt par jalousie que par esprit de parti.

— J'ai envie d'aller chercher le chevalet de mademoiselle Piombo, et de le mettre auprès du mien, dit Mathilde Roguin. Elle se leva, mais une réflexion la fit rasseoir : — Avec un caractère comme celui de mademoiselle Ginevra, dit-elle, on ne peut savoir de quelle manière elle prendrait notre politesse, attendons l'événement.

— *Eccola*[10], dit languissamment la jeune fille aux yeux noirs.

En effet, le bruit des pas d'une personne qui montait l'escalier retentit dans la salle. Ce mot : « La voici ! » passa de bouche en bouche, et le plus profond silence régna dans l'atelier.

Pour comprendre l'importance de l'ostracisme exercé par Amélie Thirion, il est nécessaire d'ajouter que cette scène avait lieu vers la fin du mois de juillet 1815. Le second retour des Bourbons venait de troubler bien des amitiés qui avaient résisté au mouvement de la première restauration. En ce moment les familles, presque toutes divisées d'opinions, renouvelaient plusieurs de ces déplorables scènes qui souillent l'histoire de tous les pays aux époques de guerre civile ou religieuse. Les enfants, les jeunes filles, les vieillards partageaient la fièvre monarchique à laquelle le gouvernement était en proie. La discorde se glissait sous tous les toits, et la défiance teignait de ses sombres couleurs les actions et les discours les plus intimes. Ginevra Piombo aimait Napoléon avec idolâtrie, et comment aurait-elle pu le haïr ? L'Empereur était son compatriote et le bienfaiteur de son père. Le baron de Piombo était un des serviteurs de Napoléon qui avaient coopéré le plus efficacement au retour de l'île d'Elbe. Incapable de renier sa foi politique, jaloux même de la confesser, le vieux baron de Piombo restait à Paris au milieu de ses ennemis. Ginevra Piombo pouvait donc être d'autant mieux mise au nombre des personnes suspectes, qu'elle ne faisait pas mystère du chagrin que la seconde restauration causait à sa famille. Les seules larmes qu'elle eût peut-être versées dans sa vie lui furent arrachées par la double nouvelle de la captivité de Bonaparte sur le *Bellérophon* et de l'arrestation de Labédoyère[11].

Les jeunes personnes qui composaient le groupe des nobles appartenaient aux familles royalistes les plus exaltées de Paris. Il serait difficile de donner une idée des exagérations de cette époque et de l'horreur que causaient les bonapartistes. Quelque insignifiante et petite que puisse paraître aujourd'hui l'action d'Amélie Thirion, elle était alors une expression de haine fort naturelle. Ginevra Piombo, l'une des premières écolières de Servin, occupait la place dont on voulait la priver depuis le jour où elle était venue à l'atelier; le groupe aristocratique l'avait insensiblement entourée : la chasser d'une place qui lui appartenait en quelque sorte était non seulement lui faire injure, mais lui causer une espèce de peine; car les artistes ont tous une place de prédilection pour leur travail. Mais l'animadversion politique entrait peut-être pour peu de chose dans la conduite de ce petit Côté Droit de l'atelier. Ginevra Piombo, la plus forte des élèves de Servin, était l'objet d'une profonde jalousie : le maître professait autant d'admiration pour les talents que pour le caractère de cette élève favorite qui servait de terme à toutes ses comparaisons; enfin, sans qu'on s'expliquât l'ascendant que cette jeune personne obtenait sur tout ce qui l'entourait, elle exerçait sur ce petit monde un prestige presque semblable à celui de Bonaparte sur ses soldats. L'aristocratie de l'atelier avait résolu depuis plusieurs jours la chute de cette reine; mais, personne n'ayant encore osé s'éloigner de la bonapartiste, mademoiselle Thirion venait de frapper un coup décisif, afin de

rendre ses compagnes complices de sa haine. Quoique
Ginevra fût sincèrement aimée par deux ou trois des
Royalistes, presque toutes chapitrées au logis paternel
relativement à la politique, elles jugèrent, avec ce tact
particulier aux femmes, qu'elles devaient rester indifférentes à la querelle. A son arrivée, Ginevra fut
donc accueillie par un profond silence. De toutes les
jeunes filles venues jusqu'alors dans l'atelier de Servin,
elle était la plus belle, la plus grande et la mieux faite.
Sa démarche possédait un caractère de noblesse et de
grâce qui commandait le respect. Sa figure empreinte
d'intelligence semblait rayonner, tant y respirait cette
animation particulière aux Corses et qui n'exclut
point le calme. Ses longs cheveux, ses yeux et ses cils
noirs exprimaient la passion. Quoique les coins de sa
bouche se dessinassent mollement et que ses lèvres fussent un peu trop fortes, il s'y peignait cette bonté que
donne aux êtres forts la conscience de leur force. Par
un singulier caprice de la nature, le charme de son
visage se trouvait en quelque sorte démenti par un
front de marbre où se peignait une fierté presque sauvage, où respiraient les mœurs de la Corse. Là était le
seul lien qu'il y eût entre elle et son pays natal : dans
tout le reste de sa personne, la simplicité, l'abandon des
beautés lombardes séduisaient si bien qu'il fallait ne
pas la voir pour lui causer la moindre peine. Elle inspirait un si vif attrait que, par prudence, son vieux
père la faisait accompagner jusqu'à l'atelier. Le seul
défaut de cette créature véritablement poétique venait
de la puissance même d'une beauté si largement développée : elle avait l'air d'être femme. Elle s'était refusée au mariage, par amour pour son père et sa mère,
en se sentant nécessaire à leurs vieux jours. Son goût
pour la peinture avait remplacé les passions qui agitent
ordinairement les femmes.

— Vous êtes bien silencieuses aujourd'hui, mesdemoiselles, dit-elle après avoir fait deux ou trois pas au milieu de ses compagnes. — Bonjour, ma petite Laure, ajouta-t-elle d'un ton doux et caressant en s'approchant de la jeune fille qui peignait loin des autres. Cette tête est fort bien ! Les chairs sont un peu trop roses, mais tout en est dessiné à merveille.

Laure leva la tête, regarda Ginevra d'un air attendri, et leurs figures s'épanouirent en exprimant une même affection. Un faible sourire anima les lèvres de l'Italienne qui paraissait songeuse, et qui se dirigea lentement vers sa place en regardant avec nonchalance les dessins ou les tableaux, en disant bonjour à chacune des jeunes filles du premier groupe, sans s'apercevoir de la curiosité insolite qu'excitait sa présence. On eût dit d'une reine dans sa cour. Elle ne donna aucune attention au profond silence qui régnait parmi les patriciennes, et passa devant leur camp sans prononcer un seul mot. Sa préoccupation fut si grande qu'elle se mit à son chevalet, ouvrit sa boîte à couleurs, prit ses brosses, revêtit ses manches brunes, ajusta son tablier, regarda son tableau, examina sa palette, sans penser, pour ainsi dire, à ce qu'elle faisait. Toutes les têtes du groupe des bourgeoises étaient tournées vers elle. Si les jeunes personnes du camp Thirion ne mettaient pas tant de franchise que leurs compagnes dans leur impatience, leurs œillades n'en étaient pas moins dirigées sur Ginevra.

— Elle ne s'aperçoit de rien, dit mademoiselle Roguin.

En ce moment Ginevra quitta l'attitude méditative dans laquelle elle avait contemplé sa toile, et tourna la tête vers le groupe aristocratique. Elle mesura d'un seul coup d'œil la distance qui l'en séparait, et garda le silence.

— Elle ne croit pas qu'on ait eu la pensée de l'insulter, dit Mathilde, elle n'a ni pâli ni rougi. Comme ces demoiselles vont être vexées si elle se trouve mieux à sa nouvelle place qu'à l'ancienne ! — Vous êtes là hors ligne[12], mademoiselle, ajouta-t-elle alors à haute voix en s'adressant à Ginevra.

L'Italienne feignit de ne pas entendre, ou peut-être n'entendit-elle pas ; elle se leva brusquement, longea avec une certaine lenteur la cloison qui séparait le cabinet noir de l'atelier, et parut examiner le châssis d'où venait le jour en y donnant tant d'importance qu'elle monta sur une chaise pour attacher beaucoup plus haut la serge verte qui interceptait la lumière. Arrivée à cette hauteur, elle atteignit à une crevasse assez légère dans la cloison, le véritable but de ses efforts, car le regard qu'elle y jeta ne peut se comparer qu'à celui d'un avare découvrant les trésors d'Aladin ; elle descendit vivement, revint à sa place, ajusta son tableau, feignit d'être mécontente du jour, approcha de la cloison une table sur laquelle elle mit une chaise, grimpa lestement sur cet échafaudage, et regarda de nouveau par la crevasse. Elle ne jeta qu'un regard dans le cabinet alors éclairé par un jour de souffrance qu'on avait ouvert, et ce qu'elle y aperçut produisit sur elle une sensation si vive qu'elle tressaillit.

— Vous allez tomber, mademoiselle Ginevra, s'écria Laure.

Toutes les jeunes filles regardèrent l'imprudente qui chancelait. La peur de voir arriver ses compagnes auprès d'elle lui donna du courage, elle retrouva ses forces et son équilibre, se tourna vers Laure en se dandinant sur sa chaise, et dit d'une voix émue : « Bah ! c'est encore un peu plus solide qu'un trône ! » Elle se hâta d'arracher la serge, descendit, repoussa la table et la chaise bien loin de la cloison, revint à son chevalet, et

fit encore quelques essais en ayant l'air de chercher une
masse de lumière qui lui convînt. Son tableau ne
l'occupait guère, son but était de s'approcher du cabinet noir auprès duquel elle se plaça, comme elle le
désirait, à côté de la porte. Puis elle se mit à préparer
sa palette en gardant le plus profond silence. A cette
place, elle entendit bientôt plus distinctement le léger
bruit qui, la veille, avait si fortement excité sa curiosité
et fait parcourir à sa jeune imagination le vaste champ
des conjectures. Elle reconnut facilement la respiration
forte et régulière de l'homme endormi qu'elle venait
de voir. Sa curiosité était satisfaite au-delà de ses
souhaits, mais elle se trouvait chargée d'une immense
responsabilité. A travers la crevasse, elle avait entrevu
l'aigle impériale, et, sur un lit de sangles faiblement
éclairé, la figure d'un officier de la Garde. Elle devina
tout : Servin cachait un proscrit. Maintenant elle
tremblait qu'une de ses compagnes ne vînt examiner
son tableau, et n'entendît ou la respiration de ce malheureux ou quelque aspiration trop forte, comme celle
qui était arrivée à son oreille pendant la dernière
leçon. Elle résolut de rester auprès de cette porte, en se
fiant à son adresse pour déjouer les chances du sort.

— Il vaut mieux que je sois là, pensait-elle, pour
prévenir un accident sinistre, que de laisser le pauvre
prisonnier à la merci d'une étourderie. Tel était le
secret de l'indifférence apparente que Ginevra avait
manifestée en trouvant son chevalet dérangé; elle en
fut intérieurement enchantée, puisqu'elle avait pu
satisfaire assez naturellement sa curiosité : puis, en ce
moment, elle était trop vivement préoccupée pour
chercher la raison de son déménagement. Rien n'est plus
mortifiant pour des jeunes filles, comme pour tout le
monde, que de voir une méchanceté, une insulte ou un
bon mot manquant leur effet par suite du dédain qu'en

témoigne la victime. Il semble que la haine envers un
ennemi s'accroisse de toute la hauteur à laquelle il
s'élève au-dessus de nous. La conduite de Ginevra
devint une énigme pour toutes ses compagnes. Ses
amies comme ses ennemies furent également surprises;
car on lui accordait toutes les qualités possibles, hormis
le pardon des injures. Quoique les occasions de déployer
ce vice de caractère eussent été rarement offertes à
Ginevra dans les événements de sa vie d'atelier, les
exemples qu'elle avait pu donner de ses dispositions vin-
dicatives et de sa fermeté n'en avaient pas moins laissé
des impressions profondes dans l'esprit de ses compagnes. Après bien des conjectures, mademoiselle Roguin
finit par trouver dans le silence de l'Italienne une grandeur d'âme au-dessus de tout éloge; et son cercle, inspiré par elle, forma le projet d'humilier l'aristocratie
de l'atelier. Elles parvinrent à leur but par un feu de sarcasmes qui abattit l'orgueil du Côté Droit. L'arrivée
de madame Servin mit fin à cette lutte d'amour-propre.
Avec cette finesse qui accompagne toujours la méchanceté, Amélie avait remarqué, analysé, commenté la prodigieuse préoccupation qui empêchait Ginevra d'entendre la dispute aigrement polie dont elle était
l'objet. La vengeance que mademoiselle Roguin et ses
compagnes tiraient de mademoiselle Thirion et de son
groupe eut alors le fatal effet de faire rechercher par
les jeunes Ultras la cause du silence que gardait Ginevra di Piombo. La belle Italienne devint donc le centre
de tous les regards, et fut épiée par ses amies comme
par ses ennemies. Il est bien difficile de cacher la plus
petite émotion, le plus léger sentiment, à quinze jeunes
filles curieuses, inoccupées, dont la malice et l'esprit
ne demandent que des secrets à deviner, des intrigues
à créer, à déjouer, et qui savent trouver trop d'interpré-
tations différentes à un geste, à une œillade, à une

parole, pour ne pas en découvrir la véritable signifi-
cation. Aussi le secret de Ginevra di Piombo fut-il
bientôt en grand péril d'être connu. En ce moment la
présence de madame Servin produisit un entracte dans
le drame qui se jouait sourdement au fond de ces
jeunes cœurs, et dont les sentiments, les pensées, les
progrès étaient exprimés par des phrases presque allé-
goriques, par de malicieux coups d'œil, par des gestes,
et par le silence même, souvent plus intelligible que
la parole. Aussitôt que madame Servin entra dans
l'atelier, ses yeux se portèrent sur la porte auprès de
laquelle était Ginevra. Dans les circonstances pré-
sentes, ce regard ne fut pas perdu. Si d'abord aucune
des écolières n'y fit attention, plus tard mademoiselle
Thirion s'en souvint, et s'expliqua la défiance, la crainte
et le mystère qui donnèrent alors quelque chose de
fauve aux yeux de madame Servin.

— Mesdemoiselles, dit-elle, monsieur Servin ne
pourra pas venir aujourd'hui. Puis elle complimenta
chaque jeune personne, en recevant de toutes une foule
de ces caresses féminines qui sont autant dans la voix
et dans les regards que dans les gestes. Elle arriva
promptement auprès de Ginevra dominée par une inquiétude qu'elle déguisait en vain. L'Italienne et la femme
du peintre se firent un signe de tête amical, et restèrent
toutes deux silencieuses, l'une peignant, l'autre regardant peindre. La respiration du militaire s'entendait
facilement, mais madame Servin ne parut pas s'en
apercevoir; et sa dissimulation était si grande que
Ginevra fut tentée de l'accuser d'une surdité volontaire.
Cependant l'inconnu se remua dans son lit. L'Italienne regarda fixement madame Servin, qui lui dit
alors, sans que son visage éprouvât la plus légère
altération : — Votre copie est aussi belle que l'original.
S'il me fallait choisir, je serais fort embarrassée.

— Monsieur Servin n'a pas mis sa femme dans la
confidence de ce mystère, pensa Ginevra, qui, après
avoir répondu à la jeune femme par un doux sourire
d'incrédulité, fredonna une *canzonetta* de son pays
pour couvrir le bruit que pourrait faire le prisonnier.

C'était quelque chose de si insolite que d'entendre
la studieuse Italienne chanter, que toutes les jeunes
filles surprises la regardèrent. Plus tard cette circonstance servit de preuve aux charitables suppositions de
la haine. Madame Servin s'en alla bientôt, et la séance
s'acheva sans autres événements. Ginevra laissa partir
ses compagnes et parut vouloir travailler longtemps
encore; mais elle trahissait à son insu son désir de rester
seule, car à mesure que les écolières se préparaient
à sortir, elle leur jetait des regards d'impatience mal
déguisée. Mademoiselle Thirion, devenue en peu
d'heures une cruelle ennemie pour celle qui la primait
en tout, devina par un instinct de haine que la fausse
application de sa rivale cachait un mystère. Elle avait
été frappée plus d'une fois de l'air attentif avec lequel
Ginevra s'était mise à écouter un bruit que personne
n'entendait. L'expression qu'elle surprit en dernier
lieu dans les yeux de l'Italienne fut pour elle un trait
de lumière. Elle s'en alla la dernière de toutes les écolières et descendit chez madame Servin, avec laquelle
elle causa un instant; puis elle feignit d'avoir oublié
son sac, remonta tout doucement à l'atelier et aperçut
Ginevra grimpée sur un échafaudage fait à la hâte,
et si absorbée dans la contemplation du militaire
inconnu qu'elle n'entendit pas le léger bruit que produisaient les pas de sa compagne. Il est vrai que, suivant une expression de Walter Scott, Amélie marchait
comme sur des œufs; elle regagna promptement la
porte de l'atelier et toussa. Ginevra tressaillit, tourna
la tête, vit son ennemie, rougit, s'empressa de détacher

la serge pour donner le change sur ses intentions, et descendit après avoir rangé sa boîte à couleurs. Elle quitta l'atelier en emportant gravé dans son souvenir l'image d'une tête d'homme aussi gracieuse que celle de l'*Endymion,* chef-d'œuvre de Girodet[13] qu'elle avait copié quelques jours auparavant.

— Proscrire un homme si jeune ! Qui donc peut-il être ? Car ce n'est pas le maréchal Ney.

Ces deux phrases sont l'expression la plus simple de toutes les idées que Ginevra commenta pendant deux jours. Le surlendemain, malgré sa diligence pour arriver la première à l'atelier, elle y trouva mademoiselle Thirion qui s'y était fait conduire en voiture. Ginevra et son ennemie s'observèrent longtemps; mais elles se composèrent des visages impénétrables l'une pour l'autre. Amélie avait vu la tête ravissante de l'inconnu; mais, heureusement et malheureusement tout à la fois, les aigles et l'uniforme n'étaient pas placés dans l'espace que la fente lui avait permis d'apercevoir. Elle se perdit alors en conjectures. Tout à coup Servin arriva beaucoup plus tôt qu'à l'ordinaire.

— Mademoiselle Ginevra, dit-il après avoir jeté un coup d'œil sur l'atelier, pourquoi vous êtes-vous mise là ? Le jour est mauvais. Approchez-vous donc de ces demoiselles, et descendez un peu votre rideau.

Puis il s'assit auprès de Laure, dont le travail méritait ses plus complaisantes corrections.

— Comment donc ! s'écria-t-il, voici une tête supérieurement faite. Vous serez une seconde Ginevra.

Le maître alla de chevalet en chevalet, grondant, flattant, plaisantant, et faisant, comme toujours, craindre plutôt ses plaisanteries que ses réprimandes. L'Italienne n'avait pas obéi aux observations du professeur, et restait à son poste avec la ferme intention de ne pas s'en écarter. Elle prit une feuille de papier et se mit

à *croquer* à la sépia la tête du pauvre reclus. Une
œuvre conçue avec passion porte toujours un cachet
particulier. La faculté d'imprimer aux traductions de la
nature ou de la pensée des couleurs vraies constitue
le génie, et souvent la passion en tient lieu. Aussi,
dans la circonstance où se trouvait Ginevra, l'intuition
qu'elle devait à sa mémoire vivement frappée, ou la
nécessité peut-être, cette mère des grandes choses, lui
prêta-t-elle un talent surnaturel. La tête de l'officier
fut jetée sur le papier au milieu d'un tressaillement
intérieur qu'elle attribuait à la crainte, et dans lequel
un physiologiste aurait reconnu la fièvre de l'inspira-
tion. Elle glissait de temps en temps un regard furtif
sur ses compagnes, afin de pouvoir cacher le lavis en
cas d'indiscrétion de leur part. Malgré son active surveillance, il y eut un moment où elle n'aperçut pas le
lorgnon que son impitoyable ennemie braquait sur le
mystérieux dessin, en s'abritant derrière un grand
portefeuille[14]. Mademoiselle Thirion, qui reconnut
la figure du proscrit, leva brusquement la tête, et Ginevra serra la feuille de papier.

— Pourquoi êtes-vous donc restée là malgré mon
avis, mademoiselle ? demanda gravement le professeur
à Ginevra.

L'écolière tourna vivement son chevalet de manière
que personne ne pût voir son lavis, et dit d'une voix
émue en le montrant à son maître : — Ne trouvez-vous
pas comme moi que ce jour est plus favorable ? Ne
dois-je pas rester là ?

Servin pâlit. Comme rien n'échappe aux yeux perçants de la haine, mademoiselle Thirion se mit, pour
ainsi dire, en tiers dans les émotions qui agitèrent
le maître et l'écolière.

— Vous avez raison, dit Servin. Mais vous en saurez
bientôt plus que moi, ajouta-t-il en riant forcément[15].

Il y eut une pause pendant laquelle le professeur contempla la tête de l'officier. — Ceci est un chef-d'œuvre digne de Salvator Rosa, s'écria-t-il avec une énergie d'artiste.

A cette exclamation, toutes les jeunes personnes se levèrent, et mademoiselle Thirion accourut avec la vélocité du tigre qui se jette sur sa proie. En ce moment le proscrit éveillé par le bruit se remua. Ginevra fit tomber son tabouret, prononça des phrases assez incohérentes et se mit à rire; mais elle avait plié le portrait et l'avait jeté dans son portefeuille avant que sa redoutable ennemie eût pu l'apercevoir. Le chevalet fut entouré, Servin détailla à haute voix les beautés de la copie que faisait en ce moment son élève favorite, et tout le monde fut dupe de ce stratagème, moins Amélie qui, se plaçant en arrière de ses compagnes, essaya d'ouvrir le portefeuille où elle avait vu mettre le lavis. Ginevra saisit le carton et le plaça devant elle sans mot dire. Les deux jeunes filles s'examinèrent alors en silence.

— Allons, mesdemoiselles, à vos places, dit Servin. Si vous·voulez en savoir autant que mademoiselle de Piombo, il ne faut pas toujours parler modes ou bals et baguenauder comme vous faites.

Quand toutes les jeunes personnes eurent regagné leurs chevalets, Servin s'assit auprès de Ginevra.

— Ne valait-il pas mieux que ce mystère fût·découvert par moi que par une autre? dit l'Italienne en parlant à voix basse.

— Oui, répondit le peintre. Vous êtes patriote[16]; mais, ne le fussiez-vous pas, ce serait encore vous à qui je l'aurais confié.

Le maître et l'écolière se comprirent, et Ginevra ne craignit plus de demander : — Qui est-ce?

— L'ami intime de Labédoyère, celui qui, après l'infortuné colonel, a contribué le plus à la réunion du septième[17] avec les grenadiers de l'île d'Elbe. Il était chef d'escadron dans la Garde, et revient de Waterloo.

— Comment n'avez-vous pas brûlé son uniforme, son shako, et ne lui avez-vous pas donné des habits bourgeois ? dit vivement Ginevra.

— On doit m'en apporter ce soir.

— Vous auriez dû fermer notre atelier pendant quelques jours.

— Il va partir.

— Il veut donc mourir ? dit la jeune fille. Laissez-le chez vous pendant le premier moment de la tourmente. Paris est encore le seul endroit de la France où l'on puisse cacher sûrement un homme. Il est votre ami ? demanda-t-elle.

— Non, il n'a pas d'autres titres à ma recommandation que son malheur. Voici comment il m'est tombé sur les bras : mon beau-père, qui avait repris du service pendant cette campagne, a rencontré ce pauvre jeune homme, et l'a très subtilement sauvé des griffes de ceux qui ont arrêté Labédoyère. Il voulait le défendre, l'insensé !

— C'est·vous qui le nommez ainsi ? s'écria Ginevra en lançant un regard de surprise au peintre, qui garda le silence un moment.

— Mon beau-père est trop espionné pour pouvoir garder quelqu'un chez lui, reprit-il. Il me l'a donc nuitamment amené la semaine dernière. J'avais espéré le dérober à tous les yeux en le mettant dans ce coin, le seul endroit de la maison où il puisse être en sûreté.

— Si je puis vous être utile, employez-moi, dit Ginevra, je connais le maréchal Feltre.

— Eh ! bien, nous verrons, répondit le peintre.

Cette conversation dura trop longtemps pour ne

pas être remarquée de toutes les jeunes filles. Servin quitta Ginevra, revint encore à chaque chevalet, et donna de si longues leçons qu'il était encore sur l'escalier quand sonna l'heure à laquelle ses écolières avaient l'habitude de partir.

— Vous oubliez votre sac, mademoiselle Thirion, s'écria le professeur en courant après la jeune fille, qui descendait jusqu'au métier d'espion pour satisfaire sa haine.

La curieuse élève vint chercher son sac en manifestant un peu de surprise de son étourderie, mais le soin de Servin fut pour elle une nouvelle preuve de l'existence d'un mystère dont la gravité n'était pas douteuse; elle avait déjà inventé tout ce qui devait être, et pouvait dire comme l'abbé Vertot : *Mon siège est fait*[18]. Elle descendit bruyamment l'escalier et tira violemment la porte qui donnait dans l'appartement de Servin, afin de faire croire qu'elle sortait; mais elle remonta doucement, et se tint derrière la porte de l'atelier. Quand le peintre et Ginevra se crurent seuls, il frappa d'une certaine manière à la porte de la mansarde, qui tourna aussitôt sur ses gonds rouillés et criards. L'Italienne vit paraître un jeune homme grand et bien fait dont l'uniforme impérial lui fit battre le cœur. L'officier avait un bras en écharpe, et la pâleur de son teint accusait de vives souffrances. En apercevant une inconnue, il tressaillit. Amélie, qui ne pouvait rien voir, trembla de rester plus longtemps; mais il lui suffisait d'avoir entendu le grincement de la porte, elle s'en alla sans bruit.

— Ne craignez rien, dit le peintre à l'officier; mademoiselle est la fille du plus fidèle ami de l'Empereur, le baron de Piombo.

Le jeune militaire ne conserva plus de doute sur le patriotisme de Ginevra, après l'avoir vue.

— Vous êtes blessé ? dit-elle.

— Oh ! ce n'est rien, mademoiselle, la plaie se referme.

En ce moment, les voix criardes et perçantes des colporteurs arrivèrent jusqu'à l'atelier : « Voici le jugement qui condamne à mort... » Tous trois tressaillirent. Le soldat entendit, le premier, un nom qui le fit pâlir.

— Labédoyère ! dit-il en tombant sur le tabouret.

Ils se regardèrent en silence. Des gouttes de sueur se formèrent sur le front livide du jeune homme, il saisit d'une main et par un geste de désespoir les touffes noires de sa chevelure, et appuya son coude sur le bord du chevalet de Ginevra.

— Après tout, dit-il en se levant brusquement, Labédoyère et moi nous savions ce que nous faisions. Nous connaissions le sort qui nous attendait après le triomphe comme après la chute. Il meurt pour sa cause, et moi je me cache...

Il alla précipitamment vers la porte de l'atelier; mais plus leste que lui, Ginevra s'était élancée et lui en barrait le chemin.

— Rétablirez-vous l'Empereur ? dit-elle. Croyez-vous pouvoir relever ce géant quand lui-même n'a pas su rester debout ?

— Que voulez-vous que je devienne ? dit alors le proscrit en s'adressant aux deux amis que lui avait envoyés le hasard. Je n'ai pas un seul parent dans le monde, Labédoyère était mon protecteur et mon ami, je suis seul; demain je serai peut-être proscrit ou condamné, je n'ai jamais eu que ma paye pour fortune, j'ai mangé mon dernier écu pour venir arracher Labédoyère à son sort et tâcher de l'emmener; la mort est donc une nécessité pour moi. Quand on est décidé à mourir, il faut savoir vendre sa tête au bourreau. Je pensais tout à l'heure que la vie d'un honnête homme vaut bien celle de deux traîtres, et qu'un coup de poignard bien placé peut donner l'immortalité.

Cet accès de désespoir effraya le peintre et Ginevra elle-même, qui comprit bien le jeune homme. L'Italienne admira cette belle tête et cette voix délicieuse dont la douceur était à peine altérée par des accents de fureur; puis elle jeta tout à coup du baume sur toutes les plaies de l'infortuné.

— Monsieur, dit-elle, quant à votre détresse pécuniaire, permettez-moi de vous offrir l'or de mes économies. Mon père est riche, je suis son seul enfant, il m'aime, et je suis bien sûre qu'il ne me blâmera pas. Ne vous faites pas scrupule d'accepter : nos biens viennent de l'Empereur, nous n'avons pas un centime qui ne soit un effet de sa munificence. N'est-ce pas être reconnaissants que d'obliger un de ses fidèles soldats ? Prenez donc cette somme avec aussi peu de façons que j'en mets à vous l'offrir. Ce n'est que de l'argent, ajouta-t-elle d'un ton de mépris. Maintenant, quant à des amis, vous en trouverez ! Là, elle leva fièrement la tête, et ses yeux brillèrent d'un éclat inusité. — La tête qui tombera demain devant une douzaine de fusils[19] sauve la vôtre, reprit-elle. Attendez que cet orage passe, et vous pourrez aller chercher du service à l'étranger si l'on ne vous oublie pas, ou dans l'armée française si l'on vous oublie.

Il existe dans les consolations que donne une femme une délicatesse qui a toujours quelque chose de maternel, de prévoyant, de complet. Mais quand, à ces paroles de paix et d'espérance, se joignent la grâce des gestes, cette éloquence de ton qui vient du cœur, et que surtout la bienfaitrice est belle, il est difficile à un jeune homme de résister. Le colonel aspira l'amour par tous les sens. Une légère teinte rose nuança ses joues

blanches, ses yeux perdirent un peu de la mélancolie
qui les ternissait, et il dit d'un son de voix particulier :
— Vous êtes un ange de bonté ! Mais Labédoyère, ajouta-t-il, Labédoyère !

A ce cri, ils se regardèrent tous trois en silence, et
ils se comprirent. Ce n'était plus des amis de vingt minutes, mais de vingt ans.

— Mon cher, reprit Servin, pouvez-vous le sauver ?
— Je puis le venger.

Ginevra tressaillit : quoique l'inconnu fût beau, son
aspect n'avait point ému la jeune fille; la douce pitié
que les femmes trouvent dans leur cœur pour les misères qui n'ont rien d'ignoble avait étouffé chez Ginevra
toute autre affection; mais entendre un cri de vengeance, rencontrer dans ce proscrit une âme italienne,
du dévouement pour Napoléon, de la générosité à la
corse ?... c'en était trop pour elle; elle contempla donc
l'officier avec une émotion respectueuse qui lui agita
fortement le cœur. Pour la première fois, un homme
lui faisait éprouver un sentiment si vif. Comme toutes
les femmes, elle se plut à mettre l'âme de l'inconnu en
harmonie avec la beauté distinguée de ses traits, avec les
heureuses proportions de sa taille qu'elle admirait en
artiste. Menée par le hasard de la curiosité à la pitié,
de la pitié à un intérêt puissant, elle arrivait de cet
intérêt à des sensations si profondes, qu'elle crut dangereux de rester là plus longtemps.

— A demain, dit-elle en laissant à l'officier le plus
doux de ses sourires pour consolation.

En voyant ce sourire, qui jetait comme un nouveau
jour sur la figure de Ginevra, l'inconnu oublia tout
pendant un instant.

— Demain, répondit-il avec tristesse, demain, Labédoyère...

Ginevra se retourna, mit un doigt sur ses lèvres,

et le regarda comme si elle lui disait : — Calmez-
vous, soyez prudent.

Alors le jeune homme s'écria : — *O Dio! che non
vorrei vivere dopo averla veduta!* (O Dieu, qui ne voudrait vivre après l'avoir vue!)

L'accent particulier avec lequel il prononça cette
phrase fit tressaillir Ginevra.

— Vous êtes Corse ? s'écria-t-elle en revenant à
lui le cœur palpitant d'aise.

— Je suis né en Corse, répondit-il; mais j'ai été
amené très jeune à Gênes; et, aussitôt que j'eus atteint
l'âge auquel on entre au service militaire, je me suis
engagé.

La beauté de l'inconnu, l'attrait surnaturel que lui
prêtaient son attachement à l'Empereur, sa blessure,
son malheur, son danger même, tout disparut aux
yeux de Ginevra, ou plutôt tout se fondit dans un
seul sentiment, nouveau, délicieux. Ce proscrit était
un enfant de la Corse, il en parlait le langage chéri!
La jeune fille resta pendant un moment immobile,
retenue par une sensation magique; elle avait sous les
yeux un tableau vivant auquel tous les sentiments
humains réunis et le hasard donnaient de vives couleurs : sur l'invitation de Servin, l'officier s'était assis
sur un divan, le peintre avait dénoué l'écharpe qui
retenait le bras de son hôte, et s'occupait à en défaire
l'appareil afin de panser la blessure. Ginevra frissonna
en voyant la longue et large plaie faite par la lame
d'un sabre sur l'avant-bras du jeune homme, et laissa
échapper une plainte. L'inconnu leva la tête vers elle
et se mit à sourire. Il y avait quelque chose de touchant et qui allait à l'âme dans l'attention avec laquelle
Servin enlevait la charpie et tâtait les chairs meurtries;
tandis que la figure du blessé, quoique pâle et mala-
dive, exprimait, à l'aspect de la jeune fille, plus de

plaisir que de souffrance. Une artiste devait admirer involontairement cette opposition de sentiments, et les contrastes que produisaient la blancheur des linges, la nudité du bras, avec l'uniforme bleu et rouge de l'officier. En ce moment, une obscurité douce enveloppait l'atelier; mais un dernier rayon de soleil vint éclairer la place où se trouvait le proscrit, en sorte que sa noble et blanche figure, ses cheveux noirs, ses vêtements, tout fut inondé par le jour. Cet effet si simple, la superstitieuse Italienne le prit pour un heureux présage. L'inconnu ressemblait ainsi à un céleste messager qui lui faisait entendre le langage de la patrie, et la mettait sous le charme des souvenirs de son enfance, pendant que dans son cœur naissait un sentiment aussi frais, aussi pur que son premier âge d'innocence. Pendant un moment bien court, elle demeura songeuse et comme plongée dans une pensée infinie; puis elle rougit de laisser voir sa préoccupation, échangea un doux et rapide regard avec le proscrit, et s'enfuit en le voyant toujours.

Le lendemain n'était pas un jour de leçon. Ginevra vint à l'atelier et le prisonnier put rester auprès de sa compatriote; Servin, qui avait une esquisse à terminer, permit au reclus d'y demeurer en servant de mentor aux deux jeunes gens, qui s'entretinrent souvent en corse. Le pauvre soldat raconta ses souffrances pendant la déroute de Moscou, car il s'était trouvé, à l'âge de dix-neuf ans, au passage de la Bérézina, seul de son régiment après avoir perdu dans ses camarades les seuls hommes qui pussent s'intéresser à un orphelin. Il peignit en traits de feu le grand désastre de Waterloo. Sa voix fut une musique pour l'Italienne. Elevée à la corse, Ginevra était en quelque sorte la fille de la nature, elle ignorait le mensonge, et se livrait sans détour à ses impressions, elle les avouait, ou plutôt

les laissait deviner sans le manège de la petite et cal-
culatrice coquetterie des jeunes filles de Paris. Pendant cette journée, elle resta plus d'une fois, sa palette
d'une main, son pinceau de l'autre, sans que le pinceau s'abreuvât des couleurs de la palette : les yeux
attachés sur l'officier et la bouche légèrement entrouverte, elle écoutait, se tenant toujours prête à donner
un coup de pinceau qu'elle ne donnait jamais. Elle ne
s'étonnait pas de trouver tant de douceur dans les
yeux du jeune homme, car elle sentait les siens devenir
doux malgré sa volonté de les tenir sévères ou calmes.
Puis, elle peignait ensuite avec une attention particulière et pendant des heures entières, sans lever la
tête, parce qu'il était là, près d'elle, la regardant travailler. La première fois qu'il vint s'asseoir pour la
contempler en silence, elle lui dit d'un son de voix ému,
et après une longue pause : — Cela vous amuse donc
de voir peindre ? Ce jour-là, elle apprit qu'il se
nommait Luigi. Avant de se séparer, ils convinrent que,
les jours d'atelier, s'il arrivait quelque événement politique important, Ginevra l'en instruirait en chantant
à voix basse certains airs italiens.

Le lendemain, mademoiselle Thirion apprit sous le
secret à toutes ses compagnes que Ginevra di Piombo
était aimée d'un jeune homme qui venait, pendant les
heures consacrées aux leçons, s'établir dans le cabinet
noir de l'atelier.

— Vous qui prenez son parti, dit-elle à mademoiselle Roguin, examinez-la bien, et vous verrez à quoi
elle passera son temps.

Ginevra fut donc observée avec une attention dia-
bolique. On écouta ses chansons, on épia ses regards.
Au moment où elle ne croyait être vue de personne,
une douzaine d'yeux étaient incessamment arrêtés sur
elle. Ainsi prévenues, ces jeunes filles interprétèrent

dans leur sens vrai les agitations qui passèrent sur la brillante figure de l'Italienne, et ses gestes, et l'accent particulier de ses fredonnements, et l'air attentif avec lequel on la vit écoutant des sons indistincts qu'elle seule entendait à travers la cloison. Au bout d'une semaine, une seule des quinze élèves de Servin, Laure, avait résisté à l'envie d'examiner Louis par la crevasse de la cloison; et, par un instinct de la faiblesse, elle défendait encore la belle Corse; mademoiselle Roguin voulut la faire rester sur l'escalier à l'heure du départ afin de lui prouver l'intimité de Ginevra et du beau jeune homme en les surprenant ensemble; mais elle refusa de descendre à un espionnage que la curiosité ne justifiait pas, et devint l'objet d'une réprobation universelle. Bientôt la fille de l'huissier du cabinet du roi trouva peu convenable de venir à l'atelier d'un peintre dont les opinions avaient une teinte de patriotisme ou de bonapartisme, ce qui, à cette époque, semblait une seule et même chose, elle ne revint donc plus chez Servin. Si Amélie oublia Ginevra, le mal qu'elle avait semé porta ses fruits. Insensiblement, par hasard, par caquetage ou par pruderie, toutes les autres jeunes personnes instruisirent leurs mères de l'étrange aventure qui se passait à l'atelier. Un jour Mathilde Roguin ne vint pas, la leçon suivante ce fut une autre jeune fille; enfin trois ou quatre demoiselles, qui étaient restées les dernières, ne revinrent plus. Ginevra et mademoiselle Laure, sa petite amie, furent pendant deux ou trois jours les seules habitantes de l'atelier désert. L'Italienne ne s'aperçut point de l'abandon dans lequel elle se trouvait, et ne rechercha même pas la cause de l'absence de ses compagnes. Dès qu'elle eut inventé les moyens de correspondre avec Louis, elle vécut à l'atelier comme dans une délicieuse retraite, seule au milieu d'un monde, ne pensant qu'à l'officier et aux

dangers qui le menaçaient. Cette jeune fille, quoique
sincèrement admiratrice des nobles caractères qui ne
veulent pas trahir leur foi politique, pressait Louis de
se soumettre promptement à l'autorité royale, afin de
le garder en France, et Louis ne voulait point se
soumettre pour ne pas sortir de sa cachette. Si les
passions ne naissent et ne grandissent que sous l'influence de causes romanesques, jamais tant de circonstances ne concoururent à lier deux êtres par un même
sentiment. L'amitié de Ginevra pour Louis et de Louis
pour elle fit ainsi plus de progrès en un mois qu'une
amitié du monde n'en fait en dix ans dans un salon.
L'adversité n'est-elle pas la pierre de touche des caractères ? Ginevra put donc apprécier facilement Louis,
le connaître, et ils ressentirent bientôt une estime réciproque l'un pour l'autre. Plus âgée que Louis, Ginevra
trouva quelque douceur à être courtisée par un jeune
homme déjà si grand, si éprouvé par le sort, et qui
joignait à l'expérience d'un homme les grâces de l'adolescence. De son côté, Louis ressentit un indicible plaisir à se laisser protéger en apparence par une jeune
fille de vingt-cinq ans. N'était-ce pas une preuve
d'amour ? L'union de la douceur et de la fierté, de
la force et de la faiblesse avait en Ginevra d'irrésistibles attraits, aussi Louis fut-il entièrement subju-
gué par elle. Enfin ils s'aimaient si profondément
déjà, qu'ils n'eurent besoin ni de se le nier, ni de se le
dire.

Un jour, vers le soir, Ginevra entendit le signal
convenu : Louis frappait avec une épingle sur la boiserie de manière à ne pas produire plus de bruit qu'une
araignée qui attache son fil, et demandait ainsi à sortir
de sa retraite; elle jeta un coup d'œil dans l'atelier,
ne vit pas la petite Laure, et répondit au signal; mais
ouvrant la porte, Louis aperçut l'écolière, et rentra

précipitamment. Etonnée, Ginevra regarde autour
d'elle, trouve Laure, et lui dit en allant à son chevalet :

— Vous restez bien tard, ma chère. Cette tête me paraît pourtant achevée, il n'y a plus qu'un reflet à
indiquer sur le haut de cette tresse de cheveux.

— Vous seriez bien bonne, dit Laure d'une voix
émue, si vous vouliez me corriger cette copie, je pour-
rais conserver quelque chose de vous...

— Je veux bien, répondit Ginevra sûre de pouvoir
ainsi la congédier. Je croyais, reprit-elle en donnant de
légers coups de pinceau, que vous aviez beaucoup de
chemin à faire de chez vous à l'atelier.

— Oh ! Ginevra, je vais m'en aller et pour toujours,
s'écria la jeune fille d'un air triste.

— Vous quittez monsieur Servin ? demanda l'Italienne, sans se montrer affectée de ces paroles comme
elle l'aurait été un mois auparavant.

— Vous ne vous apercevez donc pas, Ginevra, que
depuis quelque temps il n'y a plus ici que vous et
moi ?

— C'est vrai, répondit Ginevra frappée tout à coup
comme par un souvenir. Ces demoiselles seraient-elles
malades, se marieraient-elles, ou leurs pères seraient-
ils tous de service au château ?

— Toutes ont quitté monsieur Servin, répondit Laure.

— Et pourquoi ?

— A cause de vous, Ginevra.

— De moi ! répéta la fille corse en se levant, le front
menaçant, l'air fier et les yeux étincelants.

— Oh ! ne vous fâchez pas, ma bonne Ginevra,
s'écria douloureusement Laure. Mais ma mère aussi
veut que je quitte l'atelier. Toutes ces demoiselles ont
dit que vous aviez une intrigue, que monsieur Servin
se prêtait à ce qu'un jeune homme qui vous aime de-
meurât dans le cabinet noir; je n'ai jamais cru ces

calomnies et n'en ai rien dit à ma mère. Hier au soir, madame Roguin[20] a rencontré ma mère dans un bal et lui a demandé si elle m'envoyait toujours ici. Sur la réponse affirmative de ma mère, elle lui a répété les mensonges de ces demoiselles. Maman m'a bien grondée, elle a prétendu que je devais savoir tout cela, que j'avais manqué à la confiance qui règne entre une mère et sa fille en ne lui en parlant pas. O ma chère Ginevra ! Moi qui vous prenais pour modèle, combien je suis fâchée de ne plus pouvoir rester votre compagne...

— Nous nous retrouverons dans la vie : les jeunes filles se marient... dit Ginevra.

— Quand elles sont riches, répondit Laure.

— Viens me voir, mon père a de la fortune...

— Ginevra, reprit Laure attendrie, madame Roguin et ma mère doivent venir demain chez monsieur Servin pour lui faire des reproches, au moins qu'il en soit prévenu.

La foudre tombée à deux pas de Ginevra l'aurait moins étonnée que cette révélation.

— Qu'est-ce que cela leur faisait ? dit-elle naïvement.

— Tout le monde trouve cela fort mal. Maman dit que c'est contraire aux mœurs...

— Et vous, Laure, qu'en pensez-vous ?

La jeune fille regarda Ginevra, leurs pensées se confondirent; Laure ne retint plus ses larmes, se jeta au cou de son amie et l'embrassa. En ce moment, Servin arriva.

— Mademoiselle Ginevra, dit-il avec enthousiasme, j'ai fini mon tableau, on le vernit. Qu'avez-vous donc ? Il paraît que toutes ces demoiselles prennent des vacances, ou sont à la campagne.

Laure sécha ses larmes, salua Servin, et se retira.

— L'atelier est désert depuis plusieurs jours, dit Ginevra, et ces demoiselles ne reviendront plus.

— Bah ?...

— Oh ! ne riez pas, reprit Ginevra, écoutez-moi : je suis la cause involontaire de la perte de votre réputation.

L'artiste se mit à sourire, et dit en interrompant son écolière : — Ma réputation ?... Mais, dans quelques jours, mon tableau sera exposé.

— Il ne s'agit pas de votre talent, dit l'Italienne; mais de votre moralité. Ces demoiselles ont publié que Louis était renfermé ici, que vous vous prêtiez... à... notre amour...

— Il y a du vrai là-dedans, mademoiselle, répondit le professeur. Les mères de ces demoiselles sont des bégueules, reprit-il. Si elles étaient venues me trouver, tout se serait expliqué. Mais que je prenne du souci de tout cela ? La vie est trop courte !

Et le peintre fit craquer[21] ses doigts par-dessus sa tête. Louis, qui avait entendu une partie de cette conversation, accourut aussitôt.

— Vous allez perdre toutes vos écolières, s'écria-t-il, et je vous aurai ruiné.

L'artiste prit la main de Louis et celle de Ginevra, les joignit. — Vous vous marierez, mes enfants ? leur demanda-t-il avec une touchante bonhomie. Ils baissèrent tous deux les yeux, et leur silence fut le premier aveu qu'ils se firent. — Eh ! bien, reprit Servin, vous serez heureux, n'est-ce pas ? Y a-t-il quelque chose qui puisse payer le bonheur de deux êtres tels que vous !

— Je suis riche, dit Ginevra, et vous me permettrez de vous indemniser...

— Indemniser !... s'écria Servin. Quand on saura que j'ai été victime des calomnies de quelques sottes, et que je cachais un proscrit; mais tous les libéraux de Paris m'enverront leurs filles ! Je serai peut-être alors votre débiteur...

Louis serrait la main de son protecteur sans pouvoir prononcer une parole; mais enfin il lui dit d'une voix attendrie : — C'est donc à vous que je devrai toute ma félicité.

— Soyez heureux, je vous unis, dit le peintre avec une onction comique en imposant ses mains sur la tête des deux amants.

Cette plaisanterie d'artiste mit fin à leur attendrissement. Ils se regardèrent tous trois en riant. L'Italienne serra la main de Louis par une violente étreinte et avec une simplicité d'action digne des mœurs de sa patrie.

— Ah çà, mes chers enfants, reprit Servin, vous croyez que tout ça va maintenant à merveille ? Eh ! bien, vous vous trompez.

Les deux amants l'examinèrent avec étonnement.

— Rassurez-vous, je suis le seul que votre espièglerie embarrasse ! Madame Servin est un peu *collet-monté*, et je ne sais en vérité pas comment nous nous arrangerons avec elle.

— Dieu ! j'oubliais ! s'écria Ginevra. Demain, madame Roguin et la mère de Laure doivent venir vous...

— J'entends ! dit le peintre en interrompant.

— Mais vous pouvez vous justifier, reprit la jeune fille en laissant échapper un geste de tête plein d'orgueil. Monsieur Louis, dit-elle en se tournant vers lui et le regardant avec finesse, ne doit plus avoir d'antipathie pour le gouvernement royal ? — Eh ! bien, reprit-elle après l'avoir vu souriant, demain matin j'enverrai une pétition à l'un des personnages les plus influents du ministère de la Guerre, à un homme qui ne peut rien refuser à la fille du baron de Piombo. Nous obtiendrons un pardon tacite pour le commandant Louis, car *ils* ne voudront pas vous reconnaître le grade de colonel. Et vous pourrez, ajouta-t-elle en

s'adressant à Servin, confondre les mères de mes charitables compagnes en leur disant la vérité.

— Vous êtes un ange ! s'écria Servin.

Pendant que cette scène se passait à l'atelier, le père
et la mère de Ginevra s'impatientaient de ne pas la voir
revenir.

— Il est six heures, et Ginevra n'est pas encore de
retour, s'écria Bartholoméo.

— Elle n'est jamais rentrée si tard, répondit la
femme de Piombo.

Les deux vieillards se regardèrent avec toutes les
marques d'une anxiété peu ordinaire. Trop agité pour
rester en place, Bartholoméo se leva et fit deux fois
le tour de son salon assez lestement pour un homme
de soixante-dix-sept ans. Grâce à sa constitution robuste, il avait subi peu de changements depuis le jour
de son arrivée à Paris, et malgré sa haute taille, il se
tenait encore droit. Ses cheveux devenus blancs et
rares laissaient à découvert un crâne large et protu-
bérant qui donnait une haute idée de son caractère
et de sa fermeté. Sa figure marquée de rides profondes
avait pris un très grand développement et gardait ce
teint pâle qui inspire la vénération. La fougue des
passions régnait encore dans le feu surnaturel de ses
yeux dont les sourcils n'avaient pas entièrement blanchi, et qui conservaient leur terrible mobilité. L'aspect
de cette tête était sévère, mais on voyait que Bartholoméo avait le droit d'être ainsi. Sa bonté, sa douceur
n'étaient guère connues que de sa femme et de sa
fille. Dans ses fonctions ou devant un étranger, il ne
déposait jamais la majesté que le temps imprimait à sa
personne, et l'habitude de froncer ses gros sourcils, de
contracter les rides de son visage, de donner à son
regard une fixité napoléonienne, rendait son abord
glacial. Pendant le cours de sa vie politique, il avait

été si généralement craint, qu'il passait pour peu
sociable; mais il n'est pas difficile d'expliquer les causes
de cette réputation. La vie, les mœurs et la fidélité
de Piombo faisaient la censure de la plupart des courtisans. Malgré les missions délicates confiées à sa discrétion, et qui pour tout autre eussent été lucratives,
il ne possédait pas plus d'une trentaine de mille livres
de rente en inscriptions sur le Grand Livre. Si l'on
vient à songer au bon marché des rentes sous l'Empire,
à la libéralité de Napoléon envers ceux de ses fidèles
serviteurs qui savaient parler, il est facile de voir que le
baron de Piombo était un homme d'une probité sévère; il ne devait son plumage de baron[22] qu'à la
nécessité dans laquelle Napoléon s'était trouvé de lui
donner un titre en l'envoyant dans une cour étrangère.
Bartholoméo avait toujours professé une haine impla-
cable pour les traîtres dont s'entoura Napoléon en
croyant les conquérir à force de victoires. Ce fut lui
qui, dit-on, fit trois pas vers la porte du cabinet de
l'Empereur, après lui avoir donné le conseil de se débarrasser de trois hommes en France, la veille du jour
où il partit pour sa célèbre et admirable campagne de
1814[23]. Depuis le second retour des Bourbons, Bartholoméo ne portait plus la décoration de la Légion
d'Honneur. Jamais homme n'offrit une plus belle
image de ces vieux républicains, amis incorruptibles de
l'Empire, qui restaient comme les vivants débris des
deux gouvernements les plus énergiques que le monde
ait connus. Si le baron de Piombo déplaisait à quelques
courtisans, il avait les Daru, les Drouot, les Carnot[24]
pour amis. Aussi, quant au reste des hommes politiques,
depuis Waterloo, s'en souciait-il autant que des bouffées de fumée qu'il tirait de son cigare.

Bartholoméo di Piombo avait acquis, moyennant la
somme assez modique que *Madame,* mère de l'Empe-

reur, lui avait donnée de ses propriétés en Corse, l'ancien hôtel de Portenduère, dans lequel il ne fit aucun
changement. Presque toujours logé aux frais du gouvernement, il n'habitait cette maison que depuis la
catastrophe de Fontainebleau[25]. Suivant l'habitude
des gens simples et de haute vertu, le baron et sa
femme ne donnaient rien au faste extérieur : leurs
meubles provenaient de l'ancien ameublement de l'hôtel. Les grands appartements hauts d'étage, sombres
et nus de cette demeure, les larges glaces encadrées dans
de vieilles bordures dorées presque noires, et ce mobilier du temps de Louis XIV, étaient en rapport avec
Bartholoméo et sa femme, personnages dignes de l'an-
tiquité. Sous l'Empire et pendant les Cent Jours, en
exerçant des fonctions largement rétribuées, le vieux
Corse avait eu un grand train de maison, plutôt dans
le but de faire honneur à sa place que dans le dessein
de briller. Sa vie et celle de sa femme étaient si fru-
gales, si tranquilles, que leur modeste fortune suffisait
à leurs besoins. Pour eux, leur fille Ginevra valait
toutes les richesses du monde. Aussi, quand, en mai 1814,
le baron de Piombo quitta sa place, congédia ses gens
et ferma la porte de son écurie, Ginevra, simple et
sans faste comme ses parents, n'eut-elle aucun regret :
à l'exemple des grandes âmes, elle mettait son luxe
dans la force des sentiments, comme elle plaçait sa
félicité dans la solitude et le travail. Puis, ces trois
êtres s'aimaient trop pour que les dehors de l'existence eussent quelque prix à leurs yeux. Souvent, et
surtout depuis la seconde et effroyable chute de Napoléon, Bartholoméo et sa femme passaient des soirées
délicieuses à entendre Ginevra toucher du piano ou
chanter. Il y avait pour eux un immense secret de plaisir dans la présence, dans la moindre parole de leur
fille, ils la suivaient des yeux avec une tendre inquié-

tude, ils entendaient son pas dans la cour, quelque léger qu'il pût être. Semblables à des amants, ils savaient rester des heures entières silencieux tous trois, entendant mieux ainsi que par des paroles l'éloquence de leurs âmes. Ce sentiment profond, la vie même des deux vieillards, animait toutes leurs pensées. Ce n'était pas trois existences, mais une seule, qui, semblable à la flamme d'un foyer, se divisait en trois langues de feu. Si quelquefois le souvenir des bienfaits et du malheur de Napoléon, si la politique du moment triomphaient de la constante sollicitude des deux vieillards, ils pouvaient en parler sans rompre la communauté de leurs pensées : Ginevra ne partageait-elle pas leurs passions politiques ? Quoi de plus naturel que l'ardeur avec laquelle ils se réfugiaient dans le cœur de leur unique enfant ? Jusqu'alors, les occupations d'une vie publique avaient absorbé l'énergie du baron de Piombo; mais en quittant ses emplois, le Corse eut besoin de rejeter son énergie dans le dernier sentiment qui lui restât; puis, à part les liens qui unissent un père et une mère à leur fille, il y avait peut-être, à l'insu de ces trois âmes despotiques, une puissante raison au fanatisme de leur passion réciproque : ils s'aimaient sans partage, le cœur tout entier de Ginevra appartenait à son père, comme à elle celui de Piombo; enfin, s'il est vrai que nous nous attachions les uns aux autres plus par nos défauts que par nos qualités, Ginevra répondait merveilleusement bien à toutes les passions de son père. De là procédait la seule imperfection de cette triple vie. Ginevra était entière dans ses volontés, vindicative, emportée comme Bartholoméo l'avait été pendant sa jeunesse. Le Corse se complut à développer ces sentiments sauvages dans le cœur de sa fille, absolument comme un lion apprend à ses lionceaux à fondre sur leur proie. Mais cet appren-

tissage de vengeance ne pouvant en quelque sorte se
faire qu'au logis paternel, Ginevra ne pardonnait rien
à son père, et il fallait qu'il lui cédât. Piombo ne
voyait que des enfantillages dans ces querelles factices;
mais l'enfant y contracta l'habitude de dominer ses
parents. Au milieu de ces tempêtes que Bartholoméo
aimait à exciter, un mot de tendresse, un regard suffisaient pour apaiser leurs âmes courroucées, et ils
n'étaient jamais si près d'un baiser que quand ils se
menaçaient. Cependant, depuis cinq années environ,
Ginevra, devenue plus sage que son père, évitait constamment ces sortes de scènes. Sa fidélité, son dévouement, l'amour qui triomphait dans toutes ses pensées et son admirable bon sens avaient fait justice de
ses colères; mais il n'en était pas moins résulté un bien
grand mal : Ginevra vivait avec son père et sa mère
sur le pied d'une égalité toujours funeste. Pour achever
de faire connaître tous les changements survenus chez
ces trois personnages depuis leur arrivée à Paris, Piombo
et sa femme, gens sans instruction, avaient laissé Ginevra
étudier à sa fantaisie. Au gré de ses caprices de jeune
fille, elle avait tout appris et tout quitté, reprenant
et laissant chaque pensée tour à tour, jusqu'à ce que la
peinture fût devenue sa passion dominante; elle eût
été parfaite, si sa mère avait été capable de diriger ses
études, de l'éclairer et de mettre en harmonie les dons
de la nature : ses défauts provenaient de la funeste
éducation que le vieux Corse avait pris plaisir à lui
donner.

Après avoir pendant longtemps fait crier sous ses
pas les feuilles du parquet, le vieillard sonna. Un domestique parut.

— Allez au-devant de mademoiselle Ginevra, dit-
il.

— J'ai toujours regretté de ne plus avoir de voiture pour elle, observa la baronne.

— Elle n'en a pas voulu, répondit Piombo en regardant sa femme qui, accoutumée depuis quarante ans à son rôle d'obéissance, baissa les yeux.

Déjà septuagénaire, grande, sèche, pâle et ridée, la baronne ressemblait parfaitement à ces vieilles femmes que Schnetz met dans les scènes italiennes de ses tableaux de genre[26]; elle restait si habituellement silencieuse, qu'on l'eût prise pour une nouvelle madame Shandy; mais un mot, un regard, un geste annonçaient que ses sentiments avaient gardé la vigueur et la fraîcheur de la jeunesse. Sa toilette, dépouillée de coquetterie, manquait souvent de goût. Elle demeurait ordinairement passive, plongée dans une bergère, comme une sultane *Validé*[27], attendant ou admirant sa Ginevra, son orgueil et sa vie. La beauté, la toilette, la grâce de sa fille semblaient être devenues siennes. Tout pour elle était bien quand Ginevra se trouvait heureuse. Ses cheveux avaient blanchi, et quelques mèches se voyaient au-dessus de son front blanc et ridé, ou le long de ses joues creuses.

— Voilà quinze jours environ, dit-elle, que Ginevra rentre un peu plus tard.

— Jean n'ira pas assez vite, s'écria l'impatient vieillard qui croisa les basques de son habit bleu, saisit son chapeau, l'enfonça sur sa tête, prit sa canne et partit.

— Tu n'iras pas loin, lui cria sa femme.

En effet, la porte cochère s'était ouverte et fermée, et la vieille mère entendait le pas de Ginevra dans la cour. Bartholoméo reparut tout à coup portant en triomphe sa fille, qui se débattait dans ses bras.

— La voici, la Ginevra, la Ginevrettina, la Ginevrina, la Ginevrola, la Ginevretta, la Ginevra bella !

— Mon père, vous me faites mal.

Aussitôt Ginevra fut posée à terre avec une sorte de respect. Elle agita la tête par un gracieux mouvement

pour rassurer sa mère qui déjà s'effrayait, et pour lui
dire : c'est une ruse. Le visage terne et pâle de la baronne reprit alors ses couleurs et une espèce de gaieté.
Piombo se frotta les mains avec une force extrême,
symptôme le plus certain de sa joie; il avait pris cette
habitude à la cour en voyant Napoléon se mettre en
colère contre ceux de ses généraux ou de ses ministres
qui le servaient mal ou qui avaient commis quelque
faute. Les muscles de sa figure une fois détendus, la
moindre ride de son front exprimait la bienveillance.
Ces deux vieillards offraient en ce moment une image
exacte de ces plantes souffrantes auxquelles un peu
d'eau rend la vie après une longue sécheresse.

— A table, à table ! s'écria le baron en présentant
sa large main à Ginevra qu'il nomma Signora Piombel-
lina, autre symptôme de gaieté auquel sa fille répondit
par un sourire.

— Ah çà, dit Piombo en sortant de table, sais-tu
que ta mère m'a fait observer que depuis un mois tu
restes beaucoup plus longtemps que de coutume à ton
atelier ? Il paraît que la peinture passe avant nous.

— O mon père !

— Ginevra nous prépare sans doute quelque surprise, dit la mère.

— Tu m'apporterais un tableau de toi ? s'écria le
Corse en frappant dans ses mains.

— Oui, je suis très occupée à l'atelier, répondit-
elle.

— Qu'as-tu donc, Ginevra ? Tu pâlis ! lui dit sa
mère.

— Non ! s'écria la jeune fille en laissant échapper un
geste de résolution, non, il ne sera pas dit que Ginevra
Piombo aura menti une fois dans sa vie.

En entendant cette singulière exclamation, Piombo
et sa femme regardèrent leur fille d'un air étonné.

— J'aime un jeune homme, ajouta-t-elle d'une voix émue.

Puis, sans oser regarder ses parents, elle abaissa ses larges paupières, comme pour voiler le feu de ses yeux.

— Est-ce un prince ? lui demanda ironiquement son père en prenant un son de voix qui fit trembler la mère et la fille.

— Non, mon père, répondit-elle avec modestie, c'est un jeune homme sans fortune...

— Il est donc bien beau ?

— Il est malheureux.

— Que fait-il ?

— Compagnon de Labédoyère, il était proscrit, sans asile, Servin l'a caché, et...

— Servin est un honnête garçon qui s'est bien comporté, s'écria Piombo; mais vous faites mal, vous, ma fille, d'aimer un autre homme que votre père...

— Il ne dépend pas de moi de ne pas aimer, répondit doucement Ginevra.

— Je me flattais, reprit son père, que ma Ginevra me serait fidèle jusqu'à ma mort, que mes soins et ceux de sa mère seraient les seuls qu'elle aurait reçus, que notre tendresse n'aurait pas rencontré dans son âme de tendresse rivale, et que...

— Vous ai-je reproché votre fanatisme pour Napoléon ? dit Ginevra. N'avez-vous aimé que moi ? N'avez-vous pas été des mois entiers en ambassade ? N'ai-je pas supporté courageusement vos absences ? La vie a des nécessités qu'il faut savoir subir.

— Ginevra !

— Non, vous ne m'aimez pas pour moi, et vos reproches trahissent un insupportable égoïsme.

— Tu accuses l'amour de ton père, s'écria Piombo les yeux flamboyants.

— Mon père, je ne vous accuserai jamais, répondit

Ginevra avec plus de douceur que sa mère tremblante n'en attendait. Vous avez raison dans votre égoïsme, comme j'ai raison dans mon amour. Le ciel m'est témoin que jamais fille n'a mieux rempli ses devoirs auprès de ses parents. Je n'ai jamais vu que bonheur et amour là où d'autres voient souvent des obligations. Voici quinze ans que je ne me suis pas écartée de dessous votre aile protectrice, et ce fut un bien doux plaisir pour moi que de charmer vos jours. Mais serais-je donc ingrate en me livrant au charme d'aimer, en désirant un époux qui me protège après vous ?

— Ah ! tu comptes avec ton père, Ginevra, reprit le vieillard d'un ton sinistre.

Il se fit une pause effrayante pendant laquelle personne n'osa parler. Enfin, Bartholoméo rompit le silence en s'écriant d'une voix déchirante : — Oh ! reste avec nous, reste auprès de ton vieux père ! Je ne saurais te voir aimant un homme. Ginevra, tu n'attendras pas longtemps ta liberté...

— Mais, mon père, songez donc que nous ne vous quitterons pas, que nous serons deux à vous aimer, que vous connaîtrez l'homme aux soins duquel vous me laisserez ! Vous serez doublement chéri par moi et par lui : par lui qui est encore moi, et par moi qui suis tout lui-même.

— O Ginevra ! Ginevra ! s'écria le Corse en serrant les poings, pourquoi ne t'es-tu pas mariée quand Napoléon m'avait accoutumé à cette idée, et qu'il te présentait des ducs et des comtes ?

— Ils m'aimaient par ordre, dit la jeune fille. D'ailleurs, je ne voulais pas vous quitter, et ils m'auraient emmenée avec eux.

— Tu ne veux pas nous laisser seuls, dit Piombo ; mais te marier, c'est nous isoler ! Je te connais, ma fille, tu ne nous aimeras plus.

— Elisa, ajouta-t-il en regardant sa femme qui restait immobile et comme stupide, nous n'avons plus de fille, elle veut se marier.

Le vieillard s'assit après avoir levé les mains en l'air comme pour invoquer Dieu; puis il resta courbé comme accablé sous sa peine. Ginevra vit l'agitation de son père, et la modération de sa colère lui brisa le cœur; elle s'attendait à une crise, à des fureurs, elle n'avait pas armé son âme contre la douceur paternelle.

— Mon père, dit-elle d'une voix touchante, non, vous ne serez jamais abandonné par votre Ginevra. Mais aimez-la aussi un peu pour elle. Si vous saviez comme *il* m'aime! Ah! ce ne serait pas lui qui me ferait de la peine!

— Déjà des comparaisons, s'écria Piombo avec un accent terrible. Non, je ne puis supporter cette idée, reprit-il. S'il t'aimait comme tu mérites de l'être, il me tuerait; et s'il ne t'aimait pas, je le poignarderais.

Les mains de Piombo tremblaient, ses lèvres tremblaient, son corps tremblait et ses yeux lançaient des éclairs; Ginevra seule pouvait soutenir son regard, car alors elle allumait ses yeux, et la fille était digne du père.

— Oh! t'aimer! Quel est l'homme digne de cette vie? reprit-il. T'aimer comme un père, n'est-ce pas déjà vivre dans le paradis; qui donc sera jamais digne d'être ton époux?

— Lui, dit Ginevra, lui de qui je me sens indigne.

— Lui? répéta machinalement Piombo. Qui, *lui*?

— Celui que j'aime.

— Est-ce qu'il peut te connaître encore assez pour t'adorer?

— Mais, mon père, reprit Ginevra éprouvant un mouvement d'impatience, quand il ne m'aimerait pas, du moment où je l'aime...

— Tu l'aimes donc ? s'écria Piombo. Ginevra inclina doucement la tête. — Tu l'aimes alors plus que nous ?

— Ces deux sentiments ne peuvent se comparer, répondit-elle.

— L'un est plus fort que l'autre, reprit Piombo.

— Je crois que oui, dit Ginevra.

— Tu ne l'épouseras pas, cria le Corse dont la voix fit résonner les vitres du salon.

— Je l'épouserai, répliqua tranquillement Ginevra.

— Mon Dieu ! mon Dieu ! s'écria la mère, comment finira cette querelle ? *Santa Virgina !* mettez-vous entre eux.

Le baron, qui se promenait à grands pas, vint s'asseoir; une sévérité glacée rembrunissait son visage, il regarda fixement sa fille, et lui dit d'une voix douce et affaiblie :

— Eh ! bien, Ginevra ! non, tu ne l'épouseras pas. Oh ! ne me dis pas oui ce soir !... Laisse-moi croire le contraire. Veux-tu voir ton père à genoux et ses cheveux blancs prosternés devant toi ? Je vais te supplier...

— Ginevra Piombo n'a pas été habituée à promettre et à ne pas tenir, répondit-elle. Je suis votre fille.

— Elle a raison, dit la baronne, nous sommes mises au monde pour nous marier.

— Ainsi, vous l'encouragez dans sa désobéissance, dit le baron à sa femme qui, frappée de ce mot, se changea en statue.

— Ce n'est pas désobéir que de se refuser à un ordre injuste, répondit Ginevra.

— Il ne peut pas être injuste quand il émane de la bouche de votre père, ma fille ! Pourquoi me jugez-vous ? La répugnance que j'éprouve n'est-elle pas un conseil d'en haut ? Je vous préserve peut-être d'un malheur.

— Le malheur serait qu'il ne m'aimât pas.

— Toujours lui !

— Oui, toujours, reprit-elle. Il est ma vie, mon bien, ma pensée. Même en vous obéissant, il serait toujours dans mon cœur. Me défendre de l'épouser, n'est-ce pas vous faire haïr[28] ?

— Tu ne nous aimes plus, s'écria Piombo.

— Oh ! dit Ginevra en agitant la tête.

— Eh ! bien, oublie-le, reste-nous fidèle. Après nous... tu comprends.

— Mon père, voulez-vous me faire désirer votre mort ? s'écria Ginevra.

— Je vivrai plus longtemps que toi ! Les enfants qui n'honorent pas leurs parents meurent promptement, s'écria son père parvenu au dernier degré de l'exaspération.

— Raison de plus pour me marier promptement et être heureuse ! dit-elle.

Ce sang-froid, cette puissance de raisonnement achevèrent de troubler Piombo, le sang lui porta violemment à la tête, son visage devint pourpre. Ginevra frissonna, elle s'élança comme un oiseau sur les genoux de son père, lui passa ses bras autour du cou, lui caressa les cheveux, et s'écria tout attendrie : — Oh ! oui, que je meure la première ! Je ne te survivrais pas, mon père, mon bon père !

— O ma Ginevra, ma folle Ginevra, répondit Piombo dont toute la colère se fondit à cette caresse comme une glace sous les rayons du soleil.

— Il était temps que vous finissiez, dit la baronne d'une voix émue.

— Pauvre mère !

— Ah ! Ginevretta ! ma Ginevra bella !

Et le père jouait avec sa fille comme avec une enfant de six ans, il s'amusait à défaire les tresses ondoyantes de ses cheveux, à la faire sauter; il y avait de la folie dans l'expression de sa tendresse. Bientôt sa fille le gronda en l'embrassant, et tenta d'obtenir en plaisantant l'entrée de son Louis au logis; mais, tout en plaisantant aussi, le père refusa. Elle bouda, revint, bouda encore; puis, à la fin de la soirée, elle se trouva contente d'avoir gravé dans le cœur de son père et son amour pour Louis et l'idée d'un mariage prochain. Le lendemain elle ne parla plus de son amour, elle alla plus tard à l'atelier, elle en revint de bonne heure; elle devint plus caressante pour son père qu'elle ne l'avait jamais été, et se montra pleine de reconnaissance, comme pour le remercier du consentement qu'il semblait donner à son mariage par son silence. Le soir elle faisait longtemps de la musique, et souvent elle s'écriait : — Il faudrait une voix d'homme pour ce nocturne ! Elle était italienne, c'est tout dire. Au bout de huit jours sa mère lui fit un signe, elle vint; puis à l'oreille et à voix basse : — J'ai amené ton père à le recevoir, lui dit-elle.

— O ma mère ! Vous me faites bien heureuse !

Ce jour-là Ginevra eut donc le bonheur de revenir à l'hôtel de son père en donnant le bras à Louis. Pour la seconde fois, le pauvre officier sortait de sa cachette. Les actives sollicitations que Ginevra faisait auprès du duc de Feltre, alors ministre de la Guerre, avaient été couronnées d'un plein succès. Louis venait d'être réintégré sur le contrôle des officiers en disponibilité. C'était un bien grand pas vers un meilleur avenir. Instruit par son amie de toutes les difficultés qui l'attendaient auprès du baron, le jeune chef de bataillon n'osait avouer la crainte qu'il avait de ne pas lui plaire. Cet homme si courageux contre l'adversité, si brave sur un champ de bataille, tremblait en pensant à son entrée dans le salon des Piombo. Ginevra le sentit tressaillant, et cette émotion, dont le principe était leur bonheur, fut pour elle une nouvelle preuve d'amour.

— Comme vous êtes pâle ! lui dit-elle quand ils arrivèrent à la porte de l'hôtel.

— O Ginevra ! s'il ne s'agissait que de ma vie !

Quoique Bartholoméo fût prévenu par sa femme de la présentation officielle de celui que Ginevra aimait, il n'alla pas à sa rencontre, resta dans le fauteuil où il avait l'habitude d'être assis, et la sévérité de son front fut glaciale.

— Mon père, dit Ginevra, je vous amène une personne que vous aurez sans doute plaisir à voir : monsieur Louis, un soldat qui combattait à quatre pas de l'Empereur à Mont-Saint-Jean...

Le baron de Piombo se leva, jeta un regard furtif sur Louis, et lui dit d'une voix sardonique : — Monsieur n'est pas décoré ?

— Je ne porte plus la Légion d'honneur, répondit timidement Louis qui restait humblement debout.

Ginevra, blessée de l'impolitesse de son père, avança une chaise. La réponse de l'officier satisfit le vieux serviteur de Napoléon. Madame Piombo, s'apercevant que les sourcils de son mari reprenaient leur position naturelle, dit pour ranimer la conversation : — La ressemblance de monsieur avec Nina Porta est étonnante. Ne trouvez-vous pas que monsieur a toute la physionomie des Porta ?

— Rien de plus naturel, répondit le jeune homme sur qui les yeux flamboyants de Piombo s'arrêtèrent, Nina était ma sœur...

— Tu es Luigi Porta ? demanda le vieillard.

— Oui.

Bartholoméo di Piombo se leva, chancela, fut obligé de s'appuyer sur une chaise et regarda sa femme. Elisa Piombo vint à lui ; puis les deux vieillards silencieux se donnèrent le bras et sortirent du salon en abandonnant leur fille avec une sorte d'horreur. Luigi Porta stupéfait regarda Ginevra, qui devint aussi blanche qu'une statue de marbre et resta les yeux fixés sur la porte vers laquelle son père et sa mère avaient disparu : ce silence et cette retraite eurent quelque chose de si solennel que, pour la première fois peut-être, le sentiment de la crainte entra dans son cœur. Elle joignit ses mains l'une contre l'autre avec force, et dit d'une voix si émue qu'elle ne pouvait guère être entendue que par un amant : — Combien de malheur dans un mot !

— Au nom de notre amour, qu'ai-je donc dit, demanda Luigi Porta.

— Mon père, répondit-elle, ne m'a jamais parlé de notre déplorable histoire, et j'étais trop jeune quand j'ai quitté la Corse pour la savoir.

— Nous serions en *vendetta,* demanda Luigi en tremblant.

— Oui. En questionnant ma mère, j'ai appris que les Porta avaient tué mes frères[29] et brûlé notre maison. Mon père a massacré toute votre famille. Comment avez-vous survécu, vous qu'il croyait avoir attaché aux colonnes d'un lit avant de mettre le feu à la maison ?

— Je ne sais, répondit Luigi. A six ans j'ai été amené à Gênes, chez un vieillard nommé Colonna. Aucun détail sur ma famille ne m'a été donné. Je savais seulement que j'étais orphelin et sans fortune. Ce Colonna me servait de père, et j'ai porté son nom jusqu'au jour où je suis entré au service. Comme il m'a fallu des actes pour prouver qui j'étais, le vieux Colonna m'a dit alors que moi, faible et presque enfant encore, j'avais des ennemis. Il m'a engagé à ne prendre que le nom de Luigi pour leur échapper.

— Partez, partez, Luigi, s'écria Ginevra; mais non, je dois vous accompagner. Tant que vous êtes dans la maison de mon père, vous n'avez rien à craindre;

aussitôt que vous en sortirez, prenez bien garde à vous !
Vous marcherez de danger en danger. Mon père a deux
Corses à son service, et si ce n'est pas lui qui mena-
cera vos jours, c'est eux.

— Ginevra, dit-il, cette haine existera-t-elle donc
entre nous ?

La jeune fille sourit tristement et baissa la tête.
Elle la releva bientôt avec une sorte de fierté, et dit :
— O Luigi, il faut que nos sentiments soient bien
purs et bien sincères pour que j'aie la force de marcher
dans la voie où je vais entrer. Mais il s'agit d'un bonheur qui doit durer toute la vie, n'est-ce pas ?

Luigi ne répondit que par un sourire, et pressa la
main de Ginevra. La jeune fille comprit qu'un véritable amour pouvait seul dédaigner en ce moment les
protestations vulgaires. L'expression calme et conscien-
cieuse[30] des sentiments de Luigi annonçait en quelque
sorte leur force et leur durée. La destinée de ces deux
époux fut alors accomplie. Ginevra entrevit de bien
cruels combats à soutenir; mais l'idée d'abandonner
Louis, idée qui peut-être avait flotté dans son âme,
s'évanouit complètement. A lui pour toujours, elle
l'entraîna tout à coup avec une sorte d'énergie hors de
l'hôtel, et ne le quitta qu'au moment où il atteignit la
maison dans laquelle Servin lui avait loué un modeste
logement. Quand elle revint chez son père, elle avait
pris cette espèce de sérénité que donne une résolution
forte : aucune altération dans ses manières ne peignit
d'inquiétude. Elle leva sur son père et sa mère, qu'elle
trouva prêts à se mettre à table, des yeux dénués de
hardiesse et pleins de douceur; elle vit que sa vieille
mère avait pleuré, la rougeur de ces paupières flétries
ébranla un moment son cœur; mais elle cacha son émotion. Piombo semblait être en proie à une douleur trop
violente, trop concentrée pour qu'il pût la trahir par

des expressions ordinaires. Les gens servirent le dîner auquel personne ne toucha. L'horreur de la nourriture est un des symptômes qui trahissent les grandes crises de l'âme. Tous trois se levèrent sans qu'aucun d'eux se fût adressé la parole. Quand Ginevra fut placée entre son père et sa mère dans leur grand salon sombre et solennel, Piombo voulut parler, mais il ne trouva pas de voix; il essaya de marcher, et ne trouva pas de force, il revint s'asseoir et sonna.

— Piétro[31], dit-il enfin au domestique, allumez du feu, j'ai froid.

Ginevra tressaillit et regarda son père avec anxiété. Le combat qu'il se livrait devait être horrible, sa figure était bouleversée. Ginevra connaissait l'étendue du péril qui la menaçait, mais elle ne tremblait pas; tandis que les regards furtifs que Bartholoméo jetait sur sa fille semblaient annoncer qu'il craignait en ce moment le caractère dont la violence était son propre ouvrage. Entre eux, tout devait être extrême. Aussi la certitude du changement qui pouvait s'opérer dans les sentiments du père et de la fille animait-elle le visage de la baronne d'une expression de terreur.

— Ginevra, vous aimez l'ennemi de votre famille, dit enfin Piombo sans os ⸱ regarder sa fille.

— Cela est vrai, répondit-elle.

— Il faut choisir entre lui et nous. Notre *vendetta* fait partie de nous-mêmes. Qui n'épouse pas ma vengeance, n'est pas de ma famille.

— Mon choix est fait, répondit Ginevra d'une voix calme.

La tranquillité de sa fille trompa Bartholoméo.

— O ma chère fille ! s'écria le vieillard qui montra ses paupières humectées par des larmes, les premières et les seules qu'il répandit dans sa vie.

— Je serai sa femme, dit brusquement Ginevra.

Bartholoméo eut comme un éblouissement; mais il recouvra son sang-froid et répliqua : — Ce mariage ne se fera pas de mon vivant, je n'y consentirai jamais. Ginevra garda le silence. — Mais, dit le baron en continuant, songes-tu que Luigi est le fils de celui qui a tué tes frères[32] ?

— Il avait six ans au moment où le crime a été commis, il doit en être innocent, répondit-elle.

— Un Porta ? s'écria Bartholoméo.

— Mais ai-je jamais pu partager cette haine ? dit vivement la jeune fille. M'avez-vous élevée dans cette croyance qu'un Porta était un monstre ? Pouvais-je penser qu'il restât un seul de ceux que vous aviez tués ? N'est-il pas naturel que vous fassiez céder votre *vendetta* à mes sentiments ?

— Un Porta ? dit Piombo. Si son père t'avait jadis trouvée dans ton lit, tu ne vivrais pas, il t'aurait donné cent fois la mort.

— Cela se peut, répondit-elle, mais son fils m'a donné plus que la vie. Voir Luigi, c'est un bonheur sans lequel je ne saurais vivre. Luigi m'a révélé le monde des sentiments. J'ai peut-être aperçu des figures plus belles encore que la sienne, mais aucune ne m'a autant charmée; j'ai peut-être entendu des voix... non, non, jamais de plus mélodieuses. Luigi m'aime, il sera mon mari.

— Jamais, dit Piombo. J'aimerais mieux te voir dans ton cercueil, Ginevra. Le vieux Corse se leva, se mit à parcourir à grands pas le salon et laissa échapper ces paroles après des pauses qui peignaient toute son agitation : — Vous croyez peut-être faire plier ma volonté ? détrompez-vous : je ne veux pas qu'un Porta soit mon gendre. Telle est ma sentence. Qu'il ne soit plus question de ceci entre nous. Je suis Bartholoméo di Piombo, entendez-vous, Ginevra ?

— Attachez-vous quelque sens mystérieux à ces
paroles ? demanda-t-elle froidement.

— Elles signifient que j'ai un poignard, et que je ne
crains pas la justice des hommes. Nous autres Corses,
nous allons nous expliquer avec Dieu.

— Eh ! bien, dit la fille en se levant, je suis Ginevra
di Piombo, et je déclare que dans six mois je serai la
femme de Luigi Porta. — Vous êtes un tyran, mon
père, ajouta-t-elle après une pause effrayante.

Bartholoméo serra ses poings et frappa sur le marbre
de la cheminée : « Ah ! nous sommes à Paris », dit-
il en murmurant.

Il se tut, se croisa les bras, pencha la tête sur sa
poitrine et ne prononça plus une seule parole pendant
toute la soirée. Après avoir exprimé sa volonté, la jeune
fille affecta un sang froid incroyable; elle se mit au
piano, chanta, joua des morceaux ravissants avec une
grâce et un sentiment qui annonçaient une parfaite
liberté d'esprit, triomphant ainsi de son père dont le
front ne paraissait pas s'adoucir. Le vieillard ressentit
cruellement cette tacite injure, et recueillit en ce moment un des fruits amers de l'éducation qu'il avait
donnée à sa fille. Le respect est une barrière qui protège autant un père et une mère que les enfants, en
évitant à ceux-là des chagrins, à ceux-ci des remords.
Le lendemain Ginevra, qui voulut sortir à l'heure où
elle avait coutume de se rendre à l'atelier, trouva la
porte de l'hôtel fermée pour elle; mais elle eut bientôt
inventé un moyen d'instruire Luigi Porta des sévérités
paternelles. Une femme de chambre qui ne savait pas
lire fit parvenir au jeune officier la lettre que lui écrivit
Ginevra. Pendant cinq jours les deux amants surent
correspondre, grâce à ces ruses qu'on sait toujours ma-
chiner à vingt ans. Le père et la fille se parlèrent rarement. Tous deux gardaient au fond du cœur un prin-

cipe de haine, ils souffraient, mais orgueilleusement et
en silence. En reconnaissant combien étaient forts les
liens d'amour qui les attachaient l'un à l'autre, ils
essayaient de les briser, sans pouvoir y parvenir. Nulle
pensée douce ne venait plus comme autrefois égayer
les traits sévères de Bartholoméo quand il contemplait
sa Ginevra. La jeune fille avait quelque chose de farouche en regardant son père, et le reproche siégeait
sur son front d'innocence; elle se livrait bien à d'heureuses pensées, mais parfois des remords semblaient
ternir ses yeux. Il n'était même pas difficile de deviner
qu'elle ne pourrait jamais jouir tranquillement d'une
félicité qui faisait le malheur de ses parents. Chez
Bartholoméo comme chez sa fille, toutes les irrésolu-
tions causées par la bonté native de leurs âmes devaient
néanmoins échouer devant leur fierté, devant la rancune particulière aux Corses. Ils s'encourageaient l'un
et l'autre dans leur colère et fermaient les yeux sur
l'avenir. Peut-être aussi se flattaient-ils mutuellement
que l'un céderait à l'autre.

   Le jour de la naissance de Ginevra, sa mère, déses-
pérée de cette désunion qui prenait un caractère grave,
médita de réconcilier le père et la fille grâce aux souvenirs de cet anniversaire. Ils étaient réunis tous trois
dans la chambre de Bartholoméo. Ginevra devina
l'intention de sa mère à l'hésitation peinte sur son
visage et sourit tristement. En ce moment un domestique annonça deux notaires accompagnés de plusieurs
témoins qui entrèrent. Bartholoméo regarda fixement
ces hommes, dont les figures froidement compassées
avaient quelque chose de blessant pour des âmes aussi
passionnées que l'étaient celles des trois principaux
acteurs de cette scène. Le vieillard se tourna vers sa
fille d'un air inquiet, il vit sur son visage un sourire
de triomphe qui lui fit soupçonner quelque catas-

trophe; mais il affecta de garder, à la manière des sauvages, une immobilité mensongère en regardant les deux notaires avec une sorte de curiosité calme. Les étrangers s'assirent après y avoir été invités par un geste du vieillard.

— Monsieur est sans doute monsieur le baron de Piombo, demanda le plus âgé des notaires.

Bartholoméo s'inclina. Le notaire fit un léger mouvement de tête, regarda la jeune fille avec la sournoise expression d'un garde du commerce qui surprend un débiteur; et il tira sa tabatière, l'ouvrit, y prit une pincée de tabac, se mit à la humer à petits coups en cherchant les premières phrases de son discours; puis en les prononçant, il fit des repos continuels (manœuvre oratoire que ce signe — représentera très imparfaitement).

— Monsieur, dit-il, je suis monsieur Roguin[33], notaire de mademoiselle votre fille, et nous venons, — mon collègue et moi, — pour accomplir le vœu de la loi et — mettre un terme aux divisions qui — paraîtraient — s'être introduites — entre vous et mademoiselle votre fille, — au sujet — de — son — mariage avec monsieur Luigi Porta.

Cette phrase, assez pédantesquement débitée, parut probablement trop belle à maître Roguin pour qu'on pût la comprendre d'un seul coup, il s'arrêta en regardant Bartholoméo avec une expression particulière aux gens d'affaires et qui tient le milieu entre la servilité et la familiarité. Habitués à feindre beaucoup d'intérêt pour les personnes auxquelles ils parlent, les notaires finissent par faire contracter à leur figure une grimace qu'ils revêtent et quittent comme leur *pallium* officiel. Ce masque de bienveillance, dont le mécanisme est si facile à saisir, irrita tellement Bartholoméo qu'il lui fallut rappeler toute sa raison pour ne pas jeter monsieur Roguin par les fenêtres[34]; une expression de colère se glissa dans ses rides, et en la voyant le notaire se dit en lui-même : — Je produis de l'effet.

— Mais, reprit-il d'une voix mielleuse, monsieur le baron, dans ces sortes d'occasions, notre ministère commence toujours par être essentiellement conciliateur. — Daignez donc avoir la bonté de m'entendre. — Il est évident que mademoiselle Ginevra Piombo — atteint aujourd'hui même — l'âge auquel il suffit de faire des actes respectueux pour qu'il soit passé outre à la célébration d'un mariage — malgré le défaut de consentement des parents. Or, — il est d'usage dans les familles — qui jouissent d'une certaine considération, — qui appartiennent à la société, — qui conservent quelque dignité, — auxquelles il importe enfin de ne pas donner au public le secret de leurs divisions, — et qui d'ailleurs ne veulent pas se nuire à elles-mêmes en frappant de réprobation l'avenir de deux jeunes époux (car — c'est se nuire à soi-même !) — il est d'usage, — dis-je, — parmi ces familles honorables — de ne pas laisser subsister des actes semblables, — qui restent, qui — sont des monuments d'une division qui — finit — par cesser. — Du moment, monsieur, où une jeune personne a recours aux actes respectueux, elle annonce une intention trop décidée pour qu'un père et — une mère, ajouta-t-il en se tournant vers la baronne, puissent espérer de lui voir suivre leurs avis. — La résistance paternelle étant alors nulle — par ce fait — d'abord, — puis étant infirmée par la loi, il est constant que tout homme sage, après avoir fait une dernière remontrance à son enfant, lui donne la liberté de...

Monsieur Roguin s'arrêta en s'apercevant qu'il pouvait parler deux heures ainsi, sans obtenir de réponse, et il éprouva d'ailleurs une émotion particulière à l'aspect de l'homme qu'il essayait de convertir. Il s'était fait une révolution extraordinaire sur le visage de Bartholoméo : toutes ses rides contractées lui donnaient un air de cruauté indéfinissable, et il jetait sur le notaire un regard de tigre. La baronne demeurait muette et passive. Ginevra, calme et résolue, attendait, elle savait que la voix du notaire était plus puissante que la sienne, et alors elle semblait s'être décidée à garder le silence. Au moment où Roguin se tut, cette scène devint si effrayante que les témoins étrangers tremblèrent : jamais peut-être ils n'avaient été frappés par un semblable silence. Les notaires se regardèrent comme pour se consulter, se levèrent et allèrent ensemble à la croisée.

— As-tu jamais rencontré des clients fabriqués comme ceux-là ? demanda Roguin à son confrère.

— Il n'y a rien à en tirer, répondit le plus jeune. A ta place, moi, je m'en tiendrais à la lecture de mon acte. Le vieux ne me paraît pas amusant, il est colère, et tu ne gagneras rien à vouloir *discuter* avec lui...

Monsieur Roguin lut un papier timbré contenant un procès-verbal rédigé à l'avance et demanda froidement à Bartholoméo quelle était sa réponse.

— Il y a donc en France des lois qui détruisent le pouvoir paternel ? demanda le Corse.

— Monsieur... dit Roguin de sa voix mielleuse.

— Qui arrachent une fille à son père ?

— Monsieur...

— Qui privent un vieillard de sa dernière consolation ?

— Monsieur, votre fille ne vous appartient que...

— Qui le tuent ?

— Monsieur, permettez ?

Rien n'est plus affreux que le sang-froid et les rai-

sonnements exacts d'un notaire au milieu des scènes
passionnées où ils ont coutume d'intervenir. Les figures
que Piombo voyait lui semblèrent échappées de l'enfer,
sa rage froide et concentrée ne connut plus de bornes
au moment où la voix calme et presque flûtée de son
petit antagoniste prononça ce fatal : « *permettez ?* » Il
sauta sur un long poignard suspendu par un clou au-
dessus de sa cheminée et s'élança sur sa fille. Le plus
jeune des deux notaires et l'un des témoins se jetèrent
entre lui et Ginevra; mais Bartholoméo renversa bru-
talement les deux conciliateurs en leur montrant une
figure en feu et des yeux flamboyants qui paraissaient
plus terribles que ne l'était la clarté du poignard. Quand
Ginevra se vit en présence de son père, elle le regarda
fixement d'un air de triomphe, s'avança lentement vers
lui et s'agenouilla.

— Non ! non ! je ne saurais, dit-il en lançant si
violemment son arme qu'elle alla s'enfoncer dans la
boiserie.

— Eh ! bien, grâce ! grâce, dit-elle. Vous hésitez à
me donner la mort, et vous me refusez la vie. O mon
père, jamais je ne vous ai tant aimé, accordez-moi
Luigi ! Je vous demande votre consentement à genoux :
une fille peut s'humilier devant son père; mon Luigi,
ou je meurs.

L'irritation violente qui la suffoquait l'empêcha de
continuer, elle ne trouvait plus de voix; ses efforts convul-
sifs disaient assez qu'elle était entre la vie et la mort.
Bartholoméo repoussa durement sa fille.

— Fuis, dit-il. La Luigi Porta ne saurait être une
Piombo. Je n'ai plus de fille ! Je n'ai pas la force de te
maudire; mais je t'abandonne, et tu n'as plus de père.
Ma Ginevra Piombo est enterrée là, s'écria-t-il d'un
son de voix profond, en se pressant fortement le cœur.

— Sors donc, malheureuse, ajouta-t-il après un mo-

ment de silence, sors, et ne reparais plus devant moi.
Puis, il prit Ginevra par le bras, et la conduisit silencieusement hors de la maison.

— Luigi, s'écria Ginevra en entrant dans le modeste
appartement où était l'officier, mon Luigi, nous n'avons
d'autre fortune que notre amour.

— Nous sommes plus riches que tous les rois de la
terre, répondit-il.

— Mon père et ma mère m'ont abandonnée, dit-elle
avec une profonde mélancolie.

— Je t'aimerai pour eux.

— Nous serons donc bien heureux ? s'écria-t-elle
avec une gaieté qui eut quelque chose d'effrayant.

— Et toujours, répondit-il en la serrant sur son cœur.

Le lendemain du jour où Ginevra quitta la maison
de son père, elle alla prier madame Servin de lui accorder un asile et sa protection jusqu'à l'époque fixée par
la loi pour son mariage avec Luigi Porta. Là, commença
pour elle l'apprentissage des chagrins que le monde
sème autour de ceux qui ne suivent pas ses usages.
Très affligée du tort que l'aventure de Ginevra faisait
à son mari, madame Servin reçut froidement la fugitive,
et lui apprit par des paroles poliment circonspectes
qu'elle ne devait pas compter sur son appui. Trop
fière pour insister, mais étonnée d'un égoïsme auquel
elle n'était pas habituée, la jeune Corse alla se loger
dans l'hôtel garni le plus voisin de la maison où demeurait Luigi. Le fils des Porta vint passer toutes ses journées aux pieds de sa future; son jeune amour, la pureté
de ses paroles, dissipaient les nuages que la réprobation
paternelle amassait sur le front de la fille bannie, et il
lui peignait l'avenir si beau qu'elle finissait par sourire, sans néanmoins oublier la rigueur de ses parents.

Un matin, la servante de l'hôtel remit à Ginevra plusieurs malles qui contenaient des étoffes, du linge, et

une foule de choses nécessaires à une jeune femme qui
se met en ménage; elle reconnut dans cet envoi la
prévoyante bonté d'une mère, car en visitant ces présents, elle trouva une bourse où la baronne avait mis
la somme qui appartenait à sa fille, en y joignant le
fruit de ses économies. L'argent était accompagné d'une
lettre où la mère conjurait la fille d'abandonner son
funeste projet de mariage, s'il en était encore temps; il
lui avait fallu, disait-elle, des précautions inouïes pour
faire parvenir ces faibles secours à Ginevra; elle la
suppliait de ne pas l'accuser de dureté, si par la suite
elle la laissait dans l abandon, elle craignait de ne
pouvoir plus l'assister, elle la bénissait, lui souhaitait
de trouver le bonheur dans ce fatal mariage, si elle
persistait, en lui assurant qu'elle ne pensait qu'à sa
fille chérie. En cet endroit, des larmes avaient effacé
plusieurs mots de la lettre.

— O ma mère ! s'écria Ginevra tout attendrie. Elle
éprouvait le besoin de se jeter à ses genoux, de la voir,
et de respirer l'air bienfaisant de la maison paternelle;
elle s'élançait déjà, quand Luigi entra; elle le regarda,
et sa tendresse filiale s'évanouit, ses larmes se séchèrent,
elle ne se sentit pas la force d'abandonner cet enfant
si malheureux et si aimant. Etre le seul espoir d'une
noble créature, l'aimer et l'abandonner... ce sacrifice
est une trahison dont sont incapables de jeunes âmes.
Ginevra eut la générosité d'ensevelir sa douleur au
fond de son âme.

Enfin, le jour du mariage arriva. Ginevra ne vit
personne autour d'elle. Luigi avait profité du moment
où elle s'habillait pour aller chercher les témoins nécessaires à la signature de leur acte de mariage. Ces
témoins étaient de braves gens. L'un, ancien maréchal
des logis de hussards, avait contracté, à l'armée, envers
Luigi, de ces obligations qui ne s'effacent jamais du

cœur d'un honnête homme; il s'était mis loueur de
voitures et possédait quelques fiacres. L'autre, entrepreneur de maçonnerie, était le propriétaire de la maison
où les nouveaux époux devaient demeurer. Chacun
d'eux se fit accompagner par un ami[35], puis tous quatre
vinrent avec Luigi prendre la mariée. Peu accoutumés
aux grimaces sociales, et ne voyant rien que de très
simple dans le service qu'ils rendaient à Luigi, ces
gens s'étaient habillés proprement, mais sans luxe, et
rien n'annonçait le joyeux cortège d'une noce. Ginevra,
elle-même, se mit très simplement afin de se conformer
à sa fortune; néanmoins sa beauté avait quelque chose
de si noble et de si imposant qu'à son aspect la parole
expira sur les lèvres des témoins qui se crurent obligés
de lui adresser un compliment; ils la saluèrent avec
respect, elle s'inclina; ils la regardèrent en silence et ne
surent plus que l'admirer. Cette réserve jeta du froid
entre eux. La joie ne peut éclater que parmi des gens qui
se sentent égaux. Le hasard voulut donc que tout
fût sombre et grave autour des deux fiancés, rien ne
refléta leur félicité. L'église et la mairie n'étaient pas
très éloignées de l'hôtel. Les deux Corses, suivis des
quatre témoins que leur imposait la loi, voulurent y
aller à pied, dans une simplicité qui dépouilla de
tout appareil cette grande scène de la vie sociale. Ils
trouvèrent dans la cour de la mairie une foule d'équipages qui annonçaient nombreuse compagnie, ils mon-
tèrent et arrivèrent à une grande salle où les mariés,
dont le bonheur était indiqué pour ce jour-là, attendaient assez impatiemment le maire du quartier. Ginevra s'assit près de Luigi au bout d'un grand banc, et
leurs témoins restèrent debout, faute de sièges. Deux
mariées pompeusement habillées de blanc, chargées de
rubans, de dentelles, de perles, et couronnées de bou-
quets de fleurs d'oranger dont les boutons satinés

tremblaient sous leur voile, étaient entourées de leurs familles joyeuses, et accompagnées de leurs mères, qu'elles regardaient d'un air à la fois satisfait et craintif; tous les yeux réfléchissaient leur bonheur, et chaque figure semblait leur prodiguer des bénédictions. Les pères, les témoins, les frères, les sœurs allaient et venaient, comme un essaim se jouant dans un rayon de soleil qui va disparaître. Chacun semblait comprendre la valeur de ce moment fugitif où, dans la vie, le cœur se trouve entre deux espérances : les souhaits du passé, les promesses de l'avenir. A cet aspect, Ginevra sentit son cœur se gonfler, et pressa le bras de Luigi qui lui lança un regard. Une larme roula dans les yeux du jeune Corse, il ne comprit jamais mieux qu'alors tout ce que sa Ginevra lui sacrifiait. Cette larme précieuse fit oublier à la jeune fille l'abandon dans lequel elle se trouvait. L'amour versa des trésors de lumière entre les deux amants qui ne virent plus qu'eux au milieu de ce tumulte : ils étaient là, seuls, dans cette foule, tels qu'ils devaient être dans la vie. Leurs témoins, indifférents à la cérémonie, causaient tranquillement de leurs affaires.

— L'avoine est bien chère, disait le maréchal des logis au maçon.

— Elle n'est pas encore si renchérie que le plâtre, proportion gardée, répondit l'entrepreneur.

Et ils firent un tour dans la salle.

— Comme on perd du temps ici ! s'écria le maçon en remettant dans sa poche une grosse montre d'argent.

Luigi et Ginevra, serrés l'un contre l'autre, semblaient ne faire qu'une même personne. Certes, un poète aurait admiré ces deux têtes unies par un même sentiment, également colorées, mélancoliques et silencieuses en présence de deux noces bourdonnant, devant quatre familles tumultueuses, étincelant de diamants, de fleurs, et dont la gaieté avait quelque chose de passager. Tout ce que ces groupes bruyants et splendides mettaient de joie en dehors, Luigi et Ginevra l'ensevelissaient au fond de leurs cœurs. D'un côté, le grossier fracas du plaisir; de l'autre, le délicat silence des âmes joyeuses : la terre et le ciel. Mais la tremblante Ginevra ne sut pas entièrement dépouiller les faiblesses de la femme. Superstitieuse comme une Italienne, elle voulut voir un présage dans ce contraste, et garda au fond de son cœur un sentiment d'effroi, invincible autant que son amour. Tout à coup, un garçon de bureau à la livrée de la ville ouvrit une porte à deux battants, l'on fit silence, et sa voix retentit comme un glapissement en appelant monsieur Luigi da Porta et mademoiselle Ginevra di Piombo. Ce moment causa quelque embarras aux deux fiancés. La célébrité du nom de Piombo attira l'attention, les spectateurs cherchèrent une noce qui semblait devoir être somptueuse. Ginevra se leva, ses regards foudroyants d'orgueil imposèrent à toute la foule, elle donna le bras à Luigi, et marcha d'un pas ferme suivie de ses témoins. Un murmure d'étonnement qui alla croissant, un chuchotement général vint rappeler à Ginevra que le monde lui demandait compte de l'absence de ses parents : la malédiction paternelle semblait la poursuivre.

— Attendez les familles, dit le maire à l'employé qui lisait promptement les actes.

— Le père et la mère protestent, répondit flegmatiquement le secrétaire.

— Des deux côtés ? reprit le maire.

— L'époux est orphelin.

— Où sont les témoins ?

— Les voici, répondit encore le secrétaire en montrant les quatre hommes immobiles et muets qui, les bras croisés, ressemblaient à des statues.

— Mais, s'il y a protestation ? dit le maire.

— Les actes respectueux ont été légalement faits, répliqua l'employé en se levant pour transmettre au fonctionnaire les pièces annexées à l'acte de mariage. Ce débat bureaucratique eut quelque chose de flétrissant et contenait en peu de mots toute une histoire. La haine des Porta et des Piombo, de terribles passions furent inscrites sur une page de l'état civil, comme sur la pierre d'un tombeau sont gravées en quelques lignes les annales d'un peuple, et souvent même en un mot : Robespierre ou Napoléon. Ginevra tremblait. Semblable à la colombe qui, traversant les mers, n'avait que l'arche pour poser ses pieds, elle ne pouvait réfugier son regard que dans les yeux de Luigi, car tout était triste et froid autour d'elle. Le maire avait un air improbateur et sévère, et son commis regardait les deux époux avec une curiosité malveillante. Rien n'eut jamais moins l'air d'une fête. Comme toutes les choses de la vie humaine quand elles sont dépouillées de leurs accessoires, ce fut un fait simple en lui-même, immense par la pensée. Après quelques interrogations auxquelles les époux répondirent, après quelques paroles marmottées par le maire, et après l'apposition de leurs signatures sur le registre, Luigi et Ginevra furent unis. Les deux jeunes Corses, dont l'alliance offrait toute la poésie consacrée par le génie dans celle de Roméo et Juliette, traversèrent deux haies de parents joyeux auxquels ils n'appartenaient pas, et qui s'impatientaient presque du retard que leur causait ce mariage si triste en apparence. Quand la jeune fille se trouva dans la cour de la mairie et sous le ciel, un soupir s'échappa de son sein.

— Oh ! toute une vie de soins et d'amour suffira-t-elle pour reconnaître le courage et la tendresse de ma Ginevra ? lui dit Luigi.

A ces mots accompagnés par des larmes de bonheur,

la mariée oublia toutes ses souffrances; car elle avait
souffert de se présenter devant le monde, en réclamant un bonheur que sa famille refusait de sanctionner.

— Pourquoi les hommes se mettent-ils donc entre
nous ? dit-elle avec une naïveté de sentiment qui
ravit Luigi.

Le plaisir rendit les deux époux plus légers. Ils ne
virent ni ciel, ni terre, ni maisons, et volèrent comme
avec des ailes vers l'église. Enfin, ils arrivèrent à une
petite chapelle obscure et devant un autel sans pompe
où un vieux prêtre célébra leur union. Là, comme à la
mairie, ils furent entourés par les deux noces qui les
persécutaient de leur éclat. L'église, pleine d'amis et de
parents, retentissait du bruit que faisaient les carrosses,
les bedeaux, les suisses, les prêtres. Des autels brillaient
de tout le luxe ecclésiastique, les couronnes de fleurs
d'oranger qui paraient les statues de la Vierge semblaient être neuves. On ne voyait que fleurs, que parfums, que cierges étincelants, que coussins de velours
brodés d'or. Dieu paraissait être complice de cette joie
d'un jour. Quand il fallut tenir au-dessus des têtes de
Luigi et de Ginevra ce symbole d'union éternelle, ce
joug de satin blanc[36], doux, brillant, léger pour les
uns, et de plomb pour le plus grand nombre, le prêtre
chercha, mais en vain, les jeunes garçons qui rem-
plissent ce joyeux office : deux des témoins les rempla-
cèrent. L'ecclésiastique fit à la hâte une instruction
aux époux sur les périls de la vie, sur les devoirs qu'ils
enseigneraient un jour à leurs enfants; et, à ce sujet, il
glissa un reproche indirect sur l'absence des parents de
Ginevra; puis, après les avoir unis devant Dieu, comme
le maire les avait unis devant la Loi, il acheva sa messe
et les quitta.

— Dieu les bénisse ! dit Vergniaud au maçon sous
le porche de l'église. Jamais deux créatures ne furent

mieux faites l'une pour l'autre. Les parents de cette
fille-là sont des infirmes. Je ne connais pas de soldat
plus brave que le colonel Louis ! Si tout le monde s'était
comporté comme lui, *l'autre* y serait encore.

La bénédiction du soldat, la seule qui, dans ce jour,
leur eût été donnée, répandit comme un baume sur le
cœur de Ginevra.

Ils se séparèrent en se serrant la main, et Luigi
remercia cordialement son propriétaire.

— Adieu, mon brave, dit Luigi au maréchal, je te
remercie.

— Tout à votre service, mon colonel. Ame, individu,
chevaux et voitures, chez moi tout est à vous.

— Comme il t'aime ! dit Ginevra.

Luigi entraîna vivement sa mariée à la maison qu'ils
devaient habiter, ils atteignirent bientôt leur modeste
appartement; et, là, quand la porte fut refermée, Luigi
prit sa femme dans ses bras en s'écriant : — O ma
Ginevra ! car maintenant tu es à moi, ici est la véritable fête. Ici, reprit-il, tout nous sourira.

Ils parcoururent ensemble les trois chambres qui
composaient leur logement. La pièce d'entrée servait
de salon et de salle à manger. A droite se trouvait une
chambre à coucher, à gauche un grand cabinet que
Luigi avait fait arranger pour sa chère femme et où
elle trouva les chevalets, la boîte à couleurs, les plâtres,
les modèles, les mannequins, les tableaux, les porte-
feuilles, enfin tout le mobilier de l'artiste.

— Je travaillerai donc là, dit-elle avec une expression enfantine. Elle regarda longtemps la tenture, les
meubles, et toujours elle se retournait vers Luigi pour
le remercier, car il y avait une sorte de magnificence
dans ce petit réduit : une bibliothèque contenait les
livres favoris de Ginevra, au fond était un piano. Elle
s'assit sur un divan, attira Luigi près d'elle, et lui ser-

rant la main : — Tu as bon goût, dit-elle d'une voix caressante.

— Tes paroles me font bien heureux, dit-il.

— Mais voyons donc tout, demanda Ginevra, à qui Luigi avait fait un mystère des ornements de cette retraite.

Ils allèrent alors vers une chambre nuptiale, fraîche et blanche comme une vierge.

— Oh ! sortons, dit Luigi en riant.

— Mais je veux tout voir. Et l'impérieuse Ginevra visita l'ameublement avec le soin curieux d'un antiquaire examinant une médaille, elle toucha les soieries et passa tout en revue avec le contentement naïf d'une jeune mariée qui déploie les richesses de sa corbeille. Nous commençons par nous ruiner, dit-elle d'un air moitié joyeux, moitié chagrin.

— C'est vrai ! Tout l'arriéré de ma solde est là, répondit Luigi. Je l'ai vendu à un brave homme nommé Gigonnet[37].

— Pourquoi ? reprit-elle d'un ton de reproche où perçait une satisfaction secrète. Crois-tu que je serais moins heureuse sous un toit ? Mais, reprit-elle, tout cela est bien joli, et c'est à nous. Luigi la contemplait avec tant d'enthousiasme qu'elle baissa les yeux et lui dit : — Allons voir le reste.

Au-dessus de ces trois chambres, sous les toits, il y avait un cabinet pour Luigi, une cuisine et une chambre de domestique. Ginevra fut satisfaite de son petit domaine, quoique la vue s'y trouvât bornée par le large mur d'une maison voisine, et que la cour d'où venait le jour fût sombre. Mais les deux amants avaient le cœur si joyeux, mais l'espérance leur embellissait si bien l'avenir, qu'ils ne voulurent apercevoir que de charmantes images dans leur mystérieux asile. Ils étaient au fond de cette vaste maison et perdus dans l'immen-

sité de Paris comme deux perles dans leur nacre, au
sein des profondes mers : pour tout autre c'eût été une
prison, pour eux ce fut un paradis. Les premiers jours
de leur union appartinrent à l'amour. Il leur fut trop
difficile de se vouer tout à coup au travail, et ils ne
surent pas résister au charme de leur propre passion.
Luigi restait des heures entières couché aux pieds de sa
femme, admirant la couleur de ses cheveux, la coupe
de son front, le ravissant encadrement de ses yeux,
la pureté, la blancheur des deux arcs sous lesquels ils
glissaient lentement en exprimant le bonheur d'un
amour satisfait. Ginevra caressait la chevelure de son
Luigi sans se lasser de contempler, suivant une de
ses expressions, la *beltà folgorante* de ce jeune homme,
la finesse de ses traits; toujours séduite par la noblesse
de ses manières, comme elle le séduisait toujours par
la grâce des siennes. Ils jouaient comme des enfants
avec des riens, ces riens les ramenaient toujours à leur
passion, et ils ne cessaient leurs jeux que pour tomber
dans la rêverie du *far niente*. Un air chanté par Ginevra leur reproduisait encore les nuances délicieuses de
leur amour. Puis, unissant leurs pas comme ils avaient
uni leurs âmes, ils parcouraient les campagnes en y
retrouvant leur amour partout, dans les fleurs, sur les
cieux, au sein des teintes ardentes du soleil couchant;
ils le lisaient jusque sur les nuées capricieuses qui se
combattaient dans les airs. Une journée ne ressemblait
jamais à la précédente, leur amour allait croissant parce
qu'il était vrai. Ils s'étaient éprouvés en peu de jours, et
avaient instinctivement reconnu que leurs âmes étaient
de celles dont les richesses inépuisables semblent toujours promettre de nouvelles jouissances pour l'avenir.
C'était l'amour dans toute sa naïveté, avec ses inter-
minables causeries, ses phrases inachevées, ses longs
silences, son repos oriental et sa fougue. Luigi et Gine-

vra avaient tout compris de l'amour. L'amour n'est-il
pas comme la mer qui, vue superficiellement ou à la
hâte, est accusée de monotonie par les âmes vulgaires,
tandis que certains êtres privilégiés peuvent passer leur
vie à l'admirer en y trouvant sans cesse de changeants
phénomènes qui les ravissent ?

Cependant, un jour, la prévoyance vint tirer les jeunes époux de leur Eden, il était devenu nécessaire de
travailler pour vivre. Ginevra, qui possédait un talent
particulier pour imiter les vieux tableaux, se mit à faire
des copies et se forma une clientèle parmi les brocanteurs[38]. De son côté, Luigi chercha très activement de
l'occupation; mais il était fort difficile à un jeune officier, dont tous les talents se bornaient à bien connaître
la stratégie, de trouver de l'emploi à Paris. Enfin, un
jour que, lassé de ses vains efforts, il avait le désespoir
dans l'âme en voyant que le fardeau de leur existence
tombait tout entier sur Ginevra, il songea à tirer parti
de son écriture, qui était fort belle. Avec une constance dont l'exemple lui était donné par sa femme, il
alla solliciter les avoués, les notaires, les avocats de
Paris. La franchise de ses manières, sa situation inté-
ressèrent vivement en sa faveur, et il obtint assez
d'expéditions pour être obligé de se faire aider par des
jeunes gens. Insensiblement il entreprit les écritures en
grand. Le produit de ce bureau, le prix des tableaux de
Ginevra, finirent par mettre le jeune ménage dans une
aisance qui le rendit fier, car elle provenait de son indus-
trie. Ce fut pour eux le plus beau moment de leur vie.
Les journées s'écoulaient rapidement entre les occupations et les joies de l'amour. Le soir, après avoir bien travaillé, ils se retrouvaient avec bonheur dans la cellule
de Ginevra. La musique les consolait de leurs fatigues.
Jamais une expression de mélancolie ne vint obscurcir
les traits de la jeune femme, et jamais elle ne se permit

une plainte. Elle savait toujours apparaître à son Luigi le sourire sur les lèvres et les yeux rayonnants. Tous deux caressaient une pensée dominante qui leur eût fait trouver du plaisir aux travaux les plus rudes : Ginevra se disait qu'elle travaillait pour Luigi, et Luigi pour Ginevra. Parfois, en l'absence de son mari, la jeune femme songeait au bonheur parfait qu'elle aurait eu si cette vie d'amour s'était écoulée en présence de son père et de sa mère, elle tombait alors dans une mélancolie profonde en éprouvant la puissance des remords; de sombres tableaux passaient comme des ombres dans son imagination : elle voyait son vieux père seul ou sa mère pleurant le soir et dérobant ses larmes à l'inflexible Piombo; ces deux têtes blanches et graves se dressaient soudain devant elle, il lui semblait qu'elle ne devait plus les contempler qu'à la lueur fantastique du souvenir. Cette idée la poursuivait comme un pressentiment. Elle célébra l'anniversaire de son mariage en donnant à son mari un portrait qu'il avait souvent désiré, celui de sa Ginevra. Jamais la jeune artiste n'avait rien composé de si remarquable. A part une ressemblance parfaite, l'éclat de sa beauté, la pureté de ses sentiments, le bonheur de l'amour, y étaient rendus avec une sorte de magie. Le chef-d'œuvre fut inauguré. Ils passèrent encore une autre année au sein de l'aisance. L'histoire de leur vie peut se faire alors en trois mots : *Ils étaient heureux*. Il ne leur arriva donc aucun événement qui mérite d'être rapporté.

Au commencement de l'hiver de l'année 1819, les marchands de tableaux conseillèrent à Ginevra de leur donner autre chose que des copies, car ils ne pouvaient plus les vendre[39] avantageusement par suite de la concurrence. Madame Porta reconnut le tort qu'elle avait eu de ne pas s'exercer à peindre des tableaux de genre qui lui auraient acquis un nom, elle entreprit

de faire des portraits; mais elle eut à lutter contre une
foule d'artistes encore moins riches qu'elle ne l'était.
Cependant, comme Luigi et Ginevra avaient amassé
quelque argent, ils ne désespérèrent pas de l'avenir.
À la fin de l'hiver de cette même année, Luigi travailla
sans relâche. Lui aussi luttait contre des concurrents :
le prix des écritures avait tellement baissé qu'il ne
pouvait plus employer personne et se trouvait dans la
nécessité de consacrer plus de temps qu'autrefois à son
labeur pour en retirer la même somme. Sa femme
avait fini plusieurs tableaux qui n'étaient pas sans
mérite; mais les marchands achetaient à peine ceux
des artistes en réputation. Ginevra les offrit à vil prix
sans pouvoir les vendre. La situation de ce ménage eut
quelque chose d'épouvantable; les âmes des deux
époux nageaient dans le bonheur, l'amour les accablait
de ses trésors, la pauvreté se levait comme un squelette
au milieu de cette moisson de plaisir, et ils se cachaient
l'un à l'autre leurs inquiétudes. Au moment où Ginevra se sentait près de pleurer en voyant son Luigi
souffrant, elle le comblait de caresses. De même Luigi
gardait un noir chagrin au fond de son cœur en exprimant à Ginevra le plus tendre amour. Ils cherchaient
une compensation à leurs maux dans l'exaltation de
leurs sentiments, et leurs paroles, leurs joies, leurs jeux
s'empreignaient d'une espèce de frénésie. Ils avaient
peur de l'avenir. Quel est le sentiment dont la force
puisse se comparer à celle d'une passion qui doit cesser
le lendemain, tuée par la mort ou par la nécessité ?
Quand ils se parlaient de leur indigence, ils éprou-
vaient le besoin de se tromper l'un et l'autre, et saisis-
saient avec une égale ardeur le plus léger espoir. Une
nuit, Ginevra chercha vainement Luigi auprès d'elle, et
se leva tout effrayée. Une faible lueur reflétée par le
mur noir de la petite cour lui fit deviner que son mari

travaillait pendant la nuit. Luigi attendait que sa femme fût endormie avant de monter à son cabinet. Quatre heures sonnèrent, Ginevra se recoucha, feignit de dormir, Luigi revint accablé de fatigue et de sommeil, et Ginevra regarda douloureusement cette belle figure sur laquelle les travaux et les soucis imprimaient déjà quelques rides.

— C'est pour moi qu'il passe ses nuits à écrire, dit-elle en pleurant.

Une pensée sécha ses larmes. Elle songeait à imiter Luigi. Le jour même, elle alla chez un riche marchand d'estampes, et à l'aide d'une lettre de recommandation qu'elle se fit donner pour le négociant par Elie Magus, un de ses marchands de tableaux, elle obtint une entreprise de coloriages. Le jour, elle peignait et s'occupait des soins du ménage; puis quand la nuit arrivait, elle coloriait des gravures. Ces deux êtres épris d'amour n'entrèrent alors au lit nuptial que pour en sortir. Tous deux ils feignaient de dormir, et par dévouement se quittaient aussitôt que l'un avait trompé l'autre. Une nuit, Luigi succombant à l'espèce de fièvre causée par un travail sous le poids duquel il commençait à plier, ouvrit la lucarne de son cabinet pour respirer l'air pur du matin et secouer ses douleurs, quand en abaissant ses regards il aperçut la lueur projetée sur le mur par la lampe de Ginevra, le malheureux devina tout, il descendit, marcha doucement et surprit sa femme au milieu de son atelier enluminant des gravures.

— Oh ! Ginevra ! s'écria-t-il.

Elle fit un saut convulsif sur sa chaise et rougit.

— Pouvais-je dormir tandis que tu t'épuisais de fatigue ? dit-elle.

— Mais c'est à moi seul qu'appartient le droit de travailler ainsi.

— Puis-je rester oisive, répondit la jeune femme

dont les yeux se mouillèrent de larmes, quand je sais que chaque morceau de pain nous coûte presque une goutte de ton sang ? Je mourrais si je ne joignais pas mes efforts aux tiens. Tout ne doit-il pas être commun entre nous, plaisirs et peines ?

— Elle a froid, s'écria Luigi avec désespoir. Ferme donc mieux ton châle sur ta poitrine, ma Ginevra, la nuit est humide et fraîche.

Ils vinrent devant la fenêtre, la jeune femme appuya sa tête sur le sein de son bien-aimé qui la tenait par la taille, et tous deux ensevelis dans un silence profond, regardèrent le ciel que l'aube éclairait lentement. Des nuages d'une teinte grise se succédèrent rapidement, et l'orient devint de plus en plus lumineux.

— Vois-tu, dit Ginevra, c'est un présage : nous serons heureux.

— Oui, au ciel, répondit Luigi avec un sourire amer. O Ginevra ! toi qui méritais tous les trésors de la terre..

— J'ai ton cœur, dit-elle avec un accent de joie.

— Ah ! je ne me plains pas, reprit-il en la serrant fortement contre lui. Et il couvrit de baisers ce visage délicat qui commençait à perdre la fraîcheur de la jeunesse, mais dont l'expression était si tendre et si douce, qu'il ne pouvait jamais le voir sans être consolé.

— Quel silence ! dit Ginevra. Mon ami, je trouve un grand plaisir à veiller. La majesté de la nuit est vraiment contagieuse, elle impose, elle inspire; il y a je ne sais quelle puissance dans cette idée : tout dort et je veille.

— Oh ! ma Ginevra, ce n'est pas d'aujourd'hui que je sens combien ton âme est délicatement gracieuse ! Mais voici l'aurore, viens dormir.

— Oui, répondit-elle, si je ne dors pas seule. J'ai bien souffert la nuit où je me suis aperçue que mon Luigi veillait sans moi !

Le courage avec lequel ces deux jeunes gens combattaient le malheur reçut pendant quelque temps sa récompense; mais l'événement qui met presque toujours le comble à la félicité des ménages devait leur être funeste : Ginevra eut un fils qui, pour se servir d'une expression populaire, fut *beau comme le jour.* Le sentiment de la maternité doubla les forces de la jeune femme. Luigi emprunta pour subvenir aux dépenses des couches de Ginevra. Dans les premiers moments, elle ne sentit donc pas tout le malaise de sa situation, et les deux époux se livrèrent au bonheur d'élever un enfant. Ce fut leur dernière félicité. Comme deux nageurs qui unissent leurs efforts pour rompre un courant, les deux Corses luttèrent d'abord courageusement; mais parfois ils s'abandonnaient à une apathie semblable à ces sommeils qui précèdent la mort, et bientôt ils se virent obligés de vendre leurs bijoux. La Pauvreté se montra tout à coup, non pas hideuse, mais vêtue simplement, et presque douce à supporter; sa voix n'avait rien d'effrayant, elle ne traînait après elle ni désespoir, ni spectres, ni haillons; mais elle faisait perdre le souvenir et les habitudes de l'aisance; elle usait les ressorts de l'orgueil. Puis, vint la Misère dans toute son horreur, insouciante de ses guenilles et foulant aux pieds tous les sentiments humains. Sept ou huit mois après la naissance du petit Bartholoméo, l'on aurait eu de la peine à reconnaître dans la mère qui allaitait cet enfant malingre l'original de l'admirable portrait, le seul ornement d'une chambre nue. Sans feu par un rude hiver, Ginevra vit les gracieux contours de sa figure se détruire lentement, ses joues devinrent blanches comme de la porcelaine, et ses yeux pâles comme si les sources de la vie tarissaient en elle. En voyant son enfant amaigri, décoloré, elle ne souffrait que de cette jeune misère, et Luigi n'avait plus le courage de sourire à son fils.

— J'ai couru tout Paris, disait-il d'une voix sourde, je n'y connais personne, et comment oser demander à des indifférents ? Vergniaud, le nourrisseur, mon vieil Égyptien, est impliqué dans une conspiration, il a été mis en prison, et d'ailleurs, il m'a prêté tout ce dont il pouvait disposer. Quant à notre propriétaire, il ne nous a rien demandé depuis un an.

— Mais nous n'avons besoin de rien, répondit doucement Ginevra en affectant un air calme.

— Chaque jour qui arrive amène une difficulté de plus, reprit Luigi avec terreur.

Luigi prit tous les tableaux de Ginevra, le portrait, plusieurs meubles desquels le ménage pouvait encore se passer, il vendit tout à vil prix, et la somme qu'il en obtint prolongea l'agonie du ménage pendant quelques moments. Dans ces jours de malheur, Ginevra montra la sublimité de son caractère et l'étendue de sa résignation, elle supporta stoïquement les atteintes de la douleur; son âme énergique la soutenait contre tous les maux, elle travaillait d'une main défaillante auprès de son fils mourant, expédiait les soins du ménage avec une activité miraculeuse, et suffisait à tout. Elle était même heureuse quand elle voyait sur les lèvres de Luigi un sourire d'étonnement à l'aspect de la propreté qu'elle faisait régner dans l'unique chambre où ils s'étaient réfugiés.

— Mon ami, je t'ai gardé ce morceau de pain, lui dit-elle un soir qu'il rentrait fatigué.

— Et toi ?

— Moi, j'ai dîné, cher Luigi, je n'ai besoin de rien.

Et la douce expression de son visage le pressait encore plus que sa parole d'accepter une nourriture de laquelle elle se privait, Luigi l'embrassa par un de ces baisers de désespoir qui se donnaient en 1793 entre amis à l'heure où ils montaient ensemble à l'échafaud. En ces mo-

ments suprêmes, deux êtres se voient cœur à cœur. Aussi,
le malheureux Luigi comprenant tout à coup que sa
femme était à jeun, partagea-t-il la fièvre qui la dévo-
rait, il frissonna, sortit en prétextant une affaire pres-
sante, car il aurait mieux aimé prendre le poison le
plus subtil, plutôt que d'éviter la mort en mangeant le
dernier morceau de pain qui se trouvait chez lui. Il se
mit à errer dans Paris au milieu des voitures les plus
brillantes, au sein de ce luxe insultant qui éclate partout; il passa promptement devant les boutiques des
changeurs où l'or étincelle; enfin, il résolut de se vendre, de s'offrir comme remplaçant pour le service militaire[40] en espérant que ce sacrifice sauverait Ginevra,
et que, pendant son absence, elle pourrait rentrer en
grâce auprès de Bartholoméo. Il alla donc trouver un
de ces hommes qui font la traite des blancs, et il éprouva
une sorte de bonheur à reconnaître en lui un ancien
officier de la Garde impériale.

— Il y a deux jours que je n'ai mangé, lui dit-il
d'une voix lente et faible, ma femme meurt de faim,
et ne m'adresse pas une plainte, elle expirerait en souriant, je crois. De grâce, mon camarade, ajouta-t-il
avec un sourire amer, achète-moi d'avance, je suis
robuste, je ne suis plus au service, et je...

L'officier donna une somme à Luigi en acompte sur
celle qu'il s'engageait à lui procurer. L'infortuné poussa
un rire convulsif quand il tint une poignée de pièces
d'or, il courut de toute sa force vers sa maison, haletant,
et criant parfois : — O ma Ginevra ! Ginevra ! Il
commençait à faire nuit quand il arriva chez lui. Il
entra tout doucement, craignant de donner une trop
forte émotion à sa femme, qu'il avait laissée faible.
Les derniers rayons du soleil pénétrant par la lucarne
venaient mourir sur le visage de Ginevra qui dormait
assise sur une chaise en tenant son enfant sur son sein.

— Réveille-toi, mon âme, dit-il sans s'apercevoir de la pose de son enfant qui dans ce moment conservait un éclat surnaturel.

En entendant cette voix, la pauvre mère ouvrit les yeux, rencontra le regard de Luigi, et sourit; mais Luigi jeta un cri d'épouvante : à peine reconnut-il sa femme quasi folle à qui, par un geste d'une sauvage énergie, il montra l'or.

Ginevra se mit à rire machinalement, et tout à coup elle s'écria d'une voix affreuse : — Louis ! l'enfant est froid. Elle regarda son fils et s'évanouit, car le petit Barthélemy était mort. Luigi prit sa femme dans ses bras sans lui ôter l'enfant qu'elle serrait avec une force incompréhensible; et après l'avoir posée sur le lit, il sortit pour appeler au secours.

— O mon Dieu ! dit-il à son propriétaire qu'il rencontra sur l'escalier, j'ai de l'or, et mon enfant est mort de faim, sa mère se meurt, aidez-nous !

Il revint comme un désespéré vers sa femme, et laissa l'honnête maçon occupé, ainsi que plusieurs voisins, de rassembler tout ce qui pouvait soulager une misère inconnue jusqu'alors, tant les deux Corses l'avaient soigneusement cachée par un sentiment d'orgueil. Luigi avait jeté son or sur le plancher, et s'était agenouillé au chevet du lit où gisait sa femme.

— Mon père ! prenez soin de mon fils qui porte votre nom, s'écriait Ginevra dans son délire.

— O mon ange ! calme-toi, lui disait Luigi en l'embrassant, de beaux jours nous attendent.

Cette voix et cette caresse lui rendirent quelque tranquillité.

— O mon Louis ! reprit-elle en le regardant avec une attention extraordinaire, écoute-moi bien. Je sens que je meurs. Ma mort est naturelle, je souffrais trop, et puis un bonheur aussi grand que le mien devait

se payer. Oui, mon Luigi, console-toi. J'ai été si heureuse, que si je recommençais à vivre, j'accepterais
encore notre destinée. Je suis une mauvaise mère :
je te regrette encore plus que je ne regrette mon enfant.
— Mon enfant, ajouta-t-elle d'un son de voix profond. Deux larmes se détachèrent de ses yeux mou-
rants, et soudain elle pressa le cadavre qu'elle n'avait
pu réchauffer. — Donne ma chevelure à mon père, en
souvenir de sa Ginevra, reprit-elle. Dis-lui bien que je
ne l'ai jamais accusé... Sa tête tomba sur le bras de son
époux.
— Non, tu ne peux pas mourir, s'écria Luigi, le
médecin va venir. Nous avons du pain. Ton père va te
recevoir en grâce. La prospérité s'est levée pour nous.
Reste avec nous, ange de beauté !
Mais ce cœur fidèle et plein d'amour devenait froid,
Ginevra tournait instinctivement les yeux vers celui
qu'elle adorait, quoiqu'elle ne fût plus sensible à rien :
des images confuses s'offraient à son esprit, près de
perdre tout souvenir de la terre. Elle savait que Luigi
était là, car elle serrait toujours plus fortement sa main
glacée, et semblait vouloir se retenir au-dessus d'un
précipice où elle croyait tomber.
— Mon ami, dit-elle enfin, tu as froid, je vais te
réchauffer.
Elle voulut mettre la main de son mari sur son
cœur, mais elle expira. Deux médecins, un prêtre, des
voisins entrèrent en ce moment en apportant tout ce
qui était nécessaire pour sauver les deux époux et cal-
mer leur désespoir. Ces étrangers firent beaucoup de
bruit d'abord; mais quand ils furent entrés, un affreux
silence régna dans cette chambre.
Pendant que cette scène avait lieu, Bartholoméo et
sa femme étaient assis dans leurs fauteuils antiques,
chacun à un coin de la vaste cheminée dont l'ardent

brasier réchauffait à peine l'immense salon de leur hôtel. La pendule marquait minuit. Depuis longtemps le vieux couple avait perdu le sommeil. En ce moment, ils étaient silencieux comme deux vieillards tombés en enfance et qui regardent tout sans rien voir. Leur salon désert, mais plein de souvenirs pour eux, était faiblement éclairé par une seule lampe près de mourir. Sans les flammes pétillantes du foyer, ils eussent été dans une obscurité complète. Un de leurs amis venait de les quitter, et la chaise sur laquelle il s'était assis pendant sa visite se trouvait entre les deux Corses. Piombo avait déjà jeté plus d'un regard sur cette chaise, et ces regards pleins d'idées se succédaient comme des remords, car la chaise vide était celle de Ginevra. Elisa Piombo épiait les expressions qui passaient sur la blanche figure de son mari. Quoiqu'elle fût habituée à deviner les sentiments du Corse, d'après les changeantes révolutions de ses traits, ils étaient tour à tour si menaçants et si mélancoliques, qu'elle ne pouvait plus lire dans cette âme incompréhensible.

Bartholoméo succombait-il sous les puissants souvenirs que réveillait cette chaise ? Etait-il choqué de voir qu'elle venait de servir pour la première fois à un étranger depuis le départ de sa fille ? L'heure de sa clémence, cette heure si vainement attendue jusqu'alors, avait-elle sonné ?

Ces réflexions agitèrent successivement le cœur d'Elisa Piombo. Pendant un instant la physionomie de son mari devint si terrible, qu'elle trembla d'avoir osé employer une ruse si simple pour faire naître l'occasion de parler de Ginevra. En ce moment, la bise chassa si violemment les flocons de neige sur les persiennes que les deux vieillards purent en entendre le léger bruissement. La mère de Ginevra baissa la tête pour dérober ses larmes à son mari. Tout à coup un soupir

sortit de la poitrine du vieillard, sa femme le regarda,
il était abattu; elle hasarda pour la seconde fois, depuis
trois ans, à lui parler de sa fille.

— Si Ginevra avait froid, s'écria-t-elle doucement.
Piombo tressaillit. — Elle a peut-être faim, dit-elle en
continuant. Le Corse laissa échapper une larme. — Elle
a un enfant, et ne peut pas le nourrir, son lait s'est
tari, reprit vivement la mère avec l'accent du désespoir.

— Qu'elle vienne ! qu'elle vienne, s'écria Piombo.
O mon enfant chéri ! tu m'as vaincu.

La mère se leva comme pour aller chercher sa fille.
En ce moment, la porte s'ouvrit avec fracas, et un
homme dont le visage n'avait plus rien d'humain sur-
git tout à coup devant eux.

— *Morte !* Nos deux familles devaient s'exterminer
l'une par l'autre, car voilà tout ce qui reste d'elle, dit-
il en posant sur une table la longue chevelure noire de
Ginevra[41].

Les deux vieillards frissonnèrent comme s'ils eussent
reçu une commotion de la foudre, et ne virent plus
Luigi.

— Il nous épargne un coup de feu, car il est mort,
s'écria lentement Bartholoméo en regardant à terre.

                                        Paris, janvier 1830[42].

LA BOURSE

A Sofka[1]

N'avez-vous pas remarqué, mademoiselle, qu'en met-
tant deux figures en adoration aux côtés d'une belle
sainte, les peintres ou les sculpteurs du Moyen Age n'ont
jamais manqué de leur imprimer une ressemblance
filiale ? En voyant votre nom parmi ceux qui me sont
chers et sous la protection desquels je place mes œuvres,
souvenez-vous de cette touchante harmonie, et vous
trouverez ici moins un hommage que l'expression de
l'affection fraternelle que vous a vouée

Votre serviteur,

DE BALZAC.

Il est pour les âmes faciles à s'épanouir une heure délicieuse qui survient au moment où la nuit n'est pas encore et où le jour n'est plus; la lueur crépusculaire jette alors ses teintes molles ou ses reflets bizarres sur tous les objets, et favorise une rêverie qui se marie vaguement aux jeux de la lumière et de l'ombre. Le silence qui règne presque toujours en cet instant le rend plus particulièrement cher aux artistes qui se recueillent, se mettent à quelques pas de leurs œuvres auxquelles ils ne peuvent plus travailler, et ils les jugent en s'enivrant du sujet dont le sens intime éclate alors aux yeux intérieurs du génie. Celui qui n'est pas demeuré pensif près d'un ami pendant ce moment de songes poétiques, en comprendra difficilement les indicibles bénéfices. A la faveur du clair-obscur, les ruses matérielles employées par l'art pour faire croire à des réalités disparaissent entièrement. S'il s'agit d'un tableau, les personnages qu'il représente semblent et parler et marcher : l'ombre devient ombre, le jour est jour, la chair est vivante, les yeux remuent, le sang coule dans les veines, et les étoffes chatoient. L'imagination aide au naturel de chaque détail et ne voit plus que les beautés de l'œuvre. A cette heure, l'illusion règne despotiquement : peut-être se lève-t-elle avec la nuit ! L'illusion n'est-elle pas pour la pensée une espèce de nuit que nous meublons de songes ? L'illusion déploie alors ses ailes, elle emporte l'âme dans le monde des fantaisies, monde fertile en voluptueux caprices et où l'artiste oublie le monde positif, la veille et le lendemain, l'avenir, tout jusqu'à ses misères, les bonnes comme les mauvaises. A cette heure de magie, un jeune peintre, homme de talent, et qui dans l'art ne voyait que l'art même, était monté sur la double échelle qui lui servait à peindre une grande, une haute toile presque terminée. Là, se critiquant, s'admirant avec bonne foi, nageant au cours de ses pensées, il s'abîmait dans une de ces méditations qui ravissent l'âme et la grandissent, la caressent et la consolent. Sa rêverie dura longtemps sans doute. La nuit vint. Soit qu'il voulût descendre de son échelle, soit qu'il eût fait un mouvement imprudent en se croyant sur le plancher, l'événement ne lui permit pas d'avoir un souvenir exact des causes de son accident, il tomba, sa tête porta sur un tabouret, il perdit connaissance et resta sans mouvement pendant un laps de temps dont la durée lui fut inconnue. Une douce voix le tira de l'espèce d'engourdissement dans lequel il était plongé. Lorsqu'il ouvrit les yeux, la vue d'une vive lumière les lui fit refermer promptement; mais à travers le voile qui enveloppait ses sens, il entendit le chuchotement de deux femmes, et sentit deux jeunes, deux timides mains entre lesquelles reposait sa tête. Il reprit bientôt connaissance et put apercevoir, à la lueur d'une de ces vieilles lampes dites *à double courant d'air*[2], la plus délicieuse tête de jeune fille qu'il eût jamais vue, une de ces têtes qui souvent passent pour un caprice du pinceau, mais qui tout à coup réalisa pour lui les théories de ce beau idéal que se crée chaque artiste et d'où procède son talent. Le visage de l'inconnue appar-

tenait, pour ainsi dire, au type fin et délicat de l'école
de Prud'hon, et possédait aussi cette poésie que Girodet[3] donnait à ses figures fantastiques. La fraîcheur des
tempes, la régularité des sourcils, la pureté des lignes,
la virginité fortement empreinte dans tous les traits de
cette physionomie faisaient de la jeune fille une création accomplie. La taille était souple et mince, les formes étaient frêles. Ses vêtements, quoique simples et
propres, n'annonçaient ni fortune ni misère. En reprenant possession de lui-même, le peintre exprima son
admiration par un regard de surprise, et balbutia de
confus remerciements. Il trouva son front pressé par
un mouchoir, et reconnut, malgré l'odeur particulière
aux ateliers, la senteur forte de l'éther, sans doute
employé pour le tirer de son évanouissement. Puis, il
finit par voir une vieille femme, qui ressemblait aux
marquises de l'ancien régime, et qui tenait la lampe en
donnant des conseils à la jeune inconnue.

— Monsieur, répondit la jeune fille à l'une des demandes faites par le peintre pendant le moment où il
était encore en proie à tout le vague que la chute avait
produit dans ses idées, ma mère et moi, nous avons
entendu le bruit de votre corps sur le plancher, nous
avons cru distinguer un gémissement. Le silence qui
a succédé à la chute nous a effrayées, et nous nous
sommes empressées de monter. En trouvant la clef
sur la porte, nous nous sommes heureusement permis
d'entrer, et nous vous avons aperçu étendu par terre,
sans mouvement. Ma mère a été chercher tout ce qu'il
fallait pour faire une compresse et vous ranimer. Vous
êtes blessé au front, là, sentez-vous ?

— Oui, maintenant, dit-il.

— Oh ! cela ne sera rien, reprit la vieille mère. Votre
tête a, par bonheur, porté sur ce mannequin.

— Je me sens infiniment mieux, répondit le peintre,

je n'ai plus besoin que d'une voiture pour retourner chez moi. La portière ira m'en chercher une.

Il voulut réitérer ses remerciements aux deux inconnues; mais, à chaque phrase, la vieille dame l'interrompait en disant : — Demain, monsieur, ayez bien soin de mettre des sangsues ou de vous faire saigner, buvez quelques tasses de vulnéraire[4], soignez-vous, les chutes sont dangereuses.

La jeune fille regardait à la dérobée le peintre et les tableaux de l'atelier. Sa contenance et ses regards révélaient une décence parfaite; sa curiosité ressemblait à de la distraction, et ses yeux paraissaient exprimer cet intérêt que les femmes portent, avec une spontanéité pleine de grâce, à tout ce qui est malheur en nous. Les deux inconnues semblaient oublier les œuvres du peintre en présence du peintre souffrant. Lorsqu'il les eut rassurées sur sa situation, elles sortirent en l'examinant avec une sollicitude également dénuée d'emphase et de familiarité, sans lui faire de questions indiscrètes, ni sans chercher à lui inspirer le désir de les connaître. Leurs actions furent marquées au coin d'un naturel exquis et du bon goût. Leurs manières nobles et simples produisirent d'abord peu d'effet sur le peintre; mais plus tard, lorsqu'il se souvint de toutes les circonstances de cet événement, il en fut vivement frappé. En arrivant à l'étage au-dessus duquel était situé l'atelier du peintre, la vieille femme s'écria doucement : — Adélaïde, tu as laissé la porte ouverte.

— C'était pour me secourir, répondit le peintre avec un sourire de reconnaissance.

— Ma mère, vous êtes descendue tout à l'heure, répliqua la jeune fille en rougissant.

— Voulez-vous que nous vous accompagnions jusqu'en bas ? dit la mère au peintre. L'escalier est sombre.

— Je vous remercie, madame, je suis bien mieux.

— Tenez bien la rampe !

Les deux femmes restèrent sur le palier pour éclairer le jeune homme en écoutant le bruit de ses pas.

Afin de faire comprendre tout ce que cette scène pouvait avoir de piquant et d'inattendu pour le peintre, il faut ajouter que depuis quelques jours seulement il avait installé son atelier dans les combles de cette maison, sise à l'endroit le plus obscur, partant le plus boueux de la rue de Surène, presque devant l'église de la Madeleine, à deux pas de son appartement qui se trouvait rue des Champs-Elysées[5]. La célébrité que son talent lui avait acquise ayant fait de lui l'un des artistes les plus chers à la France, il commençait à ne plus connaître le besoin, et jouissait, selon son expression, de ses dernières misères. Au lieu d'aller travailler dans un de ces ateliers situés près des barrières et dont le loyer modique était jadis en rapport avec la modestie de ses gains, il avait satisfait à un désir qui renaissait tous les jours, en s'évitant une longue course et la perte d'un temps devenu pour lui plus précieux que jamais. Personne au monde n'eût inspiré autant d'intérêt qu'Hippolyte Schinner s'il eût consenti à se faire connaître; mais il ne confiait pas légèrement les secrets de sa vie. Il était l'idole d'une mère pauvre qui l'avait élevé au prix des plus dures privations. Mademoiselle Schinner, fille d'un fermier alsacien, n'avait jamais été mariée. Son âme tendre fut jadis cruellement froissée par un homme riche qui ne se piquait pas d'une grande délicatesse en amour. Le jour où, jeune fille et dans tout l'éclat de sa beauté, dans toute la gloire de sa vie, elle subit, aux dépens de son cœur et de ses belles illusions, ce désenchantement qui nous atteint si lentement et si vite, car nous voulons croire le plus tard possible au mal et il nous semble toujours venu trop promptement, ce jour fut tout un siècle de réflexions, et ce fut aussi le jour des pensées religieuses et de la résignation. Elle refusa les aumônes de celui qui l'avait trompée, renonça au monde, et se fit une gloire de sa faute. Elle se donna toute à l'amour maternel en lui demandant, pour les jouissances sociales auxquelles elle disait adieu, toutes ses délices. Elle vécut de son travail, en accumulant un trésor dans son fils. Aussi plus tard, un jour, une heure lui paya-t-elle les longs et lents sacrifices de son indigence. A la dernière exposition, son fils avait reçu la croix de la Légion d'honneur. Les journaux, unanimes en faveur d'un talent ignoré, retentissaient encore de louanges sincères. Les artistes eux-mêmes reconnaissaient Schinner pour un maître, et les marchands couvraient d'or ses tableaux. A vingt-cinq ans, Hippolyte Schinner, auquel sa mère avait transmis son âme de femme, avait, mieux que jamais, compris sa situation dans le monde. Voulant rendre à sa mère les jouissances dont la société l'avait privée pendant si longtemps, il vivait pour elle, espérant à force de gloire et de fortune la voir un jour heureuse, riche, considérée, entourée d'hommes célèbres. Schinner avait donc choisi ses amis parmi les hommes les plus honorables et les plus distingués. Difficile dans le choix de ses relations, il voulait encore élever sa position que son talent faisait déjà si haute. En le forçant à demeurer dans la solitude, cette mère des grandes pensées, le travail auquel il s'était voué dès sa jeunesse l'avait laissé dans les belles croyances qui décorent les premiers jours de la vie. Son âme adolescente ne méconnaissait aucune des mille pudeurs qui font du jeune homme un être à part dont le cœur abonde en félicités, en poésies, en espérances vierges, faibles aux yeux des gens blasés, mais profondes parce qu'elles sont simples. Il avait été doué de ces manières douces et polies qui vont si bien à l'âme et séduisent ceux mêmes par qui elles ne sont pas comprises. Il était bien fait. Sa voix, qui partait du cœur, y remuait chez les autres des sentiments nobles, et témoignait d'une modestie vraie par une certaine candeur dans l'accent. En le voyant, on se sentait porté vers lui par une de ces attractions morales que les savants ne savent heureusement pas encore analyser, ils y trouveraient quelque phénomène de galvanisme ou le jeu de je ne sais quel fluide, et formuleraient nos sentiments par des proportions d'oxygène et d'électricité[6]. Ces détails feront peut-être comprendre aux gens hardis par caractère et aux hommes bien cravatés pourquoi, pendant l'absence du portier, qu'il avait envoyé chercher une voiture au bout de la rue de la Madeleine, Hippolyte Schinner ne fit à la portière aucune question sur les deux personnes dont le bon cœur s'était dévoilé pour lui. Mais quoiqu'il répondît par oui et non aux demandes, naturelles en semblable occurrence, qui lui furent faites par cette femme sur son accident et sur l'intervention officieuse des locataires qui occupaient le quatrième étage, il ne put l'empêcher d'obéir à l'instinct des portiers : elle lui parla des deux inconnues selon les intérêts de sa politique et d'après les jugements souterrains de la loge.

— Ah ! dit-elle, c'est sans doute mademoiselle Leseigneur et sa mère qui demeurent ici depuis quatre ans. Nous ne savons pas encore ce que font ces dames; le matin, jusqu'à midi seulement, une vieille femme de ménage à moitié sourde, et qui ne parle pas plus qu'un mur, vient les servir; le soir, deux ou trois vieux messieurs, décorés comme vous, monsieur, dont l'un a équipage, des domestiques, et à qui l'on donne soixante mille livres de rente, arrivent chez elles, et restent souvent très tard. C'est d'ailleurs des locataires bien tranquilles, comme vous, monsieur; et puis, c'est économe, ça vit de rien; aussitôt qu'il arrive une lettre, elles la paient[7]. C'est drôle, monsieur, la mère se nomme autrement que sa fille. Ah ! quand elles vont aux Tuileries, mademoiselle est bien flambante, et ne sort pas de fois qu'elle ne soit suivie de jeunes gens auxquels elle ferme la porte au nez, et elle fait bien. Le propriétaire ne souffrirait pas...

La voiture étant arrivée, Hippolyte n'en entendit pas davantage et revint chez lui. Sa mère, à laquelle il raconta son aventure, pansa de nouveau sa blessure, et ne lui permit pas de retourner le lendemain à son atelier. Consultation faite, diverses prescriptions furent ordonnées, et Hippolyte resta trois jours au logis. Pendant cette réclusion, son imagination inoccupée lui rappela vivement, et comme par fragments, les détails de la scène qui suivit son évanouissement. Le profil de la jeune fille tranchait fortement sur les ténèbres de sa vision intérieure : il revoyait le visage flétri de la mère ou sentait encore les mains d'Adélaïde, il retrouvait un geste qui l'avait peu frappé d'abord mais dont les grâces exquises furent mises en relief par le souvenir; puis une attitude ou les sons d'une voix mélodieuse embellis par le lointain de la mémoire reparaissaient tout à coup, comme ces objets qui plongés au fond des eaux reviennent à la surface. Aussi, le jour où il put reprendre ses travaux, retourna-t-il de bonne heure à son atelier; mais la visite qu'il avait incontestablement le droit de faire à ses voisines fut la véritable cause de son empressement, il oubliait déjà ses tableaux commencés. Au moment où une passion brise ses langes, il se rencontre des plaisirs inexplicables que comprennent ceux qui ont aimé[8]. Ainsi quelques personnes sauront pourquoi le peintre monta lentement les marches du quatrième étage, et seront dans le secret des pulsations qui se succédèrent rapidement dans son cœur au moment où il vit la porte brune du modeste appartement habité par mademoiselle Leseigneur. Cette fille, qui ne portait pas le nom de sa mère, avait éveillé mille sympathies chez le jeune peintre; il voulait voir entre elle et lui quelques similitudes de position, et la dotait des malheurs de sa propre origine. Tout en travaillant, Hippolyte se livra fort complaisamment à des pensées d'amour, et fit beaucoup de bruit pour obliger les deux dames à s'occuper de lui comme il s'occupait d'elles. Il resta très tard à son atelier, il y dîna; puis, vers sept heures, descendit chez ses voisines.

Aucun peintre de mœurs n'a osé nous initier, par pudeur peut-être, aux intérieurs vraiment curieux de certaines existences parisiennes, au secret de ces habitations d'où sortent de si fraîches, de si élégantes toilettes, des femmes si brillantes qui, riches au dehors, laissent voir partout chez elles les signes d'une fortune équivoque. Si la peinture est ici trop franchement dessinée, si vous y trouvez des longueurs, n'en accusez pas la description qui fait, pour ainsi dire, corps avec l'histoire[9]; car l'aspect de l'appartement habité par ses deux voisines influa beaucoup sur les sentiments et sur les espérances d'Hippolyte Schinner.

La maison appartenait à l'un de ces propriétaires chez lesquels préexiste une horreur profonde pour les réparations et pour les embellissements, un de ces hommes qui considèrent leur position de propriétaire parisien comme un état. Dans la grande chaîne des espèces morales, ces gens tiennent le milieu entre l'avare et l'usurier. Optimistes par calcul, ils sont tous fidèles au *statu quo* de l'Autriche[10]. Si vous parlez de déranger un placard ou une porte, de pratiquer la plus nécessaire des ventouses[11], leurs yeux brillent, leur bile s'émeut, ils se cabrent comme des chevaux effrayés.

Quand le vent a renversé quelques faîteaux de leurs
cheminées, ils sont malades et se privent d'aller au
Gymnase ou à la Porte-Saint-Martin pour cause de réparations. Hippolyte, qui, à propos de certains embellissements à faire dans son atelier, avait eu *gratis* la représentation d'une scène comique avec le sieur Molineux,
ne s'étonna pas des tons noirs et gras, des teintes hui-
leuses, des taches et autres accessoires assez désagréables
qui décoraient les boiseries. Ces stigmates de misère ne
sont point d'ailleurs sans poésie aux yeux d'un artiste.

Mademoiselle· Leseigneur vint elle-même ouvrir
la porte. En reconnaissant le jeune peintre, elle le salua;
puis, en même temps, avec cette dextérité parisienne
et cette présence d'esprit que la fierté donne, elle se
retourna pour fermer la porte d'une cloison vitrée à
travers laquelle Hippolyte aurait pu entrevoir quelques linges étendus sur des cordes au-dessus des four-
neaux économiques, un vieux lit de sangles, la braise,
le charbon, les fers à repasser, la fontaine filtrante, la
vaisselle et tous les ustensiles particuliers aux petits
ménages. Des rideaux de mousseline assez propres
cachaient soigneusement ce *capharnaüm*, mot en usage
pour désigner familièrement ces espèces de labora-
toires, mal éclairé d'ailleurs par des jours de souffrance
pris sur une cour voisine. Avec le rapide coup d'œil
des artistes, Hippolyte vit la destination, les meubles,
l'ensemble et l'état de cette première pièce coupée en
deux. La partie honorable, qui servait à la fois d'antichambre et de salle à manger, était tendue d'un vieux
papier de couleur aurore, à bordure veloutée, sans
doute fabriqué par Réveillon, et dont les trous ou les
taches avaient été soigneusement dissimulés sous des
pains à cacheter. Des estampes représentant les batailles
d'Alexandre par Lebrun, mais à cadres dédorés, gar-
nissaient symétriquement les murs. Au milieu de cette

pièce était une table d'acajou massif, vieille de formes
et à bords usés. Un petit poêle, dont le tuyau droit et
sans coude s'apercevait à peine, se trouvait devant la
cheminée, dont l'âtre contenait une armoire. Par un
contraste bizarre, les chaises offraient quelques vestiges
d'une splendeur passée, elles étaient en acajou sculpté;
mais le maroquin rouge du siège, les clous dorés et les
cannetilles montraient des cicatrices aussi nombreuses
que celles des vieux sergents de la garde impériale.
Cette pièce servait de musée à certaines choses qui ne
se rencontrent que dans ces sortes de ménages amphi-
bies, objets innommés participant à la fois du luxe et
de la misère. Entre autres curiosités, Hippolyte remarqua une longue-vue magnifiquement ornée, suspendue
au-dessus de la petite glace verdâtre qui décorait la
cheminée. Pour appareiller cet étrange mobilier, il y
avait entre la cheminée et la cloison un mauvais buffet
peint en acajou, celui de tous les bois qu'on réussit le
moins à simuler. Mais le carreau rouge et glissant, mais
les méchants petits tapis placés devant les chaises, mais
les meubles, tout reluisait de cette propreté frotteuse
qui prête un faux lustre aux vieilleries en accusant
encore mieux leurs défectuosités, leur âge et leurs longs
services. Il régnait dans cette pièce une senteur indéfinissable résultant des exhalaisons du capharnaüm
mêlées aux vapeurs de la salle à manger et à celles de
l'escalier, quoique la fenêtre fût entrouverte et que
l'air de la rue agitât les rideaux de percale soigneusement étendus, de manière à cacher l'embrasure où
les précédents locataires avaient signé leur présence
par diverses incrustations, espèces de fresques domestiques. Adélaïde ouvrit promptement la porte de l'autre
chambre, où elle introduisit le peintre avec un certain
plaisir. Hippolyte, qui jadis avait vu chez sa mère les
mêmes signes d'indigence, les remarqua avec la singu-

lière vivacité d'impression qui caractérise les premières acquisitions de notre mémoire, et entra mieux que tout autre ne l'aurait fait dans les détails de cette existence. En reconnaissant les choses de sa vie d'enfance, ce bon jeune homme n'eut ni mépris de ce malheur caché, ni orgueil du luxe qu'il venait de conquérir pour sa mère.

— Eh ! bien, monsieur, j'espère que vous ne vous sentez plus de votre chute ? lui dit la vieille mère en se levant d'une antique bergère placée au coin de la cheminée et en lui présentant un fauteuil.

— Non, madame. Je viens vous remercier des bons soins que vous m'avez donnés, et surtout mademoiselle qui m'a entendu tomber.

En disant cette phrase, empreinte de l'adorable stupidité que donnent à l'âme les premiers troubles de l'amour vrai, Hippolyte regardait la jeune fille. Adélaïde allumait la lampe à double courant d'air, sans doute pour faire disparaître une chandelle contenue dans un grand martinet[12] de cuivre et ornée de quelques cannelures saillantes par un coulage extraordinaire. Elle salua légèrement, alla mettre le martinet dans l'antichambre, revint placer la lampe sur la cheminée et s'assit près de sa mère, un peu en arrière du peintre, afin de pouvoir le regarder à son aise en paraissant très occupée du début de la lampe dont la lumière, saisie par l'humidité d'un verre terni, pétillait en se débattant avec une mèche noire et mal coupée. En voyant la grande glace qui ornait la cheminée, Hippolyte y jeta promptement les yeux pour admirer Adélaïde. La petite ruse de la jeune fille ne servit donc qu'à les embarrasser tous deux. En causant avec madame Leseigneur, car Hippolyte lui donna ce nom à tout hasard, il examina le salon, mais décemment et à la dérobée. On voyait à peine les figures égyptiennes des chenets en fer dans un foyer plein de cendres où deux

tisons essayaient de se rejoindre devant une fausse
bûche en terre cuite, enterrée aussi soigneusement que
peut l'être le trésor d'un avare. Un vieux tapis d'Aubus-
son bien raccommodé, bien passé, usé comme l'habit
d'un invalide, ne couvrait pas tout le carreau dont la
froideur se faisait sentir aux pieds. Les murs avaient
pour ornement un papier rougeâtre, figurant une étoffe
en lampasse[13] à dessins jaunes. Au milieu de la paroi
opposée à celle des fenêtres, le peintre vit une fente
et les cassures produites dans le papier par les portes
d'une alcôve où madame Leseigneur couchait sans doute
et qu'un canapé placé devant déguisait mal. En face de
la cheminée, au-dessus d'une commode en acajou dont
les ornements ne manquaient ni de richesse ni de goût,
se trouvait le portrait d'un militaire de haut grade que
le peu de lumière ne permit pas au peintre de distinguer; mais d'après le peu qu'il en vit il pensa que
cette effroyable croûte devait avoir été peinte en Chine[14]. Aux fenêtres, des rideaux en soie rouge étaient
décolorés comme le meuble en tapisserie jaune et
rouge de ce salon à deux fins. Sur le marbre de la commode, un précieux plateau de malachite supportait une
douzaine de tasses à café magnifiques de peinture, et
sans doute faites à Sèvres. Sur la cheminée s'élevait
l'éternelle pendule de l'Empire, un guerrier guidant
les quatre chevaux d'un char dont la roue porte à chaque rai le chiffre d'une heure. Les bougies des flambeaux étaient jaunies par la fumée, et à chaque coin
du chambranle on voyait un vase en porcelaine couronné de fleurs artificielles pleines de poussière et gar-
nies de mousse. Au milieu de la pièce, Hippolyte remarqua une table de jeu dressée et des cartes neuves.
Pour un observateur, il y avait je ne sais quoi de
désolant dans le spectacle de cette misère fardée comme
une vieille femme qui veut faire mentir son visage

A ce spectacle, tout homme de bon sens se serait proposé secrètement et tout d'abord cette espèce de
dilemme : ou ces deux femmes sont la probité même,
ou elles vivent d'intrigues et de jeu. Mais en voyant
Adélaïde, un jeune homme aussi pur que Schinner
devait croire à l'innocence la plus parfaite, et prêter
aux incohérences de ce mobilier les plus honorables
causes.

— Ma fille, dit la vieille dame à la jeune personne,
j'ai froid, faites-nous un peu de feu, et donnez-moi
mon châle.

Adélaïde alla dans une chambre contiguë au salon
où sans doute elle couchait, et revint en apportant à
sa mère un châle de cachemire qui neuf dut avoir un
grand prix, les dessins étaient indiens; mais vieux, sans
fraîcheur et plein de reprises, il s'harmoniait[15] avec les
meubles. Madame Leseigneur s'en enveloppa très artistement et avec l'adresse d'une vieille femme qui voulait faire croire à la vérité de ses paroles. La jeune
fille courut lestement au capharnaüm, et reparut avec
une poignée de menu bois qu'elle jeta bravement dans
le feu pour le rallumer.

Il serait assez difficile de traduire la conversation
qui eut lieu entre ces trois personnes. Guidé par le tact
que donnent presque toujours les malheurs éprouvés
dès l'enfance, Hippolyte n'osait se permettre la moindre
observation relative à la position de ses voisines, en
voyant autour de lui les symptômes d'une gêne si mal
déguisée. La plus simple question eût été indiscrète et
ne devait être faite que par une amitié déjà vieille.
Néanmoins le peintre était profondément préoccupé
de cette misère cachée, son âme généreuse en souffrait;
mais sachant ce que toute espèce de pitié, même la plus
amie, peut avoir d'offensif[16], il se trouvait mal à l'aise
du désaccord qui existait entre ses pensées et ses paro-

les. Les deux dames parlèrent d'abord de peinture, car les femmes devinent très bien les secrets embarras que cause une première visite; elles les éprouvent peut-être, et la nature de leur esprit leur fournit mille ressources pour les faire cesser. En interrogeant le jeune homme sur les procédés matériels de son art, sur ses études, Adélaïde et sa mère surent l'enhardir à causer. Les riens indéfinissables de leur conversation animée de bienveillance amenèrent tout naturellement Hippolyte à lancer des remarques ou des réflexions qui peignirent la nature de ses mœurs et de son âme. Les chagrins avaient prématurément flétri le visage de la vieille dame, sans doute belle autrefois; mais il ne lui restait plus que les traits saillants, les contours, en un mot le squelette d'une physionomie dont l'ensemble indiquait une grande finesse, beaucoup de grâce dans le jeu des yeux où se retrouvait l'expression particulière aux femmes de l'ancienne cour et que rien ne saurait définir. Ces traits si fins, si déliés pouvaient tout aussi bien dénoter des sentiments mauvais, faire supposer l'astuce et la ruse féminines à un haut degré de perversité que révéler les délicatesses d'une belle âme. En effet, le visage de la femme a cela d'embarrassant pour les observateurs vulgaires, que la différence entre la franchise et la duplicité, entre le génie de l'intrigue et le génie du cœur, y est imperceptible. L'homme doué d'une vue pénétrante devine ces nuances insaisissables que produisent une ligne plus ou moins courbe, une fossette plus ou moins creuse, une saillie plus ou moins bombée ou proéminente. L'appréciation de ces diagnostics est tout entière dans le domaine de l'intuition, qui peut seule faire découvrir ce que chacun est intéressé à cacher. Il en était du visage de cette vieille dame comme de l'appartement qu'elle habitait : il semblait aussi difficile de savoir si cette misère couvrait des vices ou une haute probité, que de reconnaître si la mère d'Adélaïde était une ancienne coquette habituée à tout peser, à tout calculer, à tout vendre, ou une femme aimante, pleine de noblesse et d'aimables qualités. Mais à l'âge de Schinner, le premier mouvement du cœur est de croire au bien. Aussi en contemplant le front noble et presque dédaigneux d'Adélaïde, en regardant ses yeux pleins d'âme et de pensées, respira-t-il, pour ainsi dire, les suaves et modestes parfums de la vertu. Au milieu de la conversation, il saisit l'occasion de parler des portraits en général, pour avoir le droit d'examiner l'effroyable pastel dont toutes les teintes avaient pâli, et dont la poussière était en grande partie tombée.

— Vous tenez sans doute à cette peinture en faveur de la ressemblance, mesdames, car le dessin en est horrible ? dit-il en regardant Adélaïde.

— Elle a été faite à Calcutta, en grande hâte, répondit la mère d'une voix émue.

Elle contempla l'esquisse informe avec cet abandon profond que donnent les souvenirs de bonheur quand ils se réveillent et tombent sur le cœur, comme une bienfaisante rosée aux fraîches impressions de laquelle on aime à s'abandonner; mais il y eut aussi dans l'expression du visage de la vieille dame les vestiges d'un deuil éternel. Le peintre voulut du moins interpréter ainsi l'attitude et la physionomie de sa voisine, près de laquelle il vint alors s'asseoir.

— Madame, dit-il, encore un peu de temps, et les couleurs de ce pastel auront disparu. Le portrait n'existera plus que dans votre mémoire. Là où vous verrez une figure qui vous est chère, les autres ne pourront plus rien apercevoir. Voulez-vous me permettre de transporter cette ressemblance sur la toile ? Elle y sera plus solidement fixée qu'elle ne l'est sur ce papier.

Accordez-moi, en faveur de notre voisinage, le plaisir
de vous rendre ce service. Il se rencontre des heures
pendant lesquelles un artiste aime à se délasser de ses
grandes compositions par des travaux d'une portée
moins élevée, ce sera donc pour moi une distraction
que de refaire cette tête.

La vieille dame tressaillit en entendant ces paroles,
et Adélaïde jeta sur le peintre un de ces regards recueil-
lis qui semblent être un jet de l'âme[17]. Hippolyte voulait appartenir à ses deux voisines par quelque lien,
et conquérir le droit de se mêler à leur vie. Son offre,
en s'adressant aux plus vives affections du cœur, était
la seule qu'il lui fût possible de faire : elle contentait
sa fierté d'artiste, et n'avait rien de blessant pour les
deux dames. Madame Leseigneur accepta sans empressement ni regret, mais avec cette conscience des grandes
âmes qui savent l'étendue des liens que nouent de
semblables obligations et qui en font un magnifique
éloge, une preuve d'estime.

— Il me semble, dit le peintre, que cet uniforme
est celui d'un officier de marine ?

— Oui, dit-elle, c'est celui des capitaines de vaisseau[18]. Monsieur de Rouville, mon mari, est mort à
Batavia des suites d'une blessure reçue dans un combat
contre un vaisseau anglais qui le rencontra sur les
côtes d'Asie. Il montait une frégate de cinquante-six
canons, et le *Revenge* était un vaisseau de quatre-vingt-
seize. La lutte fut très inégale; mais il se défendit si
courageusement qu'il la maintint jusqu'à la nuit et
put échapper. Quand je revins en France, Bonaparte
n'avait pas encore le pouvoir, et l'on me refusa une
pension. Lorsque, dernièrement, je la sollicitai de nouveau, le ministre me dit avec dureté que si le baron de
Rouville eût émigré, je l'aurais conservé; qu'il serait
sans doute aujourd'hui contre-amiral; enfin, Son Excel-

lence finit par m'opposer je ne sais quelle loi sur les déchéances. Je n'ai fait cette démarche à laquelle des amis m'avaient poussée, que pour ma pauvre Adélaïde. J'ai toujours eu de la répugnance à tendre la main au nom d'une douleur qui ôte à une femme sa voix et ses forces. Je n'aime pas cette évaluation pécuniaire d'un sang irréparablement versé...

— Ma mère, ce sujet de conversation vous fait toujours mal.

Sur ce mot d'Adélaïde, la baronne Leseigneur de Rouville inclina la tête et garda le silence.

— Monsieur, dit la jeune fille à Hippolyte, je croyais que les travaux des peintres étaient en général peu bruyants[19] !

A cette question, Schinner se prit à rougir en se souvenant de son tapage. Adélaïde n'acheva pas et lui sauva quelque mensonge en se levant tout à coup au bruit d'une voiture qui s'arrêtait à la porte, elle alla dans sa chambre d'où elle revint aussitôt en tenant deux flambeaux dorés garnis de bougies entamées qu'elle alluma promptement; et sans attendre le tintement de la sonnette, elle ouvrit la porte de la première pièce où elle laissa la lampe. Le bruit d'un baiser reçu et donné retentit jusque dans le cœur d'Hippolyte. L'impatience que le jeune homme eut de voir celui qui traitait si familièrement Adélaïde ne fut pas promptement satisfaite, les arrivants eurent avec la jeune fille une conversation à voix basse qu'il trouva bien longue. Enfin, mademoiselle de Rouville reparut suivie de deux hommes dont le costume, la physionomie et l'aspect sont toute une histoire. Agé d'environ soixante ans, le premier portait un de ces habits inventés, je crois, pour Louis XVIII alors régnant, et dans lesquels le problème vestimental[20] le plus difficile fut résolu par un tailleur qui devrait être immortel. Cet artiste connaissait, à coup sûr, l'art des transitions qui fut tout le génie de ce temps si politiquement mobile. N'est-ce pas un bien rare mérite que de savoir juger son époque ? Cet habit, que les jeunes gens d'aujourd'hui peuvent prendre pour une fable, n'était ni civil ni militaire et pouvait passer tour à tour pour militaire et pour civil. Des fleurs de lis brodées ornaient les retroussis des deux pans de derrière. Les boutons dorés étaient également fleurdelisés. Sur les épaules, deux attentes vides demandaient des épaulettes inutiles. Ces deux symptômes de milice[21] étaient là comme une pétition sans apostille. Chez le vieillard, la boutonnière de cet habit en drap bleu de roi était fleurie de plusieurs rubans. Il tenait sans doute toujours à la main son tricorne garni d'une ganse d'or, car les ailes neigeuses de ses cheveux poudrés n'offraient pas trace de la pression du chapeau. Il semblait ne pas avoir plus de cinquante ans, et paraissait jouir d'une santé robuste. Tout en accusant le caractère loyal et franc des vieux émigrés, sa physionomie dénotait aussi les mœurs libertines et faciles, les passions gaies et l'insouciance de ces mousquetaires, jadis si célèbres dans les fastes de la galanterie. Ses gestes, son allure, ses manières annonçaient qu'il ne voulait se corriger ni de son royalisme, ni de sa religion, ni de ses amours.

Une figure vraiment fantastique suivait ce prétentieux *voltigeur de Louis XIV* (tel fut le sobriquet donné par les bonapartistes à ces nobles restes de la monarchie); mais pour la bien peindre il faudrait en faire l'objet principal du tableau où elle n'est qu'un accessoire. Figurez-vous un personnage sec et maigre, vêtu comme l'était le premier, mais n'en étant pour ainsi dire que le reflet, ou l'ombre, si vous voulez. L'habit, neuf chez l'un, se trouvait vieux et flétri chez l'autre. La poudre des cheveux semblait moins blanche chez

le second, l'or des fleurs de lis moins éclatant, les attentes de l'épaulette plus désespérées et plus recroque-
villées, l'intelligence plus faible, la vie plus avancée
vers le terme fatal que chez le premier. Enfin, il réali-
sait ce mot de Rivarol sur Champcenetz : « C'est mon
clair de lune. » Il n'était que le double de l'autre, le
double pâle et pauvre, car il se trouvait entre eux
toute la différence qui existe entre la première et la
dernière épreuve d'une lithographie. Ce vieillard muet
fut un mystère pour le peintre, et resta constamment
un mystère. Le chevalier, il était chevalier, ne parla
pas, et personne ne lui parla. Etait-ce un ami, un
parent pauvre, un homme qui restait près du vieux
galant comme une demoiselle de compagnie près d'une
vieille femme ? Tenait-il le milieu entre le chien, le
perroquet et l'ami ? Avait-il sauvé la fortune ou seulement la vie de son bienfaiteur ? Etait-ce le Trim
d'un autre capitaine Tobie[22] ? Ailleurs, comme chez
la baronne de Rouville, il excitait toujours la curiosité
sans jamais la satisfaire. Qui pouvait, sous la Restauration, se rappeler l'attachement qui liait avant la
Révolution ce chevalier à la femme de son ami, morte
depuis vingt ans ?

Le personnage qui paraissait être le plus neuf de ces
deux débris s'avança galamment vers la baronne de
Rouville, lui baisa la main, et s'assit auprès d'elle.
L'autre salua et se mit près de son type[23], à une distance représentée par deux chaises. Adélaïde vint
appuyer ses coudes sur le dossier du fauteil occupé par
le vieux gentilhomme en imitant, sans le savoir, la pose
que Guérin a donnée à la sœur de Didon dans son
célèbre tableau[24]. Quoique la familiarité du gentilhomme fût celle d'un père, pour le moment ses liber-
tés parurent déplaire à la jeune fille.

— Eh ! bien, tu me boudes ? dit-il. Puis il jeta sur

Schinner un de ces regards obliques pleins de finesse
et de ruse, regards diplomatiques dont l'expression
trahissait la prudente inquiétude, la curiosité polie
des gens bien élevés qui semblent demander en voyant
un inconnu : « Est-il des nôtres ? »

— Vous voyez notre voisin, lui dit la vieille dame
en lui montrant Hippolyte, monsieur est un peintre
célèbre dont le nom doit être connu de vous malgré
votre insouciance pour les arts.

Le gentilhomme reconnut la malice de sa vieille
amie dans l'omission du nom, et salua le jeune homme.

— Certes, dit-il, j'ai beaucoup entendu parler de
ses tableaux au dernier Salon. Le talent a de beaux
privilèges, monsieur, ajouta-t-il en regardant le ruban
rouge de l'artiste. Cette distinction, qu'il nous faut
acquérir au prix de notre sang et de longs services,
vous l'obtenez jeunes; mais toutes les gloires sont
frères, ajouta-t-il en portant les mains à sa croix de
Saint-Louis.

Hippolyte balbutia quelques paroles de remercie-
ment, et rentra dans son silence, se contentant d'admirer avec un enthousiasme croissant la belle tête de
jeune fille par laquelle il était charmé. Bientôt il s'oublia dans cette contemplation, sans plus songer à la
misère profonde du logis. Pour lui, le visage d'Adélaïde se détachait sur une atmosphère lumineuse. Il
répondit brièvement aux questions qui lui furent
adressées et qu'il entendit heureusement, grâce à une
singulière faculté de notre âme dont la pensée peut en
quelque sorte se dédoubler parfois. A qui n'est-il pas
arrivé de rester plongé dans une méditation voluptueuse ou triste, d'en écouter la voix en soi-même,
et d'assister à une conversation ou à une lecture ?
Admirable dualisme qui souvent aide à prendre les
ennuyeux en patience ! Féconde et riante, l'espérance

lui versa mille pensées de bonheur, et il ne voulut plus rien observer autour de lui. Enfant plein de confiance, il lui parut honteux d'analyser un plaisir. Après un certain laps de temps, il s'aperçut que la vieille dame et sa fille jouaient avec le vieux gentilhomme. Quant au satellite de celui-ci, fidèle à son état d'ombre, il se tenait debout derrière son ami dont le jeu le préoccupait, répondant aux muettes questions que lui faisait le joueur par de petites grimaces approbatives qui répétaient les mouvements interrogateurs de l'autre physionomie.

— Du Halga, je perds toujours, disait le gentilhomme.

— Vous écartez mal, répondait la baronne de Rouville.

— Voilà trois mois que je n'ai pu vous gagner une seule partie, reprit-il.

— Monsieur le comte a-t-il les as ? demanda la vieille dame.

— Oui. Encore un marqué, dit-il.

— Voulez-vous que je vous conseille ? disait Adélaïde.

— Non, non, reste devant moi. Ventre-de-biche ! Ce serait trop perdre que de ne pas t'avoir en face.

Enfin la partie finit. Le gentilhomme tira sa bourse, et jetant deux louis sur le tapis, non sans humeur :

— Quarante francs, juste comme de l'or, dit-il. Et diantre ! il est onze heures.

— Il est onze heures, répéta le personnage muet en regardant le peintre.

Le jeune homme, entendant cette parole un peu plus distinctement que toutes les autres, pensa qu'il était temps de se retirer. Rentrant alors dans le monde des idées vulgaires, il trouva quelques lieux communs pour prendre la parole, salua la baronne, sa fille, les deux

inconnus, et sortit en proie aux premières félicités
de l'amour vrai, sans chercher à s'analyser les petits
événements de cette soirée.

Le lendemain, le jeune peintre éprouva le désir
le plus violent de revoir Adélaïde. S'il avait écouté
sa passion, il serait entré chez ses voisines dès six
heures du matin, en arrivant à son atelier. Il eut cependant encore assez de raison pour attendre jusqu'à
l'après-midi. Mais, aussitôt qu'il crut pouvoir se présenter chez madame de Rouville, il descendit, sonna,
non sans quelques larges battements de cœur; et, rougissant comme une jeune fille, il demanda timidement le portrait du baron de Rouville à mademoiselle
Leseigneur qui était venue lui ouvrir.

— Mais entrez, lui dit Adélaïde qui l'avait sans doute
entendu descendre de son atelier.

Le peintre la suivit, honteux, décontenancé, ne
sachant rien dire, tant le bonheur le rendait stupide.
Voir Adélaïde, écouter le frissonnement de sa robe,
après avoir désiré pendant toute une matinée d'être
auprès d'elle, après s'être levé cent fois en disant : « Je
descends ! » et n'être pas descendu; c'était, pour lui,
vivre si richement que de telles sensations trop prolon-
gées lui auraient usé l'âme. Le cœur a la singulière
puissance de donner un prix extraordinaire à des riens.
Quelle joie n'est-ce pas pour un voyageur de recueillir
un brin d'herbe, une feuille inconnue, s'il a risqué sa
vie dans cette recherche ! Les riens de l'amour sont
ainsi. La vieille dame n'était pas dans le salon. Quand
la jeune fille s'y trouva seule avec le peintre, elle apporta une chaise pour avoir le portrait; mais, en s'apercevant qu'elle ne pouvait pas le décrocher sans mettre
le pied sur la commode, elle se tourna vers Hippolyte
et lui dit en rougissant : — Je ne suis pas assez grande.
Voulez-vous le prendre ?

Un sentiment de pudeur, dont témoignaient l'expression de sa physionomie et l'accent de sa voix, fut le véritable motif de sa demande; et le jeune homme, la comprenant ainsi, lui jeta un de ces regards intelligents qui sont le plus doux langage de l'amour. En voyant que le peintre l'avait devinée, Adélaïde baissa les yeux par un mouvement de fierté dont le secret appartient aux vierges. Ne trouvant pas un mot à dire, et presque intimidé, le peintre prit alors le tableau, l'examina gravement en le mettant au jour près de la fenêtre, et s'en alla sans dire autre chose à mademoiselle Leseigneur que : « Je vous le rendrai bientôt ». Tous deux, pendant ce rapide instant, ils ressentirent une de ces commotions vives dont les effets dans l'âme peuvent se comparer à ceux que produit une pierre jetée au fond d'un lac. Les réflexions les plus douces naissent et se succèdent, indéfinissables, multipliées, sans but, agitant le cœur comme les rides circulaires qui plissent longtemps l'onde en partant du point où la pierre est tombée. Hippolyte revint dans son atelier armé de ce portrait. Déjà son chevalet avait été garni d'une toile, une palette chargée de couleurs; les pinceaux étaient nettoyés, la place et le jour choisis. Aussi, jusqu'à l'heure du dîner, travailla-t-il au portrait avec cette ardeur que les artistes mettent à leurs caprices. Il revint le soir même chez la baronne de Rouville, et y resta depuis neuf heures jusqu'à onze. Hormis les différents sujets de conversation, cette soirée ressembla fort exactement à la précédente. Les deux vieillards arrivèrent à la même heure, la même partie de piquet eut lieu, les mêmes phrases furent dites par les joueurs, la somme perdue par l'ami d'Adélaïde fut aussi considérable que celle perdue la veille; seulement Hippolyte, un peu plus hardi, osa causer avec la jeune fille.

Huit jours se passèrent ainsi, pendant lesquels les sentiments du peintre et ceux d'Adélaïde subirent ces délicieuses et lentes transformations qui amènent les âmes à une parfaite entente. Aussi, de jour en jour, le regard par lequel Adélaïde accueillait son ami devint-il plus intime, plus confiant, plus gai, plus franc; sa voix, ses manières eurent-elles quelque chose de plus onctueux, de plus familier. Schinner voulut apprendre le piquet. Ignorant et novice, il fit naturellement école sur école; et, comme le vieillard, il perdit presque toutes les parties. Sans s'être encore confié leur amour, les deux amants savaient qu'ils s'appartenaient l'un à l'autre. Tous deux riaient, causaient, se communiquaient leurs pensées, parlaient d'eux-mêmes avec la naïveté de deux enfants qui, dans l'espace d'une journée, ont fait connaissance, comme s'ils s'étaient vus depuis trois ans. Hippolyte se plaisait à exercer son pouvoir sur sa timide amie. Bien des concessions lui furent faites par Adélaïde qui, craintive et dévouée, était la dupe de ces fausses bouderies que l'amant le moins habile ou la jeune fille la plus naïve inventent et dont ils se servent sans cesse, comme les enfants gâtés abusent de la puissance que leur donne l'amour de leur mère. Ainsi toute familiarité cessa promptement entre le vieux comte et Adélaïde. La jeune fille comprit les tristesses du peintre et les pensées cachées dans les plis de son front, dans l'accent brusque du peu de mots qu'il prononçait lorsque le vieillard baisait sans façon les mains ou le cou d'Adélaïde. De son côté, mademoiselle Leseigneur demanda bientôt à son amoureux un compte sévère de ses moindres actions : elle était si malheureuse, si inquiète quand Hippolyte ne venait pas; elle savait si bien le gronder de ses absences que le peintre dut renoncer à voir ses amis, à hanter le monde. Adélaïde laissa percer la jalousie naturelle

aux femmes en apprenant que parfois, en sortant de
chez madame de Rouville, à onze heures, le peintre
faisait encore des visites et parcourait les salons les
plus brillants de Paris. Selon elle, ce genre de vie était
mauvais pour la santé; puis, avec cette conviction profonde à laquelle l'accent, le geste et le regard d'une
personne aimée donnent tant de pouvoir, elle prétendit « qu'un homme obligé de prodiguer à plusieurs
femmes à la fois son temps et les grâces de son esprit
ne pouvait pas être l'objet d'une affection bien vive ».
Le peintre fut donc amené, autant par le despotisme
de la passion que par les exigences d'une jeune fille
aimante, à ne vivre que dans ce petit appartement où
tout lui plaisait. Enfin, jamais amour ne fut ni plus pur
ni plus ardent. De part et d'autre, la même foi, la
même délicatesse firent croître cette passion sans le
secours de ces sacrifices par lesquels beaucoup de gens
cherchent à se prouver leur amour. Entre eux il existait un échange continuel de sensations si douces qu'ils
ne savaient lequel des deux donnait ou recevait le
plus. Un penchant involontaire rendait l'union de leurs
âmes toujours plus étroite. Le progrès de ce sentiment
vrai fut si rapide que, deux mois après l'accident auquel
le peintre avait dû le bonheur de connaître Adélaïde,
leur vie était devenue une même vie. Dès le matin, la
jeune fille, entendant le pas du peintre, pouvait se
dire : « Il est là ! » Quand Hippolyte retournait chez sa
mère à l'heure du dîner, il ne manquait jamais de
venir saluer ses voisines; et le soir il accourait, à
l'heure accoutumée, avec une ponctualité d'amoureux.
Ainsi, la femme la plus tyrannique et la plus ambitieuse en amour n'aurait pu faire le plus léger reproche
au jeune peintre. Aussi Adélaïde savoura-t-elle un
bonheur sans mélange et sans bornes en voyant se réa-
liser dans toute son étendue l'idéal qu'il est si naturel

de rêver à son âge. Le vieux gentilhomme vint moins
souvent, le jaloux Hippolyte l'avait remplacé le soir,
au tapis vert, dans son malheur constant au jeu. Cependant, au milieu de son bonheur, en songeant à la
désastreuse situation de madame de Rouville, car il
avait acquis plus d'une preuve de sa détresse, il fut
saisi par une pensée importune. Déjà plusieurs fois il
s'était dit en rentrant chez lui : « Comment ! Vingt
francs tous les soirs ? » Et il n'osait s'avouer à lui-même
d'odieux soupçons. Il employa deux mois à faire le portrait, et quand il fut fini, verni, encadré, il le regarda
comme un de ses meilleurs ouvrages. Madame la baronne de Rouville ne lui en avait plus parlé. Etait-ce
insouciance ou fierté ? Le peintre ne voulut pas s'expliquer ce silence. Il complota joyeusement avec Adélaïde de mettre le portrait en place pendant une
absence de madame de Rouville. Un jour donc, durant la promenade que sa mère faisait ordinairement
aux Tuileries, Adélaïde monta seule, pour la première
fois, à l'atelier d'Hippolyte, sous prétexte de voir le
portrait dans le jour favorable sous lequel il avait
été peint. Elle demeura muette et immobile en proie
à une contemplation délicieuse où se fondaient en un
seul tous les sentiments de la femme. Ne se résument-
ils pas tous dans une admiration pour l'homme aimé ?
Lorsque le peintre, inquiet de ce silence, se pencha pour
voir la jeune fille, elle lui tendit la main, sans pouvoir
dire un mot; mais deux larmes étaient tombées de ses
yeux; Hippolyte prit cette main, la couvrit de baisers,
et, pendant un moment, ils se regardèrent en silence,
voulant tous deux s'avouer leur amour, et ne l'osant
pas. Le peintre garda la main d'Adélaïde dans les
siennes, une même chaleur et un même mouvement leur
apprirent alors que leurs cœurs battaient aussi fort l'un
que l'autre. Trop émue, la jeune fille s'éloigna douce-

ment d'Hippolyte, et dit, en lui jetant un regard plein
de naïveté : — Vous allez rendre ma mère bien heureuse !

— Quoi ! votre mère seulement ? demanda-t-il.

— Oh ! moi, je le suis trop.

Le peintre baissa la tête et resta silencieux, effrayé
de la violence des sentiments que l'accent de cette
phrase réveilla dans son cœur. Comprenant alors tous
deux le danger de cette situation, ils descendirent et
mirent le portrait à sa place. Hippolyte dîna pour la
première fois avec la baronne qui, dans son attendrissement et tout en pleurs, voulut l'embrasser. Le
soir, le vieil émigré, ancien camarade du baron de
Rouville, fit à ses deux amies une visite pour leur
apprendre qu'il venait d'être nommé vice-amiral. Ses
navigations terrestres à travers l'Allemagne et la Russie lui avaient été comptées comme des campagnes
navales. A l'aspect du portrait, il serra cordialement
la main du peintre, et s'écria : — Ma foi ! quoique ma
vieille carcasse ne vaille pas la peine d'être conservée,
je donnerais bien cinq cents pistoles pour me voir
aussi ressemblant que l'est mon vieux Rouville.

A cette proposition, la baronne regarda son ami,
et sourit en laissant éclater sur son visage les marques
d'une soudaine reconnaissance. Hippolyte crut deviner
que le vieil amiral voulait lui offrir le prix des deux
portraits en payant le sien. Sa fierté d'artiste, tout
autant que sa jalousie peut-être, s'offensa de cette pensée, et il répondit : — Monsieur, si je peignais le
portrait, je n'aurais pas fait celui-ci.

L'amiral se mordit les lèvres et se mit à jouer. Le
peintre resta près d'Adélaïde qui lui proposa six rois[25]
de piquet, il accepta. Tout en jouant, il observa chez
madame de Rouville une ardeur pour le jeu qui le
surprit. Jamais cette vieille baronne n'avait encore

manifesté un désir si ardent pour le gain, ni un plaisir si vif en palpant les pièces d'or du gentilhomme. Pendant la soirée, de mauvais soupçons vinrent troubler le bonheur d'Hippolyte et lui donnèrent de la défiance. Madame de Rouville vivrait-elle donc du jeu ? Ne jouait-elle pas en ce moment pour acquitter quelque dette, ou poussée par quelque nécessité ? Peut-être n'avait-elle pas payé son loyer. Ce vieillard paraissait être assez fin pour ne pas se laisser impunément prendre son argent. Quel intérêt l'attirait dans cette maison pauvre, lui riche ? Pourquoi, jadis si familier près d'Adélaïde, avait-il renoncé à des privautés acquises et dues peut-être ? Ces réflexions involontaires l'excitèrent à examiner le vieillard et la baronne dont les airs d'intelligence et certains regards obliques jetés sur Adélaïde et sur lui le mécontentèrent. « Me tromperait-on ? » fut pour Hippolyte une dernière idée, horrible, flétrissante, et à laquelle il crut précisément assez pour en être torturé. Il voulut rester après le départ des deux vieillards pour confirmer ses soupçons ou pour les dissiper. Il tira sa bourse afin de payer Adélaïde; mais, emporté par ses pensées poignantes, il la mit sur la table, tomba dans une rêverie qui dura peu; puis, honteux de son silence, il se leva, répondit à une interrogation banale de madame de Rouville, et vint près d'elle pour, tout en causant, mieux scruter ce vieux visage. Il sortit en proie à mille incertitudes. Après avoir descendu quelques marches, il rentra pour prendre sa bourse oubliée.

— Je vous ai laissé ma bourse, dit-il à la jeune fille.

— Non, répondit-elle en rougissant.

— Je la croyais là, reprit-il en montrant la table de jeu. Honteux pour Adélaïde et pour la baronne de ne pas l'y voir, il les regarda d'un air hébété qui les fit rire, pâlit et reprit en tâtant son gilet : — Je me suis trompé, je l'ai sans doute.

Dans l'un des côtés de cette bourse, il y avait quinze louis, et, de l'autre, quelque menue monnaie. Le vol était si flagrant, si effrontément nié, qu'Hippolyte n'eut plus de doute sur la moralité de ses voisines; il s'arrêta dans l'escalier, le descendit avec peine : ses jambes tremblaient, il avait des vertiges, il suait, il grelottait, et se trouvait hors d'état de marcher, aux prises avec l'atroce commotion causée par le renversement de toutes ses espérances. Dès ce moment, il pêcha dans sa mémoire une foule d'observations légères en apparence, mais qui corroboraient ses affreux soupçons et qui, en lui prouvant la réalité du dernier fait, lui ouvrirent les yeux sur le caractère et la vie de ces deux femmes. Avaient-elles donc attendu que le portrait fût donné, pour voler cette bourse ? Combiné, le vol semblait encore plus odieux. Le peintre se souvint, pour son malheur, que, depuis deux ou trois soirées, Adélaïde, en paraissant examiner avec une curiosité de jeune fille le travail particulier du réseau de soie usé, vérifiait probablement l'argent contenu dans la bourse en faisant des plaisanteries innocentes en apparence, mais qui sans doute avaient pour but d'épier le moment où la somme serait assez forte pour être dérobée. — Le vieil amiral a peut-être d'excellentes raisons pour ne pas épouser Adélaïde, et alors la baronne aura tâché de me... A cette supposition, il s'arrêta, n'achevant pas même sa pensée qui fut détruite par une réflexion bien juste : — Si la baronne, pensa-t-il, espère me marier avec sa fille, elles ne m'auraient pas volé. Puis il essaya, pour ne point renoncer à ses illusions, à son amour déjà si fortement enraciné, de chercher quelque justification dans le hasard. — Ma bourse sera tombée à terre, se dit-il, elle sera restée sur mon

fauteuil. Je l'ai peut-être, je suis si distrait ! Il se fouilla
par des mouvements rapides et ne retrouva pas la
maudite bourse. Sa mémoire cruelle lui retraçait par
instants la fatale vérité. Il voyait distinctement sa
bourse étalée sur le tapis; mais ne doutant plus du vol,
il excusait alors Adélaïde en se disant que l'on ne devait pas juger si promptement les malheureux. Il y avait
sans doute un secret dans cette action en apparence si
dégradante. Il ne voulait pas que cette fière et noble
figure fût un mensonge. Cependant, cet appartement
si misérable lui apparut dénué des poésies de l'amour
qui embellit tout : il le vit sale et flétri, le considéra
comme la représentation d'une vie intérieure sans noblesse, inoccupée, vicieuse. Nos sentiments ne sont-ils
pas, pour ainsi dire, écrits sur les choses qui nous
entourent[26] ? Le lendemain matin, il se leva sans avoir
dormi. La douleur du cœur, cette grave maladie morale, avait fait en lui d'énormes progrès. Perdre un
bonheur rêvé, renoncer à tout un avenir, est une souffrance plus aiguë que celle causée par la ruine d'une
félicitée ressentie, quelque complète qu'elle ait été :
l'espérance n'est-elle pas meilleure que le souvenir ?
Les méditations dans lesquelles tombe tout à coup notre
âme sont alors comme une mer sans rivage au sein
de laquelle nous pouvons nager pendant un moment,
mais où il faut que notre amour se noie et périsse. Et
c'est une affreuse mort. Les sentiments ne sont-ils pas
la partie la plus brillante de notre vie ? De cette mort
partielle viennent, chez certaines organisations délicates ou fortes, les grands ravages produits par les désen-
chantements, par les espérances et les passions trompées.
Il en fut ainsi du jeune peintre. Il sortit de grand
matin, alla se promener sous les frais ombrages des
Tuileries, absorbé par ses idées, oubliant tout dans le
monde. Là, par hasard, il rencontra un de ses amis

les plus intimes, un camarade de collège et d'atelier, avec lequel il avait vécu mieux qu'on ne vit avec un frère.

— Eh ! bien, Hippolyte, qu'as-tu donc ? lui dit François Souchet, jeune sculpteur qui venait de remporter le grand prix et devait bientôt partir pour l'Italie.

— Je suis très malheureux, répondit gravement Hippolyte.

— Il n'y a qu'une affaire de cœur qui puisse te chagriner. Argent, gloire, considération, rien ne te manque.

Insensiblement, les confidences commencèrent, et le peintre avoua son amour. Au moment où il parla de la rue de Surêne et d'une jeune personne logée à un quatrième étage : — Halte-là ! s'écria gaiement Souchet. C'est une petite fille que je viens voir tous les matins à l'Assomption, et à laquelle je fais la cour. Mais, mon cher, nous la connaissons tous. Sa mère est une baronne ! Est-ce que tu crois aux baronnes logées au quatrième ? Brrr. Ah ! bien, tu es un homme de l'âge d'or. Nous voyons ici, dans cette allée, la vieille mère tous les jours; mais elle a une figure, une tournure qui disent tout. Comment ! Tu n'as pas deviné ce qu'elle est à la manière dont elle tient son sac ?

Les deux amis se promenèrent longtemps, et plusieurs jeunes gens qui connaissaient Souchet ou Schinner se joignirent à eux. L'aventure du peintre, jugée comme de peu d'importance, leur fut racontée par le sculpteur.

— Et lui aussi, disait-il, a vu cette petite !

Ce fut des observations, des rires, des moqueries, innocentes et empreintes de la gaieté familière aux artistes; mais qui firent horriblement souffrir Hippolyte. Une certaine pudeur d'âme le mettait mal à l'aise

en voyant le secret de son cœur traité si légèrement,
sa passion déchirée, mise en lambeaux, une jeune fille
inconnue et dont la vie paraissait si modeste, sujette
à des jugements vrais ou faux, portés avec tant d'insouciance. Il affecta d'être mû par un esprit de contradiction, il demanda sérieusement à chacun les preuves de ses assertions, et les plaisanteries recommencè-
rent.

— Mais, mon cher ami, as-tu vu le châle de la
baronne ? disait Souchet.

— As-tu suivi la petite quand elle trotte le matin à
l'Assomption ? disait Joseph Bridau, jeune rapin de
l'atelier de Gros.

— Ah ! la mère a, entre autres vertus, une certaine
robe grise que je regarde comme un type, dit Bixiou
le faiseur de caricatures.

— Ecoute, Hippolyte, reprit le sculpteur, viens ici
vers quatre heures, et analyse un peu la marche de la
mère et de la fille. Si, après, tu as des doutes ! hé bien,
l'on ne fera jamais rien de toi : tu seras capable d'épouser la fille de ta portière.

En proie aux sentiments les plus contraires, le peintre
quitta ses amis. Adélaïde et sa mère lui semblaient
devoir être au-dessus de ces accusations, et il éprouvait,
au fond de son cœur, le remords d'avoir soupçonné la
pureté de cette jeune fille, si belle et si simple. Il vint
à son atelier, passa devant la porte de l'appartement
où était Adélaïde, et sentit en lui-même une douleur
de cœur à laquelle nul homme ne se trompe. Il aimait
mademoiselle de Rouville si passionnément que, malgré
le vol de la bourse, il l'adorait encore. Son amour était
celui du chevalier des Grieux admirant et purifiant
sa maîtresse jusque sur la charrette qui mène en prison les femmes perdues[27]. — Pourquoi mon amour
ne la rendrait-il pas la plus pure de toutes les femmes ?

Pourquoi l'abandonner au mal et au vice, sans lui tendre une main amie ? Cette mission lui plut. L'amour fait son profit de tout. Rien ne séduit plus un jeune homme que de jouer le rôle d'un bon génie auprès d'une femme. Il y a je ne sais quoi de romanesque dans cette entreprise, qui sied aux âmes exaltées. N'est-ce pas le dévouement le plus étendu sous la forme la plus élevée, la plus gracieuse ? N'y a-t-il pas quelque grandeur à savoir que l'on aime assez pour aimer encore là où l'amour des autres s'éteint et meurt ? Hippolyte s'assit dans son atelier, contempla son tableau sans y rien faire, n'en voyant les figures qu'à travers quelques larmes qui lui roulaient dans les yeux, tenant toujours sa brosse à la main, s'avançant vers la toile comme pour adoucir une teinte, et n'y touchant pas. La nuit le surprit dans cette attitude. Réveillé de sa rêverie par l'obscurité, il descendit, rencontra le vieil amiral dans l'escalier, lui jeta un regard sombre en le saluant, et s'enfuit. Il avait eu l'intention d'entrer chez ses voisines, mais l'aspect du protecteur d'Adélaïde lui glaça le cœur et fit évanouir sa résolution. Il se demanda pour la centième fois quel intérêt pouvait amener ce vieil homme à bonnes fortunes, riche de quatre-vingt mille livres de rente, dans ce quatrième étage où il perdait environ quarante francs tous les soirs; et cet intérêt, il crut le deviner. Le lendemain et les jours suivants, Hippolyte se jeta dans le travail pour tâcher de combattre sa passion par l'entraînement des idées et par la fougue de la conception. Il réussit à demi. L'étude le consola sans parvenir cependant à étouffer les souvenirs de tant d'heures caressantes passées auprès d'Adélaïde. Un soir, en quittant son atelier, il trouva la porte de l'appartement des deux dames entrouverte. Une personne y était debout, dans l'embrasure de la fenêtre. La disposition de la porte et de l'escalier ne permettait pas au peintre de passer sans voir Adélaïde, il la salua froidement en lui lançant un regard plein d'indifférence; mais, jugeant des souffrances de cette jeune fille par les siennes, il eut un tressaillement intérieur en songeant à l'amertume que ce regard et cette froideur devaient jeter dans un cœur aimant. Couronner les plus douces fêtes qui aient jamais réjoui deux âmes pures par un dédain de huit jours, et par le mépris le plus profond, le plus entier ?... Affreux dénouement ! Peut-être la bourse était-elle retrouvée, et peut-être chaque soir Adélaïde avait-elle attendu son ami ? Cette pensée si simple, si naturelle fit éprouver de nouveaux remords à l'amant; il se demanda si les preuves d'attachement que la jeune fille lui avait données, si les ravissantes causeries empreintes d'un amour qui l'avait charmé, ne méritaient pas au moins une enquête, ne valaient pas une justification. Honteux d'avoir résisté pendant une semaine aux vœux de son cœur, et se trouvant presque criminel de ce combat, il vint le soir même chez madame de Rouville. Tous ses soupçons, toutes ses pensées mauvaises s'évanouirent à l'aspect de la jeune fille pâle et maigrie.

— Eh, bon Dieu ! qu'avez-vous donc ? lui dit-il après avoir salué la baronne.

Adélaïde ne lui répondit rien, mais elle lui jeta un regard plein de mélancolie, un regard triste, découragé qui lui fit mal.

— Vous avez sans doute beaucoup travaillé, dit la vieille dame, vous êtes changé. Nous sommes la cause de votre réclusion. Ce portrait aura retardé quelques tableaux importants pour votre réputation.

Hippolyte fut heureux de trouver une si bonne excuse à son impolitesse.

— Oui, dit-il, j'ai été fort occupé, mais j'ai souffert...

A ces mots, Adélaïde leva la tête, regarda son amant,

et ses yeux inquiets ne lui reprochèrent plus rien.

— Vous nous avez donc supposées bien indifférentes à ce qui peut vous arriver d'heureux ou de malheureux ? dit la vieille dame.

— J'ai eu tort, reprit-il. Cependant il est de ces peines que l'on ne saurait confier à qui que ce soit, même à un sentiment moins jeune que ne l'est celui dont vous m'honorez...

— La sincérité, la force de l'amitié ne doivent pas se mesurer d'après le temps. J'ai vu de vieux amis ne pas se donner une larme dans le malheur, dit la baronne en hochant la tête.

— Mais qu'avez-vous donc ? demanda le jeune homme à Adélaïde.

— Oh ! rien, répondit la baronne. Adélaïde a passé quelques nuits pour achever un ouvrage de femme, et n'a pas voulu m'écouter lorsque je lui disais qu'un jour de plus ou de moins importait peu.

Hippolyte n'écoutait pas. En voyant ces deux figures si nobles, si calmes, il rougissait de ses soupçons, et attribuait la perte de sa bourse à quelque hasard inconnu. Cette soirée fut délicieuse pour lui, et peut-être aussi pour elle. Il y a de ces secrets que les âmes jeunes entendent si bien ! Adélaïde devinait les pensées d'Hippolyte. Sans vouloir avouer ses torts, le peintre les reconnaissait, il revenait à sa maîtresse plus aimant, plus affectueux, en essayant ainsi d'acheter un pardon tacite. Adélaïde savourait des joies si parfaites, si douces qu'elles ne lui semblaient pas trop payées par tout le malheur qui avait si cruellement froissé son âme. L'accord si vrai de leurs cœurs, cette entente pleine de magie, fut néanmoins troublée par un mot de la baronne de Rouville.

— Faisons-nous notre petite partie ? dit-elle, car mon vieux Kergarouët me tient rigueur.

Cette phrase réveilla toutes les craintes du jeune peintre, qui rougit en regardant la mère d'Adélaïde; mais il ne vit sur ce visage que l'expression d'une bonhomie sans fausseté : nulle arrière-pensée n'en détruisait le charme, la finesse n'en était point perfide; la malice en semblait douce, et nul remords n'en altérait le calme. Il se mit alors à la table de jeu. Adélaïde voulut partager le sort du peintre, en prétendant qu'il ne connaissait pas le piquet, et avait besoin d'un partner[28]. Madame de Rouville et sa fille se firent, pendant la partie, des signes d'intelligence qui inquiétèrent d'autant plus Hippolyte qu'il gagnait; mais à la fin, un dernier coup rendit les deux amants débiteurs de la baronne. En voulant chercher de la monnaie dans son gousset, le peintre retira ses mains de dessus la table, et vit alors devant lui une bourse qu'Adélaïde y avait glissée sans qu'il s'en aperçût; la pauvre enfant tenait l'ancienne, et s'occupait par contenance à y chercher de l'argent pour payer sa mère. Tout le sang d'Hippolyte afflua si vivement à son cœur qu'il faillit perdre connaissance. La bourse neuve substituée à la sienne, et qui contenait ses quinze louis, était brodée en perles d'or. Les coulants, les glands, tout attestait le bon goût d'Adélaïde, qui sans doute avait épuisé son pécule aux ornements de ce charmant ouvrage. Il était impossible de dire avec plus de finesse que le don du peintre ne pouvait être récompensé que par un témoignage de tendresse. Quand Hippolyte, accablé de bonheur, tourna les yeux sur Adélaïde et sur la baronne, il les vit tremblant de plaisir et heureuses de cette aimable supercherie. Il se trouva petit, mesquin, niais; il aurait voulu pouvoir se punir : se déchirer le cœur. Quelques larmes lui vinrent aux yeux, il se leva par un mouvement irrésistible, prit Adélaïde dans ses bras, la serra contre son cœur, lui ravit un baiser: puis, avec une bonne foi d'artiste : — Je vous la demande pour femme, s'écria-t-il en regardant la baronne.

Adélaïde jetait sur le peintre des yeux à demi courroucés, et madame de Rouville un peu étonnée cherchait une réponse, quand cette scène fut interrompue par le bruit de la sonnette. Le vieux vice-amiral apparut suivi de son ombre et de madame Schinner. Après avoir deviné la cause des chagrins que son fils essayait vainement de lui cacher, la mère d'Hippolyte avait pris des renseignements auprès de quelques-uns de ses amis sur Adélaïde. Justement alarmée des calomnies qui pesaient sur cette jeune fille à l'insu du comte de Kergarouët dont le nom lui fut dit par la portière, elle était allée les conter au vice-amiral, qui dans sa colère « voulait aller, disait-il, couper les oreilles à ces bélîtres ». Animé par son courroux, l'amiral avait appris à madame Schinner le secret des pertes volontaires qu'il faisait au jeu, puisque la fierté de la baronne ne lui laissait que cet ingénieux moyen de la secourir.

Lorsque madame Schinner eut salué madame de Rouville, celle-ci regarda le comte de Kergarouët, le chevalier du Halga, l'ancien ami de la feue comtesse de Kergarouët, Hippolyte, Adélaïde, et dit avec la grâce du cœur : — Il paraît que nous sommes en famille ce soir.

Paris, mai 1832[29].

ÉCLAIRCISSEMENTS

VIE DE BALZAC

VIE DE RANCÉ

1746 — *22 juillet*. Naissance dans le Rouergue de Bernard-François Balssa, qui sera le père de Balzac. Le nom orthographié « Balzac » n'apparaît, à notre connaissance, qu'en 1776.

1777 — *27 mars* (d'autres sources donnent la date du *23 mai*). Naissance de la future Mme de Berny, qui, malgré la différence des âges, sera pour Balzac la maîtresse la mieux aimée. Son exemple et ses confidences compteront parmi les principales inspirations du romancier.

1778 — *22 octobre*. Naissance de celle qui sera la mère de Balzac.

1784 — Naissance de la future duchesse d'Abrantès, qui sera une autre maîtresse et une autre éducatrice de Balzac.

1797 — *26 janvier*. Mariage de ses futurs parents, dont l'un est âgé de cinquante ans et l'autre de dix-huit.

1799 — *20 mai*. Naissance à Tours d'Honoré Balzac; un premier enfant n'avait pas vécu. Le nouveau-né est mis en nourrice à Saint-Cyr-sur-Loire.

1800 — *29 septembre*. Naissance de Laure, sœur d'Honoré; il lui restera attaché d'une grande affection, et lui dédiera *Les Proscrits* puis *Un début dans la vie*. Elle épousera en 1820 Eugène Surville, ingénieur des Ponts et Chaussées.

1801 — *6 janvier* (?). Naissance en Ukraine d'Eveline (Eve) Rzewuska, future Mme Hanska, qui deviendra sa maîtresse en 1834 et sa femme en 1850.

1802 — Naissance de Laurence, seconde sœur d'Honoré. C'est sur son acte de baptême qu'apparaît pour la première fois la particule *de* devant le nom de Balzac.

1803 — Il quitte sa nourrice pour vivre chez ses parents à Tours, où son père, qui était employé dans les services militaires des subsistances, est nommé directeur de l'Hôpital général.

1804 — *Avril*. Il entre à la pension Le Guay, à Tours; il la quittera en 1807.

1807 — *22 juin*. Il entre au collège des oratoriens de Vendôme, qu'il quittera en avril 1813.

— *21 décembre*. Naissance de Henri, son frère adultérin : la préférence de la mère pour celui-ci affectera l'enfance et l'adolescence d'Honoré. Le père est Jean de Margonne, propriétaire du manoir de Saché, et avec qui le romancier sera très lié.

1814 — *Juillet-septembre*. Après une longue année de repos dans sa famille (il souffrait de troubles attribués à un abus de lecture), Honoré est externe au collège de Tours.

— *Novembre*. Son père est nommé directeur des Vivres à Paris, où lui-même va terminer ses études secondaires en 1815 et 1816.

1816-1818 — Il suit des cours à la faculté de droit et à la Sorbonne; il fréquente le Muséum. Il travaille comme clerc dans l'étude de maître Guillonnet-Merville, avoué, puis dans celle de maître Passez, notaire; ces deux stages laisseront sur lui une empreinte profonde. Il rédige des *Notes sur la philosophie et la religion* puis des *Notes sur l'immortalité de l'âme;* ce sont les premières expressions des goûts philosophiques qu'il gardera longtemps.

1819 — *4 janvier.* Bachelier en droit.

— *Avril.* Son père prend sa retraite, voit ses ressources diminuées en conséquence, et s'installe avec sa famille à Villeparisis.

— *Août.* Honoré, dont ses parents voulaient faire un notaire, obtient un délai de grâce, et va habiter une mansarde parisienne près de l'Arsenal pour y suivre sa vocation et s'exercer au métier des lettres.

1819-1820 — Pendant l'hiver il écrit une tragédie en cinq actes et en vers, *Cromwell,* qui déçoit son entourage; en août, soumise à Andrieux, académicien et professeur au Collège de France, que connaissent ses parents, elle est par lui jugée trop mauvaise pour que Balzac puisse jamais songer à devenir écrivain.

— *1er septembre.* Au tirage au sort, il tombe sur un « bon numéro » qui le dispense du service militaire.

1820-1821 — Balzac, qui vit alternativement à Paris et dans sa famille à Villeparisis, écrit *Falthurne* puis *Sténie ou les Erreurs philosophiques;* il travaillera à un second *Falthurne* en 1823 : nouveaux indices de son penchant pour la spéculation philosophique.

1821 — *Juin.* Il rencontre Laure de Berny. Elle a quarante-quatre ans, il en a vingt-deux. Elle va devenir sa maîtresse en 1822, sera son initiatrice dans tous les domaines et restera pour lui un soutien et le guide le plus sûr. Il importe d'observer qu'elle

est d'un an et demi l'aînée de la mère de Balzac :
l'attachement que l'enfant frustré gardera pour
elle a quelque chose d'ambivalent.

1822-1827 — En collaboration d'abord, puis seul, mais
toujours sous des pseudonymes, et à des fins purement lucratives, il publie une masse considérable
de produits romanesques « de consommation cou-
rante », qu'il lui arrivera d'appeler « petites opé-
rations de littérature marchande » ou même « co-
chonneries littéraires ».

1825 — *Avril-mai.* Il a été présenté à la duchesse
d'Abrantès; leur liaison va commencer; il est de
quinze ans plus jeune qu'elle. Il se fait éditeur
et entreprend la publication des œuvres de La
Fontaine et de Molière, pour lesquelles il écrit des
notices.

— *Septembre-octobre.* Séjour en Touraine, notamment chez Margonne à Saché, avec sa mère
et son frère Henri. Désormais il s'y rendra souvent, et y travaillera beaucoup.

— En 1825 il commence à écrire ce qui deviendra
Physiologie du mariage.

1826 — *1er juin.* Breveté imprimeur, et avec un associé, il ouvre un atelier dans l'actuelle rue Vis-
conti. Début des endettements.

1827 — *Juillet.* A l'aide de capitaux fournis par
Mme de Berny, il entre dans une société de fonderie de caractères d'imprimerie.

1828 — *16 avril.* Dissolution et remaniement de la
société de fonderie; il en est écarté.

— *12 août.* Liquidation de l'imprimerie; elle lui
laisse 60 000 francs de dettes (dont 50 000 envers
sa famille).

— *Août-décembre.* Il travaille à plusieurs
ouvrages, notamment *Le Dernier Chouan.* En vue

de ce roman il séjourne à Fougères en septembre et octobre.

1829 — *Mars. Le Dernier Chouan ou la Bretagne en 1800*, premier roman signé par Balzac sous son véritable nom, paraît en librairie. Le titre définitif sera *Les Chouans*. L'écrivain prépare les futures *Scènes de la vie privée.*

— *Décembre. Physiologie du mariage.*

1830 — *13 avril. Scènes de la Vie privée* (en 2 vol.). Pendant toute l'année : publications multiples dans divers périodiques. Il en sera de même pendant les deux années suivantes. Travail acharné. Vie mondaine et dispendieuse; amitiés et camaraderies littéraires.

— *Mars-mai.* Balzac songe à se présenter aux prochaines élections générales.

1831 — *1ᵉʳ août. La Peau de chagrin.*

— *Fin septembre. Romans et Contes philosophiques,* avec une introduction de Philarète Chasles, inspirée, au moins en partie, par Balzac.

1832 — *28 février.* Mme Hanska lui adresse une première lettre, signée « L'Etrangère ».

— *Avril.* Premier dizain des *Contes drolatiques.*

— *22 mai.* Deuxième édition, en 4 vol., des *Scènes de la Vie privée.*

— *Août-octobre.* Séjour à Aix-les-Bains, puis à Genève, auprès de la marquise de Castries, à qui il a été présenté en 1831, et qui s'amuse à se faire chaudement courtiser, mais ne cède pas.

— *Octobre. Nouveaux Contes philosophiques.*

1833 — *Juillet.* Deuxième dizain des *Contes drolatiques.*

— *Septembre. Le Médecin de campagne.*

— *25 septembre.* Première rencontre de Balzac et de Mme Hanska, à Neuchâtel.

— *Décembre.* Tomes I et II des *Scènes de la Vie de province* (avec *Eugénie Grandet* en édition originale); ils forment la première livraison des *Etudes de mœurs au XIXe siècle,* lesquelles paraîtront en douze tomes jusqu'en 1837.

— *Décembre-février.* Séjour à Genève auprès de Mme Hanska.

1834 — *26 janvier.* « Jour inoubliable »; début de la liaison avec Mme Hanska.

— *Avril.* Deuxième livraison des *Etudes de mœurs...* (2 vol. de *Scènes de la Vie parisienne*).

— *Mai.* Deuxième édition du *Dernier Chouan,* sous le titre *Les Chouans ou la Bretagne en 1800.*

— *4 juin.* Naissance à Sartrouville de Marie-Caroline, fille présumée de Balzac et de Marie du Fresnay, née Daminois; elle vivra près d'un siècle, jusqu'en 1930.

— *Septembre-octobre.* Troisième livraison des *Etudes de mœurs...* : 2 vol. de *Scènes de la Vie privée,* dont *La Recherche de l'absolu* en édition originale.

— *Octobre.* Balzac fait la connaissance de la comtesse Guidoboni-Visconti; leur liaison va commencer.

— *Décembre.* Première livraison des *Etudes philosophiques,* avec une introduction de Félix Davin, lequel n'est guère qu'un prête-nom.

1835 — *Mars. Le Père Goriot.* Balzac trouve refuge à Chaillot, où il se cache de la Garde nationale sous le nom de « Mme veuve Durand ».

— *Mai.* Suite des *Etudes de mœurs...*

— *Mai-juin.* Séjour à Vienne, où il retrouve Mme Hanska (il ne la reverra plus avant huit ans), est reçu par Metternich et visite le champ de bataille de Wagram en vue d'un roman qui ne sera jamais écrit.

— *Juillet*. Suite des *Etudes de mœurs*..., avec une autre introduction inspirée à Félix Davin.

— *Novembre*. Suite des Etudes de mœurs..., avec, en édition originale, *La Fleur des Pois*, titre qui deviendra ultérieurement *Le Contrat de mariage*.

— *Décembre*. *Le Livre mystique*, réunissant *Les Proscrits*, *Louis Lambert* et, en édition originale, *Séraphîta*. Balzac devient majoritaire dans le capital de la *Chronique de Paris*, où il publiera quelques-unes de ses œuvres.

1836 — *27 avril-4 mai*. Pour s'être dérobé plusieurs fois à ses devoirs dans la Garde nationale, il est incarcéré dans la prison de celle-ci, surnommée « Hôtel des Haricots ».

— *29 mai*. Naissance à Versailles de Lionel-Richard Lowell, fils présumé de Balzac et de la comtesse Guidoboni-Visconti.

— *Juin*. *Le Lys dans la vallée*.

— *Juillet*. Liquidation de la *Chronique de Paris* et nouveau désastre pécuniaire pour Balzac.

— *6 juillet-août*. Voyage à Turin en compagnie de Mme Marbouty déguisée en homme.

— *27 juillet*. Mort de Mme de Berny.

— *Septembre*. Deuxième livraison des *Etudes philosophiques*.

— *Fin novembre*. Séjour en Touraine; Balzac rencontre Talleyrand et la duchesse de Dino au château de Rochecotte. Dans l'année ont commencé à paraître les *Œuvres complètes d'Horace de Saint-Aubin*, où sont repris certains de ses romans de jeunesse édités sous ce pseudonyme; la publication s'achèvera en 1840, à l'aide de « nègres ».

1837 — *Février*. Dernière livraison des *Etudes de mœurs*..., avec *La Vieille fille* et le début d'*Illusions perdues*.

— *Février-mai*. Voyage en Italie et en Suisse.

— *Juillet*. Poursuivi pour dettes, Balzac se réfugie chez Mme Guidoboni-Visconti, qui paie pour lui et lui épargne ainsi une incarcération.

— *8 juillet*. Troisième livraison des *Etudes philosophiques*.

— *Septembre*. Balzac achète de premières parcelles de terrain à Sèvres, embryon des futures Jardies. Il se proposait de faire fortune en y acclimatant la culture de l'ananas.

— *Novembre-décembre*. Troisième dizain des *Contes drolatiques. César Birotteau*.

1838 — *24 février-2 mars*. Séjour à Nohant chez George Sand, qui suggère le sujet de *Béatrix*.

— *Mars-juin*. Voyage en Corse, en Sardaigne, en Italie. Il se proposait de faire fortune en Sardaigne en y organisant l'exploitation des scories d'anciennes mines de plomb argentifère; d'autres le devancèrent. Au retour il s'attarde à Milan.

— *7 juin*. Mort de la duchesse d'Abrantès.

— *Juillet*. Installation aux Jardies à Sèvres.

— *Septembre. La Femme supérieure (Les Employés), La Maison Nucingen, La Torpille* (début de *Splendeurs et misères des courtisanes*).

— *Décembre*. Balzac s'inscrit à la Société des Gens de Lettres, récemment créée.

1839 — *Janvier*. Nouveau séjour en prison « pour fait de Garde nationale ».

— *8 mars*. Lecture de *L'Ecole des ménages* (pièce déjà refusée à la Renaissance) chez le marquis de Custine. Stendhal et Théophile Gautier y assistent.

— *Mars. Le Cabinet des Antiques,* suivi de *Gambara*.

— *Juin. Un grand homme de province à Paris* (2ᵉ partie d'*Illusions perdues*).

— *22 juillet.* Visite de Hugo aux Jardies.

— *16 août.* Balzac est élu président de la Société des Gens de Lettres.

— *Août. Une fille d'Eve*, suivi de *Massimilla Doni*.

— *28 octobre.* Exécution du notaire Peytel, meurtrier que Balzac et Gavarni s'étaient en vain acharnés à sauver.

— *Novembre. Béatrix.*

— *2 décembre.* Balzac, qui s'était présenté à l'Académie française, retire sa candidature devant celle de Hugo, lequel d'ailleurs n'est pas élu.

1840 — *9 janvier.* Il quitte la présidence de la Société des Gens de Lettres; Hugo lui succède.

— *14 mars.* Première représentation de *Vautrin*, pièce interdite aussitôt.

— *25 juillet.* Naissance de la *Revue parisienne*, mensuelle, dirigée par Balzac. Elle n'aura que trois numéros, entièrement remplis par lui.

— *Octobre.* Balzac quitte les Jardies, dont la liquidation sera longue et difficile; il s'installe à Passy, dans l'actuelle rue Raynouard.

1841 — *3 mars. Notes remises à MM. les Députés* (sur la propriété littéraire).

— *29 mai. Le Curé de village.*

— *2 octobre.* Contrat avec Furne et autres pour la publication globale de *La Comédie humaine*; elle paraîtra de 1842 à 1848 en 17 volumes, suivis en 1855 d'un volume posthume, auquel s'ajouteront la même année deux derniers tomes : le *Théâtre* et les *Contes drolatiques*.

— *10 novembre.* Mort du mari de Mme Hanska. Balzac, qui n'en reçoit l'annonce que le 5 janvier suivant, rêve désormais d'épouser son amie; elle se dérobera huit ans durant.

1842 — *Février. Mémoires de deux jeunes mariées.*

— *19 mars.* Première représentation des *Ressources de Quinola;* échec.

— *Mai. Ursule Mirouët.*

— *Juin. La Fausse Maîtresse* et *Albert Savarus.*

— *Novembre. La Femme de trente ans,* sous sa forme et son titre définitifs après beaucoup d'avatars.

— *Décembre. Les Deux Frères (La Rabouilleuse.)*

1843 — *Mars. Une Ténébreuse Affaire.*

— *Avril. La Muse du département.*

— *Juillet-octobre.* Séjour à Saint-Pétersbourg auprès de Mme Hanska.

— *Août. Illusions perdues.*

— *26 septembre.* Première représentation, Balzac étant absent, de *Paméla Giraud;* échec.

— *Octobre.* Sa santé donne des inquiétudes.

— *Décembre.* David d'Angers fait son buste.

1844 — *Septembre. Catherine de Médicis expliquée (Sur Catherine de Médicis).*

— *Octobre ou novembre. Honorine.*

— *Novembre. Modeste Mignon.*

1845 — *24 avril.* Balzac est nommé chevalier de la Légion d'honneur.

— *Mai-août.* Voyage à Dresde puis visite de l'Allemagne et de la France en compagnie de Mme Hanska, de sa fille Anna et du comte Mniszech, prochain mari de cette dernière.

— *Octobre-novembre.* Naples avec Mme Hanska.

— *Décembre.* Nouvelle candidature à l'Académie; échec.

1846 — *Mars-mai.* Séjour à Rome puis en Suisse et en Allemagne avec Mme Hanska.

— *Novembre*. Celle-ci accouche d'un enfant mort-né; désespoir de Balzac.

1847 — *Février-mai*. Mme Hanska vit à Paris; Balzac s'installe rue Fortunée, l'actuelle rue Balzac.

— *Avril-mai*. La publication de *La Dernière Incarnation de Vautrin* achève *Splendeurs et misères des courtisanes*.

— *Mai*. *La Cousine Bette*

— *28 juin*. Balzac rédige son testament en faveur de Mme Hanska.

— *5 septembre*. Il part pour Wierzchownia, chez Mme Hanska, où il séjournera plus de cinq mois.

1848 — *15 février*. Retour à Paris. La crise révolutionnaire perturbe divers projets qu'il formait.

— *Mars-mai*. *Le Cousin Pons*.

— *25 mai*. Première représentation de *La Marâtre*; succès sans lendemain.

— *17 août*. *Mercadet ou le Faiseur* est reçu au Théâtre-Français mais n'y sera pas représenté.

— *Septembre*. Balzac retourne à Wierzchownia.

1849 — *Janvier*. Candidat pour la troisième fois à l'Académie française, Balzac, à deux reprises, n'y obtient que deux voix.

Sa santé continue à s'altérer gravement.

1850 — *14 mars*. Mariage avec Mme Hanska à Berditcheff en Ukraine.

— *20 mai*. Retour à Paris, rue Fortunée. Etat de santé alarmant.

— *18 août*. Victor Hugo se rend au chevet de Balzac, qui s'éteint, à son domicile, dans la nuit même. Sa femme saura trouver des consolations à son veuvage.

1854 — Mort de la mère de Balzac.

1854-1857 — Publication du *Député d'Arcis* et des *Petits Bourgeois*, romans laissés inachevés, et

terminés, avec une désinvolture peu croyable,
par Charles Rabou, collaborateur posthume agréé
par la veuve.

1855 — Publication des *Paysans,* dont elle a assuré
elle-même la mise au point.

1871 — Mort de Laure Surville.

1882 — Mort de Mme de Balzac.

NOTICE

Les quatre courts récits rassemblés dans ce recueil comptent parmi les premières œuvres de Balzac (entendez les premières de celles où le vrai Balzac s'est révélé) : au moment où il écrit *La Maison du Chat-qui-pelote,* il n'a encore publié, en mars 1829, que le roman dont le titre définitif sera *Les Chouans,* et il se prépare seulement à faire paraître en décembre 1829 *Physiologie du mariage.*

Datant sensiblement de la même époque, ils ne manquent pas de traits communs. D'abord un certain caractère intimiste, que l'auteur souligne lui-même en se réclamant discrètement, dans une préface de 1830 (voir nos Documents) des peintres de l'école hollandaise. D'autre part, une attention constante donnée au problème du mariage, problème qui ne tardera pas à devenir un des thèmes de *La Comédie humaine.* Et des portraits de peintres, curieusement ressemblants entre eux. Et encore le fait que les événements racontés s'y disposent chronologiquement de part et d'autre de la grande coupure que marquent la chute de Napoléon et le retour des Bourbon : on y voit poindre puis s'épanouir les incidences sur la vie privée des remous de l'après-Empire...

Trois de nos quatre récits ont constamment paru

dans l'une ou l'autre des séries intitulées *Scènes de la Vie privée*. Seul le quatrième, *La Bourse*, comme on va le voir, s'en est échappé pendant quelques années; mais il y avait ses origines et a fini par y rentrer. Aussi croyons-nous opportun de donner dès maintenant de brèves indications bibliographiques sur ces *Scènes*, dont le titre, au surplus, ne devait prendre que progressivement la valeur symbolique définie par Félix Davin dans le second de nos Documents.

Première édition : 1830, deux volumes, signés Balzac (et non de Balzac); six récits, dont trois seulement des nôtres, *La Vendetta, La Maison du Chat-qui-pelote* et *Le Bal de Sceaux*. Deuxième édition : 1832, quatre volumes, sous la signature désormais définitive; les deux premiers tomes sont identiques à ceux de 1830; les deux autres ajoutent neuf récits nouveaux, dont *La Bourse*.

Maintenant les *Scènes de la Vie privée*, tout en conservant leur titre, forment une section particulière d'une organisation plus complexe, celle des *Etudes de mœurs au XIXe siècle*. Elles y occupent quatre volumes sur douze; les trois récits de 1830 forment tout le premier, mais *La Bourse* émigre dans le tome IX, qui est le premier des *Scènes de la Vie parisienne*. Tome I et tome IX datent également de 1835. Distribution identique en 1839 dans une édition nouvelle reprenant les mêmes séries de *Scènes*, qui toutefois s'y trouvent décapitées de leur surtitre commun.

Nous en arrivons enfin à 1842, où commence à paraître la première édition globale de *La Comédie humaine*, et à 1845, date d'un *Catalogue* où Balzac manifeste l'intention de modifier sur quelques points le classement de 1842. Dans l'un et l'autre cas les quatre récits se trouvent regroupés parmi les *Scènes de la Vie privée*, lesquelles constituent une subdivision des *Études de mœurs* (les mots « au XIXᵉ siècle » sont tombés, le parti de l'idéologie l'emportant désormais sur la préoccupation historique), lesquelles à leur tour ne constituent plus qu'une division de l'œuvre unifiée. En 1842 nos quatre récits sont mis bout à bout pour ouvrir le tome I; en 1845 ils sont répartis inégalement.

Pour les trois premiers textes du présent recueil, nous nous sommes souvent reporté aux notes et variantes de l'intéressante édition critique procurée par M. Pierre-Georges Castex en 1963.

*

La Maison du chat-qui-pelote ne porte ce titre qu'à partir de la dernière des éditions que nous venons d'énumérer, celle de 1842. Dans toutes les éditions antérieures le récit s'intitulait *Gloire et Malheur*, d'après une phrase du texte même que nous signalons en note. De 1842 encore date la dédicace (ainsi d'ailleurs que quelques noms de personnages, introduits tardivement pour mieux relier le récit à l'ensemble de *La Comédie humaine*). Quant à l'indication « Maffliers, octobre 1829 », on ne la voit apparaître qu'en 1835; elle a des chances d'être exacte, ce qui n'est pas toujours le cas chez Balzac.

Maffliers est un village de l'actuel département du Val-d'Oise, à la pointe sud-est de la forêt de l'Isle-Adam, à quelque cinq kilomètres à vol d'oiseau du Presles d'*Un début dans la vie,* et à distance de piéton d'autres villages qui s'appellent Ronquerolles, Fosseuse ou Hérouville, noms de personnages de *La Comédie humaine*. Balzac aimait cette région, où il a situé aussi sa nouvelle *Adieu*; vers sa vingtième année il avait séjourné trois étés de suite à l'Isle-Adam chez un ami de son père.

Le général comte de Talleyrand-Périgord possédait un château à Maffliers. La duchesse d'Abrantès en 1829 y passait l'automne, et Balzac y séjourna, soit au château, soit, plus vraisemblablement, quelque part dans le voisinage. Elle était sa maîtresse depuis 1825 : il avait maintenant trente ans, elle en avait quarante-cinq ; et leur liaison n'allait pas sans orages. Il l'aida à écrire ou du moins à préparer puis à mettre au point ses *Mémoires* ; elle l'initia par maints récits à la connaissance de la société impériale et, comme Mme de Berny, aux secrets de l'univers féminin.

Il semble, jusqu'à preuve contraire, que Balzac ait réellement composé *La Maison du Chat-qui-pelote* à Maffliers en octobre 1829, parmi d'autres travaux. Pourquoi avoir retardé jusqu'à 1835 l'allusion qu'il fait à cette circonstance ? Pour dédier à Mme d'Abrantès un tendre et consolant souvenir au moment où elle venait d'atteindre la cinquantaine (elle allait mourir en 1835) ? Peut-être. Mais plus probablement et plus simplement, pour suivre le nouveau parti qu'il avait adopté de préciser des lieux et des dates, fussent-ils fictifs.

*

Nous manquons de renseignements sur les circonstances dans lesquelles fut composé *Le Bal de Sceaux* (dont le début fut inséré le 4 janvier 1830 dans *Le Cabinet de lecture*). Nous n'avons donc pas de raisons de suspecter la mention finale « Paris, décembre 1829 », mention qui d'ailleurs, elle aussi, n'apparaît qu'à partir de l'édition de 1835.

Dans les deux éditions antérieures (1830 et 1832) le titre était *Le Bal de Sceaux ou le Pair de France*. La dédicace est une addition de 1842.

C'est également de 1842 que datent des changements ou des additions de noms de personnes, ayant pour objet de tendre un réseau de liens plus dense entre le récit et le reste de *La Comédie humaine.* Ainsi sont les noms des partis qu'Emilie écarte avec désinvolture, ou ceux des femmes à la mode évoquées à la fin de l'un des derniers alinéas.

La postface de 1830 (voir le premier de nos Documents) proteste contre une certaine accusation de plagiat; les balzaciens modernes semblent n'en avoir rien retenu, sinon l'hypothèse que Balzac pouvait avoir gardé le souvenir d'une anecdote entendue dans un salon. A plusieurs reprises, comme on le verra dans nos Notes, le texte appelle un rapprochement avec Stendhal; mais il ne paraît pas possible d'en tirer des conclusions ou des hypothèses de quelque portée.

M. Pierre-Georges Castex a signalé une frappante identité entre l'attitude d'Emilie de Fontaine et celle d'un personnage de La Fontaine (*Fables*, VII, 5, « La Fille ») : or, en 1826, trois ans avant d'écrire *Le Bal de Sceaux*, Balzac avait édité et préfacé les œuvres du fabuliste.

Le portrait de Louis XVIII et l'analyse de sa politique, bien qu'ils soient pris dans un tissu romanesque, constituent pour les historiens un des témoignages indirects les plus sûrs et les plus saisissants dont ils puissent disposer sur ce monarque.

*

« Paris, janvier 1830 », lit-on à la fin de *La Vendetta* : cette mention — qui, ainsi que la dédicace, figure pour la première fois dans l'édition de 1842 — peut être tenue pour exacte jusqu'à preuve contraire. Un fragment, intitulé *L'Atelier*, parut le 1er avril 1830 dans *La Silhouette*.

Une fois de plus, on ignore tout des circonstances de la composition. Toutefois, ayant observé que Balzac écrivit ce récit à l'époque où il aidait Mme d'Abrantès à rédiger ses *Mémoires*, M. P.-G. Castex a trouvé dans ceux-ci la matière de plusieurs rapprochements frappants avec des personnages ou des épisodes de *La Vendetta*. Il se confirme ainsi que la duchesse fut pour le romancier, durant cette période de sa vie littéraire, une grande pourvoyeuse de thèmes et d'anecdotes.

D'autre part, Mérimée avait publié *Mateo Falcone* dès le mois de mai 1829, dans la *Revue de Paris*. Le succès de cette nouvelle avait contribué à la vogue d'une Corse qui favorisait à la fois le goût romantique pour la couleur locale et la dévotion au souvenir de l'Empereur. (Rappelons que *Colomba* ne devait paraître qu'en 1840.) Il était naturel que Balzac, jeune débutant, et impatient de s'imposer, répondît à l'appel de la mode. Il semble d'ailleurs oublier aisément que l'île était française depuis 1768 : il qualifie volontiers ses héros corses d' « étrangers » ou d' « Italiens », comme on le remarquera dans des passages du texte trop nombreux pour être relevés en note; la confusion est constante.

En 1829 également, et dans la *Revue de Paris* aussi, il avait pu lire une nouvelle de Stendhal, *Vanina Vanini*, où l'on voit un carbonaro secrètement recueilli dans des conditions comparables à celles où Luigi se trouve ici chez Servin; il ne semble pas qu'on puisse fonder aucune supposition sur cette coïncidence.

Enfin, Anne-Marie Meininger, dans un article de *L'Année balzacienne 1969*, « André Campi du *Centenaire* à *Une ténébreuse affaire* », a identifié Bartholoméo : il s'agit d'André Campi, qui fut l'amant corse de Mme de Berny et dont celle-ci a sans doute parlé à Balzac.

*

Le dernier de nos quatre récits, *La Bourse*, porte la date de 1832, qui ne semble pas être contestée. M. Roger Pierrot fait observer que le même mois de mai 1832 est aussi celui où la nouvelle parut dans un recueil de librairie, et se demande si Balzac ne l'aurait pas rédigée en hâte « pour compléter un volume un peu mince ».

On peut imaginer aussi qu'une date fantaisiste ait été choisie précisément en fonction de celle de la sortie du volume; dans cette hypothèse, le récit remonterait à une époque antérieure indéterminée, et Balzac l'aurait gardé en portefeuille plus ou moins longtemps, en attendant quelque occasion de le remanier. Très longtemps peut-être; car on ne peut se défendre, devant cette composition fluide sinon fluette, du sentiment qu'elle a pour auteur un écrivain timide qui n'est pas encore sorti d'apprentissage. Mais de simples impressions de lecture n'ont aucun poids dans ce domaine.

Quant au peintre Schinner, qu'on voit ici faire de sages débuts en attendant la gloire que lui réserve le développement de *La Comédie humaine*, il a des traits communs avec maints autres jeunes artistes balzaciens, notamment avec le Sommervieux de *La Maison du Chat-qui-pelote* et le Servin de *La Vendetta* : leur talent vrai mais raisonnable les situe à mi-chemin entre le génie délirant du *Chef-d'œuvre inconnu* et la médiocrité appliquée de *Pierre Grassou*. Faut-il leur chercher des modèles réels ? Nous croirions plutôt qu'ils sont « inventés » à partir du personnel nombreux et inidentifiable, observé dans son ensemble, des divers ateliers où Balzac avait ses entrées.

*

Les quatre récits réunis dans ce volume ont été publiés
en 1976 dans le tome 1 de la Pléiade de *La Comédie humaine*
avec une introduction et des notes d'Anne-Marie Meininger pour les trois premiers et de Jean-Louis Tritter pour le
dernier.

DOCUMENTS

Les deux documents reproduits ci-après ont trait l'un et l'autre à l'ensemble des Scènes de la Vie privée, dont ils éclairent le caractère et les intentions.

Le premier, en 1830, accompagnait la première édition de ces Scènes (voir notre Notice). Il comprend deux parties. L'une formait, en tête du tome I, la préface proprement dite; l'autre, intitulée « Note », terminait en postface le tome deuxième et dernier.

Le second document est fait d'extraits de la longue préface de 1835, composée par Félix Davin et sans doute remaniée profondément par Balzac lui-même, pour les Etudes de mœurs au xixe siècle. Nous en retenons les passages concernant les Scènes de la Vie privée en général, et d'autre part, en particulier, les quatre récits que rassemble ce volume-ci.

Davin, se citant (et au besoin se corrigeant) lui-même, fait allusion à sa préface de 1834 aux Etudes philosophiques : nous ne croyons pas utile d'en reproduire ici le passage correspondant, qui ferait double emploi.

L'Avant-propos général de La Comédie humaine

(1842) se contente pratiquement, sur ce point, de renvoyer le lecteur à Davin.

I

PRÉFACE ET POSTFACE DE 1830

Il existe sans doute des mères auxquelles une éducation exempte de préjugés n'a ravi aucune des grâces de la femme, en leur donnant une instruction solide sans nulle pédanterie. Mettront-elles ces leçons sous les yeux de leurs filles ?... L'auteur a osé l'espérer. Il s'est flatté que les bons esprits ne lui reprocheraient point d'avoir parfois présenté le tableau vrai de mœurs que les familles ensevelissent aujourd'hui dans l'ombre et que l'observateur a quelquefois de la peine à deviner. Il a songé qu'il y a bien moins d'imprudence à marquer d'une branche de saule les passages dangereux de la vie, comme les mariniers pour les sables de la Loire, qu'à les laisser ignorer à des yeux inexpérimentés.

Mais pourquoi l'auteur solliciterait-il une absolution auprès des gens du salon ? En publiant cet ouvrage, il ne fait que rendre au monde ce que le monde lui a donné. Serait-ce parce qu'il a essayé de peindre avec fidélité les événements dont un mariage est suivi ou précédé, que son livre serait refusé à de jeunes personnes, destinées à paraître un jour sur la scène sociale ? Serait-ce donc un crime que de leur avoir relevé par avance le rideau du théâtre qu'elles doivent un jour embellir ?

L'auteur n'a jamais compris quels bénéfices d'éducation une mère pouvait retirer à retarder d'un an ou deux, tout au plus, l'instruction qui attend nécessairement sa fille, et à la laisser s'éclairer lentement à la lueur des orages auxquels elle la livre presque toujours sans défense.

Cet ouvrage a donc été composé en haine des sots livres que des esprits mesquins ont présentés aux femmes jusqu'à ce jour. Que l'auteur ait satisfait aux exigences du moment et de son entreprise ?... c'est un problème qu'il ne lui appartient pas de résoudre. Peut-être retournera-t-on contre lui l'épithète qu'il décerne à ses devanciers. Il sait qu'en littérature, ne pas réussir c'est périr; et c'est principalement aux artistes que le public est en droit de dire : — VAE VICTIS !

L'auteur ne se permettra qu'une seule observation qui lui soit personnelle. Il sait que certains esprits pourront lui reprocher de s'être souvent appesanti sur des détails en apparence superflus. Il sait qu'il sera facile de l'accuser d'une sorte de *garrulité* puérile. Souvent ses tableaux paraîtront avoir tous les défauts des compositions de l'école hollandaise, sans en offrir les mérites. Mais l'auteur peut s'excuser en disant qu'il n'a destiné son livre qu'à des intelligences plus candides et moins blasées, moins instruites et plus indulgentes que celles de ces critiques dont il décline la compétence.

*

Au risque de ressembler, suivant la spirituelle comparaison d'un auteur, à ces gens qui, après avoir salué la compagnie, rentrent au salon pour y chercher leur canne, l'auteur se hasardera à parler encore de lui, comme s'il n'avait pas mis quatre pages en tête de son ouvrage.

En lisant *Anatole*, l'une des plus charmantes productions d'une femme qui alors fut sans doute inspirée par la muse de miss Inchbald, l'auteur a cru y trouver dans trois lignes le sujet du *Bal de Sceaux*.

Il déclare qu'il n'aurait aucune répugnance à devoir l'idée de cette scène à la lecture du joli roman de madame Gay: mais il ajoutera que, malheureusement pour lui, il n'a lu que très récemment *Anatole,* et qu'alors sa scène était faite.

Si l'auteur se montre si chatouilleux et se met en garde contre la critique, il n'en faut pas l'accuser.

Quelques esprits armés contre leurs plaisirs, et qui, à force de demander du neuf, ont conduit notre littérature à faire de l'extraordinaire et à sortir des bornes que lui imposeront toujours la clarté didactique de notre langue et le naturel, ont reproché à l'auteur d'avoir imité, dans le premier de ses ouvrages (*Le Dernier Chouan, ou la Bretagne en 1800*), une fabulation déjà mise en œuvre.

Sans relever une critique aussi mal fondée, l'auteur croit qu'il n'est pas inutile pour lui de consigner ici l'opinion très dédaigneuse qu'il s'est formée sur les ressemblances si péniblement cherchées par les oisifs de la littérature entre les ouvrages nouveaux et les anciens ouvrages.

La marque distinctive du talent est sans doute l'invention. Mais, aujourd'hui que toutes les combinaisons possibles paraissent épuisées, que toutes les situations ont été fatiguées, que l'impossible a été tenté, l'auteur croit fermement que les détails seuls constitueront désormais le mérite des ouvrages improprement appelés *Romans*.

S'il avait le loisir de suivre la carrière du docteur Mathanasius, il lui serait facile de prouver qu'il y a peu d'ouvrages de lord Byron et de sir Walter Scott dont l'idée première leur appartienne, et que Boileau n'est pas l'auteur des vers de son *Art poétique*.

Il pense, en outre, que entreprendre de peindre des époques historiques et s'amuser à chercher des fables neuves, c'est mettre plus d'importance au cadre qu'au tableau. Il admirera ceux qui réussiront à réunir les deux mérites, et leur souhaite d'y réussir souvent.

S'il a eu l'immodestie de joindre cette note à son livre, il croit avoir obtenu son absolution par l'humble place qu'il lui a donnée; certain, au reste, qu'elle ne sera peut-être pas lue, même par les intéressés.

II

PRÉFACE DE FÉLIX DAVIN AUX « ETUDES DE MŒURS »
(EXTRAITS)

Dans les *Scènes de la Vie privée,* avons-nous dit ailleurs, la vie est prise entre les derniers développements de la puberté qui finit, et les premiers calculs d'une virilité qui commence. Là donc, principalement des émotions, des sensations irréfléchies; là, des fautes commises moins par la volonté que par inexpérience des mœurs et par ignorance du train du monde; là, pour les femmes, le malheur vient de leurs croyances dans la sincérité des sentiments, ou de leur attachement à leurs rêves que les enseignements de la vie dissiperont. Le jeune homme est pur; les infortunes naissent de l'antagonisme méconnu que produisent les lois sociales entre les plus naturels désirs et les plus impérieux souhaits de nos instincts dans toute leur vigueur; là, le chagrin a pour principe la première et la plus excusable de nos erreurs. Cette première vue de la destinée humaine était sans encadrement possible. Aussi

l'auteur s'est-il complaisamment promené partout :
ici, dans le fond d'une campagne; là, en province; plus
loin, dans Paris.

....

Dans *Le Bal de Sceaux*, nous voyons poindre le premier mécompte, la première erreur, le premier deuil
secret de cet âge qui succède à l'adolescence. Paris, la
cour et les complaisances de toute une famille ont gâté
mademoiselle de Fontaine; cette jeune fille commence
à raisonner la vie, elle comprime les battements ins-
tinctifs de son cœur, lorsqu'elle ne croit plus trouver
dans l'homme qu'elle aimait les avantages du mariage
aristocratique qu'elle a rêvé. Cette lutte du cœur et de
l'orgueil, qui se reproduit si fréquemment de nos jours,
a fourni à M. de Balzac une de ses peintures les plus
vraies. Cette scène offre une physionomie franchement
accusée et qui exprime une des individualités les plus
caractéristiques de l'époque. *M. de Fontaine*, ce Vendéen
sévère et loyal que Louis XVIII s'amuse à séduire,
représente admirablement cette portion du parti royaliste qui se résignait à être de son époque en s'étalant
au budget. Cette scène apprend toute la Restauration,
dont l'auteur donne un croquis à la fois plein de bonhomie, de sens et de malice. Après un malheur dont
la vanité est le principe, voici, dans *Gloire et Malheur*,
une mésalliance entre un capricieux artiste et une jeune
fille au cœur simple. Dans ces deux scènes, l'enseignement est également moral et sévère. *Mademoiselle
Emilie de Fontaine* et *mademoiselle Guillaume* sont
toutes deux malheureuses pour avoir méconnu l'expérience paternelle, l'une en fuyant une mésalliance aristocratique, l'autre en ignorant les convenances de l'esprit. Ainsi que l'orgueil, la poésie a sa victime aussi.

N'est-ce pas quelque chose de touchant et de bien triste à la fois, que ces amours de deux natures si diverses; de ce peintre qui revient de Rome tout pénétré des angéliques créations de Raphaël, qui croit voir sourire une Madone, au fond d'un magasin de la rue Saint-Denis; et de cette jeune fille, humble, candide, qui se soumet, frémissante et ravie, à la poésie qu'elle comprend peut-être d'instinct, mais qui doit bientôt l'éblouir et la consumer. Le refroidissement successif de l'âme du poète, son étonnement, son dépit en reconnaissant qu'il s'est trompé, son mépris ingrat et pourtant excusable, pour l'être simple et inintelligent qu'il a attaché à sa destinée, et qui lui alourdit cruellement l'existence; ses sursauts de colère lorsque la naïve jeune femme, placée en face d'une fougueuse création de son mari, ne trouve pour répondre à son orgueilleuse interrogation que ces mots bourgeois : « C'est bien joli ! » les souffrances cachées et muettes de la douce victime, tout est saisissant et vrai. Ce drame se voit chaque jour dans notre société, si maladroitement organisée, où l'éducation des femmes est si puérile, où le sentiment de l'art est une chose tout exceptionnelle. Dans *La Vendetta*, l'auteur poursuit son large enseignement, tout en continuant la jolie fresque des *Scènes de la Vie privée*. Rien de plus gracieux que la peinture de l'atelier de *M. Servin*; mais aussi rien de plus terrible que la lutte de *Ginevra* et de son père. Cette étude est une des plus magnifiques et des plus poignantes. Quelle richesse dans ce contraste de deux volontés également puissantes, acharnées à rendre leur malheur complet. Le père est comptable à Dieu de ce malheur. Ne l'a-t-il pas causé par la funeste éducation donnée à sa fille dont il a trop développé la force ? La fille est coupable de désobéissance, quoique la loi soit pour elle. Ici l'auteur a montré qu'un enfant avait tort de se marier en faisant les actes respectueux prescrits par le Code. Il est d'accord avec les mœurs contre un article de loi rarement appliqué. En vérité, quand on parcourt ces premières compositions de M. de Balzac, on se demande comment on peut le taxer d'immoralité.

....

La Bourse est une de ces compositions attendrissantes et pures auxquelles excelle M. de Balzac, une page toute allemande qui tient à Paris par la description de l'appartement habité par une vieille femme ruinée, un de ses plus jolis tableaux de chevalet. Le vieil émigré suivi de son ombre, *Adélaïde de Rouville* et sa mère, sont des figures où le talent de M. de Balzac se retourne pour ainsi dire sur lui-même avec une souplesse inouïe.

....

INDEX DES PERSONNAGES

Dans cet index ne figurent : 1° que les noms des personnages romanesques, à l'exclusion de toute personne ayant existé réellement; 2° que les noms des personnages qu'on voit reparaître dans quelque autre roman ou nouvelle de La Comédie humaine. Les personnages non mentionnés dans l'index apparaissent seulement dans l'un des quatre récits rassemblés ici et n'ont été mis en scène par Balzac nulle part ailleurs.

GIGONNET (Bidault, dit)
  César Birotteau — Les Comédiens sans le savoir — Le Contrat de mariage — Les Employés — Gobseck — Illusions perdues — La Maison Nucingen — Les Petits Bourgeois — Splendeurs et Misères des Courtisanes — Une fille d'Eve — Ursule Mirouët   La Vendetta.

GROSSETÊTE (Anna)
  Voir : Fontaine (chevalier puis baron de).

GUILLAUME (M. et Mme)
  César Birotteau — La Maison du Chat-qui-pelote — Pierrette — Splendeurs et Misères des Courtisanes.

GUILLAUME (Augustine)
  Voir : Sommervieux (baronne de).

GUILLAUME (Virginie)
  Voir : Lebas (Mme Joseph).

HALGA (chevalier)
  Béatrix — La Bourse.

KERGAROUËT (amiral comte de, et Mme, née Emilie de Fontaine)
  Le Bal de Sceaux — Béatrix — La Bourse — Gobseck — Un début dans la vie — Une fille d'Eve — Ursule Mirouët.

LEBAS (Joseph, et Mme)
  César Birotteau — La Cousine Bette — La Maison du Chat-qui-pelote — Pierrette — Splendeurs et Misères des Courtisanes.

MAUFRIGNEUSE (duc et duchesse, née d'Uxelles)
*Autre étude de femme — Le Bal de Sceaux —
Le Cabinet des Antiques — Le Député d'Arcis
— La Duchesse de Langeais — Les Employés
— La Femme de trente ans — Illusions perdues —
L'Interdiction — Le Lys dans la vallée —
Madame Firmiani — Mémoires de deux Jeunes
Mariées — Modeste Mignon — La Muse du
département — Le Père Goriot — La Rabouil-
leuse — Les Secrets de la princesse de Cadignan
— Splendeurs et Misères des Courtisanes — Un
début dans la vie — Une Ténébreuse Affaire
— Ursule Mirouët.*

MOLINEUX
*La Bourse — César Birotteau — Splendeurs et
Misères des Courtisanes — Une double famille.*

MONGENOD (fondateur de la banque Mongenod et Cie)
*Le Bal de Sceaux — César Birotteau — L'Envers
de l'Histoire contemporaine — L'Interdiction
— Modeste Mignon — La Muse du département — Les Petits Bourgeois — La Rabouilleuse.*

MONGENOD (Mlle)
Voir : Fontaine (baronne puis vicomtesse de).

MONTCORNET (maréchal comte de, et comtesse, née de
Troisville)
*Autre étude de femme — Le Bal de Sceaux —
Béatrix — Le Cabinet des Antiques — La Cousine
Bette — Illusions perdues — La Muse du dépar-
tement — La Paix du ménage — Les Paysans —
Les Secrets de la princesse de Cadignan —*

*Splendeurs et Misères des Courtisanes — Une
fille d'Eve — Un homme d'affaires — La Vieille
Fille.*

PALMA
*Le Bal de Sceaux — César Birotteau — L'Envers
de l'Histoire contemporaine — Gobseck — Illusions perdues — La Maison Nucingen — Les
Petits Bourgeois — Ursule Mirouët.*

PLANAT DE BAUDRY (et Mme, née Fontaine)
*Le Bal de Sceaux — L'Envers de l'Histoire contem-
poraine.*

PORTENDUÈRE (vicomte Savinien de, et Mme, née
Mirouët)
*Le Bal de Sceaux — Béatrix — Les Employés —
Splendeurs et Misères des Courtisanes — Ursule
Mirouël.*

RABOURDIN (M. et Mme Xavier)
*César Birotteau — Les Employés — L'Interdic-
tion — La Maison du Chat-qui-pelote — La
Maison Nucingen — Les Petits Bourgeois.*

RASTIGNAC (comte Eugène de, et Mme, née Nucingen)
*Autre étude de femme — Le Bal de Sceaux —
Béatrix — Le Cabinet des Antiques — Les
Comédiens sans le savoir — Le Contrat de
mariage — La Cousine Bette — Le Député
d'Arcis — Etude de femme — La Fausse Maî-
tresse — Illusions perdues — L'Interdiction —
La Maison Nucingen — Melmoth réconcilié —
Modeste Mignon — La Peau de chagrin — Le
Père Goriot — La Rabouilleuse — Les Secrets*

*de la princesse de Cadignan — Splendeurs et
Misères des Courtisanes — Une fille d'Eve —
Une Ténébreuse Affaire — Un prince de la
Bohême — Ursule Mirouët.*

RESTAUD (comte de, et comtesse, née Anastasia Goriot)
*Le Bal de Sceaux — Le Député d'Arcis — Gobseck
— La Maison Nucingen — La Peau de chagrin
— Le Père Goriot.*

ROGUIN (maître et Mme)
*Autre étude de femme — Le Cabinet des Antiques
— César Birotteau — Le Colonel Chabert —
Eugénie Grandet — La Maison du Chat-qui-
pelote — La Maison Nucingen — La Muse
du département — Les Petits Bourgeois —
Pierrette — La Rabouilleuse — Une double
famille — Une fille d'Eve — La Vendetta.*

ROGUIN (Mathilde)
Voir : Tiphaine (Mme).

SCHINNER (baron Hippolyte, et baronne, née Leseigneur
de Rouville)
*Albert Savarus — La Bourse — Les Comédiens
sans le savoir — Les Employés — La Fausse
Maîtresse — Modeste Mignon — Petites Misères
de la Vie conjugale — Pierre Grassou — La
Rabouilleuse — Splendeurs et Misères des Courtisanes — Un début dans la vie.*

SERVIN (M. et Mme)
Le Cousin Pons — Pierre Grassou — La Vendetta.

SOMMERVIEUX (baron Théodore de, et Mme)
César Birotteau — Les Employés — La Femme

NOTES

La Maison du Chat-qui-pelote

P. 24

1. Cette dédicace date seulement, comme l'a indiqué notre Notice, de l'édition de 1842. Mme Hanska
s'étant inquiétée, en la lisant, de savoir quelle était
cette personne, Balzac lui répondit le 2 mars 1843 :
« Marie de Montheau est la fille de Camille Delannoy,
l'amie de ma sœur et la petite-fille de madame Delannoy, qui est comme une mère pour moi. »

La sœur de Balzac, Laure, née en 1800 et devenue en
1820 Mme Surville, était ou avait été très liée avec
Camille Delannoy. Celle-ci, née en 1804, avait épousé
en 1823 Léon de Montheau; les dilapidations ou la
mauvaise gestion de celui-ci détruisirent la large aisance
dont disposait le ménage. Marie, née en 1825, était le
premier de leurs quatre enfants.

La mère de Camille était liée elle-même avec la
mère d'Honoré et de Laure. Née en 1783 (elle devait
mourir en 1854), elle était la fille de Daniel Doumerc,
important entrepreneur de fourniture de vivres et
fourrages, et, à ce titre, protecteur efficace du père de
Balzac. Mme Delannoy fut en effet « comme une mère »

pour le romancier, à qui elle prêta de l'argent dans des moments difficiles, en se montrant par la suite une créancière accommodante malgré les difficultés financières du ménage de sa propre fille. Balzac lui fit don en 1837 du manuscrit de *Gambara*, et en 1839 lui dédia *La Recherche de l'absolu*.

P. 26

2. Peloter, c'est jouer à la paume, mais sans engager une partie en règle. Quelques lignes plus loin, « mirer » : viser.

P. 27

3. Le mot se dit, au sens propre, des représentations fantaisistes ou bizarres d'objets et de personnages découvertes à la Renaissance dans les fouilles (qu'on appelait « grottes ») des vestiges antiques : ces figures devaient exercer sur les arts décoratifs en général, puis, par voie de conséquence, sur la littérature romantique, une influence d'autant plus forte que celle-ci se rencontrait avec les flambées successives du baroquisme. Balzac emploie souvent le mot « grotesque » dans son sens originel; on voit ici comment ce sens a pu dériver vers celui d'extravagance fantasque ou simplement ridicule.

4. Or aplati en feuilles ou réduit en poudre pour en permettre l'application en décoration.

P. 28

5. Allusion à un buste antique dont on voyait des répliques ou des moulages dans beaucoup d'ateliers. Cet empereur romain, qui vécut de 188 à 217 et régna à partir de 211, y porte les cheveux courts et frisés. La comparaison convient particulièrement mal à la description qui la précède immédiatement.

6. Balzac emploie très souvent la forme « s'harmo-

nier » pour « s'harmoniser » (en hésitant sur la construction du verbe, qu'il fait suivre tantôt de la préposition « à », tantôt de la préposition « avec »). Selon Littré, « harmonier », transitif, dans le sens de « mettre en harmonie », est un néologisme, tandis que « s'harmonier », dont il cite deux exemples tirés de Bernardin de Saint-Pierre, serait un tour vieilli. La fréquence du mot dans le lexique de *La Comédie humaine* ne paraît pas être sans rapport avec la doctrine des « correspondances » sur laquelle se fonde le principe de la description balzacienne.

P. 29

7. Voir ci-après la note 19. La même comparaison se retrouvera dans *La Vendetta* (passage correspondant à la note 8 de ce récit).

8. Irrigateur pour lavements ou injections; on l'appelait clysopompe.

P. 32

9. C'est en 1800 qu'Alexandre de Humboldt (1769-1859), explorateur de l'Amérique du Sud, découvrit dans l'Orénoque ce poisson osseux, pourvu d'organes électriques, qui ressemble à une anguille et dont la longueur peut atteindre deux mètres. Balzac avait souvent rencontré le naturaliste dans le salon du peintre Gérard.

10. Il est curieux de constater que le verbe « sillonner » ne s'emploie plus aujourd'hui qu'au figuré, et que son sens propre de « tracer des sillons » est tombé en désuétude.

11. Les tribunaux de commerce avaient été créés par le Code de commerce en 1807, donc trois ans environ avant l'époque où Balzac situe cet épisode; il n'est donc pas surprenant de voir Guillaume continuer à user de la terminologie attachée aux institutions anté-

rieures. Aujourd'hui encore l'adjectif « consulaire » s'applique à ces tribunaux, à leurs juges et à leurs actes. On voit dans *César Birotteau* que Joseph Lebas lui-même était destiné à devenir juge consulaire en 1818, puis président du tribunal de commerce en 1823. Voir ci-dessous la note 32.

P. 33

12. En vue d'arrêter la hausse des prix, la Convention en 1793 fixa un prix maximum à la vente sur les grains et fourrages, puis sur les combustibles, le sel et le tabac; la réglementation fut enfin étendue à l'ensemble du commerce et aux salaires. Ces mesures n'eurent d'autre résultat que de favoriser l'accaparement, la spéculation et le marché noir, et de réduire dramatiquement la production; elles furent rapportées à la fin de 1794.

P. 35

13. Par an (soit, par mois, environ 700 de nos francs.)

14. On sait que le fonds Lovenjoul, à Chantilly, conserve un exemplaire de *La Comédie humaine* (édition Furne et autres, 1842-1848) corrigé par Balzac en vue d'une réédition ultérieure, laquelle ne fut pas réalisée de son vivant. Les balzaciens désignent cet exemplaire sous le nom de « Furne corrigé »; Le Club du Bibliophile en a publié récemment une reproduction photographique. La plupart des éditeurs modernes tiennent compte des modifications apportées au texte par le Furne corrigé. Il faut observer cependant que les corrections de Balzac ne représentent nullement une mise au point systématique; elles traduisent plutôt des velléités qu'une volonté définitive : souvent, en effet, elles comportent des inconséquences ou des inadvertances. Aussi ne croyons-nous pas devoir respecter aveuglément de telles corrections, lorsqu'elles ont pour effet de charger

d'une erreur manifeste le´texte antérieur. C'est le cas ici où, au lieu de « deux autres commis », le Furne corrigé donne « trois autres commis ». On rencontrera un peu plus loin une erreur analogue (voir ci-dessous la note 25; voir aussi la note 10 du *Bal de Sceaux*).

P. 37

15. « Bandes de toile ou de dentelle qui pendent à certaines coiffures de femme » (Littré).

16. Claude Chappe (1763-1805) avait inventé un télégraphe optique, appareil muni de bras articulés dont les différentes positions signifiaient conventionnellement des lettres de l'alphabet. Les signaux étaient observés à vue puis retransmis de station en station jusqu'à leur destination. La première liaison, de Paris à Lille, fut établie en 1794. C'est seulement un demi-siècle plus tard, en 1844, que le télégraphe électrique commença à remplacer le système de Chappe; celui-ci desservait alors 29 villes et comportait un réseau de 5 000 kilomètres et 534 stations, dont, par exemple, 16 pour Paris-Lille et 116 pour Paris-Toulon, ces deux liaisons s'effectuant respectivement en deux et en vingt minutes.

P. 38

17. Les manuels pédagogiques de ce très médiocre historien, datant du règne de Louis XIV, étaient encore en usage dans la première moitié du XIXᵉ siècle.

P. 40

18. Romans de Mme d'Aulnoy (1650-1705) et de Mme de Tencin (1682-1749).

P. 42

19. Il arrive très souvent à Balzac de remplacer ou d'accentuer des descriptions par des références à des œuvres picturales (avec une prédilection pour l'école

hollandaise ou flamande). Cette manière de peindre
non pas d'après nature mais d'après peinture est signi-
ficative : ce qu'il décrit alors, c'est moins le tableau lui-
même que les réactions de sa propre imagination
devant le tableau contemplé, et son objectivité s'exerce
moins à l'égard de l'objet qu'à l'égard de la qualité de
la rêverie suscitée en lui par l'objet. Ainsi il est assez
vraisemblable que l'on doive chercher parmi les peintres flamands l'une des principales sources de *La Recherche de l'absolu* (voir les commentaires de ce roman
dans la présente collection, n° 739).

20. Lampe inventée en 1804, et construite de manière
à diffuser la lumière de haut en bas d'une manière
égale, comme un astre, sans que ses armatures déter-
minent des zones d'ombre

P. 43

21. Les mots « qui se souvient du ciel » sont une addition de 1835; on a pu supposer que Balzac entendait ainsi souligner une allusion à deux vers de Lamar-
tine : « Borné dans sa nature, infini dans ses vœux,
L'homme est un dieu tombé qui se souvient des cieux »
(*Premières Méditations poétiques*, II, « L'Homme »).
Peut-être est-ce plutôt une allusion à l'angélisme
swedenborgien.

22. Balzac était un grand admirateur de ce peintre
(1767-1824), qu'il cite souvent; il semble lui avoir
emprunté plusieurs des traits qu'il prête à Sommervieux. Elève de David, prix de Rome, Girodet avait
séjourné à Rome de 1789 à 1795; c'est lui qui fut
en réalité le triomphateur du salon de 1810, mais pour
un tableau, *Le Déluge*, qui n'avait pas de rapport avec
ceux de Sommervieux. Voir ci-dessous les notes 23, 31
et 50; voir aussi la note 24 du *Bal de Sceaux*, la note
13 de *La Vendetta*, la note 3 de *La Bourse*.

P. 44

23. Texte des éditions antérieures à 1842 : « Traduisons Anacréon ! » Girodet avait traduit et illustré Anacréon; il existe une édition bilingue de 1810 des *Odes d'Anacréon* illustrée de compositions de Girodet gravées par Girardet mais où la poésie grecque est traduite en vers français par J.-B. de Saint-Victor. En remplaçant « Anacréon » par « les Anciens », Balzac a voulu donner une portée plus générale et moins anecdotique à la remarque qu'il prête à Girodet; au demeurant, la poésie d'Anacréon ne tranche guère sur la gentillesse des « écrans » et des « paravents ».

P. 47

24. Le dictionnaire de Boiste (1836) précise que meurt-de-faim écrit meure-de-faim a, dans cette dernière graphie, un sens bas et injurieux.

P. 50

25. Furne corrigé : « cinq ». Voir ci-dessus la note 14

P. 51

26. Ce format de papier, 34 × 44 cm, doit son nom au chancelier Le Tellier, qui en établit l'usage dans les actes administratifs.

27. *La Chatte merveilleuse ou La Petite Cendrillon*, féerie-vaudeville de Désaugiers et Gentil d'après le conte de Perrault, avait été créé aux Variétés au début de novembre 1810. Cet épisode doit donc se situer dans les premières semaines de 1811, entre la clôture de l'inventaire et, vraisemblablement, le commencement du Carême.

P. 56

28. Personnage d'un soupirant fidèle et dévoué dans *L'Astrée*, roman d'Honoré d'Urfé publié de 1607 à 1628.

P. 58

29. A l'Elévation

P. 60

30. Même remarque que ci-dessus, note 24.

31. Joseph Vernet (1712-1789), peintre; Lekain (1728-1778), acteur tragique; Noverre (1727-1810), maître de ballet à l'Opéra; Saint-Georges (1745-1799), mulâtre guadeloupéen, cavalier, escrimeur, violoniste et roi de la mode; Philidor (1726-1795), compositeur d'opéras-comiques : joueur d'échecs réputé, Diderot l'évoque à ce titre dans *Le Neveu de Rameau*.

P. 61

32. Voir ci-dessus la note 11. L'expression, cette fois, est exacte, puisque le chevalier de Saint-Georges était mort longtemps avant la promulgation du Code de commerce.

P. 63

33. Le maréchal Berthier, présenté dans *Les Employés* comme une sorte de conseiller intime et complaisant de Napoléon. C'est l'Empereur lui-même qui avait voulu le triomphe de Girodet au Salon de 1810; voir ci-dessus la note 22.

P. 64

34. Voir ci-dessus la note 15.

P. 65

35. « Cinquante mille écus », disaient les éditions antérieures à 1842.

P. 67

36. « La barque », disaient les éditions antérieures à

1842. L'auteur des *Contes drolatiques* prenait parfois plaisir à raviver de vieux mots tombés en désuétude. Le même exemple se retrouvera dans *Le Bal de Sceaux* (voir la note 15 de ce récit).

37. Balzac donne au mot sa forme italienne, avec un sens proche de « floraisons » ou de « efflorescences ».

P. 69

38. Conscient, lucidement délibéré.

P. 71

39. Dans un sens fatal.

P. 74

40. Voir ci-dessus la note 3.

41. On se rappelle (voir notre Notice) que *Gloire et Malheur* était le titre primitif de *La Maison du Chat-qui-pelote*.

P. 75

42. Voir ci-dessus la note 15.

P. 76

43. Voir ci-dessus la note 12.

P. 77

44. Diarrhée du cheval provoquant un grave amaigrissement. M. P.-G. Castex note que cette maladie résulte généralement de la chaleur ou de l'excès de travail, mais que Balzac semble ici l'attribuer plutôt à l'inertie.

P. 78

45. Les relations de ces voyages, accomplis entre 1683 et 1691, furent publiées à La Haye de 1703 à 1709, et plusieurs fois réimprimées par la suite. Dépourvues de valeur documentaire, elles sont peut-être apocryphes.

P. 81

46. L'institution du divorce fut établie en 1792, confirmée en 1804 par le Code civil et abrogée en 1816.

P. 83

47. Voir ci-dessus la note 6.

P. 90

48. Chamfort, *Caractères et anecdotes* : « En vivant et en voyant les hommes, il faut que le cœur se brise ou se bronze. »

P. 91

49. Le mot — auquel nous conservons l'orthographe balzacienne pour respecter son petit air d'époque — était alors d'importation récente dans le vocabulaire français.

P. 92

50. M. P.-G. Castex rapproche ce trait d'une anec- dote concernant Girodet : « Mlle Lange, dit-il, ayant refusé, en 1799, le portrait qu'elle lui avait commandé, le peintre se vengea en envoyant au Salon un autre portrait où elle était représentée en Danaé lapidée avec de gros sous. » Voir ci-dessus la note 22.

P. 94

51. Voir notre Notice.

LE BAL DE SCEAUX

P. 96

1. Demeuré longtemps énigmatique — peut-être

parce qu'il conduisait à mettre en cause la vertu de la mère du romancier —, le personnage d'Henry (et non Henri) de Balzac est bien connu depuis que Mlle Fargeaud et M. Roger Pierrot, s'aidant d'une documentation assez prodigieuse rassemblée par Marcel Bouteron, ont publié en 1961 dans *L'Année balzacienne* une longue étude intitulée « Henry le trop aimé ». Titre qu'explique et que confirme une lettre terrible que Balzac écrivit à sa mère, de Wierzchownia, le 22 mars 1849 : « Je ne te demande certes pas de feindre des sentiments que tu n'aurais pas, car Dieu et toi savez bien que tu ne m'as pas étouffé de caresses ni de tendresse depuis que je suis au monde, et tu as bien fait, car si tu m'avais aimé comme tu as aimé Henri, je serais sans doute où il est; et, dans ce sens, tu as été une bonne mère pour moi... »

Fils de Jean de Margonne, le châtelain de Saché, et de Mme de Balzac, né à Tours en 1807, il était doublement adultérin; et, à ce titre, il fut de la part de sa mère l'objet d'une préférence délirante. C'était un enfant aimable; mais une éducation trop adulatrice ne fit que développer démesurément les défauts de sa nature, paresse, infatuation, mensonge, prodigalité. Parvenu à l'âge d'homme, il s'avéra être un parfait incapable : on l'envoya chercher fortune dans les îles de l'océan Indien. Les balzaciens se demandent parfois si l'exemple de cette expatriation ne serait pas à l'origine d'un des mythes de *La Comédie humaine,* illustré par les Charles Grandet, les Louis Gaston, les Paul de Manerville, les Charles Mignon : celui d'énormes richesses amassées en peu d'années d'aventures dangereuses. (Voir la note 18 de *La Bourse*.) Au vrai, l'expérience du frère malheureux n'était pas de nature à nourrir de tels rêves. Peut-être doit-on supposer plutôt que ceux-ci et celle-là, à partir de quelques faits reconnus, procédaient ensemble d'une même exaltation de l'imagination collective contemporaine.

Henry de Balzac séjourna dans l'île Maurice de 1831 à 1834; il y végéta petitement, et y épousa une veuve, de quinze ans plus âgée que lui, qui avait, semble-t-il, un peu de bien, qu'il s'employa à dilapider. Le triste ménage revint en France; en 1835 lui naquit un fils, qui eut Honoré pour parrain (et qui devait mourir en 1864, à Saint-Denis de la Réunion, sans postérité). A la fin de 1836, nouveau départ pour l'île Maurice, puis pour l'île Bourbon (la Réunion). Après une existence de gêne et surtout de misère, Henry mourut à Mayotte en 1858.

C'est seulement en 1842 (voir notre Notice) que Balzac lui dédia *Le Bal de Sceaux*. On a voulu voir dans ce geste l'arrière-pensée moralisatrice d'attirer l'attention du cadet sur les ravages d'une éducation trop complaisante. N'est-ce pas chercher bien loin ? Les jeux n'étaient-ils pas faits depuis bien longtemps ? Une telle leçon rétrospective n'aurait-elle pas été inutilement cruelle ? Non : simplement Henry avait droit, en sa qualité de frère, à une petite place, fort chichement mesurée, dans la galerie des dédicataires. Des conseils indirects pour l'éducation du filleul ? Mais Balzac s'était tout à fait désintéressé de l'enfant, dont, au surplus, la condition ne pouvait absolument pas se comparer à celle d'Emilie de Fontaine.

Jean de Margonne ne s'est jamais préoccupé le moins du monde, que l'on sache, d'Henry. Toute son affection allait à un autre enfant naturel, une fille, née en 1816. C'est d'elle qu'il fit sa légataire universelle; toutefois son testament réservait pour Henry un legs considérable de 200 000 francs, soit l'équivalent de 700 000 à 800 000 de nos francs lourds; une fortune. Seulement Margonne mourut le 2 mai 1858, et Henry était mort dans son île lointaine quelques semaines plus tôt, le

11 mars; ni sa veuve ni son fils n'eurent part à l'héri-
tage. On croirait que ces choses-là n'arrivent que dans
les romans, — par exemple dans *Splendeurs et Misères
des Courtisanes*, où la fiction a si bien devancé la réalité.

P. 97

2. Victoire de Charette et de ses Chouans sur les
Bleus, en Vendée, le 13 décembre 1793.

P. 98

3. C'est en 1795 que les royalistes regardèrent officiel-
lement Louis XVII comme mort et, en conséquence,
que Louis XVIII fut réputé accéder au trône. La charte
de 1814 fut donc datée de la dix-neuvième année du
règne. Peu après, les officiers qui avaient servi en Vendée ou dans l'armée des princes purent voir leurs
états de service enrichis d'une ancienneté correspon-
dante, qui favorisa de nombreuses promotions.

4. Sans doute Monsieur, comte d'Artois, frère du
roi et futur Charles X.

P. 100

5. Allusion à la déclaration royale faite à Saint-
Ouen le 2 mai 1815. Sous la pression du tsar et sous
l'influence du comte Beugnot, rallié de l'Empire,
Louis XVIII y affirmait la résolution de donner au
nouveau régime des institutions libérales.

6. C'est le 20 mars 1815 que Napoléon, au retour de
l'île d'Elbe, fit son entrée aux Tuileries.

7. Talleyrand.

P. 101

8. Comme Grand Prévôt. De 1815 à 1817, les cours
prévôtales constituèrent, au chef-lieu de chaque département, une juridiction d'exception rendant des sen-

tances expéditives, sans appel et immédiatement exécutoires, sur les actes de rébellion et de sédition. Elles réprimèrent essentiellement, et lourdement, la « rébellion » des Cent-Jours.

P. 102

9. Episode de l'expédition d'Espagne, en 1823. La ville de Cadix, où les insurgés espagnols tenaient enfermé le roi Ferdinand VII, fut alors dégagée par les troupes d'intervention françaises placées sous le commandement du duc d'Angoulême.

P. 103

10. Voir la note 14 de *La Maison du Chat-qui-pelote*. Ce nom, Planat de Baudry, est une addition du Furne corrigé. Or, dans la suite du récit, Balzac nomme ce personnage Planat, tout court, nom qui ne comportait pas, dit-il, « cette particule à laquelle le trône dut tant de défenseurs » (passage correspondant à la note 13 ci-dessous). Ce flottement est un nouvel indice du caractère indicatif et provisoire des aménagements du Furne corrigé.

11. « J'aime Platon, mais j'aime davantage la Nation. » Balzac prête à Louis XVIII — non sans vraisemblance, car le roi se plaisait aux finesses de l'esprit — cette adaptation d'un mot tiré de la *Vie d'Aristote* d'Ammonius : « *Amicus Plato, sed magis amica veritas*, j'aime Platon, mais j'aime davantage la vérité. »

P. 105

12. Dans *Les Précieuses ridicules*, scène IX : « Les gens de qualité savent tout, sans avoir jamais rien appris. »

P. 106

13. Voir ci-dessus la note 10.

P. 107

14. Le premier était l'inspirateur de l'opposition libérale, le second celui de l'opposition ultra.

P. 110

15. « Vaisseau », disaient les éditions antérieures à 1835; voir la note 36 de *La Maison du Chat-qui-pelote*.

P. 111

16. Recueil de contes orientaux publié de 1710 à 1712 par Pétis de La Croix, à l'imitation des *Mille et une nuits* que Galland donnait depuis 1704, et que Balzac citait plus volontiers.

P. 115

17. C'est un des thèmes mineurs de ce récit que la gastrolâtrie ou la gloutonnerie du personnel politique de l'époque (« cette illustre chambre qui sembla mourir d'indigestion », dit Balzac quelques lignes plus bas), et le parti qu'en tiraient les hommes au pouvoir pour acheter des complaisances. Dans *Lucien Leuwen* on voit le père de Lucien agir dans les mêmes vues par les mêmes ressorts; mais le roman de Stendhal fut écrit plus tard, et met en cause un autre régime, celui de Louis-Philippe.

On a comparé le caractère d'Emilie de Fontaine à celui de Mathilde de la Môle dans *Le Rouge et le Noir*. Mais les ressemblances, indéniables, ne sont pas assez marquées pour qu'on puisse supposer une influence; la société contemporaine devait présenter aux observateurs assez de modèles réels. Ainsi M. P.-G. Castex cite l'exemple d'une certaine Maria de la Gesmerais que Balzac avait pu connaître à Fougères lorsqu'il y séjourna en 1828 pour préparer *Les Chouans*.

Nous signalerons plus loin (note 36) une autre rencontre avec un thème stendhalien. Mais cette fois encore il s'agira d'une simple convergence.

P. 118

18. *Le Barbier de Séville*, opéra bouffe de Rossini, créé à Rome en 1816, avait été donné pour la première fois à Paris en octobre 1819.

P. 122

19. Rempli d'onction. Ce sens figuré est aujourd'hui tombé en désuétude.

P. 124

20. L'institution de l'Adoration perpétuelle, fondée sous la Restauration par la princesse de Condé, tante du duc d'Enghien.

21. Cet opéra bouffe de Cimarosa, créé à Vienne en 1792 et donné pour la première fois à Paris en 1801. (M. P.-G. Castex fait observer qu'il faudrait lire « *dubitar* » au lieu de « *dubitare* ».)

22. La loi dite du milliard des émigrés, promise par Charles X dès son avènement, et votée en 1825, eut pour objet d'indemniser les anciens propriétaires de biens fonciers nationalisés par la Révolution, sans avoir à exproprier les nouveaux acquéreurs. Les indemnités furent représentées par la valeur nominale de titres de rente 3%, dont il fut émis, en fait, pour un capital de 625 millions au lieu d'un milliard. (Ces 625 millions représentent près de 6 milliards et demi de nos francs lourds.)

P. 125

23. Fils posthume du duc de Berry, né en 1820, il n'était alors âgé que de cinq ans à peine. Dernier repré

sentant de la branche aînée des Bourbon, il devait prendre le titre de comte de Chambord, et mourir en 1883 après avoir fait échouer par son intransigeance, au lendemain de la guerre de 70, un projet de restauration monarchique.

P. 131

24. Sur Girodet, voir la note 22 de *La Maison du Chat-qui-pelote*. Il s'agit ici du tableau intitulé *Les Guerriers français reçus par Ossian*; il avait été commandé au peintre en 1801 par Bonaparte, grand amateur des poèmes attribués au légendaire barde écossais du IIIe siècle. En 1812, Ingres à son tour peignit pour l'Empereur un *Songe d'Ossian*.

P. 132

25. Nous respectons cette orthographe pour son petit cachet d'anglomanie, auquel Balzac était attaché.

P. 136

26. C'est l'orthographe habituelle de Balzac; elle a aussi la préférence de Littré, qui retient, à ce propos, l'anecdote suivante : « On raconte que, le maréchal Augereau prononçant le mot de péquin devant M. de Talleyrand, celui-ci demanda ce que signifiait péquin, et le maréchal lui répondit : Nous autres militaires, nous appelons péquin tout ce qui n'est pas militaire. — Et nous, reprit M. de Talleyrand, nous appelons militaire tout ce qui n'est pas civil. »

P. 137

27. Ancien vaisseau de charge, grand et lourd.

P. 141

28. Ces deux danseuses de l'Opéra, qui vécurent respectivement de 1743 à 1816 et de 1752 à 1820, res-

taient célèbres pour la gaillardise avec laquelle elles avaient su ruiner leurs nobles protecteurs.

P. 147

29. Les éditions donnent ordinairement « ambitieuse » au lieu de « ambiguë ». Marcel Bouteron puis M. P.-G. Castex d'après le manuscrit ont corrigé cette faute scrupuleusement perpétuée par les imprimeurs successifs.

P. 155

30. « Météore (dit Littré) qui apparaît à la pointe des mâts sous forme d'aigrettes lumineuses, ou qui voltige à la surface des flots. »

31. Le héros séduisant et séducteur de *La Nouvelle Héloïse*. Les éditions antérieures à 1842 disaient « son Adonis » à la place de « son Saint-Preux ». Sur le chevalier de Saint-Georges, voir la note 31 de *La Maison du Chat-qui-pelote*.

P. 157

32. Charge que les roturiers achetaient pour s'anoblir et effacer ainsi la tache de leur basse origine.

33. Les éditions antérieures à 1835 précisaient : Mlle Mars.

P. 161

34. Balzac a défini lui-même, dans *Le Contrat de mariage*, l'institution du majorat; c'est, dit-il, « une fortune inaliénable, prélevée sur la fortune des deux époux, et constitué au profit de l'aîné de la maison, à chaque génération, sans qu'il soit privé de ses droits au partage égal des autres biens ». L'institution favorisait la conservation de certaines grandes fortunes et

surtout de certaines grandes propriétés foncières : à ce titre Balzac l'approuvait pleinement. Depuis 1817, nul ne pouvait accéder à la pairie s'il n'était doté d'un majorat. Ce régime fut supprimé en 1835, par voie d'extinction.

P. 162

35. Balzac semble ne pas distinguer l'expression « rien moins » de l'expression « rien de moins », qui conviendrait ici.

P. 164

36. Encore un thème très stendhalien (voir ci-dessus la note 17). Mais, encore une fois, si l'on peut et si l'on doit constater ici une convergence, il paraît impossible d'en tirer quelque conclusion que ce soit.

P. 165

37. Expression archaïsante désignant, semble-t-il, un demi-tiers d'aune, soit environ trente centimètres.
38. Chateaubriand.
39. « Balzac entend sans doute ici par majorité les vingt-cinq ans exigés par la loi pour qu'une jeune fille puisse décider de son mariage en toute liberté » (P.-G. Castex).

P. 166

40. Journal de l'opposition ultra.
41. On a pu remarquer que Balzac, dans ce récit, variait quelque peu sur l'âge de l'amiral de Kergarouët.

P. 167

42. Il semble que Balzac vise ici Mgr Frayssinous, évêque d'Hermopolis. Fort prévenu contre ce prélat,

ıl lui reprochait, en particulier, d'avoir, en 1826, à la Chambre, reconnu l'existence de la Congrégation : l'évêque avait cru minimiser la chose en la déclarant, et sa manœuvre avait échoué. Ses « petits séminaires », dont il est question à la dernière ligne du récit, étaient en réalité des établissements d'enseignement soustraits, sous le couvert de leur titre, aux contrôles de l'instruction publique.

P. 168

43. Voir notre Notice.

La Vendetta

P. 170

1. Cette dédicace ne figure dans aucune des éditions antérieures à 1842. En 1842 elle était rédigée ainsi : « Dédié à Puttinati, sculpteur milanais »; dans le Furne corrigé (voir la note 14 de *La Maison du Chat-qui-pelote*) Balzac biffa les deux derniers mots, peut-être pour ménager la susceptibilité d'un artiste qui pouvait regarder sa renommée comme universelle et non pas seulement milanaise, et, au surplus, comme assez solidement établie pour rendre superflue toute définition. Les deux hommes s'étaient rencontrés à Milan au mois de mars 1837, donc longtemps après la rédaction de *La Vendetta*, et s'étaient pris d'amitié l'un pour l'autre.

Quelques jours plus tard, le 10 avril, Balzac mandait de Florence à Mme Hanska : « Vous aurez probablement ma statue en marbre de Carrare et en demi-nature, c'est-à-dire de 3 pieds de hauteur environ, merveilleusement ressemblante... Cette statue a été une œuvre d'affection; elle en porte le cachet, elle est faite à Milan par un artiste nommé Puttinati; il n'a rien voulu. J'ai, à grand-peine, payé les frais et le marbre... » Dans la même lettre Balzac déclarait commander aussi au sculpteur « un groupe de *Séraphîta montant au ciel entre Wilfrid et Minna* », projet qui n'eut pas de suite.

L'année suivante, le 22 avril 1838, de Gênes, il écrivait à son amie qu'on avait enfin reçu à Paris « la statue de Milan », qu'elle avait « été trouvée mauvaise » (par qui ? il ne le dit pas), et qu'il renonçait à en faire exécuter pour elle une réplique. Le marbre, haut de 82 centimètres, se trouve aujourd'hui à la Maison de Balzac à Paris; on en voit une photo dans l'*Album Balzac* de Jean A. Ducourneau (Bibliothèque de la Pléiade). Cette déception n'empêcha pas le romancier de dédier tardivement *La Vendetta* à Alessandro Puttinati (1800-1872).

P. 171

2. La topographie de cette scène serait peu intelligible si l'on ne se rappelait que l'ensemble monumental que nous appelons aujourd'hui le Louvre se composait, à l'époque, essentiellement de deux centres; d'une part, le Louvre proprement dit, formé par les bâtiments entourant la Cour carrée; d'autre part, le Palais des Tuileries, construit principalement par Catherine de Médicis. Ce Palais des Tuileries, qui reliait entre eux, perpendiculairement à la Seine, les actuels Pavillons de Flore et de Marsan, avait été rattaché à l'ancien Louvre par la galerie dite « du bord de l'eau », construite le long de la Seine sur les ordres de Catherine de Médicis puis d'Henri IV. La galerie nord, le long de l'actuelle rue de Rivoli, fut entreprise par Napoléon Ier du côté Tuileries; elle ne devait être achevée que sous

Napoléon III. On trouve une autre description des mêmes lieux au début de *La Femme de trente ans* (nº 951 de la présente collection).

3. Sur le procédé balzacien consistant à remplacer ou à renforcer une description par une allusion à un tableau, voir la note 19 de *La Maison du Chat-qui-pelote*. On en trouvera d'autres exemples dans la suite de *La Vendetta*, où, comme il est naturel, Balzac se réfère plus spécialement aux écoles italiennes de peinture.

P. 175

4. Balzac varie sur l'orthographe de ce mot (dans les *Mémoires de deux Jeunes Mariées*, par exemple, il écrit « macchis »). Celle qu'il adopte ici est celle qu'avait utilisée Mérimée en 1829 dans la première publication de *Mateo Falcone* (voir notre Notice), et qu'il corrigera peu après en supprimant l'accent circonflexe.

5. Révoltée contre la domination génoise, devenue française en 1768, la Corse resta longtemps partagée entre un parti antifrançais, dirigé par Paoli, et le parti français auquel appartenait la famille Bonaparte. Laetitia Bonaparte, mère du futur Empereur, poursuivie par les partisans de Paoli, eut de la peine à gagner la côte et à s'embarquer pour le continent en 1793. De cette date à 1796, l'île fut occupée par les Anglais appelés par Paoli; Balzac fait allusion un peu plus loin à cet épisode.

P. 177

6. La peinture du nu, apparemment.

P. 178

7. Dans le vocabulaire de cette époque troublée, les mots « patriote » et « bonapartiste » étaient pratiquement synonymes. On en verra un autre exemple plus loin, dans le passage correspondant à la note 16.

P. 181

8. Même comparaison que dans le passage de *La Maison du Chat-qui-pelote* correspondant à la note 7.

P. 182

9. M. P.-G. Castex fait observer que Balzac varie sur le nom de son héroïne, qu'il appelle tantôt « Piombo » et tantôt « di Piombo ». Pour le nom de Luigi il hésite également entre « Porta » et « da Porta ».

P. 183

10. « La voici. » Le mot est traduit aussitôt après.

P. 184

11. Rallié à la première Restauration, La Bédoyère, au lieu de combattre Napoléon revenant de l'île d'Elbe, lui livra son régiment, le septième de ligne, dans le Dauphiné. Condamné à mort par un conseil de guerre de la seconde Restauration, il fut fusillé le 19 août 1815.

P. 187

12. « Ligne visuelle, celle qui part de l'œil de l'observateur et aboutit à l'objet qu'il considère » (Littré) : l'orientation du regard de Ginevra, par rapport à son modèle, n'est pas naturelle.

P. 192

13. Sur Girodet, voir la note 22 de *La Maison du Chat-qui-pelote*. Son *Sommeil d'Endymion*, peint en 1792, se trouve au Louvre.

P. 193

14. Un carton à dessin.
15. D'une manière forcée.

P. 194

16. Voir ci-dessus la note 7.

P. 195

17. Voir ci-dessus la note 11.

P. 196

18. L'abbé Vertot (1655-1735), entre autres ouvrages prétendus historiques, était l'auteur d'une *Histoire de l'ordre de Malte* (1726). On raconte qu'il évinça un collaborateur bénévole venu lui communiquer d'intéressants documents sur le siège de Malte, motif pris de ce que celui-ci arrivait trop tard, le récit du siège étant déjà rédigé.

P. 198

19. L'expression reste défendable. Néanmoins il est vraisemblable que Balzac a mélangé ici les effets de la guillotine (« La tête qui tombera... ») et ceux d'un peloton d'exécution. De telles hardiesses ou maladresses ne sont pas exceptionnelles chez lui.

P. 206

20. La même Mme Roguin montre ici une attitude toute différente du rôle qu'elle joue dans *La Maison du Chat-qui-pelote* (les circonstances, il est vrai, sont sensiblement différentes dans les deux cas). En signalant cette particularité, M. P.-G. Castex fait observer opportunément que toutes les éditions antérieures à 1842 donnent à ce personnage des noms différents; ce n'est que dans la première édition de *La Comédie humaine* que Balzac s'avise de l'identifier à Mme Roguin; l'extension systématique de la méthode des « personnages reparaissants » entraîne parfois quelque irrégularité dans les caractères.

P. 207

21. Faut-il lire « claquer », et supposer une faute d'impression répétée d'édition en édition ?

P. 210

22. Dans les premières éditions, cette expression était expliquée par une note de Balzac, dont voici le texte : « Les perles dont les couronnes héraldiques sont surmontées avaient été remplacées par des plumes dans les armoiries de la noblesse impériale. »

23. Selon M P.-G. Castex, il s'agirait de Talleyrand, de Fouché et de Beugnot. A la place de ce dernier, Marcel Bouteron avait songé au baron Louis. Il ne peut guère y avoir de doute, semble-t-il, sur les deux premiers noms.

24. Disgraciés sous Louis XVIII en raison de leur fidélité à Napoléon.

P. 211

25. L'abdication de 1814.

P. 214

26. Voir la note 19 de *La Maison du Chat-qui-pelote*. Le peintre Schnetz (1787-1870) se posa, entre David et Delacroix, comme un artiste de transition ou de compromis; il fut directeur de l'Ecole de Rome; Balzac, qui l'avait rencontré sans doute dans le salon du peintre Gérard, aurait refusé en 1832 ou 1833 de le laisser faire son portrait. « Une nouvelle madame Shandy » : Balzac a coutume de citer avec prédilection le *Tristram Shandy* de Sterne.

27. Titre que donnaient les Turcs à la mère du sultan régnant.

P. 220

28. Les éditions omettent habituellement le mot

« faire ». Nous rectifions d'après le Furne corrigé, dont on voit ici l'utilité; la phrase était en effet inintelligible.

P. 223

29. D'après le récit du drame fait par Bartholoméo à Bonaparte dans les premières pages de *La Vendetta*, Ginevra n'aurait eu qu'un frère, Grégorio, tué par les Porta. Le même pluriel se retrouve quelques alinéas plus bas.

P. 224

30. Conscient, lucide.

P. 225

31. « Mon père a deux Corses à son service », vient de dire Ginevra à Luigi; il était naturel que l'un d'eux au moins portât un prénom corse, — l'autre s'appelant Jean, comme on a vu au moment où Bartholoméo l'envoie au-devant de Ginevra dont le retard l'inquiète. Dans les éditions publiées du vivant de Balzac, Piétro était également nommé Jean, le changement de prénom ayant été opéré par Balzac sur le Furne corrigé (voir la note 14 de *La Maison du Chat-qui-pelote*). Certains balzaciens, assimilant les deux domestiques l'un à l'autre, voient une inadvertance dans le fait que Balzac n'a pas corrigé aussi le premier « Jean »; on peut supposer au contraire que la correction avait bien pour objet de différencier Jean et Piétro et de confirmer ainsi la déclaration de Ginevra à Luigi.

P. 226

32. Voir ci-dessus la note 29.

P. 229

33. Le notaire qu'a pris Ginevra est le père de son amie Mathilde, mais aussi le mari de la femme qui

l'avait gravement desservie. Au demeurant, les noms du notaire, de Mme Roguin et de leur fille elle-même n'ont été fixés que dans l'édition de 1842 (voir ci-dessus la note 20).

P. 230

34. Une seule fenêtre aurait pu suffire... Mais la colère de Bartholoméo eût été exprimée d'une manière moins saisissante.

P. 235

35. Ce membre de phrase est une addition de 1835. Balzac, en effet, n'avait prévu d'abord que deux témoins; il en porta le nombre à quatre, ici et dans le reste de l'épisode, à la suite d'observations d'un ancien condisciple : Victor Desroseaux. Celui-ci avait écrit, de la Martinique, le 6 avril 1832 : « ... Dans ta *Vendetta*, tu as commis une distraction de peu d'importance sans doute, mais qui serait encore de nature à faire croire que tu ne connais pas ou que tu as oublié l'article 75 du Code civil; tu ne fais intervenir que *deux* témoins à l'acte civil du mariage de tes deux jeunes Corses; il en faut quatre. En ma qualité d'officier d'état civil, charge dont j'étais investi lorsque j'ai fait connaissance avec tes *Scènes de la Vie privée*, je ne pouvais me dispenser de faire cette remarque... »

P. 239

36. Ce « joug » ou « poêle », était un voile que l'on tendait au-dessus de la tête des deux jeunes mariés au moment de la bénédiction du prêtre.

P. 241

37. Ce « brave homme » est un des pires usuriers de *La Comédie humaine*; son nom suffit à indiquer que

Luigi a abandonné sa créance sur l'Etat pour une somme dérisoire, mais versée en espèces. Les éditions antérieures à 1842 ne nomment pas Gigonnet, et disent simplement « un Juif »; détail qui confirme le soin apporté alors par Balzac à relier chacun de ses ouvrages particuliers à l'œuvre dans son ensemble, la désignation des « personnages reparaissants » accentuant les résonances de leurs apparitions.

P. 243

38. On verra un peu plus loin que l'un de ces brocanteurs est Elie Magus, lequel dans *Pierre Grassou* n'hésite pas à vendre comme authentiques des copies exécutées à vil prix par de jeunes peintres besogneux.

P. 244

39. « Les vendre comme étant des originaux », disait le manuscrit (lecture M. P.-G. Castex).

P. 250

40. Le recrutement militaire était fondé sur le tirage au sort. N'étaient incorporés que les jeunes gens qui tiraient un « mauvais numéro ». Mais ils gardaient la faculté de se faire remplacer par un volontaire qu'ils payaient; c'est ce qu'on appelait « acheter un homme ». Il existait des intermédiaires, les « marchands d'hommes », spécialisés dans ce genre de transactions. Balzac lui-même, ayant tiré un « bon numéro » en septembre 1820, avait été exempté du service militaire.

P. 254

41. Rappel d'un thème peut-être équivoque — la chevelure de la fille entre les mains du père — qui est indiqué plusieurs fois dans ce récit, et d'abord dès les premières lignes. Si l'histoire d'une vendetta sert ici

d'argument, ou d'occasion, ou de prétexte, le véritable sujet est peut-être, fût-ce à l'insu de Balzac lui-même, le caractère en quelque sorte monstrueux d'une jalousie paternelle.

42. Voir notre Notice

LA BOURSE

P. 256

1. Le 19 mars 1842 eut lieu la première représentation des *Ressources de Quinola*, cinq semaines plus tard était annoncée la première livraison de ce qui allait former le tome I de *La Comédie humaine*. Or Sofka, à qui *La Bourse* est dédiée pour la première fois dans cette édition, s'était occupée très activement dans les premiers jours de mars, notamment auprès des personnes élégantes de la colonie russe de Paris, de la publicité orale qu'on croyait propre à lancer la pièce de Balzac. L'auteur l'en remercia par cette dédicace.

Fille naturelle du prince Pierre Borissovitch Koslowsky, Sophie Koslowska, que Balzac appelle familièrement Sofka, était née en 1817; elle devait se marier en 1844, et mourir en 1878. Balzac l'avait connue par la comtesse Guidoboni-Visconti, chez qui elle était assidue. En juin 1836, dans une lettre à son père, elle avait tracé un portrait de Balzac qui nous est précieux. Nous citons d'après la publication qu'en ont faite MM. Donald et Roger Pierrot au cours de leur étude « Quelques lueurs sur la Contessa », parue dans *L'Année balzacienne 1963* :

« M. de Balzac ne peut pas être appelé un bel homme, parce qu'il est petit, gras, rond, trapu; de larges épaules, bien carrées, une grosse tête, un nez comme de la gomme élastique, carré au bout, une très jolie bouche, mais presque sans dents, les cheveux noirs de jais, raides et mêlés de blancs. Mais il y a dans ses yeux bruns, un feu, une expression si forte, que sans le vouloir, vous êtes obligé de convenir qu'il y a peu de têtes aussi belles.

« Il est bon, bon à mâcher pour ceux qu'il aime, terrible pour ceux qu'il n'aime pas, et sans pitié pour les grands ridicules. Son épigramme souvent ne vous terrasse pas à l'instant, mais elle vous revient à l'esprit et elle vous hante *ever after*, comme un fantôme. Il a une volonté et un courage de fer, il s'oublie lui-même pour ses amis, et ne connaît pas de restreinte dans son amitié. Il joint à la grandeur et à la noblesse du lion la douceur d'un enfant. Il est aussi enfant que G...y, joue et s'amuse de tout. Il s'intéresse à tout. Il est encore plein d'illusions et de bonne foi comme un Robert Macaire, lorsqu'il s'agit de quelque chose de sérieux. Il vit en ne mangeant que du pain sec, et il aime excessivement un bon dîner. Généreux pour les autres, il sait se retenir lui-même et se priver de ses fantaisies, souvent sans importance. »

P. 258

2. Ce type de lampe fut inventé vers 1780-1785. Il consistait essentiellement en une mèche en forme de cylindre creux remplaçant la mèche pleine traditionnelle, et protégée par une sorte de cheminée de verre. La combustion était favorisée par la double circulation de l'air, à l'intérieur et à l'extérieur de la mèche. L'éclairage domestique s'en trouva transformé.

P. 259

3. Voir la note 22 de *La Maison du Chat-qui-pelote*. Nouvel indice de la place quelque peu démesurée

que ce peintre tenait à l'époque dans l'imagination balzacienne.

P 260

4. Légumineuse à fleurs jaunes, réputée aider à la guérison des plaies et blessures. Diverses autres sortes d'infusions, stimulantes et diurétiques, passaient pour avoir les mêmes propriétés.

P. 261

5. L'actuelle rue Boissy-d'Anglas.

P. 263

6. Ce que Balzac lui-même s'efforce souvent de faire. Voir, par exemple, dans la présente collection, les commentaires de *La Recherche de l'absolu*, de *Louis Lambert*, d'*Ursule Mirouët* (nᵒˢ 739, 1161, 1300). On trouvera quelques pages plus bas, dans le passage correspondant à la note 17, un exemple de sa doctrine, d'ailleurs exceptionnellement discret.

P. 264

7. L'usage du timbre-poste, comportant le paiement obligatoire et préalable de l'affranchissement par l'expéditeur, ne date en France que du 1ᵉʳ janvier 1849; auparavant le port était, en règle générale, payé par le destinataire, pratique qui pouvait prêter à divers abus de la part des facteurs ou des concierges. Même indication qu'ici dans *Un début dans la vie* : Mme Clapart « payait tous les jours ses ports de lettres en paraissant hors d'état de les laisser s'accumuler ».

8. Peut-être y a-t-il dans cette phrase une réminiscence de Molière, dont Balzac avait publié les *Œuvres complètes* en 1825 : « Les inclinations naissantes... ont des charmes inexplicables... » (*Dom Juan*, I, II).

P. 265

9. Ces quelques mots définissent — le lecteur n'aura pas manqué de le remarquer — un des caractères principaux de la technique romanesque de Balzac. On trouvera une indication analogue dans la phrase correspondant, ci-dessous, à la note 26.

10. Allusion aux principes constants de Metternich, hostile par système à tout changement politique en Europe.

11. Le mot se disait des diverses sortes d'ouvertures et de prises d'air qu'on pouvait pratiquer pour améliorer le tirage des cheminées.

P. 268

12. Chandelier plat à manche; instrument fort rustique.

P. 269

13. Orthographe peu usitée, mais admise, pour désigner le lampas, soierie extrême-orientale à grands motifs de teintes tranchées.

14. Comme on le verra dans la suite de cet épisode : 1º le mot « Chine » s'applique aux contrées de l'Extrême-Orient en général; 2º les mots « peintre » ou « peinture » s'appliquent à un pastel.

P. 270

15. Voir la note 6 de *La Maison du Chat-qui-pelote*.

16. Offensant.

P. 273

17. Cette expression, dans la pensée de Balzac, n'était pas une image : elle traduisait directement des vues doctrinales assimilant les manifestations spirituelles, et entre autres celles de la volonté, à la production matérielle d'une sorte de « fluide » plus ou moins compa-

rable à l'électricité. C'est à ces vues que fait allusion ci-
dessus la note 6.

18. Ici apparaît un des thèmes dont la réapparition
dans *La Comédie humaine* a un caractère presque
obsessionnel : celui de l'aventure maritime. Voir, par
exemple, *Modeste Mignon*, *Eugénie Grandet*, *Gobseck*,
surtout *La Femme de trente ans*. Les héros de ces
épisodes sont d'ordinaire soit des hors-la-loi qui
mènent la vie sauvage dans les régions incontrôlées du
globe, soit des hommes d'entreprise qui choisissent
pour s'enrichir dangereusement et rapidement les marges extrêmes de la légalité sociale. Voir la note 1 du
Bal de Sceaux. Le cas présent ne relève ni de l'une
ni de l'autre de ces deux catégories; l'amiral de Kergarouët, qui figure dans une douzaine d'ouvrages de
La Comédie humaine, y est avec constance le grand
représentant de la marine d'Etat : nous l'avons rencontré dans *Le Bal de Sceaux*, et nous allons le retrouver.

P. 274

19. Quelques pages plus haut, Balzac raconte que le
jeune peintre avait fait dans son atelier « beaucoup de
bruit pour obliger les deux dames à s'occuper de lui
comme il s'occupait d'elles ».

20. Ce mot est l'un des rares, des très rares, à propos desquels Littré cite Balzac, avec l'exemple suivant,
seul exemple qu'il donne de cet adjectif : « se montrer
élégamment tenu suivant les lois vestimentales qui
régissent huit heures, midi, quatre heures et le soir »
(*La Maison Nucingen*, que le *Dictionnaire* date, curieusement, de 1856, — alors que les exemples n'y sont
jamais datés). On sait qu'en règle générale Littré ne
tient guère compte des écrits postérieurs à 1830.

P. 275

21. Métier militaire; terme vieilli, que Balzac emploie à dessein pour souligner l'aspect périmé du personnage.

P. 276

22. Nouvelle allusion au *Tristram Shandy* de Sterne.
23. Modèle original.
24. Pierre-Narcisse Guérin (1774-1833) avait exposé au Salon de 1817 ce tableau peint quatre ans plus tôt; il dirigea l'Ecole de Rome de 1822 à 1828.

P. 284

25. Division d'une partie de piquet. La partie complète comprend douze rois, subdivisés chacun en deux ides.

P. 287

26. Même remarque qu'à propos du passage correspondant, ci-dessus, à la note 9.

P. 289

27. Allusion au roman de l'abbé Prévost, *Histoire du chevalier des Grieux et de Manon Lescaut*.

P. 293

28. Voir la note 25 du *Bal de Sceaux*.

P. 294

29. Sur les doutes que pourrait éventuellement soulever cette date, voir notre Notice.

TABLE

DU MÊME AUTEUR

Dans la même collection

LE PÈRE GORIOT. *Préface de Félicien Marceau.*

EUGÉNIE GRANDET. *Édition présentée et établie par Samuel S. de Sacy.*

ILLUSIONS PERDUES. *Préface de Gaëtan Picon. Notice de Patrick Berthier.*

LES CHOUANS. *Préface de Pierre Gascar. Notice de Roger Pierrot.*

LE LYS DANS LA VALLÉE. *Préface de Paul Morand. Édition établie par Anne-Marie Meininger.*

LA COUSINE BETTE. *Édition présentée et établie par Pierre Barbéris.*

LA RABOUILLEUSE. *Édition présentée et établie par René Guise.*

UNE DOUBLE FAMILLE, suivi de LE CONTRAT DE MARIAGE et L'INTERDICTION. *Préface de Jean-Louis Bory. Édition établie par Samuel S. de Sacy.*

LE COUSIN PONS. *Préface de Jacques Thuillier. Édition établie par André Lorant.*

SPLENDEURS ET MISÈRES DES COURTISANES. *Édition présentée et établie par Pierre Barbéris.*

UNE TÉNÉBREUSE AFFAIRE. *Édition présentée et établie par René Guise.*

LA PEAU DE CHAGRIN. *Préface d'André Pieyre de Mandiargues. Édition établie par Samuel S. de Sacy.*

LE COLONEL CHABERT. *Préface de Pierre Barbéris. Édition de Patrick Berthier.*

LES SECRETS DE LA PRINCESSE DE CADIGNAN et autres études de femme. *Préface de Jean Roudaut. Édition établie par Samuel S. de Sacy.*

MÉMOIRES DE DEUX JEUNES MARIÉES. *Préface de Bernard Pingaud. Édition établie par Samuel S. de Sacy.*

URSULE MIROUËT. *Édition présentée et établie par Madeleine Ambrière-Fargeaud.*

MODESTE MIGNON. *Édition présentée et établie par Anne-Marie Meininger.*

LA MAISON DU CHAT-QUI-PELOTE, suivi de LE BAL DE SCEAUX, LA VENDETTA, LA BOURSE. *Préface d'Hubert Juin. Édition établie par Samuel S. de Sacy.*

LA MUSE DU DÉPARTEMENT, suivi de UN PRINCE DE LA BOHÈME. *Édition présentée et établie par Patrick Berthier.*

LES EMPLOYÉS. *Édition présentée et établie par Anne-Marie Meininger.*

PHYSIOLOGIE DU MARIAGE. *Édition présentée et établie par Samuel S. de Sacy.*

LA MAISON NUCINGEN précédé de MELMOTH RÉCONCILIÉ. *Édition présentée et établie par Anne-Marie Meininger.*

LE CHEF-D'ŒUVRE INCONNU, PIERRE GRAS-SOU et autres nouvelles. *Édition présentée et établie par Adrien Goetz.*

SARRASINE, GAMBARA, MASSIMILLA DONI. *Édition présentée et établie par Pierre Brunel.*

LE CABINET DES ANTIQUES. *Édition présentée et établie par Nadine Satiat.*

UN DÉBUT DANS LA VIE. *Préface de Gérard Macé. Édition établie par Pierre Barbéris.*

Impression Bussière Camedan Imprimeries
à Saint-Amand (Cher),
le 26 novembre 2003.
Dépôt légal : décembre 2003.
1er dépôt légal dans la collection : janvier 1983.
Numéro d'imprimeur : 035681/1.
ISBN 2-07-037441-6./Imprimé en France.

128524